励耘学刊

（文学卷）

2014 年第 1 辑
（总第 19 辑）

北京师范大学文学院　主办

学苑出版社

图书在版编目（CIP）数据

励耘学刊. 总第19辑/北京师范大学文学院主办. —北京：学苑出版社，2014.9
ISBN 978-7-5077-4608-2

Ⅰ. ①励… Ⅱ. ①北… Ⅲ. ①中国文学-文学研究-丛刊 ②汉语-语言学-丛刊 Ⅳ. ①I206-55 ②H1-55

中国版本图书馆CIP数据核字（2014）第206732号

出 版 人	孟　白
责任编辑	刘　丰
出版发行	学苑出版社
社　　址	北京市丰台区南方庄2号院1号楼
邮政编码	100079
网　　址	www.book001.com
电子邮箱	xueyuanpress@163.com
联系电话	010-67601101（营销部）、67603091（总编室）
印 刷 厂	河北省高碑店市鑫宏源印刷包装有限公司
开本尺寸	787×1092　1/16
印　　张	19.125
字　　数	330千字
版　　次	2014年9月第1版
印　　次	2014年9月第1次印刷
定　　价	74.00元

《励耘学刊》（文学卷）编委会

顾　问　童庆炳

主　编　郭英德

副主编　李春青　李　山　杨联芬

编　委　（按姓氏笔画排序）

于翠玲　万建中　王向远　方　宁
乐黛云　过常宝　刘　利　刘晓南
孙银新　李　山　李正荣　李宇明
李运富　李国英　李　怡　李春青
李　强　杨　义　杨联芬　吴福祥
张　健　张涌泉　张清华　陈思和
郑国民　项　楚　赵　勇　姚建彬
郭英德　黄开发　曹卫东　盛　宁
董晓萍　蒋原伦　蒋冀骋　温儒敏
冯胜利（美国）　大西克也（日本）
徐富昌（中国台湾）黄坤尧（中国香港）
李欧梵（中国香港）

编　务　许庆江

目　录

新视域

郭沫若新诗创作的历史意义
　　——风景、内心世界的发现与言文一致的摸索……藤田梨那（ 1 ）
殖民主义语境与"满映"中国电影人的历史审视…………逄增玉（ 22 ）
论尼采思想的"美学转向"……………………………………肖伟胜（ 36 ）

文学史研究

简析殷璠诗论中"来"与"体"的关系………………………轩新丽（ 51 ）
上海时期鲁迅形象的多维建构……………………禹权恒　陈国恩（ 69 ）
《檀香刑》的人物设置与"龙椅""骨头"赏赐的艺术用意…张　灵（ 82 ）
为思想史中的异端立传——读《理解俄国》……………张　柠（100）
有形解码与精神启发
　　——克洛代尔、谢阁兰的汉字解析与诗学体验……吴亚琴（111）

文化研究

《荆楚岁时记》的文献故事类型……………………………董晓萍（125）
北京土地神故事研究…………………………………………赵　娜（140）
权力的场域：清初平南王尚可喜在广东的寺庙建设及其
　　权力运作……………………………………………王萌筱（150）

文献考辨

美国英文期刊《中国文学》目录汉译：1979—1986
………………………………………刘洪涛 古婷婷 吴永安（169）
论《中国古籍总目》对古籍种类和版本的统计失误………张宪荣（192）
宋代唐集序跋的版本学意义………………………………刘冰欣（208）
从内野本隶古定字形看《尚书》版本流变………………章　宁（229）

青年园地

诗性正义：周作人诗歌精神的一种追求……………………李俊杰（245）
"感觉"与"感觉"的张力
　　——徐訏晚期诗作解读………………………………高博涵（256）
北京传统油漆作故事类型……………………………………王文超（271）

文史名家

博赡而通贯　求劼而获创
　　——张俊教授访谈录…………………………………曹立波（279）

品书录

文献资料的艰辛汇集　别开生面的学术视野
　　——读赵义山等著《明代小说寄生词曲研究》……董乃斌（295）

《励耘学刊》（文学卷）征稿启事………………………………………（299）

郭沫若新诗创作的历史意义
——风景、内心世界的发现与言文一致的摸索

◇ 藤田梨那[①]

序

郭沫若的新诗登上中国现代文坛已将近一个世纪，以《女神》为代表的初期诗歌为中国现代诗的发展奠定了坚实的基底。学界对《女神》的研究已有了相当的成果，五四精神、浪漫主义、讴歌自我、爱国主义等等，多方面的估价基本道尽它的现代意义。《女神》无疑是五四时期"浪漫一代"的代表作品，然而浪漫主义的本质是什么？自我意识如何产生？长期以来我们对这些概念都有一种既熟悉又模糊的困惑。朱寿桐教授在对浪漫主义的研究中特别重视了浪漫主义的边缘性特质，指出："浪漫主义概念的本质内涵是空间上的边缘性，时间上的非古典性，倾向上的非正统性，风格上的非现实性以及这四种特性的黏合。艺术主体的边缘化心态是浪漫主义诸本质要素中的决定性因素。"[②] 他所说的浪漫主义的边缘性与现实主义的中心性为对极，这两个来源于欧洲的文学思维体系在现代中国的时代环境中被转型和延伸，形成中心与边缘的状态。他认为浪漫主义是"边缘化心态的活跃表现，是一种由边缘向中心作诗性突进的精神轨迹"。[③] 朱寿桐编著的《中国现代浪漫主义文学史论》对浪漫主义做了清晰的系统的阐述，为我们铺设了现代中国文学研究以及比较文学研究的重要理论基础。

---

① 藤田梨那（1958— ），女，日本国士馆大学教授。
② 朱寿桐：《中国现代浪漫主义文学史论》第6页，北京：文学艺术出版社，2004年。
③ 朱寿桐：《中国现代浪漫主义文学史论》第14页，北京：文学艺术出版社，2004年。

鲁迅撰写《摩罗诗力说》是在日本，胡适尝试新诗是在美国，他的"反抗"和"动作"都处在"逼上梁山"的孤独中；郭沫若的《女神》则诞生于日本。他们无一不身处遥远的异国他乡，在生疏风土的边缘开始向新文学迈出第一步。五四之前鲁迅和胡适已回国，而郭沫若却在日本的九州福冈隔着大海，引领遥望轰轰烈烈的新文化运动，此时他不仅远离中国文化的中心，甚至在日本也远离了中国留学生最集中，现代文化最绚烂的东京，蛰居在偏远的九州。这种地政上空间上的文化边缘性深层性地潜藏在《女神》的源流中。《女神》自它诞生的那一刻就受到了冷热两个极端的评价。它既激起了青年们的狂热激情，同时又受到了文人和学者以"没有节制"、"口号"、"缺乏内涵的力"付之于否定的冷遇。即便是现在也有人一面持否定的态度，另一面又不得不承认郭沫若诗歌的影响力之大。其实这种不同的感应恰恰来源于《女神》浪漫主义特质的边缘性、非古典性和非正统性。于是，在评价和读解《女神》时，我们就不能忽视它产生时的文化环境和诗人的边缘性心态。

2012年笔者在彼得堡大学的"远东文学大会"上发表了《郭沫若的留学体验——"风景"与"内心世界"的发现》的论文，笔者从郭沫若的日本体验中提示了他新诗创作的一个突破口即"风景"的发现，认为"风景"的发现乃是解释《女神》意识内涵的关键。本论文准备将这个"突破口"与"言文一致"运动相连接，探讨郭沫若新诗赖以产生的重要原因，与此相关联，同时讨论自我意识如何产生，突破旧体诗的契机是什么，即新诗的起源问题。

一、"风景"发现的瞬间

我们常评价《女神》为"自我精神的高扬"，这确实是《女神》的重要特质，但我们此时往往已不知不觉地把"自我"当作意识中本来就有的东西，既成的文学史中的"自我"概念遮蔽了它萌芽时的原初状态。正如日本现代文学评论家柄谷行人所说："参与现代文学史研究的文学史家们以为'现代自我'是在脑子里生成的东西，但实际上'自我'的存在还需要另外一些条件。客观物毋宁是产生在风景之中的，主观或自我也是如此。主观·客观之认识论的场所成立于'风景'之中，也就是说二者都派生于'风景'。"① 这里所说的"风景"英语为 landscape，它成立于观者与被观者的关系之中，二者以特定的方式相遇时所发生的表象即是"风景"。黑格尔、浮撒尔、海德卡的现象学中外界物与认识论的关联是一个重要的课题。法国精神病理学家 J.H van den Berg 则将现象学哲学导入心理学领域，阐述了现代"自我"与"风景"发现密不可分的内在关系。

风景以前就有，但我们能感知它并不是视觉的问题，我们需要通过一个对优位性概念的颠倒才能实现，即"风景"的发现不是在由过去到现在的直线性的历史中，而是在一个颠倒的时间性中得以实现的。近代以前的人们对"风景"可谓是未曾认识的。古典文化的既成概念遮蔽了人们的眼睛，人们看的不是现实的风景，而常常是文字里的概念性的风景。南画中的山水大多是概念性的象征物；古典诗中的风景刻意在文字表现上下功夫，力图在对仗、押韵和寓意上完成其象征的使命。在欧洲，"风景"的出现要等到15世纪文艺复兴时期，达·芬奇的《蒙娜丽莎》正标志着"风景"的出现。J.H van den Berg 以达·芬奇的《蒙娜丽莎》为出现在欧洲美术中的第一个风景，他指出："蒙娜丽莎是被风景疏远的最初的人物。当然她背景中的风景是很有名的，但那恰恰因为是风景而以风景被描绘出来的第一个风景。那是纯粹的，而不是人为的风景；那是中世纪的人们所不知道的自然，它本身是自我充足的自然，这里面原则性地摒去了人为的要素。这是人们看到的最奇妙的风景。"② 《蒙娜丽莎》推翻了中世纪宗教美术的传统——陪衬人物表现宗教性的概念和象征。文艺复兴之前，宗教性概念约束了人们对外界物的认识，《蒙娜丽莎》则意味着风景在一个时间性的倒错中从"形象"中解放出来，以纯粹的风景恢复它的存在。

"风景"发现在文学领域的登场始于18世纪浪漫派的书写，法国浪漫主义作家卢梭的《忏悔录》、《新爱洛绮丝》不仅以第一人称的告白淋漓尽致地表现了这位漂泊知识分子的"边缘化心态"和对自我的全力关注，同时又为人们第一次揭开了大自然的奥妙——阿尔卑斯山脉的自然雄姿。1728年他在翻越阿尔卑斯山脉时体验了与大自然的融合，他的亲

---

① 朱寿桐：《中国现代浪漫主义文学史论》第6页，北京：文学艺术出版社，2004年。

② 朱寿桐：《中国现代浪漫主义文学史论》第14页，北京：文学艺术出版社，2004年。

身体验和浪漫书写推翻了以往人们对高山的想象性话语，引起了欧洲现代登山的热潮。在那之前，高山对欧洲人来说一直是妖魔鬼怪汇集的地方，是横在旅行者面前的障碍物。《忏悔录》和《新爱洛绮丝》问世后人们都纷纷涌向瑞士，涌向阿尔卑斯山脉，兴起了登山热。自此，以登顶为目的的现代登山诞生了。卢梭的"回归自然"的思想原点基于他的大自然体验。

笔者认为郭沫若在日本留学中获得的最大收获之一就是对"风景"的发现。他在《自然的追怀》中回忆那段体验说："我的文学活动期是九州大学当学生生活时，那时候我大多以日本的自然与人事作为题材的。这时期所写的东西大概是以新的形式来发表的。"① 他开始接触自然其实更早，开始于他来日本的那一年——1914年。这一年夏天他用了半年的努力考上了东京第一高等学校，获得了官费助学金，于是他到千叶县的房总海滨去度假。他回忆道："北条的镜浦在无风的时候真像镜子一样平稳。当我一跃入海中时，我不禁回忆到四川幽邃峨眉山麓，我好像游入峨眉山麓的水里。但是，因为我没有游泳的经验，我尽张着口，把头浸入海里，于是饮饱一口潮水，这一口潮水是咸的，是一口咸汤。在这一瞬间，使我想起了像一个没有经验吸空气的孩子，当他最初吸着这世纪的空气，恐怕也将像我一样，感受到同样的难堪。在房总虽然仅有两个月的海岸生活，但是已足使我非常舒畅了。"② 这段回忆提示了两个重要的问题。一、留学之前，他并没有像在日本一跃跳入大海那样亲身体验过自己家乡的山水；二、海岸生活让他尝受了自由的愉快，而这愉快又由于远离了家乡，远离了故里的种种生活上的约束。"风景"正是在人们超脱生活的种种约束得以自由地与自然相对时才悠然出现的。故而所有的"风景"都是内在性质的，即"内在的风景"。这里记述的自然虽是日本千叶县的房总海滨，但如镜子一样平稳的镜浦无疑是映入他意识中的一个"风景"，这"风景"使他联想到最亲切的故乡山水，峨眉山的风景对他绝不是一般的自然，而是拥有特殊感情的"风景"，但这家乡的"风景"却是在离家乡遥远的异国他乡感受到的。此时此刻峨眉山的风景第一次以"内在风景"的面目出现在他面前。

---

① 郭沫若：《自然的追怀》，《郭沫若佚文集》上集第226页，成都：四川大学出版社，1988年。
② 郭沫若：《自然的追怀》，《郭沫若佚文集》上集第226页，成都：四川大学出版社，1988年。

郭沫若在日留学十年，从东京到九州曾几次迁徙，千叶县的房总海滨、冈山的东山、操山和旭川河、四国的濑户内海、九州的十里松原和博多海湾、门司的笔力山、太宰府的风景，这些都出现在他的诗歌中。日本各地的自然美使他几次与"风景"邂逅，为何说"邂逅"，就是因为每次相遇的"风景"里都连带了故乡山水的记忆，如《樱花书简》中的几封信，如《女神》中的《光海》。

在这里笔者要提出另外一个他与自然接触的体验——登山，对这个体验迄今还很少有人注意，但在"风景"和"内心世界"这两个意义上，郭沫若的登山体验是十分重要的。

二、登山体验

郭沫若东渡日本后先体验了大海的愉快，接下来又几次登山，比如1915年他转到冈山第六高等学校，在那里他几次登东山和操山。在《自然的追怀》中有着精彩的回忆。"在月夜我独自徘徊于东山的山阴，因为我自己的跫音常常会击破周围美丽的寂寞，所以我常常脱去了下驮而作裸足游的。"在操山他则是"孩子般从学校的右边绕道登山"。在山顶观望夕阳时，"这浓红的夕阳弥漫天空，像飞泻着的血流。我置身在这伟大的时空间，招致了我的汹涌澎湃的灵感"。[1]他几次在写给父母的信中提到登山，1914年他从千叶县的房总海滨发出的书信中就劝父母去登峨眉山。1917年初到冈山他在给父母的书信中写道："二老峨眉之游能成行否？欧洲人最喜登山，近来日本亦大奖励此举，登山一事，于精神修养及体魄健全上皆有莫大之影响也。男昔日曾梦峨眉山得诗一句云：天空独我高，近来颇想亲事登临，一证实此诗之意。"[2]1918年3月的书信中也有相似的记述："吾辈兄弟生长峨眉山下，未曾登过一次，真是笑人事。忆前岁梦中登临得句云，俯瞰群山小，天空我独高，吾弟试为我一

---

[1] 郭沫若：《自然的追怀》，《郭沫若佚文集》上集第229页，成都：四川大学出版社，1988年。

[2] 郭沫若：《樱花书简》，《郭沫若全集》第12卷第126页，北京：人民文学出版社，1992年。

往看光景究竟如何也。"① 从他的几封书信我们可以知道留日之前他不曾登过家乡的峨眉山，就像他在故乡未曾游过泳一样。他在《今津纪游》的开首也承认："我是生长在峨眉山下的人，在家中过活了十多年，却不曾攀登过峨眉山一次。如今身居海外，相隔万余里了，追念起故乡的明月，渴想着山上的风光。"② 他对故乡明月的追念，对山上风光的渴望都启蒙于留日体验。也就是说风景的发现即刻打开了溯源自己原初风景的窗口，故乡的风景第一次出现在他的内心世界。

有关登山，郭沫若不仅在给父母的书信里几次提及，在《三叶集》、《自然的追怀》、《今津纪游》及至《女神》中都可见到。郭沫若与登山的问题迄今还没有多少学者注目，实际上登山以及游泳都是郭沫若最初接触现代西方文化、触发自我意识过程中的一个重要部分。现在人们为什么意识不到这一点，基本原因在于登山、游泳作为一种体育运动，早已成为我们日常很熟悉的事情了，我们不会由登山或游泳去连接地思考主观认识的问题。但当现代文明最初传入亚洲时，西方的许多具体事项如登山、游泳等的确为亚洲带来了新鲜的意义。所以在文学研究中，追溯作者当初的生活环境，接近作者最初的心理状态以及思想状态，是最根本的问题。

那么，为什么郭沫若如此关注登山？这里有两个重要的历史要因，一是郭沫若留日时正值"大正登山热"时期，作为体育运动，登山与滑雪连接在一起，以征服悬崖与雪峰为目标，正大规模兴起；二是卢梭自然思想的影响。

1. 现代体育在日本的普及以日本社会的发展与成熟为前提，明治初期还没有纯属体育运动的登山。自古以来，深山被视为神祇圣地、鬼神区域，人们畏而远之。明治中期（1896年）以后登山才作为一种体育运动出现于日本，而且主要由英国人引进，英国人葛兰德（William Gowland，1842—922）和威斯顿（Walter Weston，1861—1940）是最早登上日本中部的高峰枪岳（海拔3180米）的人，1896年威斯顿出版了《日本阿尔卑斯登山与探险》一书。日本阿尔卑斯是葛兰德于1881年为日本中部飞騨、木曾、赤石3大山脉所命名的。到1902年小岛乌水作为日本人第一次登克枪岳顶峰，他的枪岳峰登顶要比威斯顿晚11年。1902

---

① 郭沫若：《樱花书简》，《郭沫若全集》第12卷第138页，北京：人民文学出版社，1992年。
② 郭沫若：《今津纪游》，《郭沫若全集》第12卷第305页，北京：人民文学出版社，1992年。

年日本第一个登山组织"日本山岳会"成立。大众性的登山热起源于"日本山岳会"以及志贺重昂《日本风景论》一书的影响。值得注意的是当时日本的主要登山家大抵都在杂志社或报社做着写作和编辑的工作，小岛乌水是杂志《学灯》的编辑，又是作家；志贺重昂是杂志《日本人》的创刊人、评论家。他们的登山记大大地激起了日本人的登山兴趣。到郭沫若留日的时候登山已进入新的阶段，即登山与滑雪相连接，指向于"悬崖与雪峰"的"大正登山热"阶段，从中学生到大学生以至一般民众都纷纷涌向高山，登山运动成为一个社会热潮。当时的报刊上每天都可见到登山报道。现代登山摆脱了那以前的宗教修行的性质，成为一种体育运动，它的目的就是要征服山顶，同时也为人们打开了走进自然的大门。郭沫若的留学生活正是浸在这样一个社会热潮中，他在书信中所说"欧洲人最喜登山，近来日本亦大奖励此举"正反映了当时的社会现象。在登山过程中他睁开了认识自然，认识风景的眼。

2. 明治初期的自由民权运动以及自然主义文学都深受了卢梭的影响。同时卢梭对现代登山也起了决定性的作用。现代登山发源于欧洲，但在中世纪高山对欧洲人来说一直是妖魔鬼怪汇集的地方，是旅行的障碍。但卢梭于1728年越过阿尔卑斯山脉，体验了阿尔卑斯的大自然，在《忏悔录》和《新爱洛绮丝》中记述了他的体验，于是乎人们都纷纷涌向阿尔卑斯山脉，兴起了登山热。自此，以登顶为目的的现代登山诞生了。

郭沫若留学日本时曾倾心于卢梭，《忏悔录》和《新爱洛绮丝》都是他的爱读之书。《女神》中他在《盗贼礼赞》一诗中赞扬卢梭的回归自然的思想；在九州登山时联想到卢梭的在安奴西山中与雅丽、恪拉芬里德两少女的邂逅。（见《今津纪游》）这些都证明郭沫若对自然的关心很大成分来自于卢梭的影响。

三、内心世界在"风景"中初露风貌

柄谷行人在论及达·芬奇的名画《蒙娜丽莎》时特别注意到蒙娜丽莎不施胭脂的面孔，他指出："风景以前就有，素面亦是一样，但能如实地看出来并不是视觉的问题，而在于需要将作为概念的风景和脸的优越位置做一个颠倒，此时素面和风景才会变成'意味着什么'的东西。以前觉得无意思的东西才变得意味深长。而人的'内心世界'正是'风景'

和'素面'所意味着的。'内心世界'并不是开始就有的,而是经过一个记号论布置的颠倒过程才开始出现的。"[1]"记号论布置的颠倒"指既成概念的"风景"与人们感知的自然风景在认识论上的价值颠倒。他的这种认识论基本上蹈袭了 J.H van den Berg 的观点。J.H van den Berg 从《蒙娜丽莎》中检视出"被人疏远了的风景"和"被风景疏远了的人",指出《蒙娜丽莎》中的风景是西欧第一个——以风景而风景的——真正的风景。柄谷行人接纳了 J.H van den Berg 的观点,指出:"我们不应该在蒙娜丽莎的微笑中追求'内在性'的表现,事实毋宁是相反的,蒙娜丽莎的脸不是概念性的脸,而是不加粉饰的素面,正因如此,这第一次出现的不加粉饰的素面本身在全神贯注地指喻着'内在性'意义。在那里,'内在性'并没有被表现着,而是突然出现的素面开始意味着'内在性'。这样的颠倒与从'形象'中解放出来的'纯粹风景'是同时出现的。"[2] 这里揭示的正是现代精神产生的那一瞬间的情形。"风景"的发现同时启迪了"内心世界"的发现,"素面"如一种内心的声音或内心的意义出现在那里。内在性思维只有在与中世纪概念性形象性空间完全不同的等值性空间中才能获得它的可能性。它使人们将意识的眼光转向自己的内心世界,现代自我意识的形成当经过这样的一个过程。

认识论的深化必然引发了心理学的出现。柄谷行人曾批判现代文学史中的"自我意识"话语,指出:"参与现代文学史研究的文学史家们以为'现代自我'是在脑子里自然生成的东西,但实际上'自我'的存在还需要另外一些条件。"[3] 他援用心理学的观点,认为"意识"不是开始就有的,而是派生于"内面化"的过程中。外界与内在的分化源于外界的压抑——外伤导致本能欲望的内向化。"自我意识"的产生与"内心世界"的发现、在心理上的内外界分化及连接感性的抽象性思考语言的产生有着密不可分的关联。他认为"真正的自我"只有在与自己最接近的"声音"——自我意识——占优越位置时才能够成立,这时始于内心终于内心的"心理性的人"才开始存在。现代与前现代在意识论上的重要区

---

[1] 柄谷行人:《日本近代文学的起源》第60—61页,东京:讲谈社,1983年。笔者译。
[2] 柄谷行人:《日本近代文学的起源》第68页,东京:讲谈社,1983年。笔者译。
[3] 柄谷行人:《日本近代文学的起源》第37—41页,东京:讲谈社,1983年。笔者译。

分之一就在于内心世界的发现与其表现。19世纪心理学的诞生正是一个象征性的事件。

主张唯自我意识为透明物的卢梭对现代意识与现代文学的影响是什么？法国学者斯塔罗宾斯基（Jean Starobinski）在《透明与障碍》中指出："我们在这里可以看到卢梭文学所带来的新的意义。语言活动虽然依然是媒介性工具，但已承担了直接体验的场所，语言活动一面是作者内心固有的'根源'同时也直面于审判，即证明着它欲通过普遍性而被正当化的欲求。这种语言活动与古典的'语言表现'没有任何共通性。文学作品已不在乎向读者征求存在于作者和一般大众之间的'第三者'的真实性，作家开始以作品来表示自己，只向读者要求对他个人的体验的真实性表示赞同。卢梭发现了这个问题，他首创了现代文学的新的态度。"卢梭的崭新就在于自我与语言的新的结合，将语言直接连接主体，表现自己内心的声音。以他的《忏悔录》为代表，那里描写着作者在阿尔卑斯山中发现的"风景"，吐露着作者沉静的告白、深切的内心审视。他的忏悔不是在教堂里，而是在阿尔卑斯的"风景"里，在乡村和友人的家庭里发自内心的透明的告白。《忏悔录》和《新爱洛绮丝》的文体与它的自我表现是那以前欧洲未曾有过的。

这样看来，现代人的内心表现在其始源上与语言活动紧密联系着，语言表现的动机从蹈袭古典、重视概念与形式，转变为直接表现个人内心的声音，主体、语言、感情达到紧密合体的状态。现代文学中的言文一致运动便是这一变化的开端。

在郭沫若，第一节中已经分析过，他最贴近自然、开眼于风景恰恰是在日本，在日本的自然中他领会到人类在时间上和空间上的"骛远性"。"风景"的发现打开了他感知故乡风景的心灵窗口，同时启迪他将眼光转向内心世界，他的新诗创作的原动力应发源于此。日本留学期间他开始对古典发出质疑。《樱花书简》中他坦白自己不曾登过峨眉山，反省梦中所得诗句"俯瞰群山小，天空我独高"的真实性；《浪花十日》中说："大约是不曾见过海的古人所造的谣言，爱说'无风不起浪'，其实在海里是惯爱无风起浪的。忽然间昏聩的脑中浮出了两句诗样的文字：举世浮沉浑似海，了无风处浪头高。"[①] 这两个例子恰恰揭示了他"内心世界"的发现和新诗创作的起点。日本的山、日本海给了他发现内在韵律、

---

① 郭沫若：《郭沫若全集》第13卷第393页，北京：人民文学出版社，1992年。

诗之音乐节奏的契机。他开始质疑诗文中已成习惯的概念，如说到"山"便联想到圣人、仙人、隐士。他提出研究诗"当得从心理学方面，或者从人类学、考古学——不是我国的考据学方面着手，去研究它的发生史，然后才有光辉，才能成为科学的研究"。他重视"诗之精神在其内在的韵律，并不是什么平上去入，什么压在句中的韵文！"[①] 很明显，"记号论布置的颠倒"已出现在他追溯和还原主体文化的过程中，对他的新诗创作起着重要的作用。

四、"言文一致"的指向

形象与声音的优劣位置的颠覆是东西现代文学起步的原点。日本自古以来受着中国文化的影响，从奈良时代到今天，汉字在日语书写中一直占重要的地位。明治时代日本现代文学以"言文一致"运动拉开了它的序幕，这是语言制度的一次大革命，它的目的就是要压抑"形象"——汉字，树立声音的优位。文学书写打破了延续已久的汉文形式，开始摸索最贴近内在声音的表现形式。小说方面，志贺直哉、夏目漱石、国木田独步等以口语书写奠定了现代小说的基础；诗歌方面，上田敏、岛崎藤村等打开了现代诗歌的大门。到大正时代日本现代文学已争得它的存在权利，进入快速发展的轨道。

中国现代文学也始于白话运动，在诗歌方面，20世纪初期胡适和五四新文化运动的主将们就开始摸索新诗的突破口。胡适最早在美国留学期间就开始新诗尝试，《文学改良刍议》（1917年）、《历史的文学观念论》（1917年）、《建设的文学革命论》（1918年）、《谈新诗》（1919年）都是白话文运动和新诗运动的草创性论文。他关注了语言和诗歌的音律问题。白话诗歌虽在古代各个时代都可见其零星的存在，但格律诗一直占着主流，胡适第一次以历史的观点向文言诗书写提出挑战，他重视语言的演变，认为"死文字决不能产生活文学"，决意创作新的语言制度。在《谈新诗》中他指出："中国近年的新诗运动可算是一种'诗体的大解放'。因为有了这一层诗体的解放，所以丰富的材料，精密的观察，高深

[①] 郭沫若：《论诗三札》，《郭沫若全集》第15卷第337页，北京：人民文学出版社，1992年。

的理想，复杂的感情，方才跑到诗里去。五七言八句的律诗决不能容丰富的材料，二十八字的绝句决不能写绵密的观察，长短一定的七言五言决不能委婉达出高深的理想与复杂的感情。"① 他追求以现代的语言、自然的音节直表实地的材料、观察、理想和感情，打破既成的固定形式和概念，反对典型化。胡适的新诗观点中最重要的可以说是"历史的文学观念"，认为文学随时代而变迁，"各个时代的文学各因时势风会而变，各有其特长"，因而"以进化论之眼光观之，决不可谓古人之文学皆胜于近人"。② 他的新文学思想多受了进化论和美国的试验主义的影响，"历史的文学观念"导入了西方的科学观点，在以往的中国文学史上从未有过。对诗歌的节奏他用了心理学的手法做了具体的分析，在诗歌的表现问题上，他提倡"语气的自然节奏"和"用字的自然和谐"。③《尝试集》是胡适为实现他的新诗理想所做的大胆创新，那里的诗歌大多都是分行，不拘泥平仄与脚韵的口语诗。

钱玄同是五四时期白话运动的重要人物，是冲击封建文化的一员猛将。他反对文言文，认定白话是文学的正宗，在《新青年》上积极推动白话文运动。他为胡适的《尝试集》作序，写道："古人造字的时候，语言和文字，必定完全一致。因为文字本来是语言的记号，嘴里说这个声音，手下写的就是表这个声音的记号，断没有手下写的记号，和嘴里说的声音不相同的。"④ 他的观点也是溯源的，历史性的。主张文字直表声音，甚至发展到一个极端，提出废汉字、用拼音文字的建议。史学家朱希祖对文言文也做过精辟的批判，他在《新青年》第六卷上发表《白话文的价值》一义，指出："作文言的文，以为字句必须含蓄，不许直说，所以措辞或用古典，或用古字；造句或务简短，或求古奥。所以他们的句语矫揉造作，一副假腔，如同做戏的带了假面具，把真面目不露

---

① 胡适：《谈新诗》，《胡适全集》第 1 卷第 159 页，合肥：安徽教育出版社，2003 年。
② 胡适：《文学改良刍议》，《胡适全集》第 1 卷第 6 页，合肥：安徽教育出版社，2003 年。
③ 胡适：《谈新诗》，《胡适全集》第 1 卷第 168 页，合肥：安徽教育出版社，2003 年。
④ 胡适：《尝试集序》，《中国新文学大系》第 1 卷第 134 页，上海：良友图书印刷公司，1936 年。

出来。白话的文，把真面目刻露出来，即无此毛种病。"① 这里阐述的也是主体与文字表现的关系，正与我们在第三节中已讨论过的柄谷行人、J.H van den Berg 对达·芬奇的名画《蒙娜丽莎》的素面的阐述相吻合，他们对语言的观点基本上是一致的。白话文的登场意味着语言与概念的一场大革命——"记号论布置的颠倒"，"声音"——自我意识——终于占据了优位。另一点需要注意的是五四新文化运动的主将如以上所举胡适、钱玄同、朱希祖，他们大多是到海外留学过的，他们的新文化思考都发蒙于海外，西方的科学、哲学思想由他们引入中国，对新文化运动起了极大的刺激与启发作用。

　　胡适等人极力倡导口语创作，力求用"活文字"创出新文学，他们首先要做的工作便是开创新的表现形式，虽然他们已注意到语言表现与心理活动的关系，但还没有具备系统的理论基础，直到20世纪40年代朱光潜的《诗论》（1942年）出现，我们才看到对于诗歌的较具体、较深入的理论性阐述。他从心理学、语言学和美学的角度分析了诗的产生过程及其表现原理，他重视情绪、节奏在诗歌中所起的作用。认为："节奏是音调的动态，对于情绪的影响更大。我们可以说，节奏是传达情绪的最直接而且最有力的媒介，因为它本身就是情绪的一个重要部分。"② 他的诗歌研究的对象始终是古典诗，他详细分析了节奏与古典诗歌的韵律的关系，注意到旧诗韵法的毛病，他指出："中国旧诗用韵法的最大毛病在拘泥韵书，不顾到各字的发音随时代与区域而变化。现在流行的韵书大半是清朝的佩文韵，我们现在用韵，仍假定大半部分的发音还和一千多年前一样，稍知语音史的人都知道这种假定是很荒谬的。"③ 不很明显，他对诗歌所持的基本观点也是以"声音"为优位的，将诗歌定位于思想感情与语言的完整关联的心理反应，所以他也不同意用古韵写现代诗。但正如他在《诗论》附录《给一位写新诗的青年朋友》中所说："在这二十年中我虽然差不多天天都在读诗，自己却始终没有提笔写一首诗。"④ 朱光潜虽然已洞察到古韵与现代的语言环境的不相吻合，虽然他对于古典诗歌做了前人未达的理论性分析，但因他没有诗歌写作

---

　　① 胡适：《白话文的价值》，《中国新文学大系》第2卷第108页，上海：良友图书印刷公司，1936年。
　　② 朱光潜：《诗论》第130页，北京：三联出版社，1984年。
　　③ 朱光潜：《诗论》第195页，北京：三联出版社，1984年。
　　④ 朱光潜：《诗论》第278页，北京：三联出版社，1984年。

的实践经验，终不能探索出现代新诗发展的道路，仍固执在音韵的框架里，这便是他不能突破的极限。

胡适在《新青年》上发表提倡白话文的时候，郭沫若正在日本留学。1919年（大正八年）五四运动暴发时郭沫若正在九州帝国大学学习，此时他虽没有亲身体验新文化运动，没有读过胡适的《文学改良刍议》、《历史的文学观念论》、《谈新诗》，但也经历了一场暴飙突进的诗兴的袭击，开始对新诗的摸索，《女神》便诞生在这个时期。

郭沫若对新诗的发蒙始于留日之前，民国二年他进入高等学校读到了美国诗人朗费洛（Longfellow）的诗《箭与歌》时，第一次接触那平易的英语书写，使他感到"异常清新，就好像第一次才和'诗'见了面"，那简单的对仗反复，使他"悟出了诗歌的真实的精神"。① 他所感到的"清新"自然与他早已记得烂熟但却不甚理解其美感的中国古诗形成鲜明的对照。留日后他读了泰戈尔、海涅、惠特曼的诗，对这些诗歌的"清新""平易""明朗"大感吃惊。他所惊讶的不仅是那诗歌的情调，那"没有韵脚"、"定型反复的散文"文体也大开了他的眼界。可以说，《女神》中一首首咏山、咏海、咏爱、咏悲的诗歌都受了这震惊的刺激。当然需要注意的是英文诗歌的影响并不限于他的新诗写作，也不意味着他自此抛弃中国古典诗歌，实际上对英诗的感受反而启迪他发现了古典诗歌的美感。对他留学前后的古典诗写作问题笔者准备另行探讨。

郭沫若在诗歌创作上实现了两个突破，一是形式的突破，一是对诗歌本质内涵的突破。而二者在他的诗里都呈现着对"记号论布置的颠倒"。他认为"艺术是从内部发生。是灵魂与自然的结合"。② 在《三叶集》中他与田汉、宗白华讨论了诗歌的起源和它的本质，这里传达着《女神》时期他对新诗的理解。他说："我们的诗只要是我们心中的诗意诗境底纯真的表现，命泉中流出来的Strain，心琴上弹出的Melody，生底颤动，灵底喊叫，那便是真诗，好诗。"③ 他提出"诗的原始细胞只是些单纯的

---

① 郭沫若：《我的作诗的经过》，《郭沫若全集》第16卷第211页，北京：人民文学出版社，1992年。
② 郭沫若：《艺术的产生过程》，《郭沫若全集》第15卷第217页，北京：人民文学出版社，1992年。
③ 郭沫若：《三叶集》，《郭沫若全集》第15卷第13页，北京：人民文学出版社，1992年。

直觉，浑然的情绪"。① 他把直觉比作"细胞核"，把情绪比作"原形质"，把形式比作"细胞膜"，"细胞膜"从"原形质"中分泌出来。他反对在形式上因袭他人已成的形式，主张形式上"绝端的自由，绝端的自主"。② 在《三叶集》中给宗白华的信中指出："诗的生成，如象自然物的生存一般，不当参以丝毫的矫揉造作。新诗的生命便在这里。古人用他们的言辞表示他们的情怀，已成为古诗，今人用我们的言辞表示我们的生趣，便是新诗，诗的文字便是情绪自身的表现，到这体相如一的境地时，才有真诗好诗出现。"③ 他的新诗写作的动机在这里阐述得很清楚，就是意图从蹈袭古典、重视既成概念与形式转向于直接表现个人内心的声音，追求主体、语言、感情紧密合体的状态。

他的新诗理念多借助于心理学、生物学及西方的文学理论。《论诗三札》中他提出："诗之精神在其内在的韵律，内在的韵律便是'情绪的自然消涨'。这是我在心理学上求得的一种解释。"④《论诗三札》写于1921年，这证明他在《女神》时期已经开始注意从心理学的角度对诗歌进行理论性探讨。那以后的《文学的本质》（1925年）、《论节奏》（1926年）都运用了心理学和历史的文学观对诗歌的生成以及其本质进行了系统的理论分析。关于诗歌的内在因素他重视了"情绪"和"节奏"，在《文学的本质》中，他指出："文学的原始细胞所包含的是纯粹的情绪的世界，而它的特征是在有一定的节奏。节奏之于诗是与生俱来的，是先天的，决不是第二次的、使情绪如何可以美化的工具。情绪在我们的心的现象里是加了时间的成分的感情的延长，它本身具有一种节奏。"⑤ 在这里，他强调节奏的内在性、原生性，否认任何外来形式的支配。在《论节奏》中他更详细地对节奏进行了理论性阐述，指出了新诗与旧体诗的不同在于"旧体的诗歌，是在诗之外更加了一层音乐的效果。诗的外形采用韵

---

① 郭沫若：《三叶集》，《郭沫若全集》第15卷第49页，北京：人民文学出版社，1992年。
② 郭沫若：《三叶集》，《郭沫若全集》第15卷第49页，北京：人民文学出版社，1992年。
③ 郭沫若：《三叶集》，《郭沫若全集》第15卷第47、48页，北京：人民文学出版社，1992年。
④ 郭沫若：《论诗三札》，《郭沫若全集》第15卷第337页，北京：人民文学出版社，1992年。
⑤ 郭沫若：《文学的本质》，《郭沫若全集》第15卷348页，北京：人民文学出版社，1992年。

语,便是把诗歌和音乐结合了。我相信有裸体的诗便是不借用重于音乐的韵语,而直抒情绪中的观念之移动,这便是所谓散文诗,所谓自由诗。这儿虽没有一定的外形的韵律,但在自体是有节奏的。"[①]"情绪"和"节奏"的观点不仅为他的新诗创作奠定了坚实的理论基础,同时也加深了他对古典诗歌的认识。

这个时期郭沫若与五四新文化运动的主将们不约而同地开始了现代新诗的探索与尝试,以历史的观点解释诗歌的发生,以心理学的方法解析诗歌的本质,这样的理论性研究较胡适的新诗论更深一步,在后来的朱光潜诗论中亦可找到相近的论述。

五、郭沫若的新诗实践

《女神》的现代意义之一就在于它发出了现代人内心的声音,声音争得了优位。我们通过《女神》的几个特点可以清楚地看到这声音的优位在诗中的表现。如:第一人称"我"的连用,感叹词、感叹符号的连用,英语原文的使用等。

《女神》中有几首发想于登山的诗歌,如《笔立山头展望》、《登临》、《梅花树下醉歌》,这几首诗歌都是郭沫若通过登山创作的。《笔立山头展望》是郭沫若登九州门司笔立山时的作品,这首诗以赞美的情调讴歌了从笔立山头展望到的门司地区发展的景象。

  笔立山头展望,
  大都会的脉搏呀!
  生的鼓动呀!
  打着在,吹着在,叫着在……
  喷着在,飞着在,跳着在……
  人的生命便是箭,正在海上放射呀!
  黑沉沉的海湾,停泊着的轮船,进行着的轮船,数不尽
的轮船,

[①] 郭沫若:《论节奏》,《郭沫若全集》第15卷第360页,北京:人民文学出版社,1992年。

>一支支的烟筒都开着黑色的牡丹呀!
>哦哦,二十世纪的名花!
>近代文明的严母呀!

　　诗中呈现的全然是跃动的、正在进行的景象,正以第一句中"脉搏"一词为象征,大都会蒸蒸日上的面貌一跃展现在读者的眼前。这是1920年郭沫若看到的九州的工业城市门司的风景。据熊本学园大学岩佐昌暲教授的调查,门司地区在明治中期开始发展工业,到1920年已经成为日本最大的煤炭出产地和对外贸易基地。著名的八幡钢铁工厂、浅野石灰工厂、帝国啤酒厂、日本制粉工厂、朝日玻璃工厂都集中在那里,是日本重工业和轻工业同时发展的大城市。① 诗里蒸蒸日上的门司的情景以拟人形式的比喻生动地在我们眼前跳跃,如亲临场面。门司是临海地区,拥有很大的港口,各个工厂的产品都由这里向各地运出,一艘艘现代式轮船出入于海湾。郭沫若把那海湾比作Cupid的弓弩,把轮船和它行进时翻起的长长的水浪比作箭,又把这箭比作人的生命。接下来,将轮船的黑烟比作牡丹,比作20世纪的名花,比作近代文明的严母,一连串的比喻显然是对现代文明的讴歌,对门司工业发展的讴歌。这里登山与现代文明融为一体,山头的展望激起诗人情绪的高涨,诗中"呀""哦哦"和"!"号的连用正直接地表现了诗人的感慨,内在韵律直接流露。呼唤式的感叹直表诗人的感动,最为突出。其他诗句如"打着在,吹着在,叫着在……"则以动词进行式的连续追加的表现形式描写出一个不稳定的、一直在跃动的风景,感动与跃动相互交织,诗人的感动在这样不稳定的、一直在跃动的风景中被表现得更加切实,更加逼真。郭沫若在《三叶集》中强调"今人用我们的言辞表示我们的生趣,便是新诗"。《笔立山头展望》可以说是注重内在声音的大胆创作。

　　再来看《天狗》一诗,这首诗发想于郭沫若在九州大学医学部学习时体验的人体解剖。诗人借用中国民间传说中的天狗和人体解剖,将自己奔放的自我精神的高扬高歌出来,诗中每一句都用第一人称"我"开首,一贯到底。

---

　　① 岩佐昌暲:《福岡滞在期の郭沫若文学の背景その他》,九州大学院言语文化研究院"言语文化研究"17号,2003年2月。

> 我是一条天狗呀!
> 我把月来吞了,
> 我把日来吞了,
> 我把一切的星球来吞了,
> 我把宇宙来吞了。
> 我便是我了!
>
> 我是月底光,
> 我是日底光,
> 我是一切星球底光,
> 我是 X 光线的光,
> 我是全宇宙 Energy 底总量!

  自称"天狗"的"我"吞了日月星辰及宇宙,将自己提高到大宇宙的生命,成为"全宇宙 Energy 底总量",即个体与全宇宙合为一体,诗人在这里表现出自我意识的志向。"X 光线"、"Energy"都是科学用语,郭沫若直接用了英文。这首诗以天狗的狂奔、情绪的跃动一贯到底,诗中的科学用语紧紧扣住情绪高涨的极点,一气呵成的激情不允许诗人有"一毫的造作,一刹那的犹豫",[①]诗人脑海里回荡着的应是这些科学用语的音响——一种紧扣内心世界的声音。我们的现代意识与解剖学有着密切的关联,文艺复兴时期出现的解剖学不仅促进了医学的发展,在美术、文学、哲学、宗教领域都起了启蒙性的作用。达·芬奇、歌德都曾是解剖学的专家。解剖学的出现促使人们对以往的人种概念、等级区分提出质疑,开阔了人们观察自己、观察自然和宇宙的视野。因此,《天狗》正反映了中国新诗诞生时期诗人自我意识与表现形式的大胆实践。它的粗暴、叫喊正表示了诗人忠实于自己内心的声音、刻意追求主体与声音一体化的强烈欲望。

  再看《立在地球边上放号》,这是一首表示"力的节奏"的诗。

> 无数的白云正在空中怒涌,

---

  ① 郭沫若:《三叶集》,《郭沫若全集》第 15 卷第 15 页,北京:人民文学出版社,1992 年。

啊啊！好幅壮丽的北冰洋的情景哟！
无限的太平洋提起他全身的力量来要把地球推倒。
啊啊！我眼前来了的滚滚的洪涛哟！
啊啊！不断的毁坏，不断的创造，不断的努力哟！
啊啊！力哟！力哟！
力的绘画，力的舞蹈，力的音乐，力的诗歌，力的 Rhythm 哟！

诗人在《论节奏》中解释"力的节奏"时说："我们立在海边上，听着一种轰轰烈烈的怒涛卷地吼来的时候，我们便禁不住要血跳腕鸣，我们的精神便要生出一种勇于进取的气象。"[①]郭沫若在九州大学留学期间喜欢在海边散步，立在海边看那波澜壮阔的海涛不断地袭来又退去，听那有节奏的浪涛声，便感到一种宏壮的激情的提升，诗兴悠然袭来。正如诗人所说，这首诗讴歌着一种"力的节奏"。白云的怒涌引诗人联想到"北冰洋的壮丽"；太平洋的洪涛让诗人感受着大自然的力的律吕。这首诗在《郭沫若全集》中最后一个短句是"力的律吕哟！"但 1920 年最初发表在《时事新报·学灯》上时最后一句则是"力的 Rhythm 哟！"这里我们也可以看到郭沫若尝试新诗时刻意要强调音响的意图和努力。这首诗里有"运动的节奏"、"音响的节奏"，还有"时的节奏"、"力的节奏"，加在一起生出一种提升的、兴奋的作用。7 行诗中感叹词竟用了 10 个，感叹号"！"也用了 10 个。前 4 行从白云的怒涌到"北冰洋的壮丽"，再到太平洋的洪涛，咏颂出大自然的壮大；后 3 行则每行都排列了几个短句，每个短句都含有一部分反复的成分，形成一种急促的、强力的呼喊。郭沫若在《论节奏》中对这首诗作了说明："没有看过海的人或者是没有看过大海的人，读了我这首诗的，或许会嫌它过于狂暴。但是与我有同样经验的人，立在那样的海边上的时候，恐怕都要和我这样的狂叫吧。这是海涛的节奏鼓舞了我，不能不这样叫的。"[②]也就是说，《立在地球边上放号》不是诗人"做"出来的，而是风景的发现激发诗人"写"出来的，诗的生命要在切实表现内心的声音。

---

① 郭沫若：《论节奏》，《郭沫若全集》第 15 卷第 357 页，北京：人民文学出版社，1992 年。
② 郭沫若：《论节奏》，《郭沫若全集》第 15 卷第 357 页，北京：人民文学出版社，1992 年。

1920年郭沫若还写了一首奇妙的诗——《鸣蝉》，一首仅仅3行的诗。

声声不息的鸣蝉呀！
秋哟！时浪的波声哟！
一声声长此逝了……

这首诗吟诵的完全是声音，蝉的声音和时间的声音。蝉在夏天高声地叫，随着秋天的到来叫得更加热闹，但同时也意味着蝉的生命即将结束。本诗第一句写鸣蝉的叫声不断，第2句则从浪潮般的蝉鸣中引出秋天的脚步声，第3句随着秋天的加深，蝉鸣会自此消逝。仅仅3行的诗，通过声音表现了生命的流程。前2句用了3个感叹号"！"，两个感叹词。第3句结尾用了省略号"……"，表示生命即将消失的余音。如此简洁的诗，表现的内容却十分生动。这首诗与日本的俳句很相近，俳句按不同季节选用不同的用语，秋蝉是入秋季的季语，蝉或者秋蝉自《万叶集》中就已经登场，是日本人最喜欢吟诵的对象。日本现代诗人高滨虚子有秋蝉俳句一首："鳴きほそりつつ / 秋の蝉 / ををしけれ"。意思是：群蝉叫声渐渐微细之间秋蝉的叫声好坚强啊。郭沫若的《鸣蝉》在大意上与高滨虚子的这个俳句很接近。俳句的形式一般是五言七言五言一共3节的排列。高滨虚子的这个俳句则是七言五言五言的排列。郭沫若《鸣蝉》的3行形式也与俳句相近。而日本的俳句的一个重要特点就是声音的表现，高滨虚子的俳句明显地显示出这一特点。郭沫若留学日本时期曾接触过俳句，他在《三叶集》中讨论诗歌性格，以"日本古诗人西行上人与芭蕉翁底歌句"为"冲淡"[①]的诗，芭蕉翁乃日本江户时代的俳谐大家，以苦涩恬淡的诗风著称文坛。郭沫若在日本留学期间很有可能读过他的俳谐，俳谐是发句五言七言五言与接句七言七言反复的连歌形式，也叫俳谐连歌。俳谐连歌到明治时代经过正冈规子的改革，将发句部分独立，形成五言七言五言的短诗形式，叫俳句。郭沫若的《鸣蝉》很可能受了俳谐和俳句的影响。

---

① 胡适：《文学改良刍议》，《胡适全集》第1卷第6页，合肥：安徽教育出版社，2003年。

结语

新诗创作在它起步的那一刻便蕴涵了精神与语言、内容与形式的问题。新文学的诞生并不只靠对旧制度、旧形式的反抗，更重要的还需要创出一个崭新的认识世界，以历史的观点追溯文学的起源，还原文学的本质，客观地掌握各个不同时代文学的特质。言文一致的新诗运动其功绩就在于它开创了新的认识世界和表现世界，将古典的文学概念、语言概念做了一个根本的颠倒。

20世纪初中国的知识分子走出家园，留学海外，在异国他乡孜孜汲取现代科学与思想，海外的人文环境、自然风景对他们来说也都是新鲜的，在这样的环境中，他们开始反省中国文化与社会制度，开始醒悟现代化的方向。在郭沫若，风景的发现启发了他感受大自然的心灵，打开了认识自我的精神之门，浪漫精神由此萌芽，诗的灵感由此孕育。郭沫若的诗歌理论从心理学、美学、认识论的角度展开，对"情绪""节奏"的分析较之胡适已经有了一定的深度。在新诗实践上，胡适的《尝试集》应是现代中国最早的大胆实践，集中的诗歌有不少是口语形式的，但在这个阶段胡适还没有完全摆脱古典诗歌的束缚，诗体和音韵上还存在着古诗歌的形式。与此相比，郭沫若《女神》时期的诗歌要比胡适的《尝试集》来得更大胆，更奔放，更突破。

口语诗的成立并不是短时间内就可以实现的。日本文学界直到明治30年代，凡提到诗仍然指汉诗，虽然明治初期就有《新体诗抄》、《海潮音》、《若菜集》等尝试性的口语诗出现，但五言七言的古典汉诗仍然占据着诗歌的主流。明治40年代以后经过北原白秋、高村光太郎等诗人的努力口语诗才逐渐完成。中国的新诗也必然地经过了与旧诗歌的反复抗争，通过它自身的反复尝试才得以争得存在的权利。胡适、郭沫若的新诗写作都是这个时期的反复抗争，反复摸索的文学试验。《女神》的现代意义之一就在于它发出了现代人内心的声音，声音争得了优位。口语诗歌已获得存在权的今天，我们读《女神》或许会感到它太狂暴，太粗糙，太口号，不够完美，但这正是《女神》的边缘性、非古典性、非正统性的浪漫精神所致。在20世纪20年代新诗摸索的阶段，这样的尝试是很大胆的，具有重要的意义。它之所以能激起青年们的狂热激情，就因为它由边缘向中心大胆地发出了现代人内心的声音，这声音从传统的文学观来看是偏激的、非主流的，但它却吐出了人们被压抑的心声，特别是年青一代的心声，所以它鼓起了青年们的激情。我们应对《女神》在言文一致的新诗运动中所起的作用做客观的、切实的肯定。

The historical significance of Guo Moruo's modern poetry
—— Discovery of landscape and attempt of colloquial poetry

Rina Fujita

Abstract: Guo Moruo's literary work realized two breakthroughs for modern poetry. One is for the poetry form, and other is for the essence of poetry. Both of this two reflected "semiotic reversal". His philosophy of modern poetry is based on psychology, biology and literary theory of the west. He believed that the essence of poetry is the intrinsic prosody. And the intrinsic prosody also is the natural relief of emotion. One of the significances of the anthology Goddess is that it issued the inner voice of modern people. Voice won advantage. The biggest experience he got in studying in Japan is the discovery of landscape. In modern Japanese climbing boom, he experienced mountain climbing, swimming and travel. He discovered the landscape during these experiences. He began to gaze into the inner world. His poetry was originated from here. In this paper, we will discuss the elements and the historical significance of his poetry creation while referring to the literary theory of Koujin Karatani and the psychological theory of H. van den Berg.

Key words: Landscape; Alpinism; Swimming; Inner voice; Consciousness of self; Psychology

殖民主义语境与"满映"中国电影人的历史审视

◇ 逢增玉①

摘要：作为日本殖民主义文化电影机构的"满映"，自成立后就招收和培养中国人演员，后来又全面培养和允许中国人从事编导拍摄等电影生产制作的工作。由于"满映"是道地的文化侵略机构，以拍摄宣传殖民主义的"国策"电影和"启民"电影为主，因此在"满映"工作的中国人演职员应该如何认识和评价，历来是"满映"研究的复杂和棘手的问题。本文以马克思主义历史唯物主义态度还原历史语境，对"满映"中国人的政治立场、民族意识和艺术行为，予以具体分类和分析，做出实事求是的臧否与评价。

关键词：满映；殖民侵略；中国演职员；认识评价

1931年"九一八"事变日本侵占东北后，为了把自己的殖民主义侵略和占领合法化与长远化，在进行政治与军事镇压的同时，日伪当局还非常重视对殖民地人民的思想毒化与奴化，宣传殖民主义的所谓"国策"。为此，在整合满铁映画班、伪满电影国策会等机构基础上，日伪当局于1937年8月正式在伪满首都新京（长春）建立了"株式会社满洲映画协会"（简称"满映"）。从"满映"建立到1945年随着日本战败伪满垮台而解体，"满映"在不到八年时间里拍摄了大量的纪录片与故事片，从电影胶片和音盘生产、摄影棚、录音棚、洗印剪辑设施到与电影有关的化学工厂，从招收与培养中国人演员到电影杂志、影院布局到放映发行，从开始只是日本人担任导演和各种技术与艺术工作到培养中国人导演与艺术和技术专业人才，从物质文化和生产到精神文化和生产，建立了一整套以电影为中心的类似托拉斯式的电影工业体系，成为沦陷时期东北、华北、华中、华东和整个中国最大的电影生产和制作企业，甚至

---

① 逢增玉（1957—），中国传媒大学文法学部教授。

很快超过日本本土而成为亚洲最大的电影生产基地。当然,这个当时设备设施最先进齐全、规模最大、宣传和落实日伪当局的法西斯主义国策的电影文化机构,不论其表面如何具有现代性工业生产体系和电影基地的外衣,骨子里依然是浓厚的帝国主义和殖民主义精神文化侵略的实质,表面的现代性之下是抹不掉的殖民性。

  这个不是为电影而电影、而是为殖民主义政治统治服务的、其建立的动机与目的、结果与作用都属于历史之恶的"满映",由于是建立在中国的土地上,电影的主要接受对象是中国人,因此建立不久就建立招收中国职员的演员训练所。1939年后担任"满映"理事长的甘粕正彦又大搞所谓"体制改革"和"新政",采取民族怀柔策略,大量起用中国人担任剧作家、导演、摄影师、美术师、录音师、剪辑师等,全面地培养中国人演职员,以实现其未必善意的"让'满映'成为满洲人的'满映'"的目的。所以,"满映"实际上培养和造就了一大批中国人演职员和电影人士。特别是"满映"后期,中国人(当时称为"满系人")剧作家、导演、演员、艺术技师等,全面进入"满映"电影生产的各个环节,成为"满映"的不可或缺的组成部分。这些人中的大部分在伪满解体后成为中共领导成立的东北电影公司、东北电影制片厂和新中国建立的长春电影制片厂的骨干,一些人还陆续进关分配到大江南北的电影厂,为新中国电影事业的起步、发展和发展壮大做出重要贡献。但是在"满映"时期,他们毕竟是工作于日本帝国主义统治的殖民性文化机构里,一些人甚至参与了"满映"的法西斯国策电影的拍摄,他们的政治与民族国家立场和态度也不尽相同。如何认识和评价"满映"中国人的行为,是一个比较复杂的问题。本文试图将问题置于历史语境下予以审视、分析和评判,尽力还原历史的原貌和真实,以求客观公正和实事求是。

一

  尽管置身于日伪电影机构和整体上严酷的殖民主义占领环境,但仍然有威武不能屈的战士型中国电影人的存在和活动。其中因为从事抗日活动被逮捕杀害的导演王则,是这类积极坚持民族国家立场、投身于反满抗日活动的中国电影人士的代表。王则1916年出生于辽宁营口,在中小学读书时代成绩优异,读县立中学时就显露出文学才华,不时发表诗歌与散文。1931年考入沈阳商科学校，不久"九一八"事变爆发，他目睹了山河易手的国难和侵略者的暴行，内心里滋生出强烈的民族国家意识和反抗意识。商科学校毕业后被分派到密山兴农合作社工作，业余则继续从事心爱的文学创作。1938年2月，"满映"演员训练所招考学员，王则一考即被录取，以演员身份开始电影生涯。

"满映"演员训练所毕业后，王则被分配在"满映"总务部宣传科，担任《满洲映画》编辑，他主持座谈会，发表评论，自己也从事文学创作。1938年王则还被"满映"当局派往日本东京留学半年学习导演。1940年，在甘粕正彦重用满洲人策略安排下，王则成为电影导演。从执导电影开始，王则一方面非常热爱导演工作，另一方面对所谓宣传日本殖民国策的"主旋律"电影反感和规避。1941年，他拍了《大地的女儿》、《酒色财气》、《家》、《满庭芳》、《巾帼男儿》和《小放牛》等六部电影。这些电影或者表现生活在社会底层的人民的苦难和对被压迫被侮辱者的同情，或者表现家庭生活，或者借改编巴金小说表达反抗封建统治和追求解放的精神，总之，都是表现人民大众生活与苦难和反抗精神的，借此曲折地表达对一切压迫者、当然包括日伪当局的侵略与压迫进行反抗的意识。因此，殖民统治者对此是感觉到的，《大地的女儿》没有与观众见面就被封杀。热爱电影和导演工作的王则，在拍摄电影过程中深切地感受到自己内心的民族国家意识、抵抗殖民意识和艺术家的才华与激情，同现实的"满映"的殖民电影政策之间存在难以克服的矛盾，他意识到即便"满映"培养和起用中国人担任管理者、导演和摄影美术等艺术专职，但骨子里还是为殖民政策服务的。而在这样的环境和语境限制下，艺术家的理想和爱国者的情怀是难以通过电影酣畅淋漓地表达的。这样的现实和内心矛盾，使王则对"满映"进行了比较严厉的批判，1941年12月他发表《结算和预算》一文，表达了对"满映"的不满和自己的困惑："郑板桥有句名言：'难得糊涂'，我一年来装糊涂却渐渐地糊涂了，但仍不时感到'要糊涂'的哀愁，看起来还不曾糊涂干净，因为不时还有哀愁、还有哀愁……不愿向观众提供有毒素的花好月圆的梦的恋爱，因之我彷徨，我迷惘，我不知道哪一种题材不会违背我的艺术良心……"① 不愿意拍摄鼓吹"国策"的影片，也不愿意一味地拍摄迎合市民忘却现实贪图娱乐的娱乐片（尽管他参与了《情海航程》的摄影并写

---

① 王则：《结算和预算》，新京（伪）：《电影画报》1941年12月第12期。

有手记),这种无法克服的矛盾最终使他在1942年拍摄完电影《小放牛》之后,向"满映"提出辞呈。

辞职后的王则来到北京,借住在东北女作家梅娘家里,并参与梅娘等人主办的《国民杂志》做主编。1942年9月17日,王则参加了华北作家协会的成立大会,在北京期间还与很多作家、文化人交往,如中共地下工作者、著名女作家关露等接触。有人说王则通过与中共地下工作者的接触思想发生很大变化,坚定了抗日决心和信心,这其实是故意拔高和有意抹杀王则的思想境界。实则王则是国民党地下工作者,演员、作家和导演是他的职业掩护。在沦陷的东北,王则就已经是国民党地下抗日工作者,而整个沦陷时期反日抗敌的地下工作,重庆方面委派的国民党地下工作者的工作和成就是很大的,日本殖民当局也把主要力量和精力放在对国民党地下工作的侦破上,中共方面在日伪统治的后期,所领导的东北抗日联军由于敌强我弱,大部被消灭,剩余的转移到苏联,此时的地下工作也由于形势严峻和损失较大,故采取隐蔽精干、潜伏待机的策略。① 此后他还回到"新京",与沦陷区作家安犀、山丁等人商量建立"东北文艺基地",还准备与伪满大同剧团联合组织"满华输送剧团",带领剧团到华北演出。他多次往返于北京与"新京"之间,还在"满映"的《电影画报》和关内的刊物上发表对于"满映"电影的尖锐的批评文章,他反省自己在"满映"六年的工作是制作垃圾,整个"满映"的电影不是赔钱货就是麻痹人民意志的迷魂阵,对那些并非"国策"的通俗市民电影予以批判。他的行为早就引起日伪当局的注意,伪满《满洲首都警察的文艺界侦谍报告》详细记录了对王则行动的侦缉,最终于1944年3月,在王则准备驶往天津时在南新京站被捕入狱,历经严刑拷打后,于是年9月死于新京第一市立医院,成为"满映"中国人演职员中第一位壮烈殉国的抗日志士。

第二类是"满映"女明星张静和她的丈夫郭奋扬。张静1941年在沈阳主演私人剧社演出的大型歌舞剧时,因其美貌、歌喉和出色的演技,被邀请到"满映"试映,结果被"满映"聘为演员。由于品貌和演技出众,很快成为"满映"的明星演员,侦探片《碧血艳影》、历史故事片《燕青与李师师》、《娘娘庙》、《花和尚鲁智深》等,都是她与男演员张

---

① 参见于祺元、徐春范:《东北沦陷区的国民党》,长春:长春市政协文史资料委员会编,吉林省内部出版物第200502023号。

奕担任男女主角。影片上演后大受欢迎,张静被认为是具有可以媲美上海明星资质的潜力演员,前途无可限量。由于成为干部演员,她的工资待遇都是最高的,基本工资300元,演技津贴从300元涨到500元,年底的赏与金及奖励金是500元到1000元——在当时伪满首都政府职员月工资只有六七十元的时代,她的这种待遇可谓高不可攀,是上层中的上层。甘粕正彦上任后准备推出与上海电影界一样的明星制度,首批入选的就有张静,而且是头牌,即第一号。从小家世坎坷、历尽磨难的张静自从当上"满映"演员后,对"满映"是满意和认可的,也准备在"满映"大干一场。应该说,这时的张静是没有很明显的国家民族意识的,她"也知道日本人坏,可那些坏事都是军人干的;厂里的日本人跟那些侵略军不一样,他们帮助我们办电影厂,对我们中国人也非常好,两国人发生摩擦,上头都是先处分日本人,这还不够吗?干嘛要这样对抗他们呢?"①

这种思想也是当时大多数中国人演职员的想法。可是,在"满映"期间,张静结识了同样来自沈阳的男演员郭奋扬,两人由相识而相恋。郭奋扬是沈阳一个商业主的儿子,家境小康中上,哥哥在北平读大学学水利,他在张学良资助的奉天冯庸大学读中文。大三时遭逢"九一八"事变,不甘心当亡国奴的郭奋扬与同学们冒死扒上火车流亡关内,一路上遭到日本的飞机跟踪低飞、向路旁扔炸弹,恐吓逃难者,或者用机枪扫射车顶的人,鲜血把车窗都染红了。家国沦陷和民族仇恨,使郭奋扬加入学生抗日义勇军,走上战场与敌人厮杀。后来腿部严重受伤几乎残疾,被送到北平找到最好的医生诊治。伤愈后他到北京大学旁听,后来又参加东北民众抗日请愿团到南京,向蒋介石请愿要求抗日杀敌。此后他看抗战无望,就带着失望之情离开北平到宁夏省立高中教书。不久由于在东北的父亲病重,他千里奔丧回家。父亲死后他为家族只好留在沈阳,为谋生经友人介绍到奉天放送局唱歌,却意想不到地成为著名歌手,艺名"谷音"。不过他并不打算长待下去当亡国奴,只想慢慢寻找机会弄到那时需要的"出国证"离开伪满洲国。由于没有正式工作,而伪满洲国没有职业的人容易被抓壮丁,郭奋扬有次也差点被抓,幸亏友人帮助才脱险,于是他为安全计暂时考入"满映"当演员,"勉从虎穴暂栖身",但内心里却一直打算逃离伪满

---

① 郭燕平:《假如,她能活到今天——记"满映"女演员张静和她的家人》,长春:《长春文史资料》1989年第2辑,第159—160页,长春市政协文史委员会编辑。

洲国到关内的抗战前线打击敌人。在与张静恋爱后，他把自己的想法告诉了张静，并以"满映"理事长甘粕正彦表面对中国人演职员友好、培养中国人电影人不遗余力、但实质却是法西斯主义分子和侵华急先锋为例，教育帮助张静打破对"满映"和日本人的迷执。最后，两人一起辞职曲折进入关内，先到山西，准备后到重庆参加抗日工作。

在山西他们历经曲折，于1944年加入了国民政府军委会政治部抗敌演剧宣传第二部（简称剧宣二队），这支队伍的前身是光未然在抗战前成立的"拓荒剧团"，抗战爆发后周恩来参加了在武汉成立的国民政府军事委员会政治部担任副部长，直接领导由郭沫若担任厅长的第三厅，并在此建制下组织了几支抗日演剧队，剧宣二队就是在这时被编为抗敌演剧第三队，后来因为在西北第二战区活动，便被称为剧宣二队。抗战胜利后他们受委派随同金山一起回到长春接收"满映"，张静还主演了一部反映东北抗日义勇军的电影《小白龙》。全国解放后他们在北京参加了廖承志兼任院长的中国青年艺术剧院，张静除演戏外还担任团支部书记，郭奋扬担任资料组组长。不料在1957年反右运动时，爱说话的郭奋扬被打成右派，夫妻被发配到青海。1962年，还是伪满时代他们工作过的吉林省的老朋友们没有忘记他们，吉林省文化局和歌舞剧院力排众议克服困难，把他们调到吉林省歌舞剧院，张静担任导演，郭奋扬任资料员。但好景不长，"文化大革命"爆发后，他们再次蒙难，1970年被下放到吉林省梨树农村劳动，1972年，年仅49岁的张静因病逝世，郭奋扬虽然挺到了"文革"结束并被落实政策回到吉林省歌舞剧院，但历经多次磨难，这个身材高大的当年的爱国志士，也于1982年逝世。

张静夫妇的经历令人歔欷。身为大明星却立志抗日报国的他们，经历了抗战和解放战争的烽火，在新中国成立后一度春风得意，但随后的经历却远不如那些没有离开"满映"、没有奔赴抗日战场的同行们，如浦克等一大批"满映"电影人。尽管他们也在解放后的历次政治运动和"文革"中遭受种种波折，有的被迫改行，但境遇和遭际远强于张静夫妇，因为他们没有千辛万苦参加抗战和革命、最后却被自己追求的理想和队伍树为敌人而拒斥和打倒的痛苦。这一点，其实早在30年代小东北流亡作家肖军写的小说《樱花》里就有过预示。在伪满洲国参加抗日工作、被捕入狱的爱国志士，回到心爱的祖国内地后，遭遇的却是女儿卖淫养家、自己遭受冷落乃至歧视的更加难堪的痛苦。历史和造化弄人，张静夫妇的遭遇又一次说明了在可能公平又可能残酷的大时代、大历史中，个人命运的起伏跌宕和难以把握。假如历史可以假设，张静和郭奋扬当年不脱离"满映"、不去参加抗日而是继续留在"满映"，做他们的明星，享受明星的高收入和富裕的生活，那么即使在抗战胜利后及新中国成立后，他们的待遇遭际也不会差到哪里，甚至可以继续以明星的姿态拍摄电影，如浦克等人那样，继续在新中国的电影舞台上发挥作用。但历史是不能假设的，而且郭奋扬这样的抗日爱国志士，是一定会从民族国家大义出发离开日本人统治的"满映"，一定会奔赴抗日前线实现报国抗敌之志。他们的思想和立场决定了他们的选择，也决定了他们的命运。

二

在"满映"时期，参加"满映"的各种工作、没有积极和表面的反日意识与行为、但内心里没有忘却民族国家的"中间状态"的人，是"满映"绝大多数中国人的政治精神面貌和群像。这些人物如浦克、张奕、王福成（王启民）、刘学尧、张天赐、朱文顺、张敏、李光惠、马守清、张翠、贺汝瑜、于彦夫、于洋、张辛实、莽一萍、方化、王人路、聂晶、刘国权、白玫、周雕、李林、凌元、郑晓君、夏佩杰等人，当时都是十几岁或二十岁出头的年轻人，他们在加入"满映"时，首先是出于对电影的热爱。如后来成为"满映"著名演员的张奕回忆他在长春读中学时酷爱电影，"市里演电影，我是每片必看。不惜放弃上晚自习，也得去看电影。晚上宿舍就寝后，我就把看过的电影内容讲给同学听。有关上海电影演员的名字，哪个演员是哪个电影厂的，我都一清二楚。当时上海电影厂有联华、华艺、天一、明星四个电影厂"。[①] 长影著名演员浦克30年代在沈阳泰和商店当店员，喜爱看电影，"他成了光陆电影院的常客。凡有新片上映……他必准时去看第一场。有的好片子，看一场不过瘾，他又连看几场……他看片子绝不是消遣解闷，如同吃饭睡觉一样，是一种需要。他逢片必看，尤其魏鹤龄主演的片子，他连看几遍，

[①] 张奕：《"满映"始末》，长春市政协文史资料委员会编，第1页，长春：吉林省内部资料出版物200502016号。

愈看愈迷，愈迷愈看"。①对电影艺术的热爱是他们考入"满映"成为演员、导演、摄影师、美术师、录音师和各种专业技师的重要原因。其次，是出于谋生的需要。如前所述。殖民地人民在残酷的异族统治和压迫下也需要生存和生活，不可能每个人都去当战士或烈士。当抗敌战士或烈士是民族危难时刻最崇高伟大的选择，是民族英雄的行为，但广大的人民又不可能都去这样选择，鲁迅先生就反对那种要别人在异族统治下都去当烈士的要求。民族压迫下的生存是无奈的活法，是屈辱、尊严和不满意识不得不压抑在心的暂时的苟活，这种苟活在异族统治时代也具有意义，因为这样的活着就是对异族统治的最大的威胁。因此，这些加入"满映"的中国人即使是为了谋生，也不可予以居高临下的道义指责。

为谋生或出于对电影的热爱加入殖民者的电影机构后，他们的行为和表现也有所不同。一部人是典型的"身在曹营心在汉"，表面为"满映"服务而实际却一直积极通过各种活动表达民族意识，如编剧张辛实，在日本留学时就被日本警察部门列入黑名单，进入"满映"后，尽管享受着不坐班、按期交剧本的待遇，内心却一直存在强烈抵抗意识，并通过拍摄话剧等活动，曲折地灌输民族意识，以致引起日伪当局的警惕和打压。伪满垮台后，他受中共地下党组织委托，积极参与接收"满映"、组织中共领导的东北东北电影公司的活动。可以说张辛实代表了"满映"里一部分中国人演职员的典型的思想与行为，即表面的服从与暗中的抵抗。

还有部分人是以自己的方式曲折地抵抗殖民国策，如导演朱文顺。朱文顺1938年加入"满映"，1940年在甘粕正彦培养满洲电影人的怀柔政策下，他成为"满映"首批两位中国人导演之一。在国策电影成为主旋律的"满映"，朱文顺尽力避开拍摄此类替殖民主义张目的电影，而是拍摄反映市民百姓生活的大众通俗电影。从1940年拍摄第一部电影至"满映"解体，朱文顺共拍摄10部电影，几乎都是这类大众通俗电影。他以这种独特的方式，表达自己作为中国人的潜在的对殖民意识的抵抗和远离。在后来进入东北电影公司和新中国的长春电影制片厂后，朱文顺也明确地把自己的电影定位于"通俗片"。对他人认为通俗片没有"档次"、"层次"、难以获奖等看法，他毫不在乎，内心平静，坚持以拍"通俗片"电影达到"为人民服务"的目的，而不理会别人给加什么头衔

---

① 金云：《浦克传》，长春：《长春文史资料》第二辑，第14页，长春市政协文史资料研究委员会，1986年。

或评语,坚持走自己的"毛毛道"。这一鲜明的电影追求,就是朱文顺在"满映"时期坚持和形成的导演拍片特色,而这一追求和特色,在殖民者的电影机构里能够执着坚持,正反映出朱文顺内心对民族立场的坚守和对殖民国策的曲折抵抗,这一点在当时的环境下是难能可贵的。当然,应该指出朱文顺的此种坚守和追求,也得益于"满映"理事长、法西斯主义和殖民主义分子甘粕正彦独特的怀柔政策,换言之,政治民族立场既极端右翼但也充满矛盾的甘粕正彦的"满映"管理措施,使朱文顺得以坚守自己的电影追求。美国华裔学者傅葆石在研究中国沦陷时期的电影时正确地指出:"沦陷时期的电影表现一种微妙模糊的表述,纯粹的和不断的娱乐使得所有的沦陷区人民能够逃避日本宣传的轰炸。"[1]"沦陷区人民拍摄的影片所形成的通俗文化空间,在这个通俗文化空间之中,沦陷区电影……建立了一种新的公共空间,让沦陷区的民众在这个空间内参与构建一种娱乐文化话语,逃避日本帝国主义操纵和建立的大东亚侵略文化。也就是说,沦陷电影一方面和日本人妥协,一方面又抵抗了他们的文化政治。"[2] 以娱乐逃避殖民主义宣传轰炸,"沦陷电影这种自相矛盾的情况,同时处在占领当局国家机器之中和之外(both within and outside),(无意中)既支持又颠覆了占领当局,体现了沦陷区中国人民的多元化和不可忽略的暧昧性的经验"。[3] 以这样的视角和理论去认识和评价朱文顺等"满映"时期中国导演拍摄娱乐电影的追求和作为,无疑是历史主义态度和实事求是的。

更多的"满映"中国人电影人,则是如张奕、浦克、王启民、李光惠、张天赐、刘国权、夏佩杰等人,他们热爱电影事业,尽管在内心里对殖民者不满,但又觉得做坏事侵略中国的只是日本政府和军人,"满映"的日本管理者和电影人既对中国人较为友善和一视同仁,很多日本电影人又是有水平和敬业的艺术家,有艺术家的性格与气质,与中国人友好相处,甚至个别日本艺术家也反感本国的政府或侵略国策。在这样的环境下,他们好像淡忘了民族国家意识,只是不问政治地从事电影事业,只要从事电影就基本满足。

---

[1] 傅葆石:《双城故事——中国早期电影的文化政治》,第179页,北京:北京大学出版社,2008年。

[2] 傅葆石:《双城故事——中国早期电影的文化政治》,第163页,北京:北京大学出版社,2008年。

[3] 傅葆石:《双城故事——中国早期电影的文化政治》第163、207页,北京:北京大学出版社,2008年。

他们的行为与"满映"的日本左翼电影大师岩崎昶和日共当年领导者大塚有章一样，政治上未必认同法西斯主义的侵略，但为了谋生和电影又不得不混迹于殖民主义的电影机构。张奕等"满映"的电影明星，甚至不论是国策电影还是通俗片，都一律认真投入积极工作，这既表现出他们受到现代性的天职和敬业观念的影响，也表现出艺术家为了电影艺术而忽略了所处环境的殖民主义本质，从民族和政治的角度衡量显得有些"大事糊涂"——这也是一个时期某些人不问青红皂白地把"满映"中国电影人情绪化、极左化地视为"汉奸"一样。若单从他们拍摄和演出的某些殖民主义国策电影的行为而言，确实类乎"文化汉奸"，不过，在当时的环境与语境下，他们的此种行为又是在艺术大于政治的纯粹的艺术至上认识下导致的糊涂，不懂政治或者政治认识模糊，觉得能够拍摄电影就好，而不问所拍的是什么性质的电影。这样的认识使他们不仅在"满映"时代如此，新中国成立后也如此，不论五六十年代的红色经典电影还是"文化大革命"时期的《艳阳天》等属于阴谋文艺的电影，不少出身"满映"的电影人都参与拍摄，当然，打倒四人帮之后的新时期和改革开放的时代，如有需要他们也力所能及地尽力参与主旋律电影和艺术探索电影。尽管如此，"满映"时代的这批中国电影人内心里是不认同殖民主义侵略和国策的，"满映"外的日本警宪部门也一直严密监视他们，连张奕这样的什么电影都演的明星也曾被捕关押。因为有一定的民族国家意识，所以他们与日本人之间的民族距离还是存在的，李香兰就回忆道："满映"时代尽管她伪装为中国人，但浦克等中国演职员还是觉得她有日本血统，所以在聚会时还是警惕和保持距离，只是由于她没有任何架子，与中国人平等友好相处，大家才对她信任和友好。也因为有这样的距离和意识，所以在"满映"解体后，他们很多人都选择了参与组建和进入中共领导的东北电影公司，以及后来的长春电影制片厂和其他电影厂，继续为新中国电影事业做出积极贡献，并成为新中国电影舞台上重要的力量和存在，如浦克在《英雄儿女》、《甲午风云》等红色经典电影中都有出色的表演。张奕在新中国成立后历尽坎坷，先是脱离电影经商，后来进入长春话剧院从事话剧工作，1957年反右时被屈打成右派，发配到山区劳教，22年后平反回到原单位，在新时期又参与了《开国大典》等电影，扮演角色。其他人如王启民，新中国成立后成为长影总摄影师，还有一些人在国内各个电影厂成为骨干。这批"满映"时代的中国人演职员，经常表现出不问政治或政治意识淡薄、在"满映"时代、在新中国前十七年、在"文化大革命"时期、在改革开放的新时期都参与电影拍摄，只要可以参与电影工作就很知足的状态。这种现象的是非功过，似乎一言难尽，需要联系具体的历史语境予以辩证的分析和对待。但是无论如何，即便是出于生存考虑或政治与民族意识的糊涂，参与拍摄宣传帝国主义和法西斯主义国策的主旋律电影的行为，都是政治节操和民族节操上的污点，也是抗战胜利后这些电影人和部分民众被来到东北的国共两党人士称为"伪满洲国脑瓜"的重要原因。

三

在殖民主义统治、高压和利诱下，"满映"时期也有个别中国电影人，丧失民族气节和完全认同殖民者当局统治，成为汉奸型人物，对这类中国人毫无疑义是应该予以彻底否定的。这类人的代表者之一导演周晓波。周晓波是"满映"成立后最早担任导演的中国人之一，他也多才多艺，既能写电影剧本也能导演影片，从1940年开始拍摄了很多影片。但是，与朱文顺执着于拍摄通俗片而不拍国策片不同的是，周晓波则是来者不拒，不论国策片还是通俗片都一律卖命，甚至冒着生命危险到河南拍摄日本侵华的华北派遣军委托的国策电影《黄河》，既是这部辱华电影的剧本作者，也是该片导演。抗战胜利后他又站到国民党一边，力图把"满映"交到国民政府手里，与中共领导的东北电影公司抗衡，因此在解放战争胜利、全国解放后被逐出长影，回到老家延边，这个"满映"时期大名鼎鼎的导演就此消失于中国电影界。

另外一个是演员徐聪。徐聪是北京人，中学时代就读于北京师范大学附属中学，爱好文艺戏曲和电影。1937年七七事变后北平沦陷，日本"北支派遣军司令部报道部"的山家亨，与东和商事的中国通川喜多长政联手拍摄《东洋和平之路》，为此在北平招募演员，徐聪就是当时六名入选者之一。这部美化日本侵略军而丑化中国军队的电影在日本上映时轰动一时，主演者白光和徐聪被请到东京与观众见面，受宠若惊。自此，徐聪死心塌地地为日本人卖命。1939年徐聪与同样是北京人的美女演员李明一起加入了"满映"，他既参加拍摄国策电影《白兰之歌》、《现代日本》、《黄河》等，也参与演出娱乐通俗片《情海航程》、《风潮》、《龙争虎斗》、《她的秘密》、《晚香玉》等，其中有些影片一定程度地反映了沦陷区人民的痛苦和艰难。长相俊美、演技出众的徐聪成为颇受欢迎的"满映"男明星。当然，徐聪自认为与日本殖民者没有二心，可是也曾被日本宪兵部门逮捕，他与张奕一样也是被"满映"理事长甘粕正彦保释出来。日伪垮台后，他加入了占领长春的国民党新一军的戏剧团体，在时任军长的著名抗战军人孙立人领导下演出了若干戏剧。大陆解放后徐聪同周晓波一样彻底淡出了电影界。"满映"还有若干与周晓波和徐聪类似的人，后来基本都是这样的下场和结局，包括李明、白光这样曾经沦为日本人山家亨情妇的女演员。中华民族的文化历史有华夷之辩和汉贼不两立的传统，对丧失民族气节、出卖民族和国家利益的汉奸痛恨鞭挞、绝难宽恕，对秦桧那样的奸臣设立下跪的铜像千古唾弃，所以像徐聪、周晓波那样的等同于汉奸的文人、艺人，将其逐出电影界是理所应当的。不过中华民族又是讲究"恕道"、中庸之道的有文化、重伦理的民族，抗战胜利后和共和国成立后，对待周晓波、徐聪等人，没有像浪漫的法国人在巴黎解放后把与德军睡觉的妇女剃光头游街示众那样予以极端彻底的羞辱，只是逐出电影界淡忘而已。当然在后来的政治运动中特别是"文革"中遭受的境遇，是中国不正常时期的特殊现象，另当别论。总之，即便在历史的长河过去了70多年之后，在以历史的、辩证的眼光研究"满映"的中国人演职员时，有些不白之冤可以平反昭雪，有些特定历史环境下的过分的或全盘否定的东西可以辨析其合理内核，有些坚持民族气节和大义的东西理当发扬光大，但是，对于完全投身于殖民国策战车的汉奸行为，还是应该予以彻底否定和抛弃。对于周晓波和徐聪之类"满映"人物，也应该如是观。

"满映"时期还有一类人，其真实立场态度和表面行为反差极大，历来的认识和评价也更为复杂。这种类型的"满映"中国人的典型代表是受国民党地下工作者影响的姜学潜之类的潜伏者。姜学潜在东北沦陷后，原在沈阳主编《新青年》月刊，后转职到长春担任伪满"协和会中央本部"文化部长，主持该部《青少年指导者》的编务。这个刊物后来改名为《青年文化》，原本是侵略者地道的文化工具，但姜学潜继任后，他所编出来的东西，处处使读者感受到民族爱国意识，在当时的青年和文化界颇有影响。当时日本宪兵队也数次传讯，他都以宣传"日满协和"、"五族协和"与"大东亚共荣"政策，不能否定当地本土民族存在予以争辩，加之协和会会长甘粕正彦的权势显赫，故此他能安于其位。甘粕正彦调到"满映"担任理事长不久，就把他调到"满映"。他表面上是"满映"理事长甘粕正彦的忠实部下，到"满映"后受到甘粕正彦的赏识和重用，成为"满映"中国人地位最高、权利最大的管理干部。这样的双重身份,使过去大陆研究"满映"的论著,都认为姜学潜是日本人的汉奸和卖国贼,这种误解一直持续到90年代。①只有"满映"当年的明星演员张奕,在不知道姜学潜真实面目的情况下,在写作回忆录时对姜学潜在"满映"时期的"奇怪"言行予以真实的记录。张奕在回忆录里感到不可思议的事情之一,是姜学潜作为甘粕正彦的忠实部下和"满映"的制作部次长,对"满映"每天正式工作前遥拜天皇的"最敬礼"仪式中,中国演职员的厌倦、说怪话、甚至在遥拜仪式时故意恶作剧般地喊起"一拜天地、二拜高堂"的大不敬行为,不但不予以谴责,而且在召集演员训话时对这种被人告发的行径竟然说道:"你们不愿意做遥拜,不好想点其他办法?你不会在心里暗暗叨咕'欢迎蒋委员长早些回来'吗?以后都注意点,少给我惹事儿!"在"满映"遇到不顺心的事情,他与张奕等人一起喝酒时,悄悄对张奕说:"能干就干,实在干不了,到重庆去!"②作为受到国民党重庆方面的地下工作者影响的中国人,他虽未直接参加伪满时期东北沦陷区的地下国民党组织,但是属于同情者和外围组织的人。伪满时期国民党在东北的地下工作取得不凡成绩,也做出巨大牺牲。③抗战胜利后那些来到东北的国民党接收大员却装模作样颐指气使,对此,姜学潜是不以为然并屡有指责的。他的这种态度,使"满映"以为他是国民党人的演职员颇为困惑。究其实,姜学潜是坚守民族国家立场、一直抱着抗敌救国之使命战斗在虎穴的爱国者。不论国民党人还是共产党,在东北沦陷的艰苦环境下以合法身份为掩护进行危险的地下抗战工作、为中华民族的解放出生入死,都是民族英雄,都值得肯定,不能因为他的党派和政治态度否认这一点。改革开放后随着思想解放和对历史采取正确的马克思主义的实事求是的态度,中国大陆逐渐对抗战时期国民政府的抗战行为,从政治政策到影视艺术,都逐渐予以承认和表现,2005年在世界反法西斯战争胜利60周年之际,中国政府领导人的讲话中,对中国共产党和中国国民党政府共同

---

① 纪纲:《敌伪时期东北文坛概志》,《滚滚辽河》附录,第541页,台北:台湾纯文学出版社有限公司,1970年。

② 张奕:《"满映"始末》,长春:长春市政协文史资料委员会,第48页,吉林省内部资料性出版物200502016号。

③ 参见于祺元、徐春范:《东北沦陷区的国民党》,第1—297页,长春:长春市政协文史资料委员会编,吉林省内部出版物第200502023号。

领导了伟大的抗日战争的历史，予以公开的承认并积极评价。基于此，我们对于"满映"时期面目复杂、认识不一的"满映"电影人姜学潜，也应该从这一民族立场和大义出发，予以历史的正确的评价。

Evaluation of Colonialism&Chinese Performers of Manchuria Film Co.

Pang Zengyu

Abstract: As the Japanese colonial culture film agency, Manchuria Film Co. recruited and trained Chinese actor since its inception, then comprehensive trained and allowed Chinese engaged in movie director shooting film production work. Manchuria Film Co.as a kind of cultural aggression, taking beautifying aggression, colonial policy propaganda, The film and "Qi Min" movie, so in the Manchuria Film Co. work Chinese performers should be how to understand and evaluation, has always been "full Ying" research is extremely complex and difficult problem. In this paper, Marx's historical materialism Attitude reduction historical context, to Manchuria Film Co. Chinese politics, national consciousness and artistic behavior to be specific Classification and the analysis and evaluation of seek truth from facts.

Key words: Manchuria Film Co.; Colonial aggression; Chinese performers; Understanding & evaluation

论尼采思想的"美学转向"[①]

◇ 肖伟胜[②]

摘要：尼采思想"美学转向"是由《悲剧的诞生》倡导的酒神精神嬗变而来，这种精神又逐渐衍生出权力意志。在此基础上，我们进一步勘察了作为权力意志"永恒轮回"肉身化的"超人"，以及这种旨在批判基督教伦理道德的理想与查拉斯图拉之间的隐秘关联。尼采思想的这种"美学转向"，其实质是在"上帝死了"的现代性条件下，他为此推出了"超人"来取代上帝隐匿退场后的位置；在这一宏大的最富戏剧性的角色转换中，隐含着西方思想史上的一个重大的转型，即旧形而上学抽象的、绝对实体的本体已让位于禀赋生命意志力的感性存在的个体。

关键词：美学转向；权力意志；永恒轮回；查拉斯图拉；超人

一、酒神精神与"美学转向"

针对现代社会日益病入膏肓的恶劣情势，尼采早在他的处女作《悲剧的诞生》中就开出了"审美化生存"的疗救处方，但这并不意味着他的早期思想彻底贯穿了这一命题。我们知道《悲剧的诞生》这本书是尼采作为叔本华的学生而写的，因而它展现的内容与叔本华的精神具有亲缘关系。这本书揭示了原初的统一与个体化、意愿与表象以及生命与苦难之间的矛盾。这些矛盾明显带有叔本华式的反生命和责难生命的特点，也就是说，生命需要辩护，需要从苦难和矛盾中拯救出来。因而，在总体框架上《悲剧的诞生》未能摆脱基督教辩证法的阴影，即辩护、

---

①本文为2011年度重庆市高等学校优秀人才资助项目"视觉文化转向与当代美学的转型"，以及2008年国家社科基金立项课题"'文化转向'与视觉文化研究"（编号：08CZW007）之阶段性成果。

②肖伟胜，男，西南大学文学院教授，博士生导师，文学博士，主要从事西方美学与视觉文化研究。

救赎与和解的思路。[1](P16) 因此，尼采后来评价此书时承认："它散发着令人讨厌的黑格尔气息，它仅在若干公式上带有叔本华的报丧者的香水气味。"[2](P50) 虽是如此，在肯定消逝和毁灭成为生成本身的永恒欢乐的狄俄尼索斯身上，我们感受到了与以上框架毫不相同的新气息。从一开始，作为半神半人性的酒神，他并不满足于在更高的超个人的快乐中"解除"痛苦，相反他肯定痛苦，并将其化为快乐。尼采把酒神这种肯定称为"一个来自充盈和超充盈的、天生的、最高级的肯定公式，一种无保留的肯定，对痛苦本身的肯定，对生命本身一切疑问和陌生东西的肯定"。[2](P52) 这样一来，酒神在多重肯定中得以自我转变，不至于在本原的存在中消融，也不至于使多元性再次被并入原初的深渊之中。正如德鲁兹所言："多样性以其多样被肯定，生成的东西以其生成被肯定。就是说，肯定本身是多样性的，同时是生成性的；并且生成和多样性是肯定的。"[1](P54) 在酒神的自我转变中，肯定本身就是存在。在此意义上，作为肯定生命的神灵的狄俄尼索斯的定义与其说是依据他与阿波罗的同盟，不如说是依据他与苏格拉底的对立：苏格拉底是以上等价值的名义来判断生存、给生存判罪的，但狄俄尼索斯感到生存不应当被裁断，生存本身是正当和神圣的，"对他而言，生命必须被肯定，而不是得到辩护和救赎"。[1](P18) 这种生命本来是无辜的、公正的观点，显然来自于古希腊的悲剧思想家赫拉克利特，他对生存的理解基于游戏的本能，并让生存成为一个美学的而不是道德或宗教的现象："生成和消逝，建设和破坏，对之不可作任何道德评定，它们永远同样无罪……如同孩子和艺术家在游戏一样，永恒的活火也游戏着，建设着和破坏着，毫无罪恶感——万古岁月以这游戏自娱。"[3](P70)

在这里，尼采实际上已从早期对苏格拉底的理性主义批判转向于道德伦理批判。我们知道在苏格拉底以降的哲学中存在着将世界一分为二的共同倾向：理式与万物（柏拉图），彼岸与此岸（基督教），物自体与现象界（康德）。在这种二元世界中，往往把前者视为真实而且高贵的，后者则是虚幻和卑贱的。正如尼采自己所说："发明'上帝'这个概念，是用来反对'生命'概念——'上帝'的概念包含着一切有害的、有毒的、诽谤性的东西，它把生命的一切不共戴天的仇敌纳入了一个可怕的统一体！'彼岸'的概念，'真实世界'的概念，是发明来诋毁这唯一存在的世界的。"[2](P106) 由于在康德哲学体系中存在着这种通病，美学只能作为感性学退缩为纯粹理性和实践理性的桥梁。现在尼采的酒神精神要将这种"二元世界"世界还原为"一元世界",这个"一元世界"表达为感性的唯一性或纯粹性,生命意志永远洋溢着快乐的自娱的艺术游戏。如此这般,在尼采的后期思想中,他把《悲剧的诞生》中酒神精神所蕴涵的那种创造和生成的力提升出来,转化发展为具有强暴特征和艺术同一的权力意志。这样尼采思想就出现了所谓"美学转向"。① 这种转向的要义在于,尼采彻底摆脱了叔本华"反生命和责难生命"的毛病,转向于对诗意的生命意志更为积极地肯定,同时也改变了意志的内涵,使生命意志变成了一种创造性的自然强力,它的本性是肯定生命、强化生命、完成生命,而不是否定生命。这就是尼采所说的"权力意志"。他给生命所下的定义就是"生命就是权力意志"。[4](P18) 这种权力意志就是意志的意志,它支配一切,统治一切,行使权力,是生命的"正午",生命力充盈的最高状态。尼采有时候则把这充满强力的意志称为"纯洁的生成",它是发展之力,创造之力,也是解释之力、产生意义之力。概要地讲,权力意志的特点可以归结为以下几点:

第一,权力意志超越善恶之外。因为权力意志是生命力的漫溢,它本来就无所谓善与恶,只有永远地生成。在权力意志主宰的世界,只有一个世界,而且是唯一真实的世界,这个世界就是生命。在这个生命强力嬉戏的世界里,也没有什么最高与终极,一切的一切包括这一刻蝴蝶的翅动与海浪的拍响都是永恒回返的游戏,如嬉戏的孩童将沙之堡堆起又倾毁。权力意志在自身的嬉戏中明确权力的差别与等级,在力与力的差异中形成互动与流变。在这场永恒的创造之戏中唯一的动力是权力意志,唯一的尺度也是权力意志,而且这尺度这动力内在于权力意志自身之中。如此这般,尼采就把意志定位为一种实在的力量,这意味着,它

---

① 温彻斯特对尼采彻底的审美世界观之于道德价值重估的意义,进行了周详的勘察。他认为,尼采热衷于实践的而不是本体论的解决方式,因为他没有给那些有效性的解释提供一个普遍的标准,但尼采给予我们他为什么选择这些解释而不是另外的解释的一些范型(patterns)。对特别"标准"的确认表明对绝对标准的拒斥,同时并不意味着拒斥所有标准,正如一个审美判断那样,形式上或许具有普遍性,但那使人愉悦的东西却不可避免是个人的。尼采这种高度个性化,然而又不完全是任意的思想,就是温彻斯特所谓的"美学转向"。尼采的审美评判与康德所谓的"反省着的判断力"很相似,不过,康德走向了超验之路,而尼采永远地凝眸此岸"个别"的、"具体"的"残肢""碎片",并且把它扩展为一种世界观。参见 James J.Winchester, Nietzsche's Aesthetic Turn, (NewYork :State University of NewYork Press ,1994)。

既不是一种感觉的反应，像经验主义理解的那样；也不是抽象的先验形式的纯粹理性，像康德所理解的那样。尼采的"权力意志"是一种像理性那样既"主动"而又是"感性"的东西。这样一来，尼采就把欧洲传统哲学所认为"感性"总是被动的，而只有理性才是主动的观念颠倒了过来，而且这种扭转还剔除了传统二元世界观的通病，将它置入一元的纯粹感性世界之中。这样，意志就不仅仅是"立法者"，也是"创造者"。人类所有的知识也不过是意志的象征形式，他说："有机的职能不过是基本意志的形式，即权力意志。……除了为意志而意志之外，根本不存在别的什么因果关系。"[2](P148)

由于权力意志的自由嬉戏超越善恶之外，因而凡是道德的设定和认识的规范都是对权力意志的束缚和败坏，是生命颓废的表现，所以那些阻碍权力意志伸展的东西都应该把它们清除掉。由此，尼采将哲学、宗教、道德视为颓废的象征，艺术则是与之相反的运动。他认为"现代道德，现代精神性和我们的科学"都是疾病的形式。[2](P598)因而，这些毋庸置疑都在尼采所摧毁和扫荡之列。在尼采看来，传统的所谓真和善不过是谎言和伪善。于是古希腊的善在他眼里不过是让生命沉浸于抽象的冷水之中；基督教的彼岸世界是精心编制的难懂的骗局，而中世纪的善无非是将生命变成驯兽场的一只病兽而已，……，同样，作为权力意志直接表达的艺术和美感也超越善恶之外。美感不再是道德的完满，而是强力意志的形象显现："美在哪里？在我须以全意志意欲的地方；在我愿意爱和死，使意象不只保持为意象的地方。"[5](P10)因此，尼采非常反感传统"无欲的静观"的审美主张。因而，在他看来，艺术的创造者，倘若他们要有所成就，都一定是强壮的，精力过剩，像充满力量的野兽。在他们的生命中必须有一种朝气和春意，有一种"兽性快感和渴求的细腻神韵相混合"的醉意。由于美是生命力的漫溢和昂扬，再没有比衰退的人更丑的了。因而，尼采认为丑陋"是对使某种意义、某种新意变为无意义的意志所支配的事物的观察形式"，这些形式是创造者认为是过时的、不可靠的、失败的，而应该否定的。[2](P204)就这样，尼采把道德从审美和艺术中剔除出去，可以说达到了纯粹的顶点。

第二，权力意志又是悲剧性的。强力意志既是创造者又是破坏者，因为永恒创造就意味着永恒地毁灭或破坏，正如歌德笔下的浮士德，促使他前行的是否定的恶魔靡菲斯特。在尼采看来，"人格的富有，内心的充盈、洋溢和发泄，本能的健康和对自身的肯定，这些都会带来伟大的牺牲，产生伟大的爱"。[2](P320) 这种任何伟大的增长，自然会带来巨大的破坏和残暴。因此，权力意志所宰制的世界具有双重品格：毁灭与强力。这是由于权力意志的本质所决定的，它要肯定自己，为使自己达到肯定自己的极限，就必须要遭到破坏和毁灭。只有这样，权力意志才能回到"母体"，从而在肯定痛苦之中享受快乐。在此意义上，尼采说："快乐感和痛苦感乃是意志的欲望。"[2](P433) 很显然，在尼采赋予生命意志悲剧性的强力时，使这种力量彻底成为动力性的，成为创造和不断的生成，这种追求意志的意志的"权力意志"，就陷入到了一种发狂的动力论中。后来尼采的"超人"就是这种动力论的人格体现，这种非理性的意志主体在开掘内在世界上如同工具理性征服大自然一样，都表现出了无止境的征服欲、占有欲和狂暴特征。

第三，权利意志具有强权暴力的倾向。事实上，权力意志所要求的是无限扩张个体的意志力，企求本能快感的横流旁溢，由此将会导致非理性意志的疯狂和残酷、粗暴和毁灭。尼采将这种狂暴的意志力设定为至高无上的东西，要求人们像服从至高无上的理性一样，绝对服从非理性意志主体的恣肆本能冲动。于是他大肆宣扬审美状态的残酷性、疯狂性。他说，在审美状态中，人们把光彩和丰盈赋予事物，使事物诗化，直到它们反映出生命意志的丰盈和欲望。这些状态就是性冲动、醉、宴饮、春意、凯旋、轻蔑、壮举、残暴、宗教激情的奋激。性冲动、醉和残暴是三种最主要的，它们属于人类最古老的喜庆之乐。[2](P253) 这样一来，权力意志为了肯定自己，就把同情、善意和温柔的东西一扫而光，也就不存在什么宽恕和罪感。如此这般，所谓的幸福感，就意味着"权力和胜利意识的成功"。[2](P537) 在尼采看来，残暴不是一种人们无可奈何的创痛，而是为了全面张扬生命的意志力，人们应该去制造残暴。此外尼采告诫，不要惧怕由意志残暴所带来的恐怖，因为"伟大同恐怖相连"。在尼采肯定意志主体的残暴和由此带来的恐怖时，实际上，他已把人的非理性本能丑陋的东西彰显出来了。也就是说，尼采的美学已突进到了审美的丑的领地。

二、颓废伦理与"超人"理想

随着尼采思想的"美学转向"，前期狄俄尼索斯与苏格拉底的对立就被狄俄尼索斯与耶稣基督的真正对立所取代。[①] 在耶稣基督一方，是作为反对生存的证言，是意在否定生存的复仇企图；另一方则是直到狄俄尼索斯被分尸、碎尸为止都是生存的肯定，是生存和多样性的肯定。因而，尼采说："肯定生命，哪怕是在最异样、最困难的问题上；生命意志在其最高类型的牺牲中，为自身不可穷竭而欢欣鼓舞——我称这为酒神精神，我把这看作是通过悲剧诗人心理的桥梁。"[2](P52) 由此可见，尼采的这个"权力意志"常常是悲剧性的，因为它常常会失败，不过这种悲剧英雄虽然失败但仍然愉快。这样，尼采对悲剧之所以带来"愉悦"的看法就与亚里士多德完全不一样。他说："不是为了摆脱恐惧和同情，不是为了用激烈迸发来摆脱危险的冲动——这是亚里士多德的误解——；而是为了越过恐惧和同情，成为生成本身的永恒欢乐——这种欢乐本身也就包含着对毁灭的欢乐……"[2](PP52—53) 这就意味着，悲剧之所以给人带来愉悦感，不是因为观众在安全地带而庆幸自己免遭同样悲惨的命运，也不是因为观众体会出悲剧英雄有什么"片面性"，就像黑格尔所认为的那样，而是因为意志不顾及结果之成败，它永远肯定自己，肯定自己的生活。悲剧英雄就如同掷骰子的赌徒一样，"掷骰子"是一种主动的行为，而其结果，则是偶然的，无法计算的；这个同时隐匿自身和揭示自身的神，作为肯定的意志力，从他镜子里唤出又一面镜子，从他的戒指里唤出又一个戒指：为了肯定本身被肯定，需要第二次肯定。如尼采所说，狄俄尼索斯这位真的赌徒把偶然当作肯定的对象：他肯定偶然的断片、成分；从这种肯定里看出必然的数目，这数目又使他再一次掷骰子。人们把这第三个形象看作"永恒轮回"的游戏。轮回的正是生成的存在、多样的一、偶然的必然。虽然掷骰子者狄俄尼索斯要承担结果，但在道德上并无"责任"，他"无辜"如嬉戏的儿童，但他又是"主宰—王"。

在这里，尼采强调的是一种一次性偶然机遇的态度，发挥的是古代希腊先哲的观点：时间是掷骰子的儿童，儿童为王。因此，悲剧英雄为

---

① 德鲁兹认为尼采对《悲剧的诞生》中的观点在后来有所修改或抛弃，大抵可归结为以下五条：第一，在矛盾及解决矛盾的视角中的狄俄尼索斯为肯定的、多样性的狄俄尼索斯所取代。第二，狄俄尼索斯／阿波罗的对抗被狄俄尼索斯／阿里安的互补所削弱。第三，狄俄尼索斯／苏格拉底的对立越来越不充分，预示了更深刻的狄俄尼索斯／十字架受难的对立。第四，悲剧的戏剧化观念将为一个英雄式的观念所取代。第五，生存将失去其有罪的特征，而变得绝对的无辜。

什么失败,在尼采看来,乃是因为他的行动或是太早或是太迟,悲剧英雄是"不得其时";但是,时间仍然可以给他另一次机会,因为"机会—机遇"是"永恒轮回"的,它同时也保证"意志"永远处于有"力量"的生生不息状态。正如尼采在《查拉斯图拉如是说》的"新愈者"这章中所说:"万物方来,万物方去;存在之轮,永恒循环。万物方生,万物方死;存在之时间,永恒运行。"紧接着又说:"万物消灭了,万物又新生了;存在之自身永远建造同样的存在的屋宇。万物分离而相合;存在之循环对于自己永久真实。"[6](PP261—262)尼采在这里也告诉我们,"永恒"就是"轮回","轮回"就是"永恒",并不是在"轮回"之上,还有一个"永恒",即"不轮回"的"永恒"。这意味着,尼采并没有把"永恒"当作一个"理念"来理解,他把世界视为相互作用力的无限复数,其中,只存在着一些"个别"的、"具体"的"残肢""碎片",它们永远如此,生灭无穷。这样没有"绝对"、"精神"、"理念"、"大全"、"神"等永恒"超越"的虚幻的彼岸世界,就只剩下真实的感性的现实生活。这样尼采就把由苏格拉底及柏拉图和耶稣基督宣布的"真实世界"颠倒了过来,甚至连同与"真实世界"相对的表象世界也废除了。尼采之所以只承认一种生活,即尘世充满着欲望和激情的生活,其直接的矛头就是旨向传统"颓废"的伦理道德观。在他看来,从柏拉图到康德,凡信奉理性至上的哲学家,都把世界分为"真实的"世界和"现象的"世界。同时认为,凭感官触知的这个世界仅是一个假象,唯有凭借理性构建的世界才具有真实性。据此,传统道德即主要指基督教道德就要求灭绝尘世欲望、扼杀激情,把人的权利转向求助于依靠彼岸的超自然的力量。这种用灵魂来反对肉体,把作为生命先决条件的性本能视为不洁,害怕美和肉感的东西,怀着怨恨之心向生命报复,浸透着反生命、否定人生的毒汁,导致整个文明的颓废和人的异化。由此尼采认定,人一直被"禁闭在谬误的铁笼里,人变成了人的一幅漫画:病态的、委靡不振的、对自己心怀恶意的、对生命原动力充满仇恨的、对生命中美好的和幸运的一切充满怀疑的,人是变化不定的贫困。因为,这种认为的、随心所欲的、追加的怪胎,是教士们用自己的土壤即'罪人'培植起来的"。[2](P570)因而,在尼采眼里,只有碎片、断残的肢体和可怕的偶然品,但是却没有人。正是这种对于人类现状的强烈不满,孕育了尼采的"超人"理想。

明确提出"超人"概念的是《查拉斯图拉如是说》,[①] 在这部著作里,尼采论述了这样一种思想:历来一切存在物都创造了某种超越了自身的东西,人也是一种应当被超越的东西。"人类之伟大处,正在它是一座桥而不是一个目的。人类之可爱处,正在它是一个过程与一个没落。"[6](P9) 因而人类的目的是超人,因为他是大地的意义:"我将以生存的意义教给人们:那便是超人,从人类的暗云里射出来的闪电。"[6](P15) 但对于"超人"的具体内涵,尼采很少做出明确的界定,而是运用一种否定的方式来加以说明,即把他看作"现代人"特别是所谓"末人"的对立面。那什么是"末人"呢?尼采的所谓"末人",就是指那些把自己当作是最终目的,无法想象还有超越他的更高形态,同时构成了人类谱系学中的"最后的人"。其特征是:第一,"末人"没有创造的愿望和能力,"不再把他的渴望掷过人类去","不再产生任何星球";第二,"末人"谨小慎微,浑浑噩噩地度日,"他们谨慎地前进","小心翼翼地不使消遣损伤自己的身体",随时随地吃一点毒药,使自己沉入适意的梦境,最后服用过量毒药让自己惬意地死去;第三,"末人"的个性已经泯灭,千人一面,"大家平等,大家希望一致",而把尚未丧失个性的人视为疯子。[6](P11-12) 可以说,"末人"让感性窒息在它所追求东西的物质性中,而非让它从事创造意义和价值的实践。"末人"远离超越自己的创造,让自己沉醉于欲望的享乐中,他的全部追求只是在尽量持续的享受中提高快感。尼采在这里借查拉斯图拉之口表达了对当时流行的所有功利主义和社会主义口号的讽刺,其实也是对散发着平庸市侩气的"大众社会"的尖锐批判。尼采认为,这是一个公众宰制的时代:"这个当今是贱民的当今。""我们如今看起来却生活在无名与非人格的奴隶制中",因而"平庸是时代的危险所在"。同时机器还借它所促成的劳动方式改变着人:"不给人以奋发向上的驱动力……它令人忙忙碌碌,千篇一律",它并不教人去崇尚个人,相反,它

---

① 尼采自己告白,《查拉斯图拉如是说》的"宗旨是永恒轮回思想,也就是人所能够达到的最高肯定公式"。依据这一告白,洛维特则以为"永恒轮回"不仅是《查拉斯图拉如是说》的思想主题,而且是尼采思想的基本学说。参见洛维特《克尔凯廓尔与尼采》一文(《哲学译丛》2001年 第一期。海德格尔认为,"永恒轮回"在《查拉斯图拉如是说》是显白表达,"权力意志"是隐微表达,这两者具有"最为内在的关联",是重估价值思想的一体两面。尼采正是凭借这一思想而完成了"现代性本质;现代性第一次成为自身"。参见贝勒尔:《尼采、海德格尔与德里达》,李朝晖译,社会科学文献出版社2001年版,亦参见刘小枫《尼采的微言大义》一文(《书屋》2000年第10期)。

将许多人变成一架机器,将每个人变成达到某一目的的工具"。[7](P257)

尼采像基尔凯廓尔一样,允分意识到在现代性发展进程中新的交往模式和新技术的重要性。"报纸取代了每日例行的祈祷。还有铁道、电报。形形色色数不清的兴趣都汇集在一个头脑里。为此,头脑必须坚强有力,灵活变通。"[2](P125) 在此过程中,他看到媒体和大众文化的削平作用摧毁了个体性和团契共同体,造成同质的、畜生般温顺毫无反思力的群氓。此外,由于分工的原因,"变恶的阶层和变温顺驯服的阶层会产生分化,以致全部事实不会直接映入眼帘",[2](P218) 这样,现代社会一方面被碎片化为狭小的群体以及没有任何共享目的或目标个体;另一方面,它把无数个体削平为没有个性、自然、激情和创造性的畜群。这两股力量对自由、创造和富有强力的个性的戕害,使得"创造性力量"被掏空,以至于失去了创造一种富有活力文化的资源,现代社会极大地加速了早在西方历史开初就出现的人种的衰退。[8](P57) 据此,尼采认定现代社会是一个"卑鄙的时代",因为"它尊敬以往高贵时代所蔑视的东西",[5](P135) 有着与本真生命存在相反的本能:"它急需舒适;其次,它希望观众和演员的喧闹,那震耳欲聋的叫喊同年度集市的嗜好很合拍;其三,它要每个人都以最下贱的奴仆性向天下最大的谎言——所谓'人的平等'——顶礼膜拜,并且只把整齐划一、平起平坐的美德奉若神明。"[2](P173) 在这种本能的驱策下,现代人成了相互适应的、和平的、任人驱使的人类动物,成了平均人(the average man),即千篇一律的、没有精神的、无法区别开的大众。在工、商精神战胜军事和神学—形而上学精神的过程中,后来深受尼采影响的舍勒认为,现代道德价值序列最为深刻的转化是生命价值隶属于有用价值。在他看来,这种受怨恨支配的颠倒的现代世界观谋求贬抑,"竭力将理解死物那样去理解所有的活物,把生命干脆理解为一种机械的世界进程中的偶然事变,把生命组织理解为对一种凝固了的死的环境的偶然适应:像理解眼镜、铲子、工具一样理解眼睛、人手和器官!"因而,毫不奇怪,在机械文明中,现代世界观反过来只关切生命活动的发展、延续、胜利,只在其无限的"进步"中看到一切生命活动的真正目标,只在计算型理智的无限的培训中看到生命的"意义"。[9](P160) 像马克思一样,尼采憎恨他所看到的资本主义根本关注的只是金钱的和资产阶级的价值、它的异化劳动以及把每个人变成"勤勉的蚂蚁";他攻击把所有价值都还原成有用性的现代倾向;此外对虚假、谄媚以及平庸等关键性的资产阶级价值进行了激烈的批判。为了让人们看到大众社会的颠倒与反常,这需要一道闪电,一种疯狂。于是,站在贵族精英主义立场上的尼采,提出了与这些颓废价值相对抗的"超人"理想。这种理想必须像闪电一样在固定的想象世界里驰骋并使所有的教条和僵化都运动起来,使一切紧密结合者都四分五裂。

在尼采看来,作为"末人"对立面出现的"超人"当是伟大幸运的一片段。一旦人类揭开了上述那种把人分为"灵魂"和"肉体"极端对立的误解,就意味着超人的到来。既然"超人是大地之意义",[6](P7)那么,对于人类来说可以肯定的是,大地的意义以及生活的意义既不在一个静止的、物化了的精神产物中,也不在魔鬼之中——不管它叫上帝、理念还是绝对精神,而只是在极端对立面之间所发生的事情的充满对抗的活力中。彼珀认为,"超人"这个词开始是没有内容的,而只是超出去这个动作,它表明了一种在向外延伸中超出自我而又回归自我的死亡。[10](P49)确切地说,超人不是那种超级人,超人就不是人,不是个体,而是一种活动的名称、一种个体的积极性的名称。如此这般,我们就不难理解尼采为何有意地模糊超人的形象而未作明确的界定。超人作为一种人类热望伟大目的的驻地,这种热望的特殊形式相对每个个体来说又是各个不同的。[11](P143)超人并不意味着超验的,而是一种内在进步。大地的意义在于向前进,在于超越自我的运动中,这个运动并不是离开自身而去,而是在自身之中。这种活动有着超越出去和回归自我的一般性结构。所超越出去的是人,但是超越所发生的并不是摆脱自己意义上的那种脱离开人,而是人的自身朝着自我的方向超越。作为人类的人在超人中实现了完美。他并不迷失于或者固守于一个遥不可及的目标,而是在超越自我时主要是及于本身。霍克海默对此评价道:"尼采的目的是未来。在这个未来中,支配自然被提高到极限所带来的结果,是人的难以规定的最大力量被解放。尼采以过去任何空想主义者都没有做到的那种狂热评价了地上的人的可能性。"[12](P102)要满足上述这些超越的要求,超人只有而且必须缺乏明确的定义方才可能。

三、查拉斯图拉与"永恒轮回"

从上述尼采对"超人"的描述中,我们不难发现,超人实际上就是权力意志的具体化或肉身化。前面我们提到权力意志是生命力的漫溢,是一元的纯粹感性世界。因而,作为权力意志具体化的"超人"自然完全不同于"现代"人、"善良"人、基督徒和其他虚无主义者;同时也不是传统意义上的所谓"更高等的人"。"超人"事实上是作为"永恒轮回"的效果而存在的。至于查拉斯图拉则决定着永恒轮回及其效果,在此意义上,查拉斯图拉是"超人"出现的预告者:"我爱那些人,他们像沉重的雨点,一颗一颗地从高悬在天上的黑云下降:它们预告着闪电的到来,而如预告者似地死灭。/看吧,我是一个闪电的预告者,一颗自云中降下的重雨点;但是这闪电便是超人。"[6](P10)因而为了作为"永恒轮回"效果的"超人"出现,他必须要成为权力意志"永恒轮回"的牺牲品,即把自己放置到趋向更大世界而被抛弃的环节上,从而成了悲剧英雄。同时他必须把注意力集中到这样一个事件中:这就是闪电的事件,闪电将旧的表象世界突然间照亮在其蔑视中,并预见了它的终结。这里的终结并不是消失,而是以另外一种出现并且包含在其中。这个"出现"有着一个相反的运动,也就是说,作为查拉斯图拉这个人消失了,但出现在其他人中。反过来,对于这些人来说就意味着他们的终结,为的是出现在查拉斯图拉之中。如此看来,查拉斯图拉就是为生命意志效劳的,他将自己看作生命意志"永恒轮回"的工具。正如尼采通过梯子的画面所描述的:一张巨大的梯子,他在上面爬上爬下;他比一般的人看得远、想得多,能力更强。在他内心,一切同新统一体是相对立的,又都是相互联系的。在梯子上爬过来爬过去的查拉斯图拉,成了最崇高的行动的"酒神概念"本身。[13](P80-82)

尼采认为,生命不能像古代唯心主义预言家或唯物主义者那样离开梯子,谁要想离开梯子,谁就不理解什么是生命。人的居住之地是梯子,生命无疑存在于梯子上的无始无终和上下运动里。严格地说,梯子根本没有立在一块牢固的地基上。就这点而言,查拉斯图拉必须竭尽全力在高与低之间寻找一种平衡,在某种程度上是在灵魂与肉体之间寻找一种平和的中心。但是这个中心不是一劳永逸就能达到的,而是始终贯穿于永无止境的爬上与爬下之中。这样一个中心,不仅意味着永不停息,同时也意味着最高级的运动和主动性,在这中心里对立运动展现出生气勃勃的景象,其目标并非是在自身之外而是在自身之内。这样人们必须将梯子想象得上无止境,下无尽头,换句话说,它组成想象中的一个圆圈。从尼采这个比喻中,可以看出他是试图用查拉斯图拉立于梯子之上来形象地阐释生命意志的创造、生成过程,以更明确的方式表达权力意志

"永恒轮回"的思想。"梯子"显然就是本体诗化的生命意志。作为促生"永恒轮回"结果"超人"出现的工具，查拉斯图拉显然只能跃入本体诗化的生命意志，即立于梯子之上，在这个纯粹一元的感性世界中"永无止境的爬上与爬下"，而且为了成就生命意志、肯定极限"超人"的出现，要遭受不断的被否弃的悲剧性命运。在这里，只有生命意志力的区分与等级，也就是只有权力意志内部的对立，并没有过去二元世界中那种彻底的对立。因此，在这种生成、创造过程中，查拉斯图拉用有益的极端对立代替了两个对立面的彻底脱离。对抗产生了新事物，因为它使两个对立面有了即使是瞬间统一的可能性。这样相对抗的两个极点把他组成一个既有肉体又有精神的生命，而他让这两个极点相互碰撞并从中产生新的事物。

因而，要从两个极点相互碰撞中产生出新的事物，昭现出"大地之意义"，查拉斯图拉就必须经受住这些对立彼此之间的反反复复和上下左右活动，这运动可设想成为一种循环往上无尽运动的向上张开的螺旋形画面。就这样，查拉斯图拉既作为意义的制造者又作为被生产出来的意义而创造出一个关于动态的积极的自我意识，也是对生命力的彰显与激发。正如三岛宪一所言，对于那种"充溢着内在的充实性的自我经验、达到在混沌状态中自我解体界限的"强度经验的向往，存在于查拉斯图拉的行为之中。[12](P127)事实上，在查拉斯图拉这种"极端体验"之中，它打破了日常单一静止、不可分的自我同一性的怪圈。作为肯定之神狄俄尼索斯的最崇高的行动者，查拉斯图拉走向了寻求生活"意义"的极限之旅，用尼采的话说是"生活在险境之中"。就像修行中的自我残虐的基督教圣者，穿着带有铁针的衬衣、严寒中绝食、炎热沙漠中的干渴、在神圣的痕迹名义下对自己施加暴力，这种面向自己的强力与残虐无疑是对自己的日常个性崩溃时强烈的经验的憧憬。可以说，查拉斯图拉在最深层意义上重新追问"自我存在"的可靠性，也就是重新追问一切事物，并且无休无止把它们投入到问号之中。正如尼采所说，查拉斯图拉是一位"以罕见程度说'不'，否定一向为人们肯定的一切"的"舞蹈家"。[13](P82)尽管如此，由于在"永恒轮回"的权力意志中，否定止于存在之门，对立停止其劳役，同时差异开始其游戏，于是"不"被剥夺了权力，转而形成其对立的性质，转变成肯定性的和创造性的。这种嬗变使否定与肯定相关，并且转化成肯定权力的一种简单存在模式。在此，对立的劳役或否定的受难消失了，取而代之的是差异的好战的游戏，肯定，以及毁灭的快乐。这种价值的嬗变正是查拉斯图拉的本质定义。"[1](P279) 对于查拉斯图拉，欢笑、游戏和舞蹈都成了嬗变的肯定性力量：舞蹈将重转化为轻，欢笑将受难转化为欢悦，掷骰子的游戏将低转化为高。于是作为狮子的查拉斯图拉变成了孩子，已知价值的毁灭使新价值的创立成为可能："现在，我的锤头愤怒而残酷地向他的囚牢锤去，石块溅出碎屑……我想成全他，因为一个影子朝我走来——万物中最宁静和最轻盈者向我走来！／超人之美，作为影子向我走来"。[13](P87)

但如果它们不能同时服从更深的狄俄尼索斯谱系，新价值的创立，游戏的孩子的认可就不会形成。对于达到肯定最大极限的狄俄尼索斯的使命来说，查拉斯图拉"坚硬的锤子，即甚至以断然方式热衷于毁灭的欲望乃是先决条件的一部分"。[13](P87) 正如德鲁兹所指出的，"他是一个对于是否该传送消息犹豫不决的先知，是一个懂得否定的颤栗和诱惑的先知，是一个必须被他的动物所激励的先知。他是超人之父，但只是一个自身尚未成熟，产品已先行成熟的父亲；他是一头尚缺乏最后一次变形的狮子"。[1](P281-282) 因此，在查拉斯图拉那里，总是由相继时刻的合成关系来决定同一时刻的回归的假设。但从狄俄尼索斯的角度来看，正是某一时刻的合成关系本身，即过去、现在和未来，绝对地决定了这一时刻与所有其他时刻的关系。查拉斯图拉在"幻象与谜"的讲话中谈道："那向后退的长路：延伸着一个永恒。这向前进的长路——这也是一个永恒。／这两条路相互背驰，直接冲突：——而这柱门却是它们的会合点。柱门上的名字被刻在上面：'瞬间'。"[6](P7) 这条叫作"瞬间"的有门的通道显然是伟大正午的另一个象征，处在黄昏时分的狮子查拉斯图拉显然不愿把这有门的通道看作一个在持续的过去与未来的交汇中消失的现在的象征，而是作为过去与未来一种相撞的结果的现在。彼珀指出，只有当创造者企图超越自己而回转向自己时创造出瞬间，有门的通道才成为过去和未来的连接点。在这种同时既向后又向前的运动中，本我在它的过去和未来的同时性中让自己停留了一瞬间：有门的通道作为一个成功的自我超越的停留的瞬间。[10](P347) 尼采的这种眼下瞬间，意味着常规习惯的冲破。在这儿，在"伟大的解脱"的瞬间中，自由精神诞生了。"伟大的解脱来得……如此突然，犹如地震，年轻的心灵一下子被震动，被撕裂扯下，他自己也不明白，到底要做什么。一种驱动，一种冲力左右着它，像主人一样地向它发号施令。意愿和愿望不断增长，就是要向前进，不管付出什么代价，不管达到什么地方。……突然对童年过去心爱东西的惊愕和狐疑、蔑视如闪电一样劈在他的所谓'义务'之上,对转变的渴望激动着、撞击着,如喷发的火山肆虐着任意而为。"[14](P238)这个通过自我加强的超越活动而获得从日常性时间之流脱离出来的达致迷狂的瞬间,于是成了最强的瞬间,在这一瞬间中发生了所有能量的自由的横溢。对它来说,不存在什么高高在上的价值取向,这种价值已经消失了。这种眼下瞬间的紧张来自自由,来自绝对的自发自主性,或者说来自虚无。在这种非常的极端状态,冲破了僵死的机械力在不断重复中形成的坚硬外壳。白天屏住了呼吸,时间处于停滞——瞬间与永恒交融在一起。"从这瞬间之柱门起,一个长无尽头的路向后去:我们后面有一个永恒。"[6](P7)

这种永恒时刻的纯粹到场,尼采称之为"酒神的"肯定。随着这种没有否定的肯定,就达到了人的生存的一种最后的和最简单的状态,存在的就如其所是的存在着。这种典型样态的生命"极端体验",一方面在创造作为整体的自我的活动中超越了肉体与精神的存在的分裂性,另一方面,把自己过时的形象包括在新的创造中。因此,这种超越自我的极端努力是一个通过对非同一性,不断对一切同一性质疑的异质性的肯定而建立同一性的持续的努力。[10](P348)但正如不可能存在一种绝对的开端一样,也没有绝对的最终目标。作为生命意义的超人是一种因为自己的缘故而采取的成功的行为,一种矛盾的循环运动。由于肯定了循环,一个自成体系的意义视野被划定,在其中,只有作为本我的意志的自我意愿在起作用。因此,查拉斯图拉永远有资格说:"我在我的周围划上圆圈和神圣的界限;愈来愈少的人能同我攀登上愈来愈险峻的山峰,——我要用愈来愈神圣的山峰建造一道山脉。"[6](P249)在"上帝死了"的现代性条件下,尼采为此推出了他的"超人"来取代上帝隐匿退场后的位置。在这一宏大的最富戏剧性的角色转换中,实质上隐含着西方思想史上的一个重大的转型:旧形而上学抽象的、绝对实体的本体已让位于禀赋生命意志力的感性存在的个体。

参考文献

[1] 德鲁兹.尼采与哲学[M].周颖、刘玉宇译,北京:社会科学文献出版社,2001.

[2] 尼采.权力意志——重估一切价值的尝试[M].张念东,凌素心译,北京:商务印书馆,1996.

[3] 尼采. 希腊悲剧时代的哲学 [M]. 周国平译, 北京：商务印书馆, 1999.

[4] 尼采. 超善恶——未来哲学序曲 [M]. 张念东、凌素心译, 北京：中央编译出版社, 2000.

[5] 尼采. 悲剧的诞生 [M]. 周国平译, 北京：三联书店, 1986.

[6] 尼采. 查拉斯图拉如是说 [M]. 尹溟译, 北京：文化艺术出版社, 1991.

[7] 雅斯贝尔斯. 尼采其人其说 [M]. 鲁路译, 北京：社会科学文献出版社, 2001.

[8] Steven Best & Douglas Keller, The Postmodern Turn, NewYork:The Guilford Press,1997.

[9] 舍勒. 价值的颠覆 [M]. 罗悌伦等译, 北京：三联书店, 1997.

[10] 彼珀. 动物与超人之维 [M]. 李洁译, 北京：华夏出版社, 2001.

[11] Robert C. Solomon & Kathleen M. Higgins, eds, Reading Nietzsche, NewYork:Oxford University Press, 1988.

[12] 今村仁司等. 现代思想的源流——马克思、尼采、弗洛伊德、胡塞尔 [M]. 卞崇道等译, 石家庄：河北教育出版社, 2002.

[13] 尼采. 看哪这人——尼采自述 [M]. 张念东、凌素心译, 北京：中央编译出版社, 2000.

[14] 萨弗兰斯基. 海德格尔传 [M]. 靳希平译, 北京：商务印书馆, 1999.

On Nietzsche's Aesthetic Turn

Xiao Weisheng

Abstract: The thought of Nietzsche's aesthetic turn comes from the spirit of Dionysus in the The Birth of Tragedy which produces the will of power. We further investigated the "Superman" as somaticalized the eternal turn of the will of power and the hidden relationship between the ideal criticizing the Christianity and Zarathustra. Why Nietzsche's thought turned to aesthetic is that he want to use the "Superman" replacing the position of God in the condition of modernity. This grand turn indicated that the metaphystics abstract absolute substance has been substituted for sensuous existence with the will of life.

Key Words: Aesthetic Turn; The Will of Power; Eternal Turn; Zarathustra; Superman

简析殷璠诗论中"来"与"体"的关系

◇ 轩新丽[①]

摘要：本文研究唐代诗歌选评家殷璠《河岳英灵集》叙论中的诗学观点，主要讨论他诗论中"三来"（神、气、情）和"三体"（雅、鄙、俗）之间的对应关系。神来之笔成雅体，气来之笔成鄙体，情来之笔成俗体。雅体诗多以兴象为其特色，鄙体诗则多以风骨为其特色。盛唐诗歌雅、鄙、俗三种体调，和诗人创作时的构思状态、身心修养、精神境界密切相关，诗人或各有所长，或兼善三体，风格多样；构思不同，风格迥异，这既是中古时期较有代表性的诗歌理论创作观，也是殷璠编选诗集的重要选录标准。唯有理清"三来"与"三体"的对应关系，才能进一步分析殷璠诗学理论的体系架构，同时，这种对应关系也是分析《河岳英灵集》选集特色的关键和枢纽。

关键词：殷璠；诗论；来；体；对应关系

殷璠是盛唐重要的诗歌选评家，他一生编选过三部当代诗歌选集，流传至今的只有《河岳英灵集》。此集写有叙和论，总论盛唐诗坛动向；集中每位诗人前附小序，简评其创作情况和诗歌特色。这些评论，代表盛唐诗坛的创作理论倾向，对研究盛唐诗歌特色及唐人选唐诗均有一定指导作用，受历代唐诗研究者重视。殷璠在《河岳英灵集》《叙》中曰：

> 夫文有神来、气来、情来，有雅体，（野体）（此二字不见于《文镜秘府论》）、鄙体、俗体。编纪者能审鉴诸体，委详所来，方可定其优劣，论其取舍。[②]

[①] 轩新丽，女，曾任教香港大学专业进修学院，香港树仁大学中文系，现为香港珠海学院讲师。

[②] 引文见《文镜秘府论校注》，第345—346页，[日] 弘法大师原撰，王利器校注，中国社会科学出版社，1983年7月版。

殷璠认为,"神来、气来、情来,雅体、鄙体、俗体"这组概念是其重要的选录标准,用此选录作品,不至于出现"铨简(捡)不精,玉石相混"的情形,同时还可以成为作者的知音。作为编选者,对这组概念须充分认识和透彻理解,力求在选录的去取上,做到公平公正,避免出现"逢诗辄纂,往往盈帙"或"众口谤铄,为知音所痛"的选录偏差。从叙的上下文逻辑可知,"来"与"体"之间存在一定对应关系,并从中形成三类作品,每类作品之间形成等差优劣,须先确定类别,才能在同类作品中做出品评和选汰,故编选者须审慎对待。神来、气来、情来,从"来"字理解,这神①、气、情,显然和诗歌创作来源有关,"三来"应和作者的构思过程相联系。学者们大都从这方面来分析,② 可惜未能与雅体、鄙体(野体)、俗体对应考察。神、气、情三字,其义理相当丰富,涉及不同哲学范畴,而"三来",显然和诗风特色形成密切关系,由构思方式不同而形成诗之体调不同。神、气、情与雅、鄙、俗之间所形成的内在转化关系是:"神来"之笔成"雅体","气来"之笔成"鄙体"(野体),"情来"之笔成"俗体"。研究者未能把"三来"与"三体"对应考察,可能是因为"三体"在唐以后传本中逐渐写成了"四体"。《文镜秘

---

① 盛唐诗人,杜甫较多使用"神"字,但杜甫的"神"和殷璠的"神来"在意义上有所不同。罗根泽先生在《杜甫的兼取古律及倡导社会诗》一文中认为:"神是怎么来的?一是由于素养,二是由于感兴,三是由于陶冶,四是由于研究。"他还列举杜甫诗句加以印证。(罗根泽《中国文学批评史》之《隋唐文学批评史》第341页,上海书店出版社,2003年1月版。)

② 李珍华、傅璇琮两位学者认为:从一个诗人的创作过程来说,"神"、"气"、"情"(姑且不论其各自的内涵为何),可以说是"源",是"因",是篇章的所来。(《河岳英灵集研究》第48页。)
王运熙、顾易生两位学者认为:《英灵集》序文有云:"夫文有神来、气来、情来。"对此殷璠没有做具体说明。所谓神来,似指像灵感那样的神妙思绪迸发之时。气来之气,与气骨之气相通。《文心雕龙·风骨》云:"意气骏爽,则文风清焉。"气来似指作者意气骏爽之际,此时利于写出风清骨峻的作品。情来之情,指作者浓郁的情兴。作者的情感和兴致,常常密不可分。《文心雕龙·物色》云:"春日迟迟,秋风飒飒。情往似赠,兴来如答。"情与兴互文见义。《英灵集》评刘眘虚有"情幽兴远"句,实际即是情兴幽远之意。情来似指诗人情兴浓郁之际,此时利于写出兴象丰满的作品。如果以上解释不错的话,那么神来系泛指诗人创作时迸发的神妙思绪,它与作品新奇的构思和遣词造句有着密切的关系。气来、情来二者,则分别指诗人意气骏爽或情兴浓郁,易于写出有风骨、有兴象的作品。这样看来,序文中的"三来"与具体评价中的奇、风骨、兴象等标准,有着前后呼应的关系。(《中国文学批评通史·隋唐五代卷》第245页。)

府论》曾收入《河岳英灵集》《叙》,此书由日僧弘法大师中唐时编撰,当中记录为"三来"、"三体"。南宋后,此集历代传本皆写作"四体",即"雅体、野体、鄙体、俗体","野"与"鄙"两字本义十分接近,或是后人将"鄙体"的注释文"野体"抄入正文,之后的传本便写成了"四体"。"三来"与"三体"的对应关系对殷璠编选工作起何作用,对整部选集编排有何影响,研究者较少提及,本文现就这组概念之关系,结合选集特色尝试做些分析。

1."神来"与"雅体"

"神"具有广泛的义理范畴,广涉三教义理而各有表述。神在中国古典文论中也由来已久,往往和创作构思中的灵感、想象相联系,[①]灵感到时,恍如"神助",写起诗文就"下笔如有神"。因此,在不同时代,对创作过程中能求得神通、神助,作者十分渴望,并希望由此创作出不同凡响的作品。神、气、情,由不同途径到来就形成不同之构思,故构思途径有"神、气、情"三者之分。这种观点魏晋时曾流行,陆机、刘勰、钟嵘等都分别提及这种构思状态,陆机《文赋》曰:

> 伫中区以玄览,颐情志于典坟。遵四时以叹逝,瞻万物而思纷;悲落叶于劲秋,喜柔条于芳春;心懔懔以怀霜,志眇眇而临云;咏世德之骏烈,诵先人之清芬;游文章之林府,嘉丽藻之彬彬。慨投篇而援笔,聊宣之乎斯文。[②]

陆机对感受四季、咏诵先德、游心文章所形成的兴发感悟,做了以

[①] 成复旺、黄保真、蔡钟翔认为:"神来"说,源于《庄子》。所谓"神"并不是说神妙莫测,而是指人从事艺术创作时出神入化、绝对自由的精神活动。庄子通过"梓庆削鐻"(《达生》)、"轮扁斫轮"(《天道》)等寓言说明,这种出神入化的精神活动,并非凭空而得,有的是进行斋戒、清心,达到了人性与物性的自然契合,有的是经过长期实践,获得了内心体验与客观规律的统一。一旦水到渠成、瓜熟蒂落时,精神活动完全自由,好像忽然而来,不思而得,自然高妙,工巧入神。这种理论发展到《文心雕龙》,便有了《神思》篇,对文学创作中精神活动的特点——艺术思维的规律做出了比较系统的说明。(《中国文学理论史》(二),第49页。)

[②] 郭绍虞主编《中国历代文论选》第一册第170页。

上的总结,这些都可看作是构思前的准备功夫,在"伫中区(枢)以玄览,颐情志于典坟"之时,文人的个人修养需达到一定高度,在此基础上方能和四时万物瞬间沟通、交相感应,这和个人的精神境界、修养功夫、人生阅历都息息相关。对于进入构思,陆机下文阐发得更细致,这种玄妙状态,也可说作者正处于虚静①或冥想状态。收心归静,摈除杂念,绝巧弃智,轻利寡欲,返璞归真,致虚守静,以期神入:

其始也,皆收视反听,耽思傍讯,精骛八极,心游万仞。其致也,情曈昽而弥鲜,物昭晰而互进,倾群言之沥液,漱六艺之芳润,浮天渊以安流,濯下泉而潜浸。于是沈辞怫悦,若游鱼衔钩,而出重渊之深,浮藻联翩,若翰鸟缨缴,而坠曾云之峻。收百世之阙文,采千载之遗韵,谢朝华于已披,启夕秀于未振,观古今于须臾,抚四海于一瞬。②(陆机《文赋》)

陆机要求作者心绪都收归于静,虚则能受,静则能观,克去私欲,消除昏昧紊乱,使心回复本性的清明寂静,头脑也变得清晰有条理,思绪顺畅,不为外物扰乱,方能空出心室,虚怀若谷,而静待神入。一旦心之神进入虚广的心室,思想才能海阔天空地尽情驰骋,然后才能"精骛八极,心游万仞"。另一种表述是:人在进入虚静和冥想状态后,神魂③才能自由驰骋,"变化不测"、"通达无碍",就能不受时空阻碍,无

---

①"虚静"一词,为道家所常用,如《庄子·庚桑楚》曰:"富、贵、显、严、名、利六者,勃志也;容、动、色、理、气、意六者,缪心也;恶、欲、喜、怒、哀、乐六者,累德也;去、就、取、与、知、能六者,塞道也。此四六者不荡,胸中则正,正则静,静则明,明则虚,虚则无为而无不为也。"下文刘勰《神思》亦提及"陶钧文思,贵在虚静"。李蓁非《文心雕龙释译》解释为:"虚:在构思时,先要在思想上保持空白,即先要摆脱一切具体事物的纠缠,也即先要打破各种框框,任思想海阔天空地去尽情驰骋。只有先做到思想上空白了,思路才会得到真正的开展,思想才会得到真正的解放。所以,虚就是要放。静:在思想已经充分地开展了之后,又要在千载之前、万里之外的纷繁散乱的具体事物中,选取那些最有代表性的、最典型的、最集中的材料,作为主要的题材。所以静就是要精,要洁,也就是要收。所以,在构思的过程中,先是一虚,先是一放;后是一静,后是一收。这样,一虚一静,一放一收,构思的奥妙,尽在于此矣。"第338页。
②郭绍虞主编《中国历代文论选》第一册,第170—171页。
③神魂,是指精神和灵魂。神能畅游天地,瞬间遍历世界,无微不入,水火无碍、金石可透。而魂则日寓于目而能视,夜舍于肝而为梦,这便是神魂不同之处也。

远不到，无高不致，作者能"观古今于须臾，抚四海于一瞬"。其实，这样的精神状态，正是道家常说的"神入"、"神通"①之境。要达到这种修养境界，需要一定的顿悟功力才能悟性修真，才能观察出万物演化归根。修行者也可通过一定修习过程渐悟真性，如：斋戒、安处、存想、坐忘等，在通过每一门径修行后，使修行者逐渐达致所应具备的生理状态和精神境界。人若长期处于一种安适而平静的氛围中，灵感就容易随意而产生。这种修行过程道家又称之为"神解"②，此"神解"之态非轻易可得，需具备超凡入圣的精神境界和道德修养，人的身心须摆脱俗情物欲的牵累，保持真性畅通洁净，明心见性，才能耳目所及皆是意悟神会的真境。也就是先要"疏沦五脏，澡雪精神"，故刘勰曰：

> 古人云："形在江海之上，心存魏阙之下。"神思之谓也。文之思也，其神远矣。故寂然凝虑，思接千载，悄然动容，视通万里；吟咏之间，吐纳珠玉之声，眉睫之前，卷舒风云之色：其思理之致乎？故思理为妙，神与物游，神居胸臆，而志气统其关键；物沿耳目，而辞令管其枢机。枢机方通，则物无隐貌；关键将塞，则神有遁心。是以陶钧文思，贵在虚静，疏沦五藏（脏），澡雪精神；积学以储宝，酌理以富才，研阅以穷照，驯致以绎辞；然后使玄解之宰，寻声律而定墨；独照之匠，窥意象而运斤；此盖驭文之首术，谋篇之大端。（《文心雕龙·神思》）

刘勰对进入"神思"状态提供了许多方法，但最重要的莫过于"思理之致"，无论你使用何种方法：积学、酌理、研阅、驯致（顺习真道至理，从渐得之道中抽绎出言辞），都必须使"思理之致"，如此方能使玄思妙想之主宰得以有迹可循，使独照妙运之匠心可以窥象而现意，也就是在神思妙想之后，能把作者心中的兴发感悟妥帖传神地表达出来，所

---

① 神通，能变化不测而且通达无碍。黄帝且战且学僊（仙），百余岁然后得神通。（史记·孝武本纪）
② 神解，包括：（一）斋戒谓之信解。（二）安处谓之闲解。（三）存想谓之慧解。（四）坐忘谓之定解。信、定、闲、慧，四门通神，谓之神解。（以上三条摘自杨逢时著《中国正统道教大辞典》上下册，第408—409页，逸群图书有限公司出版部，1985年7月31日版。）

谓"思理之致"便是对义理的精确理解和表达。神的居所，心室，由志气统领，气畅通无阻，耳目所及便通达无碍；所见所闻，所思所悟，都要通过言辞表达出来，状貌写意能否无所隐遁，也在言辞的运用上出功夫。由于心在窍为舌，舌管辞令，心无滞言乃畅，所以修心、养心、静心，都在为表达思想服务，古人对心神的重视，直接和构思表达相关，有其一定道理。

殷璠的"神来"和刘勰的"神思"，同属于作者身心处于构思过程的一种较佳的状态，之前的准备功夫是必须的，有此准备就会使兴发感悟随时生起，使外在物象盛载诗人的意悟情兴，景物皆成为作诗的好材料。对于这种外在物象成为作者心中意象，既而成为诗中佳景真境，这种构思前"陶钧文思，贵在虚静，疏瀹五脏，澡雪精神"的修养功夫，盛唐文人甚为看重，旧题王昌龄《诗格》中的《立意篇》也述及构思状态中"安神"、"养神"之重要，以及"神疲"、"伤神"后"兴"的休歇、凝滞状态，由此对诗人创作状态所形成的各方面影响。因此，王昌龄强调有"神"和所取用之景密不可分，诗人须随时修心养神，保持神畅使诗中所取用之景"清真"、"澄净"，诗中之景与意中之理、心中所悟皆相惬当，使诗中再现意象圆融一体、光明澄净，意象所传达的意悟感兴，皆能妥帖确切、自然和谐：

> 诗贵销题目中意尽，然看当所见景物与意惬者相兼道。若一向言意，诗中不妙及无味，景语若多，与意相兼不紧，虽理通亦无味。昏旦景色，四时气象，皆以意排之，令有次序，令兼意说之为妙。旦日出初，河山林嶂涯壁间，宿雾及气霭，皆随日色照着处便开。触物皆发光色者，因雾气湿着处，被日照水光发。至日午，气霭虽尽，阳气正甚，万物蒙蔽，却不堪用。至晓（晚）间，气霭未起，阳气稍歇，万物澄净，遥目此乃堪用。至于一物，皆成光色，此时乃堪用思。所说景物必须好似四时者，春夏秋冬气色，随时生意。取用之意，用之时，必须安神净虑。目睹其物，即入于心；心通其物，物通即言；言其状，须似其景。语须天海之内，皆纳于方寸。至清晓，所览远近景物，及幽所奇胜，概皆须任思自起。意欲作文，乘兴便作，若似烦即止，无令心倦。常如此运之，即兴无休歇，神终不疲。凡神不安，令人不畅无兴，

无兴即任睡，睡大养神。常须夜惊（停）灯任自觉，不须强起，强起即惛迷，所览无益。纸笔墨常须随身，兴来即录。若无纸笔，羁旅之间，意多草草，舟行之后，即须安眠，眠足之后，固多清景。江山满怀，合而生兴，须屏绝事务，专任情兴，因此，若有制作，皆奇逸。看兴稍歇，且如诗未成，待后有兴成，却必不得强伤神。（《文镜秘府论·南卷》之《论文意》）

诗人们对于"虚静"、"养神"之后，是否能够进入"兴"的状态相当重视。在注重修身养性的文人看来，"兴"来之时心神安然，其实即是"神解"状态。盛唐诗人对"神"的关注，和当时佛、道两教义理发达昌盛相关。开元、天宝年间，在文人思想上形成重大影响的哲学义理，当属司马承祯一系列著作。这位名重一时的道士，颇能融合三教义理，取其所长，形成自家体系；其修养境界为时人称道，其著作义理涵摄儒、释、道三教精义，道俗两边都积极参与实践他所总结出的养生修炼方法，以通心性；当时的文人，甚为关注他的《天隐子》和《坐忘论》，这两部著作为破除宗教迷信崇拜皆起着正面作用。如其《天隐子》所曰：

神仙：人生时禀得虚气，精明通悟，学无滞塞，则谓之神。宅神于内，遗照于外，自然异于俗人，则谓之神仙。故神仙亦人也，在于修我虚气，勿为世俗所沦折；遂我自然，勿为邪见所凝滞，则成功矣。（司马承祯《天隐子》）

这是盛唐人的观点，认为"神仙亦人也"，这种观点是佛道两教义理融合的结果，司马承祯广泛吸收佛教义理中"心性"说之合理成分，融入道家老氏妙门修炼之中，使"神仙"的修炼方法从玄虚变为具体可行，提倡人人皆可修炼成仙，从久视身外之神导向内视自身之神的修养，方法简单易行，和佛教南禅宗提倡人人皆有佛性有异曲同工之妙，不但加强修行者信心，也使其修行目标更清晰可行，而且道俗两边皆可修行。司马承祯认为修仙道首要条件是《易简》：

易简：《易》曰："天地之道易简"者，何也？天隐子曰：天地在我首之上、足之下，开目尽见，无假繁巧而言，故曰易简，易简者，神仙之德也。经曰：至道不繁，至人无为。然则以何道求之？曰：无求不能知，无道不能成。凡学神仙，先知易简。苟言涉奇诡，适足使人执迷无所归本，此非吾学也。世人学仙反为仙所迷者，有矣；学气（炁）反为气（炁）所病者，有矣。（司马承祯《天隐子》）

他还认为修神仙之道若不能顿悟则有渐门可行，还总结修习渐门的五个次第：

渐门：《易》有渐卦，老氏有妙门，人之修真达性，不能顿悟，必须渐而进之，安而行之，故设渐门。一曰斋戒，二曰安处，三曰存想，四曰坐忘，五曰神解。何谓斋戒？曰：澡身虚心。何谓安处？曰：深居静室。何谓存想？曰：收心复性。何谓坐忘？曰：遗形忘我。何谓神解？曰：万法通神。是故习此五渐之门者，了一，则渐次至二；了二，则渐次至三；了三，则渐次至四；了四，则渐次至五，神仙成矣。（司马承祯《天隐子》）

由"斋戒"到"神解"五个步骤简单易行，但真正能依次第修习并到达真境者不多，特别是"万法通神"的"神解"境界，需要一定修行时间和养练经验方能通悟，普通文人士子较难脱俗去欲、定性离情，故对此境界颇为渴慕、追想，"神解"之境如此：

神解：一斋戒谓之信解（言无信心即不能解），二安处谓之闲解（言无闲心即不能解），三存想谓之慧解（言无慧心即不能解），四坐忘谓之定解（言无定心即不能解），信、定、闲、慧四门通神，谓之神解。故神之为义，不行而至，不疾而速，阴阳变通，天地长久，兼三才而言谓之易（系辞云：穷则变，变则通，通则久），齐万物而言谓之道德（老子《道经、德经》是也），本一性而言谓之真如（释氏《法华》、《楞严》、《涅槃》皆一性）。入于真如，归于无为（《圆觉经》云：佛身有为，至于无为，佛化身不堕诸数皆一性）。故天隐子生乎易中，死乎易中，动因万物，静因万物，邪由一性，贞

（真）由一性，是以生死动静邪贞（真），吾皆以神而解之。在人谓之仙矣，在天曰天仙，在地曰地仙，在水曰水仙，能通变化之曰神仙。故神仙之道有五，其渐学之门则一焉（谓五渐终同归于仙矣。故神仙之道，五归一门。谓五渐终同归于仙矣①。（司马承祯《天隐子》）

司马承祯综合易学、老氏、释氏各种法门，三教归一，皆为通神而解之。然这信、定、闲、慧四门，非一般俗人凡心所能入，这修心通神之路可谓不一般矣。神仙之道求之不易，专心于修身养性、求道悟真的文人对此则矢志不渝，他们往往在作品中融入各种修行经验和体悟过程，其诗中哲理多显示为：对世情俗物得圆融无碍之豁达，对品味鉴赏得高尚清雅之不俗，对仕宦出处得随缘适性之智慧。辗转周旋于出处之间又偶尔访僧问道的诗人，由于未能觉悟，也不曾有通神开悟的体验，无此随顺圆融的智慧，终不能进入出神入化之境界，故视开悟者作品是可望而不可即之"高作"。这种通达无碍的处世哲学，被认为是有别于世俗的真理，觉悟诗人作品中表现出的优柔不迫和从容自在，被视作高雅姿态，故其作品称为"神来"之笔所成之"雅体"。这种风气在盛唐诗人之中应相当盛行，殷璠未能免俗，他提出"兴象"概念，是基于这种风气所形成的审美观，"神来"之"雅体"和"兴象"之间形成对应联系，而创作"兴象"诗歌的诗人，多是那些悠游于山水田园的、潇洒旷达之人，他们不汲汲于富贵，不戚戚于贫贱，故"优雅"而从容，此种风度和姿态又可通过"兴象"后再现于诗歌，"象"便有了"神"，这种观点并非唐人所独有，正如刘勰《神思》篇最后所倡导之"神用象通"：

神用象通，情变所孕；物以貌求，心以理应；刻镂声律，萌芽比兴；结虑司契，垂帷制胜。（《文心雕龙·神思》）

神通之象，心应之理，借物象以揭示情变之因由，这便是"兴象"作品的特点，虽然刘勰心应之理与殷璠不尽相同，但在创作方法上应是一致的，至少这类"兴象"作品是盛唐诗人心摹手追之作，盛唐"山水

---

① 司马承祯《天隐子》引自（明）正统道藏本共2页，参考（明）万历夷门广牍本，见基本古籍库。

田园诗派"方能蔚为大观。故此,《河岳英灵集》诗人小序,殷璠评常建诗"建诗似初发通庄,却寻野径,百里之外,方归大道。所以其旨远,其兴僻,佳句辄来,唯论意表",常建是位风格多样的诗人,虽然存诗不多,每首都堪称精品,边塞诗和山水诗都有出人意表的警策之句,意境幽深,玄理耐人寻味。小序把常建诗清幽意远的风格形象地概括出来,常建在《河岳英灵集》是排首位的诗人,甚得殷璠看重。小序评王维诗"词秀调雅,意新理惬,在泉为珠,着壁成绘,一句一字,皆出常境",此处"常境"非谓平常之境,佛家认为世间无恒常一物,故曰无常,而恒常之境乃是真境,由离相离我觉悟之心方能观照,王维诗中的"雅调",既由于他兴会意悟之诗境的明澈,也得自于他觉悟佛道义理的惬当;再如小序评孟浩然诗"文彩葺茸,经纬编密,半遵雅调,全削凡体",孟浩然的"雅调",则是由于他"全削凡体",得自于诗人的出处心态的不俗。在殷璠看来,这些能把心领神会之意悟借助物象传达出来、使物象寓有警策之意的诗人,就是"神来"之笔所成"雅体"诗的代表,①他们多是盛唐"兴象"诗人的佼佼者,殷璠较准确地概括了他们诗歌中的此类特色。

2. "气来"与"鄙体"或"野体"

盛唐诗人在致力于"养神"这条路上,还有"养气"一关要先过,而"养气"之说在文论中也是由来已久,②从孟子"我善养吾浩然之气"

---

① 成复旺等认为:《河岳英灵集》所选诸家中,以"神来"见长者,如常建、王维。殷璠评云:常建诗"其旨远,其兴僻,佳句辄来,唯论意表";王维诗"词秀调雅,意新理惬,在泉为珠,着壁成绘,一句一字,皆出常境"。以"气来"见长者,如高适,"诗多胸臆语,兼有气骨";如薛据,"为人骨鲠有气魄,其文亦尔"。以"情来"见长者,有"诗多叹词要妙,清意悲凉"的崔署和"诗婉娈清楚,深宜讽味"的崔国辅。至于"志不拘检"、文皆"纵逸"的李白和"格高调逸,趣远情深,削尽常言,挟风雅之迹,浩然久气"的储光羲,以及与储"气同体别"的王昌龄,就说不清是"神来、气来、情来",实则兼而有之。(《中国文学理论史》(二),第50页。)

② 成复旺等认为:"气来"说,源于孟子"知言养气"论。但孟子并没有直接论述"气"与"言"的关系。后来《典论·论文》,就具体说到了"气"与文学风格的内在一致性。《文心雕龙》谈"气"之处更多,它已是刘勰创作理论的重要组成部分了。(《中国文学理论史》第49—50页。)

开始,"养气"就成为文人养生修炼的必要条件,如此,方能有颗坦荡荡君子之心,借此广圣培德:

> 敢问夫子恶乎长?曰:我知言;我善养吾浩然之气。敢问何谓浩然之气?曰:难言也。其为气也,至大至刚,以直养而无害,则塞于天地之间;其为气也,配义与道,无是,馁也;是集义所生者,非义袭而取之也,行有不慊于心,则馁矣。① (详见《孟子·公孙丑》上)

孟子的"浩然之气"和正义之心密切相关,须是"以直养而无害",方能"至大至刚"、"塞于天地之间",因此要积蓄善心和满足自己的德行,才能使"浩然之气"长存不馁;故文人士子的修养境界,也就离不开对此"浩然之气"的陶冶和浸润,由此生发无尽的阳刚正义之美和雄浑广阔之气,道家认为,"养气"是修身养性之根本,是保寿长命的基础,"养神"须先"养气","气"之清和,则"神"之畅爽,志气是统领通神之关键。"气"又是诗人构思创作中兴发感悟的另一来源,而且是普罗大众普遍认同的、更为广阔的兴感来源,有自然之气,有生命之气,天、地、人三才各有所属,气来则感天动地,意气风发,如钟嵘《诗品》序所言:

> 气之动物,物之感人,故摇荡性情,形诸舞咏。照烛三才,晖丽万有。灵祇待之以致飨,幽微藉之以昭告。动天地,感鬼神,莫近于诗。② (钟荣《诗品·序》)

刘勰继《神思》之后,也对"养气"用专篇来探讨,还在随后的《体性》篇中具体阐发弥补先天之"气"不足的方法。他在《养气》篇中,认为"气"与"神"对创作来说同样重要,且两者有相辅相成之效,同时他又强调"气"和"志"之间有必然之联系:"才力居中,肇自血气;气以实志,志以定言;吐纳英华,莫非情性",作者内在的性决定了外在的体,表现在文章风格上各有不同,而内在的才气,是神思的主要动力,

---

① 郭绍虞主编《中国历代文论选》第一册,第31页。
② 吕德申著《钟嵘诗品校释》第1页,北京大学出版社,2000年10月第2版。

并由此组成为"意内言外"的文辞,故神气安和则写起文章便见理融情畅,文思泉涌。正如《孟子·公孙丑上》曰:"志一则动气,气一则动志也。"刘勰有意融合儒、道两家观点,从中提炼出自己修养神与气的理论:

> 昔王充著述,制养气之篇,验己而作,岂虚造哉?夫耳目鼻口,生之役也;心虑言辞,神之用也。率志委和,则理融而情畅;钻砺过分,则神疲而气衰,此性情之数也。(《文心雕龙·养气》)

刘勰于《养气》篇首,道出自己的"养气"观是秉承王充而来,又强调为文之人要善于抒怀言志,从而调畅壅滞之气,若过分钻研磨砺文思,就会导致"神疲而气衰",这样搞创作,无疑于人于文皆不利,写作有别于阅读,须顺应自然状态,乘兴而作;所以提倡以文养气、以气驭文,使"文虑"、"精爽"两不相扰:

> 夫学业在勤,[功庸弗怠,]故有锥股自厉;[和熊以苦之人,]志于文也,则有申写郁滞,故宜从容率情,优柔适会。若销铄精胆,蹙迫和气,秉牍以驱龄,洒翰以伐性,岂圣贤之素心,会文之直理哉?且夫思有利钝,时有通塞,沐则心覆,且或反常,神之方昏,再三愈黩。是以吐纳文艺,务在节宣,清和其心,调畅其气,烦而即舍,勿使壅滞,意得则舒怀以命笔,理伏则投笔以卷怀,逍遥以针劳,谈笑以药倦。常弄闲于才锋,贾余于文勇,使刃发如新,凑理无滞,虽非胎息之迈术,斯亦卫气之一方也。赞曰:纷哉万象,劳矣千想;玄神宜宝,素气资养。水停以鉴,火静而朗;无扰文虑,郁此精爽。(《文心雕龙·养气》)

"养气"对文人士子来说至关重要,虽然"养气"未必能更改与生俱来之"气",但能够开阔胸襟、陶冶情操、升华气节,弥补天生之"气"所带来的志气不足和文气缺憾。人的资质原本都有局限,而知识则是无穷尽的,如果超越资质的局限去追求无穷尽的知识,难免因忧伤恐惧而导致疾病。所以,诗人作者必须注意调节劳逸,重视休息保养,以确保充沛的精神活力和清醒的头脑文思,如此方可说掌握了养气通神之道。

唐人倡导"建安风骨"也和"养气"论密切相关,曹丕《典论·论文》以"气"为主,他认为"气"不可"移",也"不可力强而致",他评徐干"时有齐气",评应玚"和而不壮",刘桢"壮而不密"、孔融"体气高妙"等,曹丕把"体"和"气"混为一谈而言"气"。刘勰则分写《体性》、《养气》两篇文章来阐发其观点,有意区分之;到钟嵘时则把"气"具体到天、地、人,"三才"之"气"各不相同:天命之幽微、四季之节气和人之情性,虽然各有表现,但也着有千丝万缕的互相感应之机,时机一到,互通感应,并由此兴发感悟而成文成诗,故诗文可"感天地"、"动鬼神",具有人与自然的神通作用和审美功效。

殷璠把诗中的"浩然之气"和"风清骨峻"、"风骨凛然"相联系,这是盛唐诗人普遍认同的审美观念;也和刘勰的观点相一致,都是因循着传统思路而来。刘勰《文心雕龙·风骨》篇从不同角度把"气"和"风"、"骨"相提并论,殷璠编撰选集,把"气"来之笔所成的"鄙体"诗,也和"风骨"特色相辉映。刘勰对"风骨"语义的阐释相当丰富,他把诗文语辞中内在之体格,比如人之骨骼;而外现之风情,如同人体骨骼之包气;只有把"骨"与"风"一起来考察,才能显出诗文的完整风貌;他强调文骨之"端直"和文风之清朗都和"意气骏爽"相关,故要"缀虑裁篇,务盈守气,刚健既实,辉光乃新",守盈气和健刚骨才能使诗文具备光辉充盈和新鲜清爽的形神风貌;同时"风骨之力"又和捶字、结响等负声之力相关,突出人之气节傲骨,诵咏之间已现出诗人之风骨格调,可见"风"和"骨"又和声律有关,其声韵规律属自然声韵,而非严格意义上的近体格律。因此,在《河岳英灵集》中,殷璠对具有"风骨"特色的诗人,做如下评论:

  评储光羲诗曰:"格高调逸,趣远情深,削尽常言,挟风雅之道,得浩然之气。"强调"风雅之道"和"浩然之气"相辅相成,"雅"和"格高调逸,趣远情深,削尽常言"等要素形成因果关系,集中选其诗十二首,都是雄浑豁达、气宇轩昂之作,可谓皆得自"浩然之气";评刘眘虚:"唯气骨不逮诸公",故集中虽选诗十一首,无一首充盈"浩然之气";评王昌龄诗:有"风骨",且"声峻",集中选其诗最多,有十六首,皆有"浩然之气",殷璠称王昌龄与储光羲是元嘉以还四百年内振兴风骨之诗人,两人诗歌堪称中兴高作,而诗人小序选两人秀句也多达数十上百，皆是风清骨峻之例，可以想见二人在诗坛影响不小；殷璠评高适诗"多胸臆语，兼有气骨"，评薛据"为人骨鲠有气魄，其文亦尔"，评崔颢"晚节忽变常体，风骨凛然，一窥塞垣，说尽戎旅"，评岑参诗"语奇体峻，意亦造奇"等等，这些诗人皆是擅写边塞诗的佼佼者，其为人也大多是些骨气奇高和魄力果敢之人，集中所选诗歌不少是写边塞苦寒、戎旅征战的。集中常建、王维、王昌龄、储光羲、陶翰堪称"风骨"、"兴象"两种风格兼备的诗人，常建、王维各选诗十五首，仅次于王昌龄，李颀十四首，高适和李白各十三首，储光羲十二首，刘昚虚、陶翰、崔颢、崔国辅各十一首，薛据十首，除刘昚虚外，皆作有边塞诗或游侠行猎之诗；常建选诗过半属塞垣戎旅之作；王维早期于开元年间，写过不少任侠游猎诗，如《少年行》、《陇头吟》等皆入选，其边塞诗有"大漠孤烟直，长河落日圆"脍炙人口之名句，属风骨诗之特色，但王维比较擅写兴象诗。储光羲前后诗风也很不同，早期诗入选殷璠先编的《丹阳集》，评其诗"宏瞻纵逸，务在直置"，可见早年诗作以"风骨"特色见长，后又有秀句数百入选《荆杨挺秀集》，称其颇通玄理，殷璠再选其后期诗入《英灵集》，则多是山水田园诗，以"兴象"、"雅体"取胜；陶翰因"诗笔双美"，被评为"既多兴象，复备风骨"，其诗既多边塞诗可说"备风骨"，又不乏"多兴象"之佳句，同于诗歌中呈现"风骨"和"兴象"两种风格。

把"神来、气来、情来"和"雅体、鄙体（野体）、俗体"结合论述，两者间即形成一定对应关系。有学者侧重"三来"的讨论，而忽略与"三体"的关系，有其一定原因。《河岳英灵集》宋代以后的传本大都分上中下三卷，而非上下两卷，四库馆臣以为殷璠仿钟嵘以三品论诗人，不确；殷璠对入选诗人多看重其品行大节，对高才无贵仕之人特别赞赏，对德行有亏、品节不高之人却甚少录入，可见三品论诗人有违殷璠本意，但由三种创作来源分三类诗来讨论诗歌之优劣，则是有可能的。另外，《河岳英灵集》宋以后传本，多把"三体"写成"四体"，实际上则是"三来"对"三体"，而非"四体"。"鄙体"和"野体"，同属一体。"野体"一词，未见于《文镜秘府论》南卷之《定位》。学者卢盛江说:"'野体'见四部丛刊本,其他各本无。"①宋代李昉等编《文苑英华》,虽然收录了殷璠《河岳英灵集序》,但文中此处明显有脱讹;明代高木秉《唐诗品汇》所收此集序文,已载有"野体"一词,衍文可能出自南宋以后,而明人翻刻版又收录于四部丛刊,故卢盛江考证结果为"野体"一词为四部丛刊本所见,此说可信。"野体"应是宋人对"鄙体"一词的注释,后人在传抄时不查,误将注释文收入正文,至明刻本遂变三体为四体,清代馆臣又照收此衍文于序中。《河岳英灵集》在唐人选唐诗中流传较广,自明代以来传本中类似此类沿讹尤多,②故有此推论。"野体"与"鄙体",两者语义上相近,"野"、"鄙"本是一组近义词,辞书中两字与"都"、"郊"意思接近,与城市区划有关,四字略有不同,"野""鄙"是指"郊野"、"边鄙",类似现代汉语的边境、边塞,王力《古汉语字典》对四字进行过辨析。③

"气来"之笔所形成的"鄙体"诗,大多是诗人在游历边鄙塞垣或经历戍边戎旅后所作,因此边塞诗派诗人多写"风骨"诗,描写塞外恒荒、边境苦寒、征战戎旅等雄浑阔大之景,抒写建功立业、战死沙场、以身报国等高远伟大之志,诗风豪迈顽强、雄浑刚健、昂扬奋进;另有一些诗写任侠游猎之况,人物性格鲜活生动、侠肝义胆、荡气回肠,颇有盛唐气势,这类诗应是殷璠所倡导的"风骨"诗类型,殷璠早年编《丹阳集》主要选录"风骨"诗,以"兴象"为主的"雅体"诗尚未蔚为大观,

---

① 卢盛江《"雅体、野体、鄙体、俗体"新释——唐诗文术论札记》载《江西师范大学学报(哲学社会科学版)》第39卷第4期2006年8月,第55页。

② 傅增湘校勘《河岳英灵集》宋明两代版本后,在《题记》中说:此书有宋本,旧为莫邵亭家藏,曾影刊以传。昔年余在南中获其原本,因以此本详勘。书分二卷,与《文献通考》正合,而四库馆臣据俗本三卷著录,以为寓钟嵘三品之意,而以"二"字为误,良可发噱。宋本序后有《集论》一首,孟浩然诗有《送张子容》一首,均为汲古本所无。诸家评语中,如崔颢、孟浩然文颇有异,綦毋潜小序尤迥然不同。其他单词只字,更难以偻指计,盖自明代翻刻以后,沿讹袭缪,已匪一日矣。(详见傅增湘撰《藏园群书题记》第943页,上海古籍出版社,1989年6月1版,2008年6月第2次印刷。)

③《王力古汉语字典》记载:【辨】都,郊,野,鄙。这是一组与城市区划有关的词。"都"是城内;"郊"是城外,是城的周围地区,"野"是郊以外的地区,是远郊区;"鄙"更是"野"中偏远的部分,是与邻国接近的地区。后代"郊"、"野"的界限逐渐泯灭,形成"都邑"(城内)、"郊野"(城外)、"边鄙"(边境)三者的对立。"都"、"鄙"还同作行政区划单位,"都"大"鄙"小。(详见王力主编《王力古汉语字典》,第1476页,中华书局,2000年6月1版。)

这类以"风骨"为特色的"鄙体"诗,在早期开元诗坛较盛行,诗人都怀有报国之志,或社会风气使然。开元后期至天宝年间,诗坛盛行阐释三教义理,将哲理寓托于自然物象,形成景理相融的"兴象"诗风,以此展示诗人对三教义理觉悟之深浅;随着"安史之乱"的爆发,边境塞外很难再有普通文人涉足,创作"风骨"诗逐渐式微,诗坛只占得"郊野"、"边鄙"之位,而高适、岑参等人仍在继续创作边塞诗,开元初流行的任侠使气之诗则似乎已被边缘化。

3."情来"与"俗体"

"情来"之笔成"俗体"诗,"鄙"和"俗"两个字的"本义",和我们现在常用的"后起义"有些不同。"鄙"字本义是周代行政区划单位之一,后来引申为"质朴、鄙陋",其后起义含有"轻视、看不起"之义,在甲骨文中"鄙"都写作"啚","鄙"算是"啚"的后起字,"质朴"、"直质"为"鄙体"诗之本色。"俗"字本义是"习俗,风俗",引申为"世俗,当代人",其后起义为"庸俗",与"雅"相对;"俗体"诗歌应是指当代正在风行的一种诗歌,如同现在的流行歌曲,是一种符合习俗或世俗审美趣味的诗歌,指那些普遍流行的、为风气习俗普遍接受的、普罗大众广泛喜爱的一种诗歌,如初盛唐民间流行的吴歌、子夜歌等,经口耳相传,遂被编入《玉台后集》。又如建安诗坛流行慷慨多气的诗歌,齐梁时流行宫体艳情诗,初唐时又风行台阁体诗等,这些诗有各自流行趋势和时代阶段。当时曾受普遍喜爱,尽管后人评价中各有褒贬,但在当时诗坛很是盛行。

开元、天宝诗坛"情来"之笔所成"俗体"诗盛况如何呢?先看学者对"情来"的解释,张少康先生把"三来"与"兴象"联系,认为:所谓"情来",则是强调"兴象"中应寄寓作者充沛的、强烈的感情,能够感染读者,它是幽远深厚的,又是非常自然真实的[①]。这种感情不一定

[①] 学者张少康对"三来"的阐释是:所谓"神来"是要求"兴象"的塑造必须以神似为主,而达到形神并重之妙。……所谓"气来",是要求"兴象"具有生气盎然的特点,表现描写对象内在的生命活力,昂扬的精神状态。……所谓"情来",则是强调"兴象"中应寄寓有作者充沛的、强烈的感情,能够感染读者,它是幽远深厚的,又是非常自然真实的。(《中国文学理论批评发展史》上册第320—321页。)

只是一己私情,须和作者的情志相连,只有在心灵中形成共鸣的兴发感悟和心领神会,才能形成自然而然的感染力,给人以最自然真实的影响。诗人感悟人生、抒发志向,对亲情友谊能深刻体贴,是诗歌创作中"情来"的源泉,他们这种充沛强烈、深厚朗健、高尚真诚的情感,在诗歌中直露张扬地表达,形成了幽远而情深之境,由于这感情并非为宣泄一己私欲而抒写,所以他们歌咏舍生取义、誓死报国的豪情壮志,功成身退、啸傲山林的侠肝义胆,两肋插刀、视死如归的挚爱真情,盛唐诗人抒写高尚仁义的情操,说明他们正致力于摆脱宫体诗的变态情愫和龌龊情怀。有学者认为,"情来"源自《诗经》《荀子·乐论》《礼记·乐记》《诗大序》等,然后再到陆机《文赋》、六朝萧绎等关于"情"的思想。然而,此思路最后指向六朝萧绎《金楼子·立言》中的"情"观念,正是宫体艳情诗所倡导的一己私情,恐怕很难与盛唐创作风尚相符。初盛唐诗人对宫体艳情诗多持否定态度,他们的诗歌虽然也写男女间情爱,但大都以民歌形式表达,如吴歌、子夜歌等,所述都是质朴而纯真的感情,基本上已摆脱绮靡轻艳的风格,成为清新可人的民歌乐府。李康成编《玉台后集》体现了这一特色,无论外在形式,还是思想内容,都有别于齐梁宫体诗。[①] 盛唐诗人还创作大量的送别诗,诗中的离情别绪寄寓深沉的人生感悟,真挚感人,是难得的上乘好诗。这些诗都是"情来"之笔所成的"俗体"诗,与前代诗人最大不同,是这些"情"诗少有私己之怨,多是对人间世事的超旷豁达,对亲朋友人的温情鼓励,以开怀解慰为主旨,所以千载之下读来,仍能启人智慧、发人深省,应是这些盛世诗人高尚情怀带给我们的感染力。这种高尚情怀出自于超迈脱俗的精神境界及追求高尚侠义的人格,这在盛唐社会风气中也相当突出。

主要参考文献

[1] 傅璇琮编撰.唐人选唐诗新编[M].陕西人民教育出版社,1996.

[2] 王运熙,顾易生主编.中国文学批评通史·隋唐五代卷[M].上海古籍出版社,1996.

[3] 周振甫.文心雕龙注释[M].人民文学出版社,1981.

[4] 李珍华,傅璇琮.河岳英灵集研究[M].中华书局,1992.

[5] 张少康,刘三富.中国文学理论批评发展史[M].北京大学出版社,2005.

[6] 卢盛江校考.文镜秘府论汇校汇考[M].中华书局,2006.

---

① 傅璇琮:《唐人选唐诗新编》之《玉台后集》,第313—360页。

[7] 罗根泽. 中国文学批评史［M］. 上海书店出版社，2003.
[8] 成复旺等. 中国文学理论史［M］. 中国人民大学出版社，2009.
[9] 蔡镇楚. 中国文学批评史［M］. 中华书局，2005.
[10] 郭绍虞主编. 中国历代文论选［M］. 上海古籍出版社，1979.
[11] 张伯伟. 全唐五代诗格汇考［M］. 凤凰出版社，2002.

A Brief Analysis of Correspondence between "Derived From" and "Styles" of the Yin Fan Poetics

Xuan Xinli

Abstract: This paper studies Yin Fan poetics who was a famous critic and anthologist in Tang dynasty of ancient China. The main focus on his Poetics is the correspondence between "three derived from" (spirit, temperament, emotional) and "three styles" (elegant, rustic, secular). Yin Fan poetics in Introduction of "He Yue Ying Ling collection" that said, the elegant styles of the poems derived from the poet's spirit; the rustic styles of the poems derived from the poet's temperament; the secular styles of the poems derived from the poet's emotion. Among the poets' features by Xing Xiang and Feng Gu, some who were good at writing the style of elegance poems from Shen（神）, which have realized the truth of Confucianism, Daoism, and Buddhism and have imaged view or landscape. Such poets usually pay attention to the Xing Xiang with imago of view and emphasize Ge（格 signification) and Diao（调 melody) of poems. Others who were adept at writing the style of bold and unconstrained poems from Qi（气）, who have been north of the Great Wall or had experience of errantry. Such poets usually accentuate Ti（体）and Shi（势）of poems and have characteristic of the Feng Gu that were candor, bona fides, degage, vigorous and firm, and did not care about salary or status. They enjoy expressing their ambition and dedication. All poets can write the style of conventional pattern poems that were popular among people and easily to prevail.

Key words: Yin Fan; Poetics; Derived from; Styles; The correspondence between "derived from" and "style"

上海时期鲁迅形象的多维建构①

◇ 禹权恒② 陈国恩③

摘要：上海时期是鲁迅生命历程中的一个重要阶段。在上海这一"都市场域"之中，中国共产党及左翼、国民党右翼、自由主义文人等几股主要力量，按照自身的现实需要，分别对鲁迅形象进行了有力塑造，而鲁迅则对此做出了及时回应和拆解。此时，他们把鲁迅作为一种特殊"符号资本"来消费，一方面反映了鲁迅具有丰富的价值蕴涵，另一方面也呈现出他们各自在中国革命过程中的政治立场。在和"他者"不断进行对话的过程中，鲁迅逐渐实现了思想升华和跨越。因此，鲁迅的思想不是静态的、封闭的，而是动态的、开放的。

关键词：上海；都市场域；鲁迅形象；对话；符号资本

一、"上海鲁迅"的历史生成

1927年10月3日，鲁迅到达上海，从此开启了人生历程中又一崭新阶段。毫无疑问，上海是当时中国最发达的现代化大都市，是各种势力展开争夺的重要场域。谁控制了上海，在下一轮的实力角逐中必然获得优胜权。鲁迅说："我先到上海，无非想寻一点饭，但政、教两界，我想不涉足，因为实在外行，莫名其妙。也许翻译一点东西买卖罢。"④ "我在上海，大抵译书，间或作文；毫不教书，我很想脱离教书生活。心也

---

① 本文系国家社科基金重点项目《鲁迅与二十世纪中国研究》（11AZD066）的阶段性成果。中央高校基本科研业务费专项资金资助"民国文学史"的意义辨析和阐释空间》（2013111010205）的阶段性成果。

② 禹权恒（1980—），男，河南泌阳人，讲师，武汉大学文学院中国现当代文学专业博士研究生。研究方向：中国现代文学思潮及鲁迅研究。

③ 陈国恩（1956—），男，浙江省宁波市人，武汉大学文学院教授，文学博士，博士生导师。研究方向：中国现当代文学思潮及鲁迅研究。

④ 鲁迅：《致翟永坤》，鲁迅全集（12卷），第67页，北京：人民文学出版社，2005年。

静不下,上海情形,比北京复杂得多,攻击法也不同,须一一对付,真是糟极了。"①可以看出,鲁迅相继在北平、厦门、广州经历了"烦心事"之后来到上海,本想过上一种"自由职业者"的独立生活。但是,在这一复杂的文化场域,鲁迅并没有体验到都市生活的惬意,反而感到越加苦闷和不适。曾几何时,鲁迅对上海散发出来的过于浓厚的"商业气"非常反感,想逃离出去而另选别地,但由于种种客观原因,此计划终于没有付诸实施。他说:"海上文摊之状极奇,我生五十余年矣,如此怪相,实是第一次看见,倘使自己不是中国人,倒也有趣,这真是所谓grotesque,眼福不浅也,但现在则颇不舒服,如身穿一件未曾晒干之小衫,说是苦痛,并不然,然而说是没有什么,又并不然也。"②由于上海在中国占据着十分特殊的地位,中国共产党及左翼、国民党右翼、自由主义文人等都非常重视上海,上海成了他们扩大自身影响力的前沿阵地。

鲁迅的最后十年,和这座"魔幻之城"形成了一种历史性关联。一方面,"上海为鲁迅提供了中西交融、古今杂存的现实场所,为鲁迅思考中国的现实问题提供了重要的文化参照,对鲁迅的身份转型、文化选择、都市书写和文化反抗产生了直接或间接的影响。同时,上海也把30年代最为繁复、最为严峻的生存问题、思想、文化界涉及的理论与现实问题,并置在这个终身致力于反抗的'精神界战士'面前,挑战了鲁迅,激发了鲁迅,也造就了鲁迅"。③另一方面,"鲁迅将生命中的最后十年留给了上海,上海成为他审视文化,审视人性最易触及、最为切近的窗口,鲁迅也将自己成熟而丰富的人生体验和生命感悟夹杂在有关上海的镜像描写中,提供了一种崭新的极富创造性的城市文本,增加了上海描写的风骨和质感,使斑驳难辨的物理意义上的上海具有了延展的意义。鲁迅思想的维度也因30年代的上海而更富有锋芒,更富有痛击丑恶现实的韧性和力量,并随同乡土中国的城市化、现代化完成一名现代知识分子的过渡和转型的同构过程"。④所以,学术界往往把这个时期的鲁迅称为"上

---

①鲁迅:《致台静农》,鲁迅全集(12卷),第104页,北京:人民文学出版社,2005年。
②鲁迅:《致郑振铎》,鲁迅全集(12卷),北京:人民文学出版社,2005年,第507—508页。
③丁颖:《都市语境与鲁迅上海创作的关联研究》,吉林大学2010年博士学位论文。
④丁颖:《都市语境与鲁迅上海创作的关联研究》,吉林大学2010年博士学位论文。

海鲁迅",也是有充分理由的。换句话说,鲁迅与上海之间早已不是一种简单意义上的"城与人"的关系,而是一种相互提升和增值的关系。按照布尔迪厄对"资本"概念的有关理解,主要包括经济资本、文化资本、社会资本和符号资本等诸多形式,并且它们之间是可以相互转化的,具有可通约性的特点。在上海这一"都市场域"之中,各种力量竞相作用于鲁迅,他们在相互博弈和斗争的过程中,把鲁迅作为一种特殊的"符号资本"来进行争夺,并且企望此种"符号资本"能够转化为各种"政治资本"和"社会资本"。面对各种政治力量不同的价值诉求,鲁迅给出了针对性的回应,彼此构成了一个复杂的对话过程。

二、作为"左翼文艺运动领袖"的鲁迅

"左联"在成立之初,就特别强调其组织原则不是作家的同业组合团体,而是领导文学斗争的政治组织。也就是说,"左联"一方面具有一般文艺社团的基本功能;另一方面,"左联"必须接受中国共产党的组织领导,从而为中国革命摇旗呐喊。"左联"为了扩大自身的社会影响力,迫切需要一大批文化名人来支撑局面,而鲁迅则势必成为他们的首选目标。所以,问题的关键是,鲁迅为什么会愿意加入"左联"?原因是明了的:第一,参加"左联",和鲁迅早期的"立人"思想以及反抗专制压迫的价值诉求密切相关;第二,鲁迅一贯坚持培养、扶植文学青年参加"左联"与此宗旨相符。换言之,鲁迅参加"左联",有他自己个人的考虑。鲁迅说:"现在,在中国,无产阶级的革命的文艺运动,其实,就是唯一的文艺运动。因为,这乃是荒野中的萌芽,除此之外,中国已经毫无其他文艺。属于统治阶级的'文艺家',早已腐烂到连所谓为'艺术的艺术'以至'颓废'的作品也不能生产,现在来抵制左翼文艺的,只有诬蔑,压迫,囚禁和杀戮,来和左翼作家对立的,也只有流氓,侦探,走狗和刽子手了。"[1] "左联"如此重要,代表了他的理想,当然要参加。不过,参加"左联"之后,面对内部的严重宗派主义倾向,鲁迅又极为反感。在致章廷谦的信中,他说:"所以,我十年以来,帮未名社,帮狂飙社,帮

---

[1] 鲁迅:《黑暗中国的文艺界的现状》,《鲁迅全集》(4卷),第292页,北京:人民文学出版社,2005年。

朝花社,而无不或失败,或受欺,但愿有英俊出于中国之心,终于未死,所以此次又应青年之请,除自由同盟外,又加入左翼作家联盟,于会场中,一览了荟萃于上海的革命作家,然而以我看来,皆茄花色,于是不佞势又不得不作梯子之险,但还怕他们尚未必能爬梯子也,哀哉!"① 因此,鲁迅在不断的委曲求全中,保持了最大限度的克制和冷静,试图和"左联"一些人物保持团结合作的关系,尽自己的梯子之责,从而为中国无产阶级文学奉献力量。

但是,这种合作基础很快就被诸多现实矛盾打破。因为鲁迅同时也发现"左联"的部分领导人存在严重的"关门主义"倾向,他对此种做派深恶痛绝。以致一个时期他几乎成了"左联"的一个摆设,基本没有参加重要的决策活动。鲁迅不止一次地说周扬是"奴隶总管"和"奴隶工头",不满情绪溢于言表。在致萧军、萧红的信中,鲁迅说:"以我自己而论,总觉得缚了一条铁索,有一个工头在背后用鞭子打我,无论我怎样起劲的做,也是打,而我回头去问自己的错处时,他却拱手客气地说,我做得好极了,他和我感情好极了,今天天气哈哈哈。真常常令我手足无措。我不敢对别人说关于我们的话,对于外国人,我避而不谈,不得已时,就撒谎。你看这是怎样的苦境。"② 自从瞿秋白和冯雪峰离开上海之后,鲁迅和"左联"之间失去了一层润滑剂。中间,胡风虽然也曾做过弥合性的工作,但此种沟通渠道迅速就被摧毁。此时,鲁迅实际上一直处于孤独的状态。由此可见,鲁迅和"左联"之间合作并非十分顺畅的,后来产生分歧乃至矛盾扩大,发生对立,也在情理之中。在左翼内部,鲁迅从来不接受别人赋予的左联"盟主"、"主将"、"委员长"之类的纸糊桂冠,他只是希望能够在革命统一战线中发挥更大更好的作用。当然,鲁迅在和"左联"部分领导人的矛盾中,自身也存在着问题。有时候,意气之争也加深了彼此的误会和裂隙,使双方相互间的沟通和交流受到了重大损害。一个"自由"的鲁迅和一个"不自由"的"左联",必然会发生严重冲突。可以说,他们是在矛盾中合作,在合作中存在分歧,直到"左联"解散。今天,我们说鲁迅到底是左翼文艺运动的"领袖",不能抹杀这个事实。

---

① 鲁迅:《致章廷谦》,《鲁迅全集》(12卷),第226—227页,北京:人民文学出版社,2005年。
② 鲁迅:《致胡风》,《鲁迅全集》(13卷),第543页,人民文学出版社,北京:2005年。

三、作为"革命的同路人"的鲁迅

中国革命陷入了低潮之后,面对国民党的残酷军事和文化"围剿",中国共产党亟须调整方针,建立广泛的统一战线。鉴于鲁迅已经表现出深切同情广大底层民众的阶级倾向,为了有效地团结鲁迅,争取鲁迅对中国革命的大力支持,共产党人先后派出潘汉年、瞿秋白、冯雪峰等人秘密和鲁迅接洽,共同探讨中国革命过程中的重大问题。毋庸讳言,鲁迅开始对中国共产党是采取观望态度的,但是,随着中国革命形势的深入发展,鲁迅切实认识到共产党真正代表了广大人民的利益。瞿秋白说:"鲁迅从进化论进到阶级论,从绅士阶级的逆子贰臣进到无产阶级和劳动群众的真正的友人,以至于战士,他是经历了辛亥革命以前直到现在的四分之一世纪的战斗,从痛苦的经验和深刻的观察之中,带着宝贵的革命传统到新的阵营里来的。"[①]一言以蔽之,是中国共产党的革命目标切近鲁迅的终极"立国"思想,鲁迅的思想才逐渐开始"向左转",努力和共产党的路线保持一致。可以说,从这个时期直到鲁迅逝世,中国共产党人是把鲁迅作为"革命同路人"对待的。"同路人"的概念是一个舶来品,它是20世纪20年代苏联"新经济政策"时期的一个作家群体,这个群体是俄国文学向苏联无产阶级文学转变的一个重要枢纽。从整体上看,"同路人"作家的文学创作带有旧时代的典型特点,在十月革命之后表现出同情无产阶级的倾向,被认为可以同无产阶级作家走同一段路:"同路人,就像大多数俄国人民一样,他们不是共产党人——或者其至不是马克思主义者。由于历史的谬误,他们成了那些准备跟随共产党,但又不赞成这个党的全部信条的非党人民大众的代表。同时他们的思想又接近旧知识阶层或资产阶级的,并在不同的程度上直接地或含蓄地反映他们的思想,他们还反映了那些准备建设一个新俄国的新型大众的感情与思想。"[②]可以看出,"同路人"作家不是彻底的无产阶级革命者,但在无产阶级作家取得文学的绝对领导权之前,他们的创作起了一种关键的过渡作用。鲁迅对这种"同路人"作家的立场和价值取向是基本认同的。

---

① 瞿秋白:《鲁迅杂感选集·序言》,《瞿秋白文集》(文学编·第3卷),第115页,北京:人民文学出版社,1989年。
② 马克·斯洛宁:《苏维埃俄罗斯文学(1917—1977)》,第58页,普立民、刘峰译,北京:上海译文出版社,1983年。

在翻译小说集《竖琴》时，鲁迅曾谈到对"革命同路人"命运的理解。他说："同路人者，谓因革命中所含有的英雄主义而接受革命，一同前行，但并无彻底为革命而斗争，虽死不惜的信念，仅是一时同道的伴侣罢了。这名称，由那时一直使用到现在。"[1] 鲁迅当时所思考的已经不是中国革命有无必要性的问题，而是在革命发生之后，知识分子何为以及应该怎样生存的深层次问题。

鲁迅被中共高层领导人称赞为"党外的布尔什维克"就反映了中国共产党在一个时期是把鲁迅视为可以信赖的"同路人"作家。一方面，鲁迅对中国共产党所领导的工农革命是支持的，也用实际行动证明了自己的阶级立场；另一方面，鲁迅实质上是一个具有独立情怀的知识分子，他没有加入中国共产党，中间肯定有自己的现实考虑。鲁迅对各种"革命口号"和"主义"高度警惕，特别是对政党政治始终是提防的。在鲁迅看来，任何政党政治都存在着一定的阶级局限性，一旦加入进去，就必须接受各种组织规训，甚至要介入许多不必要的权力纷争，这就会丧失一个独立知识分子的个人思考。此时，鲁迅和那些天天空喊"革命口号"的知识分子作家划清了界限。他说："我看中国有许多知识分子，嘴里用各种学说和道理，来粉饰自己的行为，其实却只顾自己的一个的便利和舒服，凡有被他遇见的，都用作生活的材料，一路吃过去，像白蚁一样，而遗留下来的，却只是一条排泄的粪。社会上这样的东西一多，社会是要糟的。"[2] 因此，他没有像一些带着幼稚幻想的左派知识分子那样，在没有弄清许多"主义"之前，就不假思索地"一路吃过去"，以至于对中国革命造成了不必要的伤害。据斯诺后来回忆，"鲁迅绝不是一个真正的无产阶级革命作家，至少鲁迅本人并不认为自己是这样的作家"。[3] 鲁迅也进一步说过，中国到他那时还没有产生一个杰出的无产阶级革命作家。在和"他者"进行革命文学论争的过程中，鲁迅始终保持了一个知识分子改革者的独立判断。可以说，正是在革命的大熔炉中，鲁迅涤除了几千年封建专制制度给中国传统知识分子铸就的奴

---

[1] 鲁迅：《竖琴·前记》，《鲁迅全集》（4卷），第445页，北京：人民文学出版社，2005年。

[2] 鲁迅：《致萧军、萧红》，《鲁迅全集》（13卷），第445页，北京：人民文学出版社，2005年。

[3] 埃德加·斯诺：《鲁迅——白话大师》，佩云译，《鲁迅研究年刊》，第153页，西安：陕西人民出版社，1979年。

才式的家畜性,而具备了反叛一切邪恶势力的野兽性,最终成了没有丝毫奴颜媚骨、从头到脚都是纯钢打成的民族英雄,这才是真正意义上的"革命者"形象。

四、作为"反动文人"的鲁迅

在中国革命的进程中,鲁迅逐渐和中国共产党的革命目标趋于一致,时刻在为底层民众的根本利益呐喊,这是他们能够并肩战斗的一个关键纽带。与此同时,代表大资产阶级利益的国民党却视鲁迅为"眼中钉"和"肉中刺",因为鲁迅的许多言行严重损害了政治当局的利益。为了有效维护独裁统治,国民党中央成立了图书杂志审查委员会,企图采取严厉的文禁制度全面封杀左翼文学,从而限制鲁迅等左翼作家在上海文化界的影响力。不仅如此,他们还对具有"反动"倾向的报刊书局予以整顿和取缔,最大限度地挤压左翼文学在上海的发展空间。更有甚者,国民党当局还经常采取暗杀行动等非常手段杀害大批革命志士。在试图笼络鲁迅失败之后,国民党右翼就雇用了一大批御用文人,在各种报刊上散布谣言,把鲁迅定性为"反动文人"。比如,1933年2月11日,鲁迅在《申报·自由谈》上发表《不通两种》,提出了自己对"民族主义文学运动"的基本看法,认为国民党的文艺主张是不通的。之后,王平陵在《"最通的"文艺》中说:"不过现在最通的文艺,是不是仅有那些对苏联当局摇尾求媚的献词,不免还是疑问。如果先生们真是为着解放劳苦大众而呐喊,犹可说也;假使,仅仅是为着个人的出路,故意制造一块容易招摇的金字商标,以资号召而已。那么,这就看不出先生们的苦心孤行,比到被你们所不齿的第三种人,以及民族主义文艺者,究竟是高多少。""其实,先生们个人的生活,由我看来,并不比到被你们痛骂的小资作家更穷苦些。当然,鲁迅先生是例外,大多数的所谓革命作家,听说,常常在上海的大跳舞场,拉斐花园里,可以遇见他们伴着娇美的爱侣,一面喝香槟,一面吃朱古力,兴高采烈地跳着狐步舞,倦舞意懒,乘着雪亮的汽车,奔赴预定的香巢,度他们真个销魂的生活。"[①]又如化名"苏凤"的人在上海《民报》上刊发《一瓣落叶——关于鲁迅先生》一

---

① 王平陵:《"最通的"文艺》,《武汉日报·文艺周刊》,1933年2月20日。

文,说:"鲁迅先生现在是'很普罗'而且是'左翼之雄'了,但假使有人能够把鲁迅先生的生活来真实地表现一下的时候,我终相信,鲁迅先生的普罗,也是像大出丧用的衔牌——尽管牌子上用金字漆上了'一品夫人'字样而棺材里关着的还是一个'不动的尸骸'。"① 面对外界的各种造谣中伤,鲁迅并没有屈膝投降,而是奋然举起"投枪"进行还击,以笔为旗,捍卫了一个独立知识分子的人格尊严。

毫无疑问,国民党严酷的文禁制度对于防止各种"异端"思想和"反动"言论具有震慑作用。鲁迅说:"上海曾大热,近已稍凉,而文禁如毛,缇骑遍地,则今昔不异,久见而惯,故旅舍或人家被捕去一少年,已不如捕去一鸡之耸人耳目矣。我亦颇麻木,绝无作品,真所谓食菽而已。"② 他又说:"但那时可真厉害,这么说不可以,那么说又不成功,而且删掉的地方,还不许留下空隙,要接起来,使作者自己来负吞吞吐吐,不知所云的责任。在这种明诛暗杀之下,能够苟延残喘,和读者相见的,那么,非奴隶文章是什么呢?"③ 上海恶劣的文化环境给鲁迅的杂文创作带来了诸多不利影响。为了能够顺利发表作品,他就不得不经常变换各种笔名,或运用特殊的人际关系,或采用相对隐晦的写作方式,来和国民党御用文人周旋。比如,他在《申报·自由谈》上就经常运用"何家干"、"旅隼"、"孺牛"、"丰之余"、"苇索"、"邓当世"、"丁萌"、"倪朔尔"等一百多个化名,先后发表了《止哭文学》、《言论自由的界限》、《二丑艺术》、《〈杀错了人〉异议》、《冲》等杂文,实现了对国民党当局的无情讽刺。可以看出,鲁迅在本时期的杂文创作已经牢牢地被嵌入了左翼文艺运动的范畴之内,在敌我矛盾和不断斗争中指向具体可辨可感的光明前途。但著名学者李欧梵对此提出了不同意见,他认为相对于鲁迅早期的许多"游戏文章",鲁迅的杂文显得有点"小气","并没有建立一个新的公共论证的模式"。其主要原因在于鲁迅的杂文表现出明显的"两极化的心态":"把光明和黑暗化为两界作强烈的对比,把好人和坏人,左翼和右翼截然区分,把语言不作为中介性的媒体而作为政治宣传或个人攻击的武器和工具——逐渐导致政治上的偏激化,而

---

① 苏凤:《一瓣落叶——关于鲁迅先生》,《民报》,1932年11月4日。
② 鲁迅:《致台静农》,《鲁迅全集》(12卷),第322页,北京:人民文学出版社,2005年。
③ 鲁迅:《花边文学·序言》,《鲁迅全集》(5卷),第438页,北京:人民文学出版社,2005年。

偏激之后也只有革命一途。"① 倘若沿着此种思路进一步追溯，鲁迅在不断受到政治权力规训的过程中，其顺应的一面逐渐在减弱，而反抗的一面却在与日俱增。以至于最后，鲁迅和国民党执政当局分道扬镳，从而走上了一种彻底革命的道路，此种政治选择看似偶然，实则蕴涵着客观的必然性。

五、作为"汉奸文人"的鲁迅

上海是一个充满无限可能性的大都市。社会上的各色人等来到这个"魔幻之城"，力求寻找属于自己的生存空间，各种丑恶和滑稽每天都在尽情演绎。于是，许多没有生存能力的蹩脚文人，采取下三烂的可耻手段，围绕着名人制造各种噱头。鲁迅必然会成为这些"吃白相饭"的猎取目标。比如，鲁迅经常和内山完造、山本初枝、增田涉等一大批日本民间人士密切交往。鲁迅和这些日本民间人士的深厚友谊，使许多无聊文人在中国民族主义情绪普遍高涨之时，完成了对鲁迅的"汉奸"想象。于是，鲁迅又多了一顶"卖国"的"汉奸"帽子。在"租界"、"卢布"、"版税"之外，"汉奸"成为鲁迅在上海时期遭受攻击时的又一个关键词。当时，化名"天一"的人在《内山完造的秘密》中说："内山完造的手段是很巧妙的，他以'左'倾的态度来结交中国共产党及其左倾人物，一方面，可以从这些左倾人物中取得重要的情报，另一方面，借'左倾'的掩护，来进行他的间谍活动。一二八战事发生，他更忙得厉害，成了皇军的一只最好的猎犬。施高塔路的内山书店，实际是日本外务省的一个重要的情报机关，而每个内山书店的顾客，客观上就成了内山的探伙，而我们的鲁迅翁，当然是探伙的头子了。"② 还有化名"思"的作者发表了《鲁迅愿做汉奸》一文说："盖彼之诋毁政府，本靠之向共产党易钱，不过共产党自身且在捕捉之列，不能予彼保障，如转而做汉奸，则日本之搜罗破坏中国现政府者，其迫切固不亚于共产党，且金钱报酬更高，况乎还有保障。因此，鲁迅即搜集其一年来诋毁政府之文字，编为南腔北调集，乞其老友内山完造介绍于日本情报局，果然一说便成，鲁迅所获

---

① 李欧梵：《现代性的追求》，第21页，北京：生活·读书·新知三联书店，2000年。
② 天一：《内山完造底秘密》，《社会新闻》（7卷16期），1934年5月。

稿费几及万元,以视申报自由谈之十洋一千,更相去几倍矣。现此书已由日本同文书局出版,凡日本书店均有出售,中国官厅格于治外法权,果然无如之何,闻鲁迅此技已售,大喜过望,已与日本书局订定密约,将此期以此等作品供给出版,乐于作汉奸矣。"①除此之外,像白羽遐的《内山书店小坐记》、新皖的《内山书店与左联》、男儿的《鲁迅文坛上的贰臣传》、甲辰生的《鲁迅卖狗皮膏药》等文章,都是如此货色,在当时报纸杂志上相当普遍,形成了上海文坛的种种乱象。

  面对来自外界的各种恶意攻击,鲁迅开始还与之进行激烈辩驳,试图揭穿这些无耻文人的下流伎俩。但是,随着上海文坛不良风气的无限蔓延,鲁迅也不想把宝贵精力都消耗在无谓论争之中,后来就大致保持一种沉默态度。可以说,"沉默的"鲁迅和"言说的"鲁迅之间形成了相互制衡的矛盾心理状态。鲁迅不断在沉默中积蓄力量,试图拔出最强有力的利剑,直击敌人的要害之处。他说:"汉奸头衔,是早有人送过我的,大约七八年前,爱罗先珂君从中国到德国,说了些中国的黑暗,北洋军阀的黑暗。那时上海报上就有一篇文章,说是他之宣传,受之于我,而我则因为女人是日本人,所以给日本人出力云云。这些手段,千年以前,百年以前,十年以前,都是这一套。叭儿们何尝知道什么是民族主义,又何尝想到民族,只要一吠有骨头吃,便吠影吠声了。其实,假使我真做了汉奸,则它们的主子就要来握手,他们还敢开口吗?"②客观地说,在日本大肆侵略中国的敏感时刻,鲁迅和日本许多文化人士亲密接触,的确会给不明真相的人带来各种猜想。不仅如此,鲁迅此时还在各种文章中对日本国民性的优点大加赞扬,这也会给人以诸多错觉和误会。于是,部分无聊文人就肆意编造各种谣言,搬弄是非,企图制造鲁迅具有卖国言行的迹象,从而捞取各种经济好处和政治资本。但是,清者自清,浊者自浊。实际上,鲁迅在上海和诸多日本人士交往的过程中,本着不与任何日本政府、侵华势力、军国主义力量接触的原则,而且也绝对没有把日本军国主义狂乱分子和日本人民混为一谈。此时的鲁迅可以说是一个世界主义者和阶级论者。日本社会也有统治阶级和非统治阶级,鲁迅接触的基本都是日本底层知识分子和流浪者,以及部分左翼人士。

---

  ①思:《鲁迅愿做汉奸》,《社会新闻》(7卷12期),1934年5月。
  ②鲁迅:《致杨霁云》,《鲁迅全集》(13卷),第99页,北京:人民文学出版社,2005年。

种种资料显示,鲁迅绝不是一个狭隘的民族主义者,而是一位具有爱国情怀的现代知识分子。

六、"鲁迅形象"的对话性和革命性特征

可以看出,在上海这一复杂的"都市场域"之中,中国共产党以及左翼、国民党右翼、自由主义文人等各种力量,试图对鲁迅施加影响,按照各自的现实要求来审视鲁迅,或利用,或联合,或丑化,或诋毁,塑造出了大相径庭的鲁迅形象。一些人的描述和鲁迅本体之间存在着明显的差距,甚至是严重背离的。同时,鲁迅对各种利益集团也表现出了迥然不同的态度,或与之进行坚决斗争,或有条件地妥协,或试图联合战斗,或保持缄默。在上海的最后十年,鲁迅几乎没有停止和外界各种势力进行周旋,正是在和他们相互论争的过程中,鲁迅的思想逐渐走向了成熟。论战可以说贯穿了鲁迅生命的最后阶段,同时也成就了鲁迅的革命情怀。竹内好说:"通过论争,他获得了某种东西,或者说,抛弃了某种东西。倘不是追求终极之静谧,这是件很难做到的事情。论争对于鲁迅来讲,当是'终生的余业'吧。""论争是鲁迅文学支撑自身的食粮。把十八年的岁月消磨在论争里的作家,即使在你中国也是不多见的。旁观者将此批评为病态,也并非不可思议。学匪、堕落文人、伪善者、反动分子、封建余孽、刻毒者、变节者、堂吉诃德、杂感家、买办、虚无主义者,这些转为克定鲁迅而发明的数目繁多的嘲骂,其丰富多彩,和鲁迅所使用的笔名相比毫不逊色,也暗示着论争的激烈程度和性质。他不仅攻击旧时代,也不宽恕新时代。很多嘲骂是来自他所爱的下一代青年,对此他是不肯退缨的。"[①] 当然,在和"他者"进行对话的过程中,鲁迅必须保持一种"横站"的姿态,以防止各种暗箭袭来。总而言之,鲁迅思想具有反常规和超常规的显著特点,很大程度上源于在具体对话过程中逐渐实现了思想跨越,这种精神自省对于鲁迅而言是弥足珍贵的。也就是说,鲁迅的思想不是静态的、封闭的,而是动态的、开放的。

不必讳言,中国共产党及左翼、国民党右翼、自由主义文人等几种政治力量,在塑造鲁迅形象的过程中,是把鲁迅作为一种"符号资本"

---

① 竹内好:《近代的超克》,第4页,北京:生活·读书·新知三联书店,2005年。

来争夺的,有的企图利用鲁迅捞取各种"经济资本"和"政治资本",从而享受到鲁迅带来的各种现实利益。尽管有时这种资本争夺显得比较隐蔽,但其实际影响却是巨大的。鲁迅对待他们的阶级立场如何,在当时特定的各派政治力量需要争取民心的条件下,直接制约着这些力量在中国的现实利益。一言以蔽之,"鲁迅"形象的塑造背后具有深层意蕴。就鲁迅自身而言,他在上海时期被各种利益集团争夺,不但显示了鲁迅本体具有丰富的价值蕴涵,而且也真实地反映出各种力量在中国革命的基本立场。透过鲁迅形象这一"符号中介",实际上折射出了20世纪30年代中国革命过程中的深层次问题。"革命"是任何社会形态自身更替的一种最高形式,它汇集了人类实现进化发展的所有"崇高"和"丑陋"。各种"真善美"和"假恶丑"在具体革命过程中得以显现。正是在革命过程中,鲁迅和形象才得以彰显出自身的独特性。因此,可以说鲁迅的意义并不仅仅在于鲁迅自身,它更重要的价值是作为一种政治文化符号,作为中国现代社会的一种"卡里斯马典型",其身上所凝聚的中国几代人在探索中国社会道路以及谋求现代民族国家建构过程中的中国问题,是各派政治力量在特定历史阶段的不同政治诉求以及相互之间的复杂关系问题。鲁迅研究的一个重大意义,即在其中。大概也是在这样的意义上,张福贵才特别强调:"鲁迅的精神世界是丰富和复杂的,这决定了鲁迅研究价值取向的多元化。任何一位鲁迅研究者的研究都是试图从不同层面努力与鲁迅沟通对话,意在找到自己所认定的鲁迅的真实形象,而这些不同的理解又从不同方面共同构成了鲁迅的整体形象和精神世界。"[①]

The image of Lu Xun being a multi-dimensional construction in Shanghai

Yu Quan heng, Chen Guo en

Abstract: It is an important stage during the course of Lu Xun's life in Shanghai . In this " market field ", Communist Party of China and Left-wing , the Kuomintang right wing, liberal scholars, such as a major force in a few shares, According to their actual needs, shaped the images of Lu Xun respectively, At the same time , Lu Xun

---

① 张福贵:《鲁迅研究的三种范式与当下的价值选择》,《中国社会科学》,2013年第11期。

made a timely response to this and dismantling . At this point, they put Lu Xun as a special "symbolic capital" to spend. On the one hand , It reflected Lu Xun had a rich value of implication, On the other hand , also showed their own political position in the course of the Chinese revolution. In the process, and "others "ongoing dialogue, Lu Xun gradually realized the idea of sublimation and leap. Herefore, Lu Xun's ideas are not static and closed, but dynamic and open.

Key words: Shanghai; Market field; LuXun's image; Dialogue; Symbolic capital

《檀香刑》的人物设置与"龙椅""骨头"赏赐的艺术用意

◇ 张灵[①]

摘要：《檀香刑》自诞生起就引起不同的批评声音，它的其实已经充分展开着的复杂性、深刻性以及与之相应的艺术上的创造性，对于我们已有的艺术观念和理解手段的确构成了巨大的挑战。《檀香刑》的人物设置和情节安排让我们看到作者采取了"六经注我"的"历史"叙述策略，并通过"龙椅""佛珠""骨头"赏赐等情节安排寓言式地将历史批判不仅指向了"看得见的黑手"，而且指向了直至包括最高统治者个人在内的身处上层、操纵着历史的"看不见的白手"；表达了作者深刻的历史批判意识，显示了历史作为残忍、专制的统治者操纵的肮脏的特殊"食物链"的事实。《檀香刑》和它的作者决意不做含糊其辞的欺软怕硬者或糊里糊涂的好好先生，而且道出了统治者以残忍的方式所操控的"历史"的实质和秘密！

关键词：《檀香刑》；莫言；人物设置；"六经注我"；情节设置；寓言

《檀香刑》自诞生起就引起不同的批评声音，它的其实已经充分展开着的复杂性、深刻性以及与之相应的艺术上的创造性，对于我们已有的艺术观念和理解手段都确构成了巨大的挑战。如何向阳在一篇文章的开头即指出："《檀香刑》是一部很难以常规意义去谈论的作品，无论写法还是故事，都对现有文学理论日益定型的机械性暗暗构成挑战，换句话说，不能用已有既成甚至颇为流行的文学写作观念去解释它。"[②]周政保也曾指出："《檀香刑》究竟是一部怎样的小说，恐怕连作家自己也不容易说清。这很正常。我想，若要可靠地判断及评价这部小说，实际上也

[①] 张灵，男，陕西洋县人，文学博士，中国政法大学学报编辑部编审、人文学院硕导。主要研究方向为文艺学、当代文学和法治文化学。
[②] 周政保：《〈檀香刑〉：一部成功的"中国小说"》，《文学报》2001年6月7日第7版。

是或不能不是对自己的一种苛求或挑战——因为作品所拥有的、充满了反潮流气息的独特性,决定了我们只能在既无范本参照又无现成理论套用的状态下解读小说。不难想象当我们面对这样一部已引起文学界关注的小说,过早地给予某种绝对的结论,肯定不是一种恰当的文学批评方式。"①因此,真正理解《檀香刑》并不是一个"小菜一碟"的事情。《檀香刑》作为一部艺术作品,其实也是对小说批评家的艺术见识、审美标准的一个艺术"拷问"。今天看来,即使是充分肯定这部小说的批评家,给这部作品依然留下了有待进一步阐释的空白,我们对这部小说的理解还远未覆盖它的所有领地。

一、《檀香刑》中的人物设置:"我注六经"还是"六经注我"?

即使是历史小说,而不仅仅是所谓"历史题材的小说",它也不能停留在历史实录的藩篱之下——我们且不说我们能否做到"历史实录"。小说永远是写人的,或者说,小说的成功在于写人的成功。周政保在上引文章中针对《檀香刑》强调:"更重要的是对于同样作为'人的过程'的现代中国人的一种曲折传达,一种复杂的精神世界的透视。"因此,我们要进入《檀香刑》的艺术堂奥,我们还是从小说中的人物说起。在探讨具体的人物之前,本着由浅入深、阐述便利的考虑,我们先来看看小说人物设置这个"近在眼前又远在天边"的艺术事实。

我想起了对《檀香刑》发出响亮的否定之声的批评家李建军,他借用别林斯基批评有的批评家被有的作品的外表所迷惑,分不清"'虚假的灵感和真正的灵感,雕琢的堆砌和真实的情感流露,墨守成规的形式之作',到最后,他们便'无的放矢、语无伦次,错过了大象,却把甲虫当成了宝贝'"的说法而直接以"是大象,还是甲虫"为题旗帜鲜明地否定了《檀香刑》一书。而其提出否定的理由除了"文体、语法及修辞上的问题"外,一个重要的方面即在于认为,"这是一部缺乏分寸感和真实性的小说,它的叙述是夸张的,描写是失度的,人物是虚假的。作者漫不经心地对待自己的人物,为了安排场面和构织情节,他近乎随意地驱使人物行动,让他讲不土不洋、不今不古的话,因此,人物的关系和行为

---

① 何向阳:《介入近代史的深层》,《法制资讯》2012 年第 10 期。

动机经不住分析，人物语言的个性化和合理性也经不起细究。总之，从这部小说中，你找不到一个有个性、有活力的可信、可爱的人物，作家不负责任的随意和失去分寸的夸张毁了一切。莫言用自己的文字碎片拼凑起来的是一些似是而非的怪物"。① 李建军的批评显然表明了他所依凭的是一种传统的从内在到外观都讲究照相般写实的或"现实主义"的、"反映主义"的写作标准，因而对《檀香刑》这种追求内在真实性和表现手法又很戏剧化、现代性的小说文本自然产生认同的扞格，自然将之归入徒有外表迷惑性的"甲虫"之作。而我感到奇怪的则是，批评者看到了这么多的细节的所谓不合理，为什么却忽略了《檀香刑》在作为更大关节的人物设置上的异乎寻常的设计安排。

我们稍加留意就会看到，《檀香刑》的人物设置是如此的"蹊跷"：如果说小说描写的中心事件是19、20世纪之交发生在山东高密东北乡的一场当地乡民反抗野蛮粗暴的德国士兵的无耻行为后遭到德国帝国主义入侵者和软弱媚外的清政府当权者的联手而动的残忍的报复事件的话，建构《檀香刑》叙述大厦的核心"架构"则在知县钱丁、从刑部退休归乡的刑部第一刽子手赵甲、作为高密地方小戏猫腔的创始之一和德国入侵者暴力欺凌行为的受害者与反抗者的孙丙以及将这几个人物紧密扭结在一起的孙眉娘和她的丈夫、杀猪匠赵小甲。在这几个人物之间，孙丙是孙眉娘的亲爹，赵甲是赵小甲的亲爹、孙眉娘的公爹，知县钱丁则是孙眉娘的"干爹"和情人。而曾经给戊戌六君子执刑的刽子手也正是赵甲，并且赵甲因为和六君子之一的刘光第同在刑部工作故一度有缘成为朋友、有些私交，刘光第和钱丁又是同科进士、声气相类的朋友，在刘光第因变法失败被斩首后，钱丁将刘光第的儿子收留在自己身边、成为自己的贴身保镖。因为处决六君子时刽子手赵甲本着尊重六君子的心态而在行刑时表现出了利索干净的杀人手段，他的技艺大展身手、被民间盛传，进而引起了慈禧太后的注意，这为"即将降落到赵甲身上的巨大荣耀铺平了道路"。随后他就被在戊戌变法中投靠慈禧而使变法失败、正炙手可热的兵部侍郎、直隶按察使袁世凯点名要到天津，执行对枪杀袁世凯未遂的侠士、袁世凯骑兵队队长钱雄飞的凌迟大刑。钱雄飞实际上又正是知县钱丁的弟弟。他只是在政治理念和理想上与信守传统的哥哥

---

① 李建军：《是大象，还是甲虫？——评〈檀香刑〉》，《海南师范学院学报》（人文社会科学版）2002年第1期。

有分歧而已。现在，孙丙因为妻子遭到德国士兵的公然侮辱的情况下出手打伤了德国人，德国人要求现在的山东巡抚袁世凯捉拿孙丙。任务自然摊派到钱丁的头上，钱丁鉴于事情的实际缘由并没有迅速全力抓捕孙丙，孙丙在女儿的通风报信和指使下逃离，抓不到孙丙的德国士兵大发淫威，屠杀了孙丙的妻子和儿子在内的马桑镇二十七条人命。悲伤的孙丙投奔义和团。他回到马桑镇，设立神坛招兵买马，训练乡民。他率领以农具刀棒为武器的乡民袭击了破坏当地风水、修筑铁路的德国人的驻地，俘虏了几个德国人。不久德国入侵者大肆报复，他们胁迫山东巡抚袁世凯率兵配合拥有枪炮的德军包围了马桑镇。为了减轻对民众的伤害，关键时刻钱丁只身深入包围中的马桑镇并劝服孙丙为了不殃及其他民众主动出来承担责任。但德国侵略者出乎钱丁意料地无耻食言了，他们抓住孙丙后还是疯狂炮轰了聚集着义和团成员的马桑镇，毁灭了高密县这个曾经繁荣的市镇。为了令德国人满意，袁世凯亲自派人请来了已经告老还乡的刑部第一刽子手赵甲，让他重出江湖施展高超的杀人技巧，与其杀猪匠儿子赵小甲一起给孙丙执行空前绝后的酷刑檀香刑，将本来瞬间完成的死刑过程尽力延长，让孙丙的痛苦受刑延续到5天后的胶济铁路通车典礼的欢庆时刻。一直夹在孙丙为代表的治下子民与讨好德国殖民者的山东巡抚袁世凯之间被左右掣肘的钱丁，终于不忍心违背爱民如子、为民仗义执言的古代良吏伦理和为人的基本道德准则，他看清了袁世凯之流的自私和媚外实质，终于决然将自己寄身其上的清朝知县职位弃之如敝屣而选择了以死相抗的大义之举，他不愿让崇洋媚外的帝国主义走狗袁世凯和德国殖民者残忍的愿望得逞，他要自己刺死欲死不得的孙丙。钱丁也对刘朴想要去如钱雄飞一样以暗杀的手段除掉袁世凯的壮士之志默然赞许。最后孙丙的生命结束在了德国人盼望的日子之前，而赵甲和钱丁也在这个行刑大戏的完成与破坏的争夺中毙命。《檀香刑》展开的现实时间就是这个刑罚的准备过程和执行过程——小说的第一句即是："那天早晨，俺公爹赵甲做梦也想不到再过七天他就要死在俺的手里；死得胜过一条忠于职守的老狗。"而小说的最后一句结束在孙丙死亡的一刻："余看到血从他的嘴里涌出来，与鲜血同时涌出来的还有一句短促的话：'戏……演完了……'"《檀香刑》就是对这场空前绝后残忍至极的酷刑过程的一次展示。

批评家李建军否定《檀香刑》的一条理由是认为"在情节组织上，则缺乏中国小说叙事智慧所强调的疏密有致、疾徐有度的节奏感，缺乏情节推进和转换上的合理性。……在写得极凌乱、无聊的第五章里,孙丙为了显示自己不同于众的豪壮,说了一句知县老爷的胡须'不如裤裆里的鸡巴毛'的粗话。他因此被'做公'的连踢带打带到了县衙大堂,在这里他受尽折磨。'他后悔自己图一时的痛快说了那句不该说的话。'于是他跪了下来,可是紧接着,'他忽然感到,不应该哭哭啼啼,窝窝囊囊。好汉做事好汉当,砍头不过一个碗大的疤。'利用这种'瞬间转换'的叙事模式,莫言可以写出任何他想写的情景、动作、心理、冲突和事件"。[1] 表面看起来李建军的批评是有道理的,其实他的批评脱离了小说原有的铺垫和伏笔。因此这种"瞬间转换"在他看来成了一个艺术毛病的代名词。能够时刻捕捉到这里所谓的瞬间转换恰恰是艺术细致深刻的微妙之所在,捕捉到丰富的瞬间转换恰恰是艺术匠心高超的表现。我们要担心的只在这种转换的是否合理上。我们通过后文知道,孙丙之所以因为一句粗话而被抓到县衙,恰恰是狐假虎威的公人李武干的。俗话说:"阎王好见,小鬼难缠。"在乡村宴席上因为自己的丑恶嘴脸被变相挤兑和耍弄而恼羞成怒的李武借着孙丙的一句粗话对孙丙大施淫威,令孙丙在牢狱饱受折磨如此才有了孙丙在大堂上的心理与语言的"瞬间转换",而且正是这次大堂之上的特殊交往,虽持守传统的政治理念但儒雅开明有仁人志士情怀的钱丁反倒与孙丙"不打不相识",有了后来的"斗须"等公平比试,虽然不管是否完全公正,孙丙被判输了,但钱丁并没有如事先说的那样薅掉孙丙的胡子,他开朗地大笑起来,笑毕,说:"你们以为本官真要拔光孙丙的胡须?他今日斗须虽然落败,但他的胡须其实也是天下少有的好胡须。他自己要拔光,本官还舍不得呢!本官与他斗须,一是想煞煞他的狂气,二是想给诸位添点乐趣。孙丙,本官恕你无罪,留着你剩下的胡须,回去好好唱戏吧!"通过斗须这个情节,钱丁的性格胸怀完全展示了出来。而且这个情节创造了钱丁与孙眉娘最终走到一起的又一个重要跳板。孙丙的胡子在随后的一天夜里却又被"黑衣人"算计了、薅掉了。进一步搭好这个跳板的同时,因为黑衣人究竟是谁和究竟能是谁的猜测成了一个悬念,使人们对钱丁的人格产生大大的质疑。而直到小说即将结束我们得到了一个原来如此的出人意料又合情合理的注解。小说情节变得更加周密坚固,钱丁的性格的丰富可靠与整个小说

---

[1] 李建军:《大象,还是甲虫?——评〈檀香刑〉》,《海南师范学院学报》(人文社会科学版) 2002 年第 1 期。

情节的坚不可摧合成在了一起，拧成了一股绳。从中我们也又一次领略了莫言叙事的周密和诡谲。

至此，我们再来鸟瞰式地看看小说的人物设置。

用有的论者的说法，《檀香刑》上演的大戏是在一个女人（孙眉娘）和她的三个爹（亲爹孙丙、公爹赵甲、"干爹"钱丁）之间展开的。孙丙是受刑者，这场大戏的中心人物，被捆绑在舞台中央的执刑柱上接受刑罚；赵甲，是这场旷世大戏的设计者与中心人物之一，他是执刑者；钱丁是这场大戏的三号人物，监刑者。这三个人物因为孙眉娘的纽带作用在日常生活的世界中也紧密地联系在一起，成为一种特殊的亲戚关系。孙眉娘的丈夫赵小甲既是赵甲的儿子，也是赵甲执刑时的助手，因为他是孙眉娘的丈夫，他作为执刑者当然是在给自己的丈人执刑。

除了上面这几个大戏的前台人物之外，促成这台大戏中的人物汇聚一堂的另一些辅助人物除了慈禧太后和袁世凯与上述中心人物没有直接亲戚关系之外，《檀香刑》中的另一场虽为铺垫、但更具"观赏性"的刑罚大戏、也是赵甲借以得到袁世凯欣赏并获得慈禧太后和皇帝接见并赏赐的执刑"杰作"——"凌迟"——的受刑者、将个人生死置之度外、枪杀袁世凯未遂的侠士钱雄飞，实际上是钱丁的亲弟弟。他和开明的传统士大夫型的钱丁不一样，怀持的是西方近代色彩的民主主义政治与社会理想，而且具有舍生取义的古代侠士精神，为了民主国家的理想，甘以自己的生命来清除中国社会进步道路上的绊脚石人物——袁世凯。而钱丁的妻子是传统中国士大夫楷模和杰出代表的一代名臣曾国藩的外孙女！

通过这种里层、外层人物关系的鸟瞰，我们不能不吃惊于在山东高密大栏镇这样一个"邮票"般大小的地方戏台上上演的大戏，不仅穿越空间般地将大清帝国与作为西方列强之一的德国入侵者、朝廷最高层的慈禧太后和皇帝、权倾一时的山东巡抚袁世凯、一代名臣曾国藩的后裔、大清刑部第一刽子手的赵甲、地方政府父母官的知县钱丁以及民间百姓的孙丙、孙眉娘、赵小甲等等人物"聚拢"一起，而且是穿越了时间，将曾国藩以来的中国近代史"灌注"在了"檀香刑"执行的五天之中。

我们在做这样的鸟瞰之后会"发现"，如果我们较严格地按照历史小说的传统理念标准来考量这里的人物关系和大的情节安排的话，李建军所批评的所谓情节设置的"瞬间转换"之不合理等等，与这里所表现的"不合理"比起来，那真是小巫见大巫了！

读罢小说，我们恰恰是在这些"瞬间转换"和"时空穿越"与"亲情纽结"式的安排中见出了莫言作为小说家如同大刀阔斧的戏剧大师一样调度素材、调度历史、调度民族与国家之间的充满光明与黑暗、野蛮与文明、屈辱与残忍的交往与碰撞事件的大手笔。在这里小说与戏剧合一，过程的展示、人物心理的刻画、人物性格的演变、人物对利害与道义的抉择取舍、历史力量、人格理想、个人利益的冲突以有力峻洁的笔墨构造在一起，显示了作者作为小说大师所具有的叙述能力和观照、透视历史与文明的思想者般的睿智的统一。如果按照传统的与生活的比例节奏一比一式的小说描写方法可以栩栩如生地再现这一段波澜壮阔充满血泪的历史，但可能需要比现在大得多的篇幅，更重要的是，这些历史的再现可否形成小说现在所具有的戏剧式的思想与情感冲突的结构力量和思想张力，将给我们留下一个大大的问号。莫言如此安排人物与设置情节的合理性和创造性，我们在后面的论述中将进一步展示出来。这里我们可以就我们的鸟瞰所发现，得到这样的一个启发：如果说传统的历史题材小说是小说家通过自己的描写与叙述力图再现历史，给历史一个生动形象的"说明"、展示的话，这是小说家以自己的笔墨"注解"历史或给历史做形象的"注解"，即凭我的艺术才能、用小说的方式来"我注历史"——"我注六经"；而莫言通过自己独特的戏剧式的调度与穿越时空的创造将历史的内容变成了戏剧的构成材料、要素，通过戏剧的手法，完成了超越具体历史题材、内容的思想建构，一种具有戏剧性的思想内容的有力表现与展示，从而以历史之"经"来模拟、演示我们人类的充满悖谬、痛苦与无奈的处境或生存格局，即实现了以"历史"成就、"注解"我们民族近代史蕴涵的戏剧般的悲剧命运与遭遇，并进而超越民族的界限而展示出我们人类自近代以来曾经和依然在遭遇或经历着的悖谬、荒谬，夹杂着痛苦与耻辱，无耻与残忍等多种情感与态度的生存状态、生存格局。这无疑正是一种超越具体题材、超越某一段具体历史时空的"六经注我"的独特表现与艺术创造。

"同船过渡，五百年积修。"《檀香刑》将这样一些人物如此紧密地组织在这样一部书中，需要的是"匠心修行一万年"！

小说"凤头"部分4章和"豹尾"部分5章，分别以不同人物的"独白"的戏剧方式书写，这有点像古代章回小说前的"人物绣像"，每一个人物的单独造像，如同雕塑矗立舞台，他们的故事蕴藏在他们的身体中、姿态中、打扮中、表情中。如果说绣像、雕塑的独白是无声的，那么小说中的独白则是通过语言来完成的。在这些雕像、塑像、人物造型的包围中，或者说在这个人物像"旋转木马"一样意味深长的亮相、环绕的舞台上，小说的"猪肚"部分9章成为这部小说的叙述中心、主干，似乎是以进行中的过程叙述来完成这不管小说还是戏剧应有的基本作业——叙事！而这个叙事的内容、焦点则是一场叫作"檀香刑"的执行过程的大戏。当然虽然戏剧是高度浓缩与集中的，整部《檀香刑》通过开始和结尾的设置安排、通过时间的集中限制完成了这一点，而作者巧妙地通过人物情绪、感受的"瞬间转化法"以及作者一贯擅长的"旋涡式"回溯叙事法，又将笔触伸出了这台大戏有限的现实时空，而将更广大的时空空间和历史与现实内容纳入到了这台大戏的空间构造之中，使作品造型上的戏剧性、思想内容的戏剧性与历史叙述的线性表达实现了统一。《檀香刑》作为一部长篇小说、作为注重作品构造形态的小说家莫言充分展示其艺术个性的一个杰作，时间中涌流的、千头万绪的故事被盘曲、编织在了一个充分戏剧化的艺术构造中，时间艺术和空间艺术，历史和哲学，铸就在了一起。这个卓越的艺术成就并不是简单的所谓向民间说唱艺术的"大撤退"所能涵盖的。

二、"龙椅"、"佛珠"和施刑者的"看得见的手"与"看不见的手"

不管是批评还是赞美《檀香刑》的读者、论者，大部分都特别地关注了小说中一个重要人物——赵甲。比如充分肯定小说的批评家谢有顺指出："《檀香刑》主要写了一个著名而阴郁的人物——赵甲，他是赵小甲的亲爹，眉娘的公爹，孙丙的亲家，也是袁世凯的座上宾，曾受过慈禧太后和皇帝的嘉奖，更重要的是，'他是京城刑部大堂里的首席刽子手，是大清朝的第一快刀，砍人头的高手，是精通历代酷刑，并且有所发明、有所创造的专家。他在刑部当差四十年，砍下的人头，用他自己的话说，比高密县一年出产的西瓜还要多'。……以刽子手作为中心人物的小说以前有过，广泛意义上的刑罚主题在小说界也非常普遍。为什么《檀香刑》尤其令人侧目呢？是莫言比别人更精细、更冷静地写出了刑罚的全过程，还是因为莫言在小说中所做的语言和结构上的探索？这些当然是重要的，但我想，还有一点不可忽视，莫言写出了刽子手作为一个独特的人可能有的内心风暴，或者说，莫言让我们看到了刽子手的灵魂，并建立起了一种我称之为'刽子手哲学'的文化。而在过去,小说家笔下的刽子手,至多不过是个杀人工具而已。"①但赵甲的背后还有更重要的"人物",也是不可忽略的。当然,我们还是从赵甲说起。

杀人者或者刽子手也是有自己的一套哲学的!这里所谓的"刽子手哲学"就体现在赵甲不只是一个简单的杀人"工具",而是一个拥有自己的哲学的行业代表者、甚至是这个行业从业者的完美的化身,他为这个原本卑贱的古老职业找到了自己的光环,谱写了所谓的新的辉煌,而且这种哲学内化为了一种审美性的身体诗学,他在施刑时甚至还可以产生庄子在《庖丁解牛》中所描绘的艺术或审美境界,在这里技巧、记忆、工具、劳作与审美、艺术、哲学、人生观等等生命的意义、价值融合在了一起!一个原本忍着"不忍人之心"而甘以"工具""劳作"作为辩词、辩解的迫不得已的工作、行为,在"刽子手哲学"的阐释、理解与照耀下,获得了不是化腐朽为神奇而是化邪恶、残忍为光明正大甚至高雅高超的艺术、诗学行为,甚至有了境界之说:这种杀人的勾当甚至还有所谓境界之不同,而最高的境界恰是在赵甲给千古义士、甘愿杀身成仁的戊戌六君子执刑的过程中。在那次本应辩解为"工具性"的无奈行为中,赵甲他居然感到"屠刀与人,已经融为一体"!生命,正义的生命遭受践踏、磨难、灭绝的时刻,一个执刑者、一个"人",他居然感到自己与生命、正义的死敌、对手——那个血腥、肮脏的残忍工具合二为一,他认为:"一个优秀的刽子手,站在执刑台前,眼睛里就不应该再有活人;在他的眼睛里,只有一条跳跳的肌肉、一件件脏器和一根根骨头。"——"经过四十年的磨炼,赵甲已经达到了这种炉火纯青的境界"!这里是莫言对赵甲的赞美吗?!显然这只是对赵甲之流的内心哲学的一种毫不回避的揭示、嘲讽!

其实,刽子手作为一个职业原本在某种意义上必不可少地总要有人来充当,这正是慈禧太后在接见赵甲时对他所说的行行出状元的理由所在。作为"工具"的刽子手不仅在现实中的存在由来已久,而且在文学中也早比比皆是,而写出刽子手的"哲学"却是莫言的这部作品的亮点所在。但刽子手不以"工具"认同自己的杀人行为就算了,何以还要有自己的一套看起来论证严密或至少是自圆其说、冠冕堂皇的"哲学"呢!

---

① 谢有顺:《当死亡比活着更困难——〈檀香刑〉中的人性分析》,《当代作家评论》2001年第5期。

这里，正蕴涵着值得追问与分析的《檀香刑》的非同寻常的卓越之所在。

赵甲之流可以在行刑的时刻让自己的生命主体意识关闭起来，浑然只把自己当成是一个替国家机器或专制制度操作一个零件的"工具"——实际上在某种意义上，刽子手和其他一些从业者在从事某种并不为自己的良知所认同的迫不得已的行为的时候，都可以如此自我辩解。但人毕竟是人，哪怕是如刽子手中的状元、"完美恶魔"如赵甲，他毕竟也是一个活人。所以当他在执行各种刑罚的时候或之后，他的作为人的必然存在的良知的一面，无论如何模糊灰暗也会产生它的话语的力量，成为赵甲意识与情感记忆中的一抹灰色阴影。而莫言正是自觉地听出了赵甲的灵魂与身体中隐秘存在的这一维度的声音与心理的波动，并将之展现在作品中，这正是他书写人物包括所谓反面人物时一贯意识着的原则。

在张艺谋所拍的那部广受欢迎的优秀影片《秋菊打官司》中，村妇秋菊因为自己的丈夫被村长过分地踢了一脚而绝不善罢甘休，要求村长在道义人格上认错道歉——所谓的给个"说法"。在秋菊不屈不挠有理有节的声讨下，丈夫的尊严得到了维护。实际上，不管什么人，哪怕一名村妇、一个刽子手，只要是精神和身体俱在的主体，他怎么可能完全以一个"工具"的状态存在而遗忘人的价值诉求呢？

因此，正是在这样的夹缝中，或者说社会与生活的链条中，赵甲处在一种特殊的"两难"处境中，他的内在的生命意识、生命主体诉求在暗暗地发出和他的社会职业身份、他的外在职位与物质利益追求不一样的声音，从而使他在内心里寻求建立一种自己的"刽子手哲学"以获得自我认同的合法性。赵甲对自己的处境是极其清醒的，他说："咱家在衙门里混了一辈子，知道海比池深、火比灰热的道理，咱家知道，树高高不过天，人高高不过山，奴才再大也得听主人的调遣。""于是，他获得了一套独特的逻辑和思维方式来化解他对丁反抗者的敬意与他必须执行任务之间的矛盾：'刽子手对犯人最大的怜悯就是把活儿做好，你如果尊敬他，或者是爱他，就应该让他成为一个受刑的典范，你怜悯他就应该把活儿干得一丝不苟，把该在他身上表现出来的技艺表现出来。这同名角演戏是一样的。'用这种逻辑，他成功地化解了作为人的内心矛盾，他用自己高超的技艺向六君子表示敬意，用檀香刑匹配孙丙这样的民间英雄。作为刽子手，赵甲达到了他所能达到的人生辉煌，他只是一个刑罚的执行者，但在另一方面，在行刑的过程中，他'是国家权威的象征'，他与受刑者之间时则有一番较量。"①——显然在这里,一方面赵甲以职业的名义,将自己的行为对象竭力想象成为无生命的事物,将自己想象为一个机器上的小的运转"工具",另一方面他把自己和行为对象想象为一场大戏中的对手,好像他们之间是在演出一场别人编剧导演的虚拟的大戏,角色不同,各司其职,而演好自己的角色是对对手的最佳配合与尊重。这种掏空生命的想象和将自己置身于更大的不以个人意志为转移的逻辑中的想象,既掩饰自己内心的阴影又不断地在自己的特殊哲学逻辑的想象中获得内心的虚幻的平静。——当他是"国家权威的象征"时,自己行为、存在的合法性不言而喻,并因为"国家权威"的高高在上而获得了尊贵与荣耀的幻觉。

更重要的是,这种合法性和荣耀性的想象动力,并不仅来自于自己思考性的"刽子手哲学"的逻辑,他还来自实际的现场经历与体验。——这一点是莫言在苦心积虑地传达的讯息。——这就是为什么,这么一个沾满血污、满身煞气、被视为鹰犬、地位低贱的刽子手何以被袁世凯所一再重用,并连慈禧太后也对其有所耳闻、进而亲自召见的艺术安排所要传达的话语旨趣:赵甲甘受更高的统治者、更大的权力逻辑的支配,充当其得力的鹰犬、"工具",并挖空心思满足更高权力者和更大权力逻辑的旨意的时候,他对上虽为奴才、走狗,毫无地位可言,但因为更高统治者的重用和更大权力逻辑中的"使命"赋予,而获得了身份地位与荣耀的分享的想象;他因为与更高统治者和更大权力逻辑的这种关系,获得了自身地位、自我肯定以外,获得了行为合法性的自我辩词。赵甲的自我意识就处在了一种特殊的境地,一方面他意识到自己的低贱——作为杀人者的天然的低贱性与身为奴才的低贱性;另一方面,因为统治者的召见、赏赐与自己在代表国家与统治者执行"使命"的殊荣与"神圣"令他感到光荣,他在老百姓和较低地位的官员面前,可以挟主自重,如,赵甲就凭借着皇帝赏赐的龙椅、佛珠而藐视知县钱丁、令钱丁受尽耍弄,赵甲甚至凭借龙椅佛珠在袁世凯面前倚老卖老。

李建军在论述到慈禧太后召见赵甲的情节安排时曾说:"莫言叙写人物的没有分寸感和缺乏真实性,还可以从刽子手赵甲奉召见慈禧太后

---

① 王爱松、蒋丽娟:《刑罚的意味——〈檀香刑〉〈红拂夜奔〉〈一九八六年〉及其他》,《中国海洋大学学报》(社会科学版)2005年第4期。

这一情节中看出来。作者先是让慈禧问了赵甲一些完全不符合人物身份的扯淡话,根本不可信,最后可笑的是到了末了,太后对皇上说:'赵甲替咱家杀了这么多人,连你那些亲信走狗都砍了,你不该赏点东西给他?''我看呐',太后冷冷地说,'就把你腾出来的这把椅子赏给他吧!'稍微有点常识的人,都不难看出作者此处叙写人物对话的随意和缺乏分寸。龙椅乃是国之重器,是皇室权力和尊严的象征,具有不容亵渎的神圣性,慈禧再怎么跋扈、昏愚,也不至于到了强令皇帝把它'赏给'一个刽子手的地步。"[1]李建军的这段论述看起来振振有词,其实他的这段批评不仅不会令莫言颔首称服,反而要付之一笑了。因为正如李建军自己所说,龙椅乃国之重器,慈禧怎么可能轻率如此地让皇帝将之赏赐给一个刽子手呢?!正是因为这个问题如此的常识,所以,莫言恰恰在此开了一个大大的也是郑重的大有深意的玩笑!莫言何尝不知道这样的常识呢?!其实,赏赐龙椅,连同受太后召见时赵甲大胆放言诸如"小的认为,刽子手虽然下贱,但刽子手从事的工作不下贱。刽子手代表着国家的尊严……小的还希望能建立刽子手世袭制度,让这个古老的行业成为一种光荣……",以及太后所谓的"赵甲,你为大清朝杀了这么多人,没有功劳也有苦劳,又有袁世凯李莲英这些人为你说话,本宫就破一次例,赏你个七品顶戴,放你回家养老",以及"太后将一串檀香木佛珠扔下来,说,'放下屠刀,立地成佛去吧!'"——这些情节安排一起看似写实,实则寓言般地写出了统治阶级的残暴、虚伪的实质!在这段虚假的情节里恰恰道出了统治阶级依靠残酷的手段维持政权的真相,结合全书对慈禧太后与袁世凯各怀自私的"小九九"而对德国入侵者纵容谄媚、对义和团在内的善良百姓血腥残忍以待的行为做法,我们不难看出,莫言这段"荒唐"情节安排的深刻寓意。当慈禧对刽子手大加礼遇并敲打皇帝"他"替大清杀了那么多人"你"应该赏他(赵甲)腾出来的龙椅的时候,实在是道出了"枪杆子里面出政权"的冷酷"真理"并讽刺皇帝"你"要仁慈开明地变什么法的话,是不想坐这把"龙椅"了吧?——"龙椅"是应该属于"刽子手"的!慈禧赏赐赵甲檀香木的佛珠并让他"放下屠刀,立地成佛去吧",简直是令人彻骨生寒的"善言""懿旨"!也是莫言对那些对统治者抱有幻想的善良者、天真者的一

---

[1] 李建军:《大象,还是甲虫?——评〈檀香刑〉》,《海南师范学院学报》(人文社会科学版)2002年第1期。

声棒喝！正像谢有顺所说的，赵甲"眼中的人与动物在本质上已经没有区别。有意思的是，就在这点上，刽子手对人的态度与专制君主对臣民的态度达到了完全的一致"。①这里有一个互为主奴的独特的利益链、"食物链"！在链环的最高端和社会底层之间，每一个环节的承担者都有主与奴的双重身份。在奴性话语的逻辑中奴与主身份是兼于一身并随时发生着奇妙的转换。这里也蕴藏着残暴哲学与走狗哲学的实践秘密。

——莫言通过这种人物大范围内穿越式的调度和看似缺乏分寸感的情节安排，其实是将笔触不仅指向了赵甲，而且指向了袁世凯、慈禧太后，指向了最高统治者个人。

如果说在这个血腥专制的国家机器的运转中执行着它的罪恶"使命"的具体的"看得见的手"是赵甲们的"黑手"的话，开动、掌控着这个血腥专制的国家机器的最高的、幕后的"看不见的手"则是袁世凯、慈禧太后们的没有人血的"苍白之手"！"看不见的白手"常常表面上数念着"檀香木"的佛珠，"看得见的黑手"常常实际上操持的是"檀香木"的刑具！

莫言通过穿针引线的精细笔致在告诉我们，我们固然要批判赵甲们的残忍，但我们不能忘记了更高、更大的残忍者。我们绝不能以宏大体制或所谓历史理性之名，而轻恕那些残忍至极的充当着"第一推动力"的残忍之源。其实，历史从来就不放过对这些"终极残忍者"的讨伐，希特勒、墨索里尼以及东京审判上被钉在耻辱柱上的甲级战犯们，人们不会因为他们假借了集体国家的名义而饶恕了他们应受的惩罚，而今后，人将依然如此。但可笑的是，现代社会，也有一些办法在让那些"终极残忍者"、"终极罪恶者"在时间的让渡中可能逃脱他们应该承受的惩罚，如有些重大涉罪涉责事件可能凭借一个诸如国家机密的屏障而阻隔了人们对责任者的有效追究，再加之古代社会一直采纳的连坐、鞭尸等追究手段在现代社会的废弃，有时恰恰令约束阙如的权力更加有恃无恐。这可能也正是《檀香刑》的作者通过一些特殊叙述在忧心忡忡担忧的所在。

---

① 谢有顺：《当死亡比活着更困难——〈檀香刑〉中的人性分析》，《当代作家评论》2001年第5期。

三、赵甲的"一厘米的自主权"和慈禧太后的"骨头"赏赐

我们说小说《檀香刑》的批评之剑的利刃直指终极残忍者慈禧太后和袁世凯之流,那么是否意味着作为一个走卒的赵甲的一举一动只不过是在专制残忍的国家机器或被一些批评家将之称为冠冕堂皇的所谓"历史理性"的支配下的自动自发、迫不得已或无奈之举而无须接受道德的审判?也许有的读者想,既然有终极的残忍者来承担道义的责任,那么作为一个小小的执行者的赵甲人微言轻、无力左右或扭转专制制度上层或高层的指令,那么作为一个以行刑为养家糊口的职业的赵甲,应该不需承担多少道德的责任,他甚至也是应该受到同情的对象,何况如我们上面所说,他的内心也有人性的一面、不忍人之心的一面存在,只是工作的关系,他的这一善良的一面被压抑了而已。我们甚至可以从职业的角度,赞同慈禧太后的说法,行行出状元,因此,赵甲追求成为自己行当里的状元也无可指责。——正如同原来小说中的刽子手都只是"工具",仅从"工具"的角度来说,"行行出状元"也无不可。其实小说中借为崇高理想甘受清贫、为国家进步甘洒热血、甘抛头颅的一代圣贤人物刘光第的对赵甲的行为态度和语言打消了这一层面的道德担忧,刘光第曾根据自己的有限接触对赵甲说:"其实,你干的活儿,和我干的活儿,本质上是一样的,都是为国家办事,替皇上效力。但你比我更重要。……刑部少几个主事,刑部还是刑部;可少了你赵姥姥,刑部就不叫刑部了。因为国家纵有千条法律,最终还是要落在你那一刀上。"但通过《檀香刑》整个小说,我们知道,完整的刽子手赵甲不仅仅是个"工具",因此,赵甲的情况当然不是这样,特别是对赵甲这样翻着花样、挖空心思、无所不用其极地迎合主子、助纣为虐的走狗,而且拥有一套自己的"理直气壮"的"刽子手哲学"的奴才,更加不是。我们在上面的论述中已经阐述了一定的理由。为了进一步对赵甲这个重要角色做出更清晰的拷问、分析,我们不妨引用一个宪政学家郭道晖所讲的案例做一参考:

"德国柏林墙倒了以后,法庭审判一个东德卫兵,他曾开枪打死要逃到西德的一个青年。辩护律师说:他是执行领导的决定,是服从当时的法制,不应该判他的罪。但是法庭认为:作为**警察**,不执行上级命令,你不开枪,是有罪的;但是打不准是无罪的。你的枪口可以朝天,朝上

提高一厘米,这是你的'一厘米的自主权'。这个主权在你。你可以不打死他。人的生命是最根本最重要的。你明明知道他去奔向自由是正当的,无辜的,你怎么开枪把他打死了?！'作为一个心智健全的人,此时此刻,你有把枪口抬高一厘米的主权,这是你应主动承担的良心义务。任何人都不能以服从命令为借口而超越一定的道德伦理底线。不道德的行为不能借口是奉政府的命令干出来的而求得宽恕。'在不得不执行恶法恶令的时候,当事者有坚守自己的道德底线,尽最大智慧,'留有余地'地、打折扣地执行的自主权。也就是说,在万不得已的情势下,你也有凭良心坚持和运用这'一厘米'自主权的道德义务;否则你必须承担罪责。"郭道晖还举了一个简短但很典型的案例:"根据当时的纳粹法,比如告密法,当时一个妻子举报她的丈夫从战场回家后咒骂希特勒,就判处他死刑。'二战'后纽伦堡法庭要判这个妻子有罪,辩护律师就说:她是执行当时的法律,是依法检举的。法庭拒绝此意见,认为这违反了起码的道德底线。所以这里就有一个良心问题。……须知法律之上还有'法',就是所谓的自然法,就是正义,这是最低的底线。"[1]

我们显然可以看到,即使是有法律作为行为的依据,一个人是否应该受到法律的审判、受到道义的拷问,依然还有更高的标准时时在场,那个遗忘了人性义务的妻子不用说了,即使是这个执行任务的士兵,他只是没有灵活地发挥自己潜在的"一厘米的自主权"——而且,这种发挥还只能是一如道德良知的存在形态一样隐蔽地进行——他就受到了不仅是道义而且是刑事责任的追究。对照这个案例,显然,赵甲之流,就不仅仅是没有积极地在人性和道义的正面发挥自己应有的良心、良知的积极价值,而是完全走向相反,是在处处积极地迎合、主张专制者的残忍、残暴行为,血腥行为。因此,赵甲的人格上主动地沾染了无法洗白的人格血污！他是专制独裁者控制、制定的残暴的国家机器和主奴人格逻辑的维护者、推动者。他的行为与谋杀袁世凯未遂而被他亲自一刀一刀凌迟了的英雄义士恰成对比。钱雄飞和袁世凯的一次行为与话语交往、交锋,其实正是对赵甲之流的人格追求、"刽子手哲学"、认同的"主奴逻辑"的生动写照:

在袁世凯告密、变法失败、戊戌六君子在菜市口被杀害后,袁世凯从北京回到天津,闯进时为袁世凯骑兵卫队队长的钱雄飞的宿舍,四个

---

[1] 郭道晖:《为政以德,良心入宪》,《中国政法大学学报》2010年第5期。

身材高大的来自袁世凯故乡的亲兵、贴身卫士手按枪柄、目露凶光、以随时都准备拔枪射击的样子站在袁世凯的旁边，袁世凯直接就对戊戌六君子处决一事咄咄逼人地试探钱雄飞的态度，而且因为钱雄飞曾与谭嗣同有来往，而直接询问了钱雄飞和谭嗣同的交往情况以及他对谭嗣同其人的看法，钱雄飞的坦率回答得到了袁世凯的"欣赏"，接着：

"抬进来！"袁世凯一挥手，门外进来两个随从，抬进来一个黑漆描金的大食盒。袁说："我为你准备了两份饭菜，你自选一份吧！"

随从打开大食盒，现出了两个小食盒。随从把两个小食盒端到桌子上。

"请吧！"袁世凯笑眯眯地说。

他打开了一只食盒，看到盘中有一红花瓷碗，碗中盛着六只红烧大肉丸子。

他打开了另一只食盒，看见盒中有一根骨头，骨头上存留着一些筋肉。

他抬头看袁，袁正在对着他微笑。

他垂下头，想了一会儿，把那根肉骨头抓了起来。

袁世凯满意地点点头，走到他的面前，拍拍他的肩膀，说：

"你真聪明。这根骨头，是皇太后赏给我的，上面虽然肉不多，但味道很不错，你慢慢地享用吧！"

这是一段值得深入思考的情节，也是意味深长的一段。简言之，这段赏赐"骨头"的段落和前面赏赐"龙椅"、"佛珠"的段落一样，与其将之坐实看待，看成是正儿八经的历史叙事，认真地讲述故事，不如把它们看成是一段看似胡编乱造，实则大有深意、大有寓意的寓言表达。它们堪称是《檀香刑》的"文眼"所在，如同一盘波澜起伏拼杀激烈的围棋中高手安排的"手筋"。因此，这两处是整部小说中的重要"小关目"。

我们既不必以历史学家的眼光去考证这段情节是否实有其事，也不必如对待历史小说一般去追究这样的情节安排是否可能发生，对于荒诞叙事，我们要领悟的是荒诞故事背后的东西：袁世凯们在屠杀了戊戌六君子之后，对身边的人物自然要提高警惕，特别是对听说与谭嗣同等颇有交往的身边侍卫人员自然更需严加防范，因此突然以如此的方式探看钱雄飞的内心虚实自然合情合理。而莫言的匪夷所思的"土匪"般的举动在于，他让袁世凯带来了两个特殊的食盒，而且以非常规的令人捉摸不定的方式给钱雄飞出了一个"哑谜"——选出其中的一份食物。经过一番琢磨，钱雄飞做出了在袁世凯看来正确的选择：啃剩的一根骨头棒！这根骨头棒虽然上面只剩一点筋肉，但来历非同寻常——它是慈禧太后赏给袁世凯的！钱雄飞选择了袁世凯吃剩的骨头棒，自然也是选择了一条看起来不怎么样实则非同寻常的东西——"味道很不错"！通过这段特殊的食物语言，我们看到，这里展示的是一个特殊的"食物链"——慈禧太后把自己的美味赏赐给袁世凯，袁世凯又将之留一部分剩余赏赐给钱雄飞。而骨头总是赏赐给谁的？或者说什么东西最喜欢啃骨头？这个食物文化的叙事自然传递的是，袁世凯要甘当慈禧的走狗，而钱雄飞要甘当袁世凯的走狗，如此，他们才能分食到特殊的美味！钱雄飞选择了剩余的骨头，即是选择了、认同了甘当他们走狗的角色！选择了本分低调的姿态！——当然，在需要继续潜伏起来寻求机会的钱雄飞来说，这个选择并非他内心真实念头的表现。当然，对于这种寓言文字的理解，我们不能抠得太死，比如，假如钱雄飞选择了另一只食盒——选择那六只红烧大肉丸子就是否意味着他选择了以戊戌六君子为美食而进入到慈禧太后、袁世凯们的"吃人"一伙，那么，也应该是一种会被袁世凯欣赏的选择？或者说，钱雄飞没有选择六只丸子，因为选择六只丸子，就可能暗示他选择、同情六君子，或者说选择站在六君子的一队，所以，面对袁世凯，他没有那样选？！我想，对于小说中的寓言，我们不必做数学或逻辑般的严密推演，我们应该顺着小说家的导引去理解他们的意味。既然，钱雄飞的选择得到了袁世凯的赞赏，我们就选择这一思路来理解足矣。因为顺着袁世凯的评判已经可以有一个完满的有深刻意义的解释。这个解释与前面的赏赐"龙椅"、"佛珠"的安排一起正好传达了作者的批判锋芒的指向所在，表达了作者的历史批判信息，再次显示了历史作为残忍、专制的统治者操纵的肮脏的特殊"食物链"的事实。

也是在这样的精细而简明的艺术安排中，《檀香刑》的道德拷问、人性拷问不仅是向下、向第一线追问到了个体，而且向上、向上层、向高层追问到了个体。《檀香刑》和它的作者决意不做含糊其辞的欺软怕硬者或糊里糊涂的好好先生，而且道出了他们以残忍的方式所追求的实质和秘密！

The Arrangement of Characters and The Artistic Intensions of "Dragon Chair", "Bone", "Reward" in Sandalwood Death

Zhang Ling

Abstract: Sandalwood Death has caused different criticism since its publishment. Although its complexity, profundity and corresponding artistic creativity, which have already been fully showed, have posed big challenges for our established concepts of art and means of understanding. Its arrangement of characters and plots show that the author took a special narrative strategy, which is "To Take the Six Classics as the Footnotes of my Viewpoint". Together with the design of plots, such as "Dragon Chair", "Buddha Pearl", "Bone", and "Reward", the historical criticism allegorically points to both the "visible illegal hands", and the "invisible legal hands", which manipulate the history and belong to the upper classes, including even the highest rulers. It expresses the author's profound historical and critical consciousness, and shows the fact that history is a dirty and special "food chain" which is manipulated by the cruel and tyrannical rulers. Sandalwood Death and its author are determined not to act like the muddleheaded yes-man or the evasive person who bully the weak and fear the strong. Furthermore, they reveal the essence and secret that the rulers manipulate the history in a brutal way.

Keywords: Sandalwood Death; Mo Yan; The Arrangement of Characters; "To Take the Six Classics as the Footnotes of my Viewpoint"; The Design of Plot; Allegory

为思想史中的异端立传
——读《理解俄国》

◇ 张 柠[①]

摘要： 美国学者艾娃·汤普逊绕开了丰碑式的19世纪俄国精英文化，而以思想史中的异端"圣愚"来诠释双重信仰的俄罗斯文化。"圣愚"是癫僧、疯修士，又与神人、傻瓜、流浪汉的语义相关，处于社会边缘区，但他们对于俄罗斯人的影响远比知识分子大得多。他们通常很少介入政治和其他社会事务，是世俗生活中的流浪汉。他们与现世的精神联系，通过文学这一隐秘渠道得以实现。

关键词： 圣愚；流浪者；俄罗斯文学

1949年以来，我们对俄罗斯文化的翻译、传播和普及，无论从数量还是质量来看，都超过了对其他国家文化的译介。谈到俄罗斯文化，随便一位受过教育的人都能滔滔不绝地说一通：普希金，托尔斯泰，"别车杜"，十二月党人，废奴运动，《祖国纪事》，等等。但美国学者艾娃·汤普逊在写作《理解俄国：俄国文化中的圣愚》[②]一书时则公开宣称，她很少注意那些众所周知的19世纪俄国知识分子，以及他们创办的"代表性"刊物。《祖国纪事》、《现代人》、《俄罗斯言论》等，都是当时著名的刊物，著名的报纸有《俄国思想》、《俄罗斯新闻》等。不关注这些名声显赫的刊物也能理解俄国？该书的作者说她"专注的是默默无闻的宗教、医学和人类学出版物"。（第7页）我发现，汤普逊在有意忽略那些将事件变成"丰碑"的著名历史文献，而试图用福科所提倡的"知识考古学"的方法，将那些几乎被掩埋的历史材料"转变成重大遗迹"，[③]为那些对朝

[①] 张柠，北京师范大学文学院教授。
[②] 艾娃·汤普逊：《理解俄国：俄国文化中的圣愚》，杨德友译，北京：三联书店，1998年。下引本书只在括号中注明页码。
[③] [法]福柯：《知识考古学》，第7页，谢强、马月译，北京：生活·读书·新知三联书店，1998年。

廷、教会、正统知识分子而言都是异端的"圣愚"立传。

上面提到的那些刊物，几乎是过去所有19世纪俄国思想文化史研究必不可少的材料。实际情况如何呢？它们在历史中的巨大影响，是掌握了话语权力的精英知识分子人为所致，还是民间自发地接受的结果呢？19世纪中叶的俄罗斯，发行量最大的刊物，是被别林斯基视为低级趣味的《读者文库》，有5000订户；①供上流社会、文学沙龙少数人阅读的知识分子的"代表性"刊物，从来也没有达到过5000这个订数，著名的《祖国纪事》当然也没有。《莫斯科电讯》的订数从没有超过3000。别林斯基主办的《莫斯科观察家》的发行量，没有超出过1500，只出5期就停刊了。②"著名"的《现代人》杂志，在创办之初（1847年）其订户为2000，一度达到3500份，1848年又降至1500份。③到了60年代，涅克拉索夫和车尔尼雪夫斯基合作时期，其订户一度接近5000，但到了1865年又降回为2300。④这些数据还不如1917年之后的《新青年》（15000份）的发行量。1897年，沙皇帝国的人口普查数据表明，俄罗斯上流社会贵族人数（约200万）与其他各阶层人数之和（约1亿2千万，其中农民约1亿）的比例为1∶60万。在校中学生约8万，女生6.5万，在读的大学生接近3万。⑤我们可以想象那些在上流社会和精英知识分子中传播的刊物究竟能有多大的影响。

当然，统计学数据有时也不一定能说明什么。别林斯基就说过，衡量一份杂志的成功与否，不能看它的发行量，而要看它对公众精神影响的深度。别林斯基的意思是说，《祖国纪事》和《现代人》这些杂志，尽管发行量不大，但要力求对公众的精神产生深刻的影响。我感到疑惑的是，读者占人口比例极小部分的那些杂志，是如何影响公众精神的呢？我想，只有通过那些掌握了"真理"、掌握了话语权力的知识分子的传

---

① [俄] 巴纳耶夫：《群星灿烂的年代》，第176页，刘敦健译，上海：上海译文出版社，1995年。
② [俄] 巴纳耶夫：《群星灿烂的年代》，第382页，刘敦健译，上海：上海译文出版社，1995年。
③ [俄] 巴纳耶娃：《巴纳耶娃回忆录》，第192页，蒋路、凌芝译，上海：上海译文出版社，1981年。
④ [俄] 陀思妥耶夫斯基：《书信选》，第134页，冯增义译，北京：人民文学出版社，1993年。
⑤ [苏俄] 苏联科学院历史研究所列宁格勒分所编著：《俄国文化史纲》，第375—377页，张开、张曼真等译，北京：商务印书馆，1994年。

播,通过将它们编入官方钦定教科书而灌输给一代代学生来实现。别林斯基等人,就是作为俄国激进的革命民主主义思想的代表人物而进入教科书、进入历史链条的。其实,别林斯基之所以有巨大的魅力,一个重要的因素就是,其文章字里行间充斥着一种近于疯狂的激情(马雅可夫斯基在写诗和演说时,也是如此,俄罗斯人就吃这一套)。但是,当别林斯基面对自己的批评对象时,却容不得丝毫疯狂和异质的东西。他一改面对《穷人》的态度,说陀思妥耶夫斯基新写的小说《双重人格》,只能在疯人院里有其地位,而不是在文学中。在《致果戈理的信》一文中,他又大量使用精神病医生经常用的"宗教狂"、"傻子"、"神经错乱"、"疯子"等词汇,仿佛要将果戈理、陀思妥耶夫斯基等人送进疯人院似的。这种思维方式,好像跟尼古拉一世也没有什么区别。尼古拉一世就曾经因"哲学书简"一事宣布恰达耶夫为疯子,并让他接受精神病治疗。

汤普逊说:"19世纪俄国改革运动的最大悲剧可能就在于运动成员酷似他们所极为蔑视的'旧俄国的残余'。"(第272页)由于这些成员是掌握了话语权的知识分子,于是,他们是进步的象征、真理的代言人,他们在为整个俄罗斯受难、牺牲。对于沙皇专制主义而言,他们的确是这样,并因此为世人所称道。但对于更广泛的俄罗斯人民来说,他们就成了另一种专制。因此,不仅仅在19世纪,即便是在今天,他们也依然是"多余人"。"人民"(村社里的农民,被抓进监狱的囚犯)拒绝那些"知识分子"(这个词在俄国与"革命家"几乎是同义词),并对那些"到民间去"的人说:到处都是你们的天堂,这儿可是监狱呀,你们都是吃白面包的,还买奶猪。"你们自己起伙,往这里钻干什么?""这儿不是你们站的地方。"① 以赫尔岑为精神领袖的民粹派"到民间去"的运动,因此宣布失败,最后只好进城去实施暗杀沙皇的恐怖行动。

俄罗斯人可能会拒绝"资产阶级",也会拒绝"知识分子",甚至会拒绝"教育",但他们从不拒绝"疯子"和"傻瓜",当然也不会拒绝圣象和蟑螂(托洛茨基语)。19世纪中叶的俄罗斯,有近50座城市里设有监禁"疯子"的医院,大约有6500多个床位。(第49—52页)但是,在成千上万名"疯子"中,只有十分之一被监禁到医院里,原因是沙皇派出的检察官、精神病医生与当地农民之间常常发生暴力冲突。俄国人

---

① [俄]陀思妥耶夫斯基:《死屋手记》,第331—332页,曾宪溥、王健夫译,北京:人民文学出版社,1981年。

"把据欧洲标准视为精神病的人划分为圣愚和'真正的'愚人,或者分为超感觉者和精神变态者。他们强烈反对把前一种人投进疯人院。在彼得颁布取缔圣愚几乎二百年后,圣愚依然和从前一样,是俄国社会的一个组成部分"。(第55页)如果那些"圣愚"被当作病理性的"疯子"而强行关进了疯人院,那么疯人院就成了众人新的"朝圣"的场所。

19世纪的俄罗斯文学作品表明,几乎每个乡镇都有自己的圣愚(癫僧)。"圣愚"成了文学作品中的重要形象。比如:阿法纳西耶夫编选的俄罗斯童话中的傻瓜伊万努什卡,普希金笔下的尼科尔卡(《鲍理斯·戈东诺夫》),托尔斯泰笔下的格里沙(《童年》);甚至到了20世纪,还有蒲宁笔下的玛卡尔卡(《乡村》),皮里尼亚克笔下的伊万(《红木》),等等。19世纪到20世纪的100多年间,俄罗斯有两个在民众中产生了巨大影响的"癫僧"(也就是"圣愚"),一个是莫斯科的伊万·雅科夫列维奇·科列沙(1780—1865),一个是圣彼得堡的格里高里·叶菲莫维奇·拉斯普庭(1864—1916)。科列沙1822年被亚历山大一世送进了莫斯科的一家"疯人院",他在疯人院又经历了尼古拉一世时代和亚历山大二世时代,43年后去世。小说家鲍里斯·皮里尼亚克(鲁迅译为"毕力涅克"),在他那篇著名的小说《红木》的开头,记述了科列沙的葬礼场面:几十万人自发地蜂拥而至,进不了教堂就伫立在街道两旁,夜晚露宿在教堂周围,整整五天五夜里,举行了200多场安魂弥撒。皮里尼亚克还引用当时《消息报》上的一首诗:"疯人院在举行什么大典?/但见人如潮涌车如龙,/全那么急急匆匆,/忧心忡忡。/人群里不断传来阵阵叹息,/声音是那样凄切:/先知伊万·雅科夫列维奇登天了,/一盏明灯熄灭了。"

同样是举止怪异的癫僧,但与科列沙的苦修、受难、预言的特点相比,拉斯普庭更体现了癫狂、粗野、胡言乱语的特征。他把自己身上这些疯狂的东西带进了罗曼诺夫王朝的宫廷。到1910年,他已经成了沙皇尼古拉二世宫廷的一大丑闻。所有的朝臣都恨不得尽快将他赶出宫廷,或杀死他;因为他经常通过皇后去唆使皇帝,将一些忠臣流放到西伯利亚去,并参与选拔新的内务大臣的考察,他的确好像是在胡作非为。诗人吉皮乌斯在回忆录中,谈起与拉斯普庭来往密切的宫廷女官维鲁波娃和尼古拉皇后时说,拉斯普庭是"装疯卖傻的好色之徒",但是"没有人对拉斯普庭的'好色'感到特别吃惊:因为这位'长老'毕竟在'装疯卖傻'。每个俄国人的内心都有装疯卖傻的倾向。俄国人离开装疯卖傻似乎就无法理解神圣二字"。① 这位癫僧或"圣愚",利用与皇后和宫廷女官的关系,不断介入政务,导致后宫淫乱,最终被朝廷大臣杀死,"拉斯普庭是在酒桌上被杀死的。杀他的是皇室成员和杜马极右议员普利什凯维奇"。② 但无论人们怎样攻击,拉斯普庭的所作所为都在客观上促成了最后一个沙皇王朝的灭亡。他似乎看出了罗曼诺夫家族的气数已尽,因而要拼命地加快其灭亡的进程。

关于科列沙的盛大葬礼,关于拉斯普庭的被杀,关于所有癫僧的情况,除了一些专门性的学术杂志(如《民族学述评》、《医学通报》)以外,整个传媒界都不予理睬或封锁消息。"自由派杂志《现代人》、《祖国纪事》认为圣愚是老莫斯科公国的残余,而保守派的《俄国通报》却惧怕招惹耻笑"(第64页)。沙俄官方为了保证与欧洲的正常接触,为了显示俄国的"文明"程度,也禁止将这些带有萨满教色彩的古老遗风公之于世。

汤普逊认为,19世纪那些名声显赫的、为著名杂志挥笔写作的知识分子对俄国人的影响,要比"圣愚"对俄罗斯人的影响小得多。(第57页)汤普逊指出,"圣愚"(又译为癫僧、疯修士;它与神人、傻瓜、流浪汉是同义词,第17—18页)"是俄国双重信仰的最完整、最重要的表现"。(第7页)神学家谢·布尔加科夫说:(神人)"不是来自这个世界的人,因为他们没有'在此留居的城市',而是无住所的巡礼派,这是一些放弃人的理智而取疯子似的形象的人,为的是'看在基督分上'而乐于忍受辱骂和侮辱。"③ 高尔基说:"他们来到世界上,就是为了不同意的。"④ 要说受到迫害的程度,俄国圣愚(癫僧)们丝毫也不亚于19世纪的俄国"知识分子"。尤其是在彼得大帝改革和西方文明侵入之后,癫僧的遭遇更惨。无论代表世俗权力的沙皇政权,还是象征着"上帝"的教会势力,都不承认他们。知识分子发明的术语:历史、理性、法律、正义、道德,等等,这些很容易与各种形式的强权话语结合在一起的东西,当然也拒

---

① [俄] 吉皮乌斯:《安妮雅的小屋》,见《往事如昨》,第87—89页,郑体武译,上海:学林出版社,1998年。
② [俄] 吉皮乌斯:《安妮雅的小屋》,见《往事如昨》,第87—89页,郑体武译,上海:学林出版社,1998年。
③ [俄] 谢·布尔加科夫:《东正教教义纲要》,第211页,香港:三联书店,1995年。
④ [俄] 高尔基:《高尔基政论杂文集》,第315页,北京:三联书店,1982年。

绝他们。他们是真正的民间与教会之间、与沙皇之间长期较量的结果。

汤普逊说："圣愚不是社会结构的一部分，而是属于社会边缘区。作为一个刺激阀人物，他对社会结构不感兴趣，……对于一个圣愚来说，社会结构和社会的连续性是无关紧要的。"（第240页）他们可能属于过去，也许属于未来，反正不属于现世。他们是现世生活的对立面，并恶意地否定现实生活。他们过着流浪的生活，无家可归，从来也不打算定居下来而变成社会结构中的一个部分。因此，他们不被现世所接受。正像尼·别尔嘉耶夫在概括俄罗斯人时所说的："尘世的道路就是潜逃的道路，或者朝圣的道路。"① 因此，圣愚（癫僧），无就论物质生活还是精神生活而言，都永远是"流浪汉"的同义词。

艾德华·萨依德在批评了"专业化"和"权威（权力）化"的知识分子之后，提出要用"业余化"来保证知识分子的独立性。在《知识分子论》一书中，他专门用一章"知识分子的流亡——放逐者与边缘人"来谈论他理想中的知识分子。他说："不愿适应的知识分子，宁愿居于主流之外，抗拒，不被纳入，不被收编"，"作为流亡者的知识分子倾向于以不乐为乐，因而有一种近似消化不良的不满意，别别扭扭、难以相处……也许类似怒气冲冲、最会骂人的人"。② 这种永远与现存秩序不合作、闹别扭的异端思想，的确有一点癫僧的味道。但与世俗生活联系得太密切的"知识分子"无法做到。萨依德本人也难以做到。萨依德首先受惠于"专业化"程度很高的美国学术体制，大学终身教授的头衔，给了他常人不可能有的自由；其次，他尽管拒绝与政府、与企业合作，但喜欢到大学去作鼓动性演讲，并主张介入，对世俗的政治十分热衷（像19世纪俄国知识分子一样）。我们也不能说这是错的。只是从实践的角度来看，他所说的那些词汇："流浪"、"放逐"、"边缘"就显得十分可疑。把个人趣味当作真理，这是"知识分子"的毛病。

接着谈俄国的圣愚（癫僧）吧。圣愚很少介入政治和其他社会事务（除了那位淫乱的拉斯普庭，曾经蓄意以一种破坏性的方式干预过沙皇宫廷政务以外）。由于他们对现世社会制度和秩序持决绝的否定态度，因而他们游离于社会结构之外（四处流浪，无家可归，没有妻儿，衣衫褴褛，靠乞讨生活，让皇帝、主教和学者都不舒服）。所以，他们也用不着对

---

① [俄] 尼·别尔嘉耶夫：《俄罗斯思想》，第6页，北京：三联书店，1995年。
② [美] 萨义德：《知识分子论》，第48—49页，北京：三联书店，2002年。

自己的所作所为承担什么社会责任。尽管别人的生活遭到了他们的谴责。但他们从来也没有要求所有人都要像他们那样生活。他们对社会的影响更主要是精神性的,而不是实践意义上的。

而俄国知识分子(即"革命者")呢？正如汤普逊所说的,他们"是圣愚特征的世俗化显现"。(第272页)也就是说,他们将圣愚或癫僧精神,带进了社会实践领域。历次俄国革命都带有"癫僧"的激烈而疯狂的特点。正因为俄国人的这些极端的特点,决定了他们无论是"统治"还是"反统治",都只能采用极端的方法。即使托尔斯泰在说"不以暴力抗恶"的时候,语调也是十分极端的,就像他极端反对"资本主义"和西方"现代派艺术"一样,就像他晚年极端地厌恶家庭日常生活一样。问题的关键在于,不能混淆作为一种民间异端的"癫僧精神",与作为知识分子(即"革命家")社会实践中所体现的癫僧精神印记之间的界线。后者不是对前者进行否定的理由。(20世纪最大的悲剧就是一些革命家混淆"审美理想"与"社会理想"的界线；试图将人们心目中最美好的东西,变成一张可以立即兑换的支票)在这本书的第6章中,汤普逊好像也将某种界线弄模糊了。她似乎要将俄国历史上的所有"污水"都泼向"圣愚",比如"践踏理性"、"侵略成性"、"傲慢不驯"、"反经验反逻辑"、"夸大被动性和顺从的倾向"、"扼杀了对俄国文化的任何内部批评,妨碍向好的方向的转变"等。(第282—283页)这种将"界线"混淆的结果是,圣愚在"另一个"世界向我们显现,而我们却在"这个"世界辱骂他们的"影子"。

圣愚(癫僧)与现世的真正精神联系,是通过文学这一更为隐秘的渠道来实现的。所以,在汤普逊的这本书里,与第一部的四章那考据和论证的严密性相比,第二部两章的叙述更有气势,也更有文采,尤其是第5章:"俄国文学对圣愚的描写",显得丰富而引人入胜。在谈到19世纪俄国文学的人物形象时作者精辟地指出:

"精神变态和缺少'资产阶级的'(理想的、西方的)智慧预示了真正的智慧；表面的、放肆的不道德行为很可能是高度道德标准的外衣；爱好流浪很可能与精神的纯洁与深刻并行不悖；小说和故事主角的行为方式可能容易受到其他人物的嘲笑和滑稽模仿；温文尔雅和气势汹汹不仅互不排斥,反而在一种真正完美无缺的人身上相安并存。"(第206页)

尽管如此,这一章还是有一些问题。汤普逊在概述了19世纪俄国文学对标准的圣愚的描写（上文已列举过）之后，突然引出了一个新术语："程式化圣愚"。汤普逊认为，他们的出现使传统的"标准圣愚"黯然失色。（第205页）这个新术语，将19世纪至20世纪俄国文学中所有与圣愚有点瓜葛的人物形象一网打尽。于是，彼埃尔、聂赫留多夫、梅思金、地下室人、日瓦戈医生、伊万·杰尼索维奇……，这些区别很大的人物全都一锅粥似的搅到了一起。好像圣愚是个筐，所有人都可往里装似的。其根本原因就是汤普逊在从思想史转向文学史的描述过程中，缺少必要的理论转换。

按照汤普逊的分析，似乎整个19世纪俄国文学中的著名人物形象，乃至所有的俄国人身上，都不同程度地带有些"圣愚"色彩。我认为这种结论的理论意义并不是很大。在别林斯基、托尔斯泰、马雅科夫斯基，乃至所有的俄国"革命家"身上，的确都能够看到一些"圣愚"的印记，这又能说明什么呢？这种分析的直接后果就是，导致汤普逊在第六章中给出的结论。我在上文已经做了评价。19世纪中、后期，标准的圣愚形象在文学作品中渐渐在失去它的魅力，取而代之的是一系列被汤普逊称之为"程式化圣愚"的形象。与汤普逊的结论相反，"程式化圣愚"的积极意义，首先就是反对将"圣愚精神"通过革命实践而直接带进现实生活；其次是在更深的精神层面上修正、整合、创造性地保存了圣愚精神。用谢·布尔加科夫的话来说，"他们在现世生命之外造成了生命的转变"。① 这是19世纪俄国文学之所以产生巨大魅力的重要因素之一。

按照我的理解，19世纪俄国文学的"圣愚精神"中，隐含着两个基本的文学原型，就是"傻子"和"疯子"，这是一对精神兄弟。"傻子"大多都是些少年（最典型的就是童话中的伊万努什卡）；"疯子"当然就是成年人了（如癫僧中的狂暴者）。"傻子"代表了俄国人的东正教信仰中的温柔纯洁一面；"疯子"代表了文化传统中萨满教影响的怪异癫狂的一面。凡是单纯地表现这两个方面中某一面的，往往都是一种带有一定程度的否定性的形象，比如陀思妥耶夫斯基笔下的阿辽沙，属于"纯洁少年"型，带有启示性；而拉斯科尔尼科夫则是一个思想的"疯癫"者，带有否定性；"白痴"梅思金，则是一个成年的、有点女性化的纯洁的"傻子"，也就是阿辽沙的精神兄长。19世纪俄罗斯文学中的优秀人物形

---

① [俄] 谢·布尔加科夫：《东正教教义纲要》，第213页，香港：三联书店，1995年。

象,常常是"纯洁"与"癫狂"相结合的产物,如索妮娅(《罪与罚》),娜斯塔谢·费里波夫娜(《白痴》),玛丝洛娃(《复活》)等等。值得注意的是,文化的整合与创造在这里变成了一种讲述和书写(它通过阅读起作用),而不是一种对立、暴烈的社会实践。

至于20世纪俄罗斯文学,尤其是"白银时代"的文学,则很难通过人物形象分析来说明问题。它与圣愚精神的关系,经历了世纪初革命事件的震惊性打击,而变得更为间接和隐蔽。从整体上看,圣愚(癫僧)的生存方式(片段的、混乱的、没有结构的、非连续非理性的、破坏性革命的等等),成了新世纪文学作品的一种内在结构:写实主义意义上的圣愚形象,变成了形式主义意义上的作品叙事结构。否则,我们就无法理解安德烈耶夫的《红笑》和别雷的《彼得堡》,还有布尔加科夫的《大师玛格丽特》和鲍里斯·皮里尼亚克的《红木》等作品。因为正如别雷所说的那样,世界和人物已经变成了碎片,分解为元素。所以,传统的人物形象分析方法已经无能为力了。在分析帕斯捷尔纳克的小说《日瓦戈医生》时,汤普逊尽管主要还是采用了人物形象分析法,但她已经发现了问题。她指出,这部小说的叙事结构混乱,不符合任何一种欧洲小说的结构模式。这"可以部分地归因于小说中存在一个依照圣愚模式塑造的人物"。(第239页)日瓦戈"的生活观和感受生活的圣愚方式关系密切。这种方式是片段的、混乱的和'没有结构的'"。(第240页)但是,对这种人的精神结构与作品叙事结构之间的隐秘关系的分析,汤普逊无疑是不大感兴趣的。

圣愚(癫僧)精神作为一种思想异端和精神异端,不是对某个地上的政权、某个思想流派而言的,而是对整个尘世生活而言。因此,他们特别反感给人以虚假幸福承诺的资产阶级意识形态;因此,西方人批评他们混乱、不可理解。就像康拉德所说的,"不知道他们赞成什么,反对什么"。但俄国知识阶层从来也没有放弃过与西方世界的沟通,没有放弃过给一种反经验反逻辑的文化要素以言说的清晰性、可理解性的努力。19世纪的俄国作家采用西方近代意义上的小说形式来表达自己,这本身就是一种交流的方式。更有意思的是,20世纪初的一批俄国理论家,试图用一种纯西方式的理论表述方法来表达俄国人的文学观,这就是人们经常提起的"俄国形式主义"。现在回过头来看看,什克洛夫斯基等人那种十分西方化、逻辑化的理论背后,深深地隐藏着一种"圣愚精神",一种反世俗日常生活、反资产阶级的传统。西方人忽略了这一点,只是注意到了他们对诗歌语言的形式主义分析。

俄罗斯形式主义理论家什克洛夫斯基，直到晚年才说："是我那时创造了'奇特化'（引按：即остранение，又译'陌生化'）这个词。我现在已经可以承认这一点，我犯了语法错误，只写了一个'н'，应该写'странный（奇怪的）'。结果，这个只有一个'н'的词就传开了，像一只被割掉耳朵的狗，到处乱窜。"① 他的意思是，俄罗斯形式主义理论中的那个重要术语："陌生化"，是来源于"奇怪的"这个词的。与"奇怪的"同根的"流浪汉（странник）"一词，就是"圣愚"和"傻子"的同义词。

另外一个例证：什克洛夫斯基那篇著名的文章《艺术作为手法》中有一段话，简直就是俄罗斯童话《傻子伊万努什卡》的理论翻版。"为了恢复对生活的感觉，为了感觉到事物，为了使石头成为石头，存在一种名为艺术的东西。艺术的目的是提供作为视觉而不是作为识别的事物的感觉；艺术的手法就是使事物奇特化的手法。"② 使石头成为石头而不是砌墙铺路的材料，使事物成为与之相遇的完整的视像，而不是分类命名的对象。这就是伊万努什卡的方法——他将哥哥的午餐送给了自己的影子，将家里的坛罐送给了立在寒风中的树桩当帽子。③ 这对于资产阶级来说是奇特的、陌生的，对于伊万努什卡来说却是熟悉的、平常的。俄罗斯人大概是这样想：对于圣愚和癫僧而言，对于阿辽沙、梅思金、傻子伊万努什卡这样一种思维、言说和行动方式而言，当世界上所有的人（包括经济上的资产阶级和权力上的统治阶级），都不认为它是"陌生的"、"奇特的"，而好似将它视为"熟悉的"、"平常的"，到那时候，人类就得救了。

(1998.12.25)

附记：本文为第一次在学术期刊发表，此次发表时，做了一些文字上的修订。2014年3月18日。

---

① [俄] 什克洛夫斯基：《散文理论》，第80页，南昌：百花洲文艺出版社，1994年。

② [俄] 什克洛夫斯基：《艺术作为手法》，第65页，见《俄苏形式主义文论选》，北京：中国社会科学出版社，1989年。

③ [俄] 阿法纳西耶夫编选：《俄罗斯童话》，第454—457页，上海：上海文艺出版社，1991年。

The Biography of the Heresy in History of Thought
——A Review about "Understanding Russia:"
Zhang Ning

Abstract: Instead of describing the elite culture of 19th-century Russia which has been a monument, E.M.Thompson described the history of the holy fool as a way to understand Russian culture which has dual faith. The holy fool means mad monk, and also is semantically related to god, fools and vagrants. They are socially marginalized, but have much greater impact for the Russian people than the intellectuals. They rarely get involved in politics and other social affairs like the vagrant in the secular life, but their spiritual contact with the world achieved in Russian literature in a hidden way.

Key words: the holy fool; the vagrant; Russian literature

有形解码与精神启发
——克洛代尔、谢阁兰的汉字解析与诗学体验

◇ 吴亚琴[①]

摘要：克洛代尔和谢阁兰，20世纪初两位与中国息息相关的法国诗人都被汉字的独特魅力所吸引。中国语言文字的形与意，结构与意义，激发了他们无尽的想象空间。本文分析了两位诗人对于汉字的不同理解，从而思考两者不同的诗学体验。作为天主教徒的克洛代尔，将基督教象征符号代入汉字进行阐释。从汉字结构的解码分析开始，克洛代尔用象形和表意的解字方式来阐释西方字母文字，独具匠心地创造了西方表意文字。不同于克洛代尔对汉字字形和结构的偏爱，谢阁兰更趋向于从碑刻铭文及汉字符号后挖掘其隐藏的历史文化意义，从神话传说、人文故事中汲取诗意灵感，创作了互文诗歌集《碑》。相较于克洛代尔，作为汉学家的谢阁兰更多地从精神层面解读汉字，对于汉文化的情感投入更多。

关键词：克洛代尔；谢阁兰；汉字；《西方表意文字》；《碑》

两种不同文明之间的对话，语言作为交流工具是必不可少的，而对于这门工具的掌握则取决于是否有真实且深入交流的可能性。基督教文化与中国儒家文化自17世纪相遇以来，相互的探究交流成为可能，对东西方语言文字的认知则成为首要之重。然而中国语言文字与隶属印欧语系的西方文字却迥然不同，它不仅仅是交流的工具，在中国文化中，书法（文字的书写艺术）更是艺术的中心并且蕴涵比西方文字更为丰富复杂的精神内涵。自此虽然中国文字的复杂性对渴望了解中国的西方作家、诗人抑或哲学家设立了语言交流障碍，但其丰富内涵亦使他们产生了极大的兴趣。多少世纪以来，中国表意文字成为西方作家兴趣所在，甚至充满了不可抗拒的吸引力。直到19世纪，大部分西方人通过传教

[①] 吴亚琴，法国巴黎索邦大学（巴黎第四大学）法国文学与比较文学系博士，主要从事法国现当代文学与比较文学研究。

士文献更加认识了解了中国文化,他们之中的法国作家,如保尔·克洛代尔、维克多·谢阁兰、亨利·米肖等,甚至亲身探访了这个神秘的东方古国。他们与中国的文化文字有了最直接的接触,以自己特有的方式思索它的独特性:克洛代尔期冀将东方具有象征意义的文字与西方拉丁字母结合起来,谢阁兰则希望完全展现出中国文字的个性并且借助这些魔力方块来解放自己的诗学想象,米肖更是将汉字、书法、绘画融汇在自己的诗歌美学中。正是中国表意文字的魅力促使这些法国作家跨过这道神秘的障碍,在汉字语言的世界里畅游。那是怎样一种文字和书写艺术吸引着诗人们的目光呢?

象形、表意和曲线轮廓,汉字将符号与所思考的对象紧密地结合起来,它寻求的不仅仅是隐藏在可见符号背后的抽象现实,还是研究一系列的关系,外形轮廓,既是现象亦是符号的循环规律,它正是最本质真相的表达。这是当我们论及中国书法的地位时必须意识到的问题:书法沉浸于一种符号的观念,这种符号的观念正是中国文明基础之一。它赋予汉字以生命,使其表达现实,它在纷繁复杂的现象世界和表达现象世界的汉字之间建立了对等关系。每一个意象,根据它被勾画时艺术家所用的力度和灵巧敏捷度向我们传达了不同的含义。这正是汉字作为艺术表达时,如此不同于西方文字系统,驱使这些法国诗人们深深陷入汉字,符号的世界。每一个汉字都散发出一种诱惑力引发他们无尽的想象空间。这里我们重点对比克洛代尔和谢阁兰,20 世纪先后来到中国的两位法国诗人面对汉字所产生的不同想象方式和诗学体验。

一、克洛代尔对汉字的有形解码与字面模仿

对于东方语言文字,克洛代尔的态度是明确的,他从未掩饰过自己有限的汉学知识。和谢阁兰相反,他也从未成为过汉学家。在他生命后期,他曾坦言:"尽管我在中国度过了十五年,日本五年,我却并不是那些英国人所称的'scholar',远东研究专家,也忽略了各式各样的地方方言。我不追求任何有条不紊的系统学习,我对远东国家的认识皆源自我放任自己渗透进去的周遭的氛围和环境,源自我与他人的交谈,远足游

览，印象感受……"① 对中国语言的忽略使克洛代尔在面对表意文字这个他眼中的古怪事物时自始至终保持着好奇的心态并且充满激情地深入探索表意文字的世界，从中国直至日本。

法国学者基亚在《克洛代尔相关研究——围绕五大颂歌》中特别强调了克洛代尔对词源学的狂热爱好。事实上后者对中国表意文字的起源的确表现出了极大的兴趣，他对汉字的认知很显然大都来自著名汉学家戴遂良神父②所著的《汉字：词源，拼写与词汇》。克洛代尔曾满怀喜悦地评价此书："有一本很有趣的书激起了我无尽的兴趣，那就是耶稣会学者戴遂良神父的关于汉字，文字书写，符号意象和它们所表现出来的具体形状的著作"。③ 不难看出克洛代尔对于具体表现外形的书写，对于隐藏在符号背后的意象，对于抽象表达方式的神秘力量的特殊爱好。他在1897年的记事册上记录下了两个中文汉字："大"和"木"。"大"所呈现的正是一种象形符号，其字源意味着"伸展双臂双腿的大人"，至今演化为表示巨大的形容词。那为何克洛代尔会同时关注并记录这两个汉字呢？这是否意味着在克洛代尔眼中此二字有着同样的词源意义呢？事实上克洛代尔认为人即为行走的树木，正如他在戏剧作品《第七日的休息》中所描述的："人，难道不就是一棵行走的树木吗？昂扬着头，枝干向天伸展，由此将根深深陷入地底。"④ 显然他认为"人"与"木"有着同样的字源，"人"添横一笔即为"大"，再加竖一画即为"木"。在他臆想的汉字字源演变中克洛代尔觉出了独特的比喻义，即扎根于地伸臂向天的人。"人"即为立于天地之间的形体，吸天之灵修之气，取地之厚实之力。尽管对汉字有了错误的字源解释，克洛代尔却展现了自己对表意文字的象征意义的纯主观想象。

---

① 克洛代尔：《穿越日本文学的漫步》（1949年4月），见《克洛代尔散文作品集》，第1155页，巴黎：法国伽利玛出版社"七星文库"丛书，1965年。

② Le Père Léon Wieger，中文名戴遂良(1856—1933)是在中国河间府传教的多产作家，他留给后人不少重要汉学著作，诸如《道教：道家始祖的理论体系》，《中国人的宗教》，《中国宗教信仰与哲学观念的历史》，并将老子、列子、庄子的著作译为法语。克洛代尔对于中国宗教哲学，尤其是他钟爱一生的道家思想的了解最早即来自戴遂良神父的著作。

③ 克洛代尔：《西方表意文字》，见《克洛代尔散文作品集》，第81页，巴黎：法国伽利玛出版社"七星文库"丛书，1965年。

④ 克洛代尔：《第七日的休息》，见《克洛代尔戏剧作品集卷一》，第814页，巴黎：法国伽利玛出版社"七星文库"丛书，1967年。

在《第七日的休息》这部以古老中国为背景的戏剧作品中，克洛代尔再次利用了表意文字"王"的字源意义：帝王正是连接天，地和芸芸众生之人。戴遂良神父的《汉字》一书中清楚地解释了"王"字的结构，"三"代表着天，地，人；而连接三者的"丨"即为王。这也正是克洛代尔戏剧一开始对中国帝王的描述，这样的解释多多少少仍带有中国传统文化色彩，然而之后克洛代尔根据他个人的宗教象征主义理解重新定义了汉字"十"的内涵。在《第七日的休息》中，"十"被赋予了新的含义，太子在神奇变形为十字架的皇杖前呼喊：

　　恐惧，带着崇敬，深深吞噬了我，我深知这是怎样的虔诚啊！
　　这就是汉字"十"，人类的十字架！
　　如同从沉睡中苏醒的人，如同测量世界的年轻人，如同潜入深底的潜水者，伸展双臂再度冲出水面！

"十"作为数字，在法语中写作"dix"。克洛代尔在《西方表意文字》一文中，对拉丁字母进行了拆分和阐释。字母"d"的结构在某些词中意味着0的集合，象征蓄满所有数字与单位的容器；"i"代表方向或者向上的指头；"x"则是两根相互交叉的杆。克洛代尔对法语"dix"的阐释使得汉字表意文字和西方字母融合在一个意象之中，那就是基督教十字架的意象。如同吉尔伯特·加多夫指出的："所有的一切建立在对汉字'十'的影射上，归因于它被处理为基督教象征符号的十字形的拼写法。"[①] 汉字"十"在克洛代尔笔下成了象征工具，作为数字"十"，它象征了十字架包容一切的圆满，向四方伸展，是一切的终结。在这一点上，中国文化中也有类似的阐释，"十"意味着重生，因为一切生命都在孕育至母体的第十个月呱呱坠地。

字源阐释正确与否对克洛代尔并不重要，它只是激发想象的催化剂。当他沉浸于自己这无拘无束，任意发挥的词源癖好中时，他开始对中国表意文字结构及意义进行模仿，试图在西方拉丁字母中寻求类似的绘画象形意义。

[①] 吉尔伯特·加多夫（Gilbert Gadoffre）：《克洛代尔与中国》，第229页，《保罗·克洛代尔研究手册》第八卷，巴黎：法国伽利玛出版社，1968年。

众所周知，汉字最初源于对物体的形状进行模仿，即象形，再慢慢演变出更加抽象和广义的内涵。最初的汉字如同一张张图片的集合，如"日"、"月"、"人"等字，或者表达抽象含义，如"王"、"中"等字。克洛代尔同样注意到了这点，他观察到汉字里孕育着的"一种图解的生命，一个'人'字，就像一个活着的人那样具有自己的性格和行为方式，固有的姿态和内在的功能，结构和面貌"。① 他也清楚意识到了汉字字体书写那让他着魔的魅力，然而西方人固有的倨傲之心使他并不愿意承认东方语言文字系统相较于西方字母系统其独特的优越性。为了避免这种面对异国文化时自身产生的"文化失重感"，他试图将西方字母与汉字相媲美。为了不被中国文化所"俘虏"而落入汉字的"陷阱"，他独创了西方表意文字："我不禁自问在我们的西方文字中是否也能找到与它所指对象相关的某些图形化描绘呢？"②

克洛代尔将汉字看作真实的微型风景，在《西方表意文字》和《字有灵魂》两文中，他试图解析这些符号的意义，"在图画表示的符号与被表示的物体之间存在联系"，并且断言："书写的字词有一个灵魂，有某种内置的活力，在我们的笔下以一种形象，或以某种富于表现力的轨迹图表达出来。"③ 这样，即便克洛代尔并不通中文，他同样了解汉字的书写艺术和其中蕴涵的文化精神，那就是颂扬表意文字视觉美感的艺术：书法。从古至今，中国的艺术家总是致力于成为书画诗三绝之人，而书法富有节奏感的书写招式和它的美妙及变化无常使人不能忘记它与符号、与迹象息息相关。克洛代尔在试图解析西方字母时，很自然地总结："正如同中文一般，西方文字书写本身也拥有意义。"④ 因此克洛代尔开始在拉丁字母中寻找与中国表意文字对等的解析方法，试图将西方文字表意化。

"Toit"（法文"屋顶"）是《西方表意文字》中阐释的第一个字，克

---

① 克洛代尔：《符号的宗教》，见《认识东方》，第53页，徐知免译，上海人民出版社，2007年。

② 克洛代尔：《西方表意文字》，第81—82页，巴黎：法国伽利玛出版社"七星文库"丛书，1965年。

③ 克洛代尔：《字有灵魂》第92页，巴黎：法国伽利玛出版社"七星文库"丛书，1965年。

④ 克洛代尔：《字有灵魂》第92页，巴黎：法国伽利玛出版社"七星文库"丛书，1965年。

洛代尔认为它是最能具体化表现"家"这一概念的法语词。"maison"（法文"家"）在克洛代尔处则表现为华美建筑的形象，与"房顶"可做字形比较：

Toit	tt: 两根烟囱	o：女人，储藏
I: 男人，力量	i 上一点：炉火烟雾	
Maison	M：墙壁，屋顶，隔绝	
a：结点，内部环境	i：火	
s：走廊和楼梯	o：窗户	n：门
i 上一点：居住者凝视住家①		

从这两个例子我们注意到了克洛代尔式的逐字解码，一个字母根据所在的词语的不同也可以有多种解释。字母 o 可以代表具有妊娠功能的女性，亦可表示窗户。同样，字母 i 意指男人与力量，也可表示火。这两个字母在"屋顶"一词中更接近表意文字内涵，指向抽象现实，在"家"一词中更接近象形符号，体现具体物质形象。此外，当七年后克洛代尔写作《模仿的和谐》时，却给予"屋顶 toit"另一种阐释："T 字母的两画构成庇护之所房顶的斜面，另一个同样的字母则形成了房屋的隔墙，o 则为家人共进晚餐的餐桌，I 则为壁炉之火或袅袅升起的青烟。"② 同样的词语不同的阐释，这就构成了克洛代尔式汉字解码的一个重要特征——随意不定性。他从没有固定某个拉丁字母所应有的含义，而是根据它所在词语内涵的不同而发生变化，例如，字母 i，在"œil"（眼睛）中表示视觉之光或取景器，在"pain"（面包）中表示火焰或饥饿，在"main"（手）一词中表示指点方向的手指。

然而在中国表意文字结构中，复杂结构的汉字一般是由表意部分，即偏旁，和表音部分组成的，偏旁部首则由简单结构的汉字组成，例如，水旁、人旁、木旁等等。这些偏旁往往所指含义皆是固定不变的，例如偏旁为人旁的"伴"字和"休"字，人与人相随相伴则为伴，人倚木歇息则为休。而组成词的拉丁字母的含义却随着克洛代尔的喜好和意愿千变万化，这一点与中国文字系统标准相去甚远。克洛代尔不懂中文，因

---

① 克洛代尔:《西方表意文字》，第 82、84 页，见《克洛代尔散文作品集》，第 1155 页，巴黎：法国伽利玛出版社"七星文库"丛书，1965 年。
② 克洛代尔:《模拟的和谐》，见《克洛代尔散文作品集》，第 101 页，巴黎：法国伽利玛出版社"七星文库"丛书，1965 年。

此他只会注意到汉字表意与象形的特征而忽略汉字真正的语言结构构成规则，他所借鉴于中国表意文字的只是一种抽象意义与物体具体形状之间的关系。

因此，他总结出西方表意文字是可分析解析的，中国表意文字则是综合合成的。前者表现行为，动作，运动，后者则是图解式的存在。正如他在《符号的宗教》一文中所强调的二者的区别："罗马字母一般都是竖画，而中国汉字则以横为主。笔直的竖画肯定事物就是如此，字形乃是它所体现的整个事物。"①

在克洛代尔看来，西方文字只是一种意念划过脑海所留下的痕迹，它"让我们不要任意停留，让思想与眼睛的运动继续下去直到句子终结，句号出现"。②然而中国表意文字则恰恰相反，"这个物体的抽象意象，这个规定与观念的秘诀，在凝视者眼前依旧固定不变，如同伦勃朗版画中浮士德博士面对灿烂闪耀的五角星一般"。③在这一点上，克洛代尔对汉字的理解是不正确的。汉字并非固定不动的存在，在书法艺术中，它在看似严正的框架内部表现出充满节奏感的运动，就如同中国传统剑舞的节奏，在一挥一舞中成就一笔一画，或高或低，或飞扬或含蓄，或深入或浅出，尤其是草书与行书，仿佛复苏了书写者体内激情，释放出汉字符号中所有想象飞舞的力量。

无论如何，克洛代尔对于中国表意文字的理解是值得欣赏的。他在对西方字母的阐释中逐字模仿汉字的表意象形方面，甚至随意建立本来并不相关的各种观念之间的联系，对于某些字词的解释也是模棱两可，颇有争议。我们可以说克洛代尔所创造的西方表意文字深刻地表现出他的一种强烈的意愿，那就是与中国表意文字相比较，相媲美，甚至相对抗。正如他在《百扇贴》开篇序言中所感慨："对于曾经生活在中国和日本一段时间的诗人来说，是不可能不怀着好胜心去看待这些表达思想的

---

① 克洛代尔：《符号的宗教》，见《认识东方》，徐知免译，第 52 页，上海：上海人民出版社，2007 年。
② 克洛代尔：《书的哲学》，见《克洛代尔散文作品集》，第 72 页，巴黎：法国伽利玛出版社"七星文库"丛书，1965 年。
③ 克洛代尔：《书的哲学》，见《克洛代尔散文作品集》，第 72 页，巴黎：法国伽利玛出版社"七星文库"丛书，1965 年。

工具。"①

带着萦绕在脑际多年的这些念头，克洛代尔终于找到了自己对于汉字独特的想象空间，逐字模仿这一书写系统。他所感兴趣的只是单个的字、词和结构，并非句子或文本。他对中国表意文字的理解，并非基于他一贯青睐的象征主义阐释，而是一种结合物理学，心理学以及形而上玄学思想的图解式阐释：

> 世界上一切文字都是从笔画或线条开始的，把笔画加以延伸，这就成了纯粹表示个人意向的符号。有些笔画是横的，这表示事物必须符合平行原则；有些笔画是竖的，显现出行为和肯定；还有些倾斜的笔画（如撇，捺），象征着运动和方向。②

诗人对这些东方文字符号的理解借鉴了亚里士多德的范畴论，我们从中很容易地发现亚里士多德范畴论的重要原则，足以将两种不同的书写类型对立起来：运动与休止，个体（第一实体）与种类（第二实体），行为与姿势，状态与动作。当然他并非严格遵照亚里士多德的范畴分类，克洛代尔从个体与整体关系入手对东西方两种书写体系进行区分，一种是累积渐增的，一种区别差示的；一种是个体介入整体中：在西方文字系统中，字母连接字母形成词，另一种则是一个个整体分布在空间之中，笔画与笔画根据整体潜在的意义相互呼应协调。藏于某种幻想中的隐喻，正是汉字优越于字母之处。

二、谢阁兰起源于汉字的精神灵感和心灵启发

那么对于另一位更加深入到中国文化的汉学家，诗人谢阁兰而言，他又是如何看待中国语言文字系统呢？同克洛代尔一样，谢阁兰亦深深沉醉在汉字独特的魅力之中，在《中国书简》中他写道："决心写一篇细致而深入的文章：汉字随笔。应该揭示这项对欧洲而言还很陌生的非画

---

① 克洛代尔：《百扇贴》序言，见《克洛代尔诗歌作品集》，第691页，巴黎：伽利玛出版社，1978年。"工具"指文房四宝。
② 克洛代尔：《认识东方》，徐知免译，第53页，上海：上海人民出版社，2007年。

非文学的艺术。"①然而与克洛代尔不同的是谢阁兰并非只关注单个汉字结构，对于词、句、文本以及中国语言文字的文化与精神方面，他有着更为浓厚的兴趣。

汉学家们从未忽视过中国表意文字的特殊性：那些介于书写符号和符号所指事物之间的具体的，象征性的，形象化的关系。艾田蒲回忆起表意文字时说，它们"无需言讲，眼观便可清晰了然"，②汉学家葛兰言在《中国思想》一书中也说道："用形象表现的文字的优点在于，它允许图形符号或者字词，作为活跃的或现实的力量，表现出它们所对应的给人的印象和感受。"③程抱一在《中国诗意文字及唐代诗歌选集》一书中说道，在中国传统中，诗，书，画，皆受启发于中国表意文字，形成了一个复杂而统一的符号学网络，因此诗书画三者之间紧密的联系是直接而自然的。绘画艺术另又被称为"无声诗"更加揭示了它们的同源关系。醉心于中国文化的谢阁兰是绝不会忽视这种传统的，正如他在《画》序言中提到的："在我所要说的词背后，时有物体，时有象征符号，时有与历史相关的空想虚幻。""这些画作因而是具有文学气息的，正如我在献辞中所说，同时也是富于想象力的。"④对他而言，中国文字的书法轨迹轮廓拥有一种带有象征意义的现实性，他在《碑》序言中写道：

> 这些汉字的书写只可能是美的。它们如此接近事物原形（人处在天下，矢射向天空，马迎风舞动长鬃，蜷起四蹄，山有三个尖峰，心有心室和主动脉），容不得无知和笨拙。然而，它们是透过人的眼睛，通过人的肌肉，手指以及所有那些刚劲有力的工具而呈现出的万物景象，所以它们得到一种变形，艺术正是通过这种变形进入了文字的科学。⑤

---

① 谢阁兰：《中国书简》，第176页，巴黎：法国PLON出版社，1967年。
② 艾田蒲：《我们认识中国吗？》，第157页，巴黎：伽利玛山版社，1964年。
③ 葛兰言：《中国思想》，第51页，巴黎：法国Albin Michel出版社，1968年。
④ 谢阁兰：《画》，见《谢阁兰作品全集 卷二》，第146页，巴黎：法国Robert Laffont出版社，1995年。
⑤ 谢阁兰：《碑》序言，第6页，车槿山、秦海鹰译，北京：三联书店，1993年。

此处，谢阁兰明确指出了艺术与文字、绘画与书法之间的同源关系，汉字的形体美由人眼所观察，力量与灵巧美通过手指与肌肉的流畅动作体现，这样，艺术美经由这种变形渗入书法的世界。

《碑》中的一首诗《刀尖所向》，与别的诗篇不同的是谢阁兰以象征图形代替其他铭文中所用的表意文字。这是中国的古文字，或者更确切地说，是一个象征符号：它用形象表现出了被刺穿的受害者，被迫脚踏尖桩。这个文字符号，具有同其他诗歌的铭文相同的功能，那就是以此表现出谢阁兰心中由残酷的蒙古骑士所引起的震慑："我们没有国界，有时也没有国名，我们不执政，只前进。但所有能砍，能劈，能钉，能断的⋯⋯／总之，所有能用刀尖成就的，我们都已成就。"①

由此可见克洛代尔和谢阁兰两者都为中国表意文字具体化的图形感，隐藏在符号与书写轨迹中如图如画的字形所吸引。然而，谢阁兰绝不试图显示凸版印刷术的精制，或渴望将汉字结构搬移到西方文字系统之中。汉字在克洛代尔看来只是一幅幅精致的图画或事物写实的"小小风景图"，在谢阁兰眼中则是象征性的摹本。很重要的一点则是谢阁兰更加关注于中国表意文字及中文文本身后的文化空间。这不再是克洛代尔在《西方表意文字》中所展现的机械的解码或者形式化的转置换位，而是由汉字及中国文化所唤起的精神灵感，心灵启发。

中国表意文字孕育了谢阁兰的想象力，从中诗人汲取出全新的抒情诗题材，在诗歌创作领域开辟新的道路。相较克洛代尔或其他抒写过中国的西方诗人，谢阁兰是一位汉学家，他曾就读于巴黎的东方语言学校，并成为实习翻译者，他良好的汉语基础以及多年来与汉学界的接触使他对汉字有着比别人更多的体会和感悟。谢阁兰1909年踏上中国的黄土地，其后七年，畅游在这土地的深处，在这世界的另一端。他尤其被遍布中华大地的石碑铭文所深深吸引，由此所著《碑》（又称《古今碑录》），融合两种语言和文化的诗集，被誉为东西方历史文化交流史上的诗歌里程碑。

请看他在《中国书简》中对华山脚下孔庙之中的碑林景观精彩的描述：

  第一进院里遍布石碑；森森柏树下，是一片碑林。真是多不胜数。这儿真是那古老神圣文字云集之地，祭祀场所。

---

① 谢阁兰：《碑》，第92页，北京：三联书店，1993年。

这些碑文，有的硕大，撑满了整个石碑，有的细小，如碑石粒；有的棱角分明，粗糙不已，有的笔致柔软锋利，还浸染着毛笔字的生命力，或者说是原来的庄重典雅。这就是它们，具有独一无二价值的斯芬克斯们。其中，有臃肿肥厚的，有佻脱的，有凝滞的，有旋转的，……当它们是孤立时，它们的意义也并非单一，而是像它们的历史一样复杂。而一旦串接到话语逻辑中，它们就互相援引，在此处时借用在彼处的含义而非此处的含义，就这样突然形成一张网，艺术家把这网固定下来，不再是脑中的思想，而是交错在石头中的思想。它们那高傲睿智的姿态，对那些想让它们开口说出其隐含意义的人，是一种挑战。它们不屑言语。它们完全不需要朗诵，音调或韵律；它们蔑视那些随省份而变得千奇百怪的音节；它们不表达，它们意味，它们存在。①

正是在这片碑林之中，谢阁兰体会到了所谓异国他乡真正的含义，异国情调并非只是简单的身处异地，背井离乡，更是文化空间的转移，是符号空间的变化。谢阁兰又为何对石碑铭文情有独钟呢？《碑》原序中明确指出："这是一些局限在石板上的纪念碑，它们刻着铭文，高高地耸立着，把平展的额头嵌入中国的天空。人们会在道路旁，寺院里，陵墓前突然撞上它们。它们记载着一件事情，一个愿望，一种存在，迫使人们止步伫立，面对它们。"②正如《中国书简》中所强调的，碑并不表达，它是一种真实的存在，是四方石碑所篆刻的汉字表意符号力量的表现。碑石使文字不朽，赋予它永恒的生命。不同于克洛代尔的有形解码，对谢阁兰而言，汉字却是融和诗人思想与想象的模子，他也从未幻想过将中国图形文字系统搬移到西方排字法中。③谢阁兰倾向于实现一种更深入的精神移位，而非克洛代尔物质有形化地移植。

让我们看看《碑》中第五组"路旁"碑最后一道"神道碑"诗中上所引的碑文"太祖文皇帝之神道"，这八个大字是反书，十分特别。它们

---

① 谢阁兰：《中国书简》，第321页，引自钱林森《光白东方来——法国作家与中国文化》，银川：宁夏人民出版社，2004年。
② 谢阁兰：《碑》序言，第3页，秦海鹰、车槿山译，北京：三联书店，1993年。
③ 亨利·布里耶：《维克多·谢阁兰》，第257页，巴黎：法国水星出版社，1986年。

被刻在了通往梁代开国皇帝萧衍之父萧顺之陵墓大道旁的左右两座石碑中的右侧石碑上。有人说过1917年当谢阁兰第三次游历中国时,在南京郊区梁代陵墓群亲眼看见了这组奇特的石碑,这八字反书引起了他极大的兴趣。这首诗是"路旁"碑的最后一首,紧接其后的是"中央碑",正是在诗集此处,谢阁兰试图超越可见世界进入到另一个内在的心灵空间,诗人精神上的"紫禁城":反映了谢阁兰对这八字反书象征意义的哲学思考。

《音乐石》一诗的铭文《乐石》,即打造乐器之石。谢阁兰沉浸到了弄玉和萧史的美丽爱情传说中。秦穆公之女弄玉酷爱吹箫,穆公以神奇美玉铸就一玉箫,将爱女嫁与音乐名家萧史,并筑就凤台以贺之。数年后,弄玉与萧史便双双乘龙骑凤驾云升天而去。谢阁兰有感而发,想象自己的诗歌也可如同此乐石般神奇,令字词句文生动而充满活力:"抚摸我吧:所有这些声音都居住在我的音乐石中"。①

再看《雺颂》的第一个字,此字甚少使用,常人亦不能识,也早废弃不用,《说文解字》卷四注解:"雺,宫不见也。阙",故此诗又名为《空无之颂》。显然谢阁兰由此字激发灵感,赋予诗歌象征意义,表达了显和隐、虚和实的思想,谢阁兰的这一思想与老子接近,认为不可见的、虚隐的部分更值得颂扬,"无"比"有"更有力量,更为根本。

铭文的反转文字,古老的爱情传说,罕见的古文字,徜徉其中,谢阁兰寻到了自己独有的想象空间,不同于克洛代尔对汉字具体有形化的移植。《碑》中所用汉字铭文,如同原版诗集的装饰印章一般具有美学价值。谢阁兰在汉字中试图寻找的是一种特异美学,表意文字的神秘给予了诗人无尽的诗学幻想。作为汉学家,谢阁兰比克洛代尔有着更多的机会探索中国语言文字系统,他将汉字重新放置于自己的诗歌文本中,亦是放置在不同的文化背景之中。汉字符号系统在诗人看来如同神秘的铸模,塑造了互文性诗歌风格。他使东西方两种文字系统,两种文化背景共存于诗集之中,而非专横武断地将汉字系统嵌入西方思想之中。

克洛代尔眼中的中国表意文字构成了一个基于汉字具体结构而生的抽象世界。他希望将表意文字系统纳入西方字母体系,使得字母具有有形形体,通过拆解也可产生出抽象含义。作为天主教诗人,克洛代尔试图将造物主在世间的一切作品同质同化,甚至是语言。克洛代尔对汉字

---

① 谢阁兰:《碑》,第71页,秦海鹰、车槿山译,北京:三联书店,1993年。

结构的生搬硬套有些流于表面，将西方字母表意化也未免牵强，但他利用汉字抽象意义和具体结构激发诗意想象，挖掘隐藏在符号背后的意义亦具有创造性。谢阁兰，作为对中国文化文字更加熟悉的汉学家，借助源于此种文化的碑刻铭文，创造了真正的相异性诗学，一张张诗页如同一座座石碑，两种不同文字出现在同一个文本空间中体现了东西方文化的碰撞，与克洛代尔对汉字的同质化相反，"相异"才是谢阁兰所强调的美学观念。有形或无形，物质或精神，汉字的形与意，具体与抽象在两位诗人那里得到了不同的延展和发挥，也使我们对于克洛代尔和谢阁兰的诗学美学观念有了更深刻的了解。

参考文献

[1] 克洛代尔. 克洛代尔散文作品集 [C]. 法国伽利玛出版社"七星文库"丛书，1965.

Paul Claudel, Œuvres en prose, la « Bibliothèque de la Pléiade» publiée aux Ed. Gallimard, 1965.

[2] 克洛代尔. 克洛代尔戏剧作品集卷一 [C]. 法国伽利玛出版社"七星文库"丛书，1967.

Paul Claudel, Théâtre I, Ed. Gallimard, 1967.

[3] 克洛代尔. 克洛代尔诗歌作品集 [C]. 法国伽利玛出版社，1978.

Paul Claudel, Œuvre poétique, Ed. Gallimard, 1978.

[4] 克洛代尔. 认识东方 [M]. 徐知免译. 上海：上海人民出版社，2007.

Claudel, Connaissance de l'Est, traduction by Xu Zhimian, Ed. Shanghai Renmin, 2007.

[5] 谢阁兰. 碑 [M]. 秦海鹰、车槿山译. 北京：三联书店，1993.

Segalen, Stèles, traduction by Qin Haiying, Che Jinshan, Beijing Sanlian Presse, 1993.

[6] 谢阁兰. 中国书简 [C]. 法国 PLON 出版社，1967.

Segalen, Lettre de Chine, Ed. PLON, 1967.

[7] 谢阁兰. 画 [A]. 谢阁兰作品全集卷二 [C]. 法国 Robert Laffont 出版社，1995.

Segalen, Peintures, in Œuvres complètes, Tome 2, Ed. Robert Laffont, 1995.

[8] 戴遂良神父. 汉字：词源，拼写与词汇 [M]. 台湾台中光啟出版社，1963.

Wieger, Léon, Caractères chinois, étymologies, graphies, lexiques [M]. Kuangchi Presse, Taichung, Taiwan, 1963.

[9] 基亚. 克洛代尔相关研究——围绕"五大颂歌"[M]. 法国 C.Klincksieck 出版社，1963.

M.-F.Guyard, Recherches claudéliennes – Autour des. Cinq grandes odes [M]. Libr.

C.Klincksieck, 1963.

［10］吉尔伯特•加多夫.克洛代尔与中国［M］.保罗•克洛代尔研究手册第八卷，法国伽利玛出版社，1968.

Gilbert Gadoffre, Claudel et la Chine, Cahier Paul Claudel, tome 8, Ed. Gallimard, 1968.

［11］葛兰言.中国思想［M］.法国 Albin Michel 出版社，巴黎，1968.

Marcel Granet. La pensée chinoise［M］. Ed. Albin Michel, Paris, 1968.

［12］艾田蒲.我们认识中国吗？［M］.伽利玛出版社，1964.

Etiemble. Connaissons-nous la Chine?［M］. Ed. Gallimard, 1964.

［13］亨利•布里耶.维克多•谢阁兰［M］.法国水星出版社，巴黎，1986.

Henry Bouiller, Victor Segalen, Mercure de France, Paris, 1986.

［14］钱林森.光自东方来——法国作家与中国文化［M］.宁夏人民出版社，2004.

Qian Linsen. La Lumière venant de l'Est – les écrivains français et la culture chinoise［M］. Ed. le Peuple de Ningxia, 2004.

Decipherment and inspiration — The differences of interpretations on Chinese Characters by Claudel and Segalen and their poetic experiences

Wu Yaqin

Abstract: Claudel and Segalen, two French poets in the early 20th century were both attracted by the unique charm of Chinese characters. The shape, structure and meaning of Chinese characters promoted their endless imagination. This article is focused on the different understandings of these two poets on Chinese characters and their poetic experiences. Unlike Claudel, Segalen preferred to discover the history and culture behind the ancient stone inscriptions than sharp and structure of Chinese characters. He composed a bilingual collection of poems titled Stèles with the poetic spirit from the legends and stories. Segalen sinologisted Chinese characters spiritually so he puts more personal emotion on Han culture than Claudel.

Key words: Claudel; Segalen; Chinese character; « idéogramme occidental »; « Stèles »

《荆楚岁时记》的文献故事类型

◇ 董晓萍[①]

摘要：《荆楚岁时记》是我国岁时历史文献及其文献故事的代表作，从民俗学的角度，对此书中一向很少被研究的文献故事开展研究，是民俗学者的新尝试。为此，要对原著中的文献故事进行识别，将文献故事放到历史文献的上下文中，将两者共同描述文化现象进行考察，也将两者共同解释的文化含义进行归纳，然后再故事文本的分类分解，再行故事类型的编制。编制故事类型是一种基础性工作，它能促使对这类历史名著的文献研究和故事研究贴近，使之符合中国历史文献的特点，同时也能开拓中国故事研究的新领域。

关键词：《荆楚岁时记》；民俗学视角；岁时故事；故事类型

《荆楚岁时记》，南朝梁宗懔撰，初见于《旧唐书》，现存明清刻本十余种。该著以中国传统阴历一年中的农耕时序为线索，以每月之中的风俗日常活动和村社事件为单元，撰写历史文献，补入其他相关文献中的神怪故事记载，也适当插入作者本人的实地观察资料，形成一种百科知识式的岁时文化记述志。在原著中，岁时历史文献与岁时文献故事是相互依存的。

以往对《荆楚岁时记》的研究已经不少，但有两种不尽如人意的倾向，一是把它看作史学史料，选择考索古籍版本和史籍钩沉的方法进行讨论，二是把它看作民俗史料，选择时间民俗的视角进行讨论，这两种倾向的共同点都是把原著拆开来，由学者按照各自的研究擅长和业务范围，选取自己熟悉的那一部分资料，而放弃自己不熟悉的另一部分资料，就这样做研究的结果，都留下了较为重要的研究空白。这两种倾向都是以往研究《荆楚岁时记》的主流，但也都把原著整体结构给忽略了。

[①] 董晓萍，北京师范大学民俗典籍文字研究中心教授。

这部书，与迄今为止的这部书的研究，告诉我们一种现象，即用现代学科的方法给中国历史文献分类，有时是无法对号入座的。《荆楚岁时记》被公认为我国第一部岁时历史文献，却很少有人谈到它的整体文献结构。这大概是因为它难以纳入现代学科的分类，如纳入就要按现代学科的标准去做资料处理，所产生的研究局限也是显而易见的。

另一个难题存在于文献故事本身。《荆楚岁时记》收入了一批文献故事，然而，将之纳入历史研究，历史就不纯正；将之纳入民俗学研究，民俗研究就混入了文学想象，被认为不靠谱。说到这里，现代学科标准又像一把手术刀，对着《荆楚岁时记》中的文献故事，要割去这个"毒瘤"。

从原则上说，科学研究工作是不能改变历史文献的结构的，可是学者一再改变。事实上，一部历史文献的结构最难改变的地方，正是它最富于历史文化特征的地方。从这个层面看，现代学科分类就是一种束缚，摆脱它就能找到学术上的自由，于是我们可以承认，既然《荆楚岁时记》的岁时文献能够被认可，那么其文献故事也应该被认可。接下来的问题是，如何对这类文献故事开展研究？

《荆楚岁时记》是我国岁时历史文献及其文献故事的代表作，从民俗学的角度，研究此书中一向很少被研究的文献故事，是民俗学者的新尝试。近年西方民俗学界有一种表面相似的研究，叫"日历民俗（calendar folklore）研究"。从英文上看，它和我们在这里所说的岁时文献和文献故事很像，但看过这类西方著作就知道，它还不是我们所要的研究。西方民俗学中的"日历民俗"，按照公历纪元的思维方式，组织西方社会文化史料。我国的"岁时民俗"，按照阴历纪元的思维方式，组织我国农业社会文化史料。当然，西方人的公历叙事思维对我国也有影响，至今仍能看到的"历史上的今天"之类的每日大事编年方式就是这种影响的产物。中国的阴历岁时民俗是一种自然记忆，遵循生态系统的节奏运行，在我国等世界为数不多的古老文明国家依然保存。这是两种文化，两者不能随意拿来做比较。要比较，就要增加稳定的切入条件，即编制故事类型。

一、研究角度

  从民俗学角度研究《荆楚岁时记》中的文献故事，编制故事类型，要对原著中的文献故事进行识别，将文献故事放到历史文献的上下文中，将两者共同描述文化现象进行考察，也将两者共同解释的文化含义进行归纳，然后再故事文本的分类分解，再行故事类型的编制。

  从民俗学的角度研究和制作《荆楚岁时记》的文献故事类型，与使用民间文艺学的方法稍有不同。民间文艺学的方法关注故事类型本身，尽量摘除故事类型的形式以外的东西。民俗学的方法是从《荆楚岁时记》历史文献的整体出发，将历史文献中的原真记载的岁时民俗、岁时文献故事和农业生产生活思想做整体考察，并在整体研究后，制作故事类型，而不是人为地将三者分开，这是民俗学和民间文艺学的方法的区别。当然，用民间文艺学的方法研究和制作故事类型，对有些历史文献是适用的，但不适合分析《荆楚岁时记》这类历史文献。《荆楚岁时记》采用了大量故事描述和解释地方岁时生产生活，去除地方的生产生活内容，它的故事就不会进入国家知识系统被印书发布；去除它的故事描述和解释，它的生产生活也就没了人间烟火，连它讲述的民俗也真假难辨。用民俗学的方法，从整体研究的角度，对岁时文献故事的文本，做故事类型的编制，有助于呈现中国古代岁时历史文献的整体特征。

二、使用版本、编制方法与样本

  《荆楚岁时记》，今存明刻何允中辑《广汉魏丛书》本，姜彦稚据此本为底本，并参照其他明清刻本重新辑校成书。本文是在姜彦稚辑校本的基础上开展工作的。该著提供了对宗懔原著中的岁时文献和文献故事两部分的校注文本，还提供了一份辑校者自编的《荆楚岁时记》"岁时活动"索引，① 结构完整，是符合本文研究目标的著作。

  本文对《荆楚岁时记》故事类型的编制，是在姜彦稚辑校本的基础

---

  ① (梁)宗懔：《荆楚岁时记》，姜彦稚辑校，《风土丛书》，长沙：岳麓书社，1985，《索引》，第103—115页。

上,再做两件事:一是将原著中的岁时文献与文献故事视为一个整体,编定故事类型目录;二是对原著中的文献故事进行情节单元编写。

本文的故事类型编制方法如下。

首先,建立索引标题。此指按原著使用的阴历月令的十二月排列次序,编定一级目录。另使用了辑校者编辑的《索引》中的"岁时活动"部分,将其中的节点词语和岁时活动词语抽取出来,[1]按月别简化排序,编为二级目录。同时对原著个别误订之处做了修改和调整。例如,原著将二月的立春习俗列为一条,误订在一月之中,这显然是不对的。原著将"立春日"及其条下"戴彩燕"至"秋千"等七个词语,编在"正月初七"之后,这显然也是不合适的。[2]在这次编制文献故事类型时,我们将这些误订之处做了复原工作,如将"立春日"及其条下"戴彩燕"等词条纳入二月份,放在"二月八日"之前。

对辑校者在《索引》中已开列岁时活动词语,但宗懔原著并未引用故事者,我们就不再使用该《索引》词语,以维护宗懔原著的整体性,避免产生不应有的人为变动。我们通过建立索引目录,希望为读者查阅、核对原著、了解原著岁时与故事的整体结构形态,与使用本书的故事类型索引,都能提供方便。

其次,建立故事类型标题。以原著已收录神怪故事为底本,在索引标题下,逐月编写故事类型。每月编写故事类型的数量,根据原著所引故事文献数量而定,还要根据每个故事文献中所包含的故事类型实际认定,两者结合。以下是样本。

姜彦稚据原著对《荆楚岁时记》的"二月"的编目,全文如下:

二月八日

行城事

---

[1] (梁)宗懔:《荆楚岁时记》,《索引》,第103—105页,姜彦稚辑校,《风土丛书》,长沙:岳麓书社1985。

[2] (梁)宗懔:《荆楚岁时记》,姜彦稚辑校,《风土丛书》,长沙:岳麓书社,1985,第12—14页。另见本书《索引》第103—104页,校注者依原著将"立春"及其条下7个词语编在"正月初七"之后,这显然也不合适,故在故事类型目录中没有使用这种排列。

本文编定的"二月"岁时行事和文献故事类型的目录如下：

二月八日行城事

  17 佛祖生日
  18 太子成佛

  在这个样本中，"行城事"，是原著的岁时文献中的二月份行事，仅此一条。此外，"佛祖生日"和"太子成佛"，则是本文根据原著在"行城事"后面附出的而很少有人谈及的文献故事，所编制的两个故事类型。"佛祖生日"和"太子成佛"分别是这两个故事类型的标题。在两标题前面，分别冠以"17"和"18"，指各自故事类型的编号。本文在"二月"份的条下给了两个编号，指据宗懔原著在该月收入文献故事，本文所能编制的故事类型的实际数量。
  再次，故事篇名与编号。这里所说的故事篇名，由本文作者根据"中心角色"原则自拟，故事篇名就是上述故事类型的标题。
  本文对原著文故事的编号，在索引标题下，采用两种形式，一是月别编号，二是全书打通编号。上面的样本中的"17"和"18"，便是全书打通编号；而如按照月别编号，它们都应该在"二月"的索引标题下，编号"4"和"5"。
  关于"月别编号"，本文所编制目录如下：

一月

  正月一日放爆竹、燃草、造桃板著户、五熏炼形、贴画鸡、贴门神、令如愿

  1 山臊
  2 桃板
  3 绛囊丸药
  4 门户挂鸡
  5 门神
  6 如愿

正月七日戴头鬓

  7 西王母戴胜

正月十五祭蚕神、祠门户、祭蚕神、迎紫姑

  8 蚕神
  9 张夜祭蚕
  10 紫姑神

正月夜禳逐鬼鸟

  11 获鸟

正月末日夜芦苣火照井厕

  12 照井厕

正月晦日送穷

  13 送穷鬼

二月

立春日施钩、打毬球、秋千

  1 施钩之戏
  2 踢蹴鞠
  3 打秋千

二月八日行城事

4 佛祖生日
　　　5 太子成佛

三月

三月三日流杯曲水之饮、作龙舌料

　　　1 三日曲水

寒食禁火三日

　　　2 介子推

四月

候获谷鸟

　　　1 获谷

四月八日迎八字之佛、乞子

　　　2 荆楚迎佛
　　　3 九子母神

五月

　　　1 小儿失之

五月五日竞渡、采杂药、系五彩线

　　　2 赛龙舟
　　　3 妇人染练

夏至节食粽

  4 筒粽

六月

六月伏日作汤饼

  1 汤饼

七月

七月七日夜乞巧、守夜

  1 七七天河会

七月十五日供诸佛

  2 目连救母

八月

八月十四日点天灸、为眼明囊

  1 华山采药

九月

九月九日茱萸囊系臂、登山饮菊酒

  1 仙人费长房

十月

十月朔日为黍臛

  1 秦岁首

十一月

冬至日作赤豆粥

  1 共工氏有不才子

十二月

十二月八日驱疫、沐浴、祭灶神

  1 王平子驱傩
  2 金刚力士驱傩
  3 颛顼三子
  4 灶神祝融
  5 灶神苏利
  6 黄犬祭灶

十二月留宿岁饭

  7 去故纳新

关于全书打通编号，以一二月为例，本文所编制目录如下：

一月

正月一日放爆竹、燃草、造桃板著户、五熏炼形、贴画鸡、贴门神、

令如愿

  1 山臊
  2 桃板
  3 绛囊丸药
  4 门户挂鸡
  5 门神
  6 如愿

正月七日戴头鬓

  7 西王母戴胜

正月十五祭蚕神、祠门户、祭蚕神、迎紫姑

  8 蚕神
  9 张夜祭蚕
  10 紫姑神

正月夜禳逐鬼鸟

  11 获鸟

正月末日夜芦苣火照井厕

  12 照井厕

正月晦日送穷

  13 送穷鬼

二月

立春日施钩、打毬球、秋千

　　14 施钩之戏
　　15 踢蹴鞠
　　16 打秋千

二月八日行城事

　　17 佛祖生日
　　18 太子成佛

这样做的目的，是为不同目标的研究者提供方便。

以下是在原著"六月"条下编制文献故事类型的样本。在原著"六月"条下，有一条岁时文献，原文为：

六月伏日，并作汤饼，名为辟恶饼。①

读者仅凭这一条文献，对六月份与食汤饼有何关系，用汤饼"辟恶"是什么意思？其实是无法了解的。读者只能猜，一般情况下，还会因为"辟恶"二字的字面的引导，将汤饼想象为五月端午节的五彩线之类的辟邪物。这时只有再看宗懔所附的文献故事，才能对汤饼的意思得到完整的理解。下面是根据这个文献故事制作的故事类型：

伏日作汤饼
1 他叫何晏，脸色特别好。
2 他在伏天食汤饼，脸色明亮白皙。
3 他用手巾擦汗，面色依然皎白。

---

①（梁）宗懔：《荆楚岁时记》，姜彦稚辑校，《风土丛书》，长沙：岳麓书社，1985，第41页。

4 他不靠涂脂擦粉，而是靠吃汤饼，保持好肤色。
5 他的秘方被众人了解，人们都在六月入伏食汤饼。
6 据说这个风俗魏代就有了。①

我们将六月伏日做汤饼的岁时文献与文献故事合起来看，便会恍然大悟，原来汤饼的功效与我们的猜想正好相反。

在这里，不能不提到宗懔原著的辑校者姜彦稚的出色工作。他编辑了一份《荆楚岁时记》岁时活动《索引》，提供读者共享。没有这份《索引》，本文编制月别索引和全书打通索引都要困难得多。不过，《索引》未收故事部分，包括没有收入辑校者本人校勘和补充的一些文献故事，就这略显遗憾了。在辑校者的认识中，大概也认为只有历史文献才是正宗，将其择要开条和列入《索引》，对于原著是锦上添花。那些文献故事呢？是可以被历史文献覆盖的，或者列为从属资料，结果是这样一来，辑校者的努力就不够彻底。我们本次在《索引》中增加了故事类型的相应开条，就使这份《索引》的功能可以全面发挥。例如，在《索引》"七月"条下，有两条七夕节的词条，兹抄在下面：

七月七日夜
　乞巧
　守夜。②

按此《索引》查宗懔原著词条，能找到三条岁时文献，原文为：

七月七日，为牵牛、织女聚会之夜。

牵牛星，荆州呼为河鼓，主关梁；织女星则主瓜果。

是夕，妇人结彩缕，穿七孔针，或以金、银、鍮石为针，

---

① (梁) 宗懔：《荆楚岁时记》，第41页，姜彦稚辑校，《风土丛书》，长沙：岳麓书社，1985。
② (梁) 宗懔：《荆楚岁时记》，第105页，姜彦稚辑校，《风土丛书》，长沙：岳麓书社，1985。

陈瓜于庭中以乞巧。有喜子网于瓜上，则以为符应。①

此外，辑校者校勘和略作补充了《拟天问》、《夏小正》、《史记》、《神仙传》、《春秋斗运枢》和《风土记》等十余种关于七夕的文献故事，②却在《索引》中将之统统省略了。其实这些文献故事正是七夕岁时文献和岁时活动的组成部分。我们将上述文献故事编制了以下类型：

七七天河会

1 每年七月七日是七夕节，传说牛郎织女在天河上相会。

2 前晚下雨，称为洒泪雨，那是牛郎织女的眼泪。

3 当晚下雨，称为洗车雨。

4 当晚女人结彩线，在庭院中穿七孔针，乞巧。

5 当晚人们皆看织女。

6 当晚洒扫庭堂，露天设宴，陈时令瓜果，布撒香粉，祭祀牛郎织女。

7 当晚人们守夜，向在二星神许愿，如银河中有白气，或者有五色光，见者跪拜，可以得福。③

我们的这些工作，旨在充分展现将岁时文献与文献故事结合使用的必要性和实际用途。简言之，是要有助于呈现中国古代岁时历史文献的整体特征。而编制故事类型是一项基础性的工作，完成了这项工作，才能进一步开展其他系列研究。

三、文献故事类型的特征

《荆楚岁时记》故事类型，共41个。它们的叙事内容，大体与阴历的月令结构相符。各月的故事类型数量分布，以岁末的腊月和年首的正

---

① （梁）宗懔《荆楚岁时记》，第42、44页，姜彦稚辑校，《风土丛书》，长沙：岳麓书社，1985。

② （梁）宗懔《荆楚岁时记》，第42—46页，姜彦稚辑校，《风土丛书》，长沙：岳麓书社，1985。

③ （梁）宗懔《荆楚岁时记》，第42—45页，姜彦稚辑校，《风土丛书》，长沙：岳麓书社，1985。

月为多,这个特点十分突出。每月的故事类型也与当月的岁时行事关联。例如,原著中的年终月份,多有祭祀故事类型;年首的月份,多有与居室、婴儿和男女交往风俗等相关的故事类型;年中的夏秋月份,消灾故事类型多,有的还与山水资源利用有关。这些都是农业生态文化中的古老故事类型。

文献故事类型的民俗研究要点,是从民俗学角度,研究《荆楚岁时记》的文献故事类型。有三点是值得关注的:第一,岁时是自然的,故事是人为的,岁时文献故事的叙事方式,将自然与人文结合,构成地方日常社会的小历史;第二,岁时中的官方礼制是王定的,岁时故事的随风流传是民间活动,岁时文献故事的成书方法,将官民生活共同描写,构成地方文化空间的小传统;第三,岁时是集体践行的社会钟表,故事是知识理性的文艺载体,岁时文献故事的刻印出版,有感情也有理性地将地方文化推向全国和后世,形成地方群体价值观的建构遗产。

与西方的"日历故事"相比,我国的岁时文献故事有自己不同的特点。西方的日历以"日"为单元,我国的岁时历法以"月"为单元,两者的差异有不同的社会文化渊源。在我国这种历史文献中,对日的处理,与对月的处理相比,宗懔有事则记日期,无事便省略日期,但从不缺月份,他这种缺日而不缺月的思维方式是值得提出的。《荆楚岁时记》也纳入对宗教活动的记述,佛、道、儒都有,以佛为主,反映了当地多元而有趣的精神生活。

最后要说到宗懔在书中所透露的文献范围信息:他的文献范围是荆楚地区,而不是全国;以汉族为主,兼及当地其他民族,而不是有意识地记录多民族岁时活动史。我们了解这个限定,对于理解这类文献故事也是有参考意义的。

On the Type of Stories in Chinese Lunar Book Jingchusuishiji

Dong Xiaoping

(Center for Folklore, Ancient Writing and Chinese Characters, BNU, Beijing, 100875)

Abstract: Jingchusuishiji is a representative work of Chinese historical literature and its literature stories on time. It is a new attempt by folklorists to research on literature stories which have never been paid enough attention. Folklorists first identify the literature stories in the Chinese lunar book and then put them in the context of historical literature to investigate how the cultural events are described by two kinds of literatures; later folklorists summarize the cultural interpretations shared by the two kinds of literatures and then classify the stories for the type of stories. Compilation of type of stories is a kind of fundamental work, which will match the research of historical literature with that of stories and make it in agreement with the features of Chinese history, and open a new research field on Chinese stories in historical literature in the meantime.

Key words: Jingchusuishiji; Perspective of Folkloristics; Lunar Calendar Story; Type of Folktales

北京土地神故事研究[①]

◇ 赵 娜[②]

摘要：北京城乡流传着许多土地神故事，传达着民众对土地神神格、神位和职能的认识与想象。北京土地神故事的类型有三种，即"土地神助人型"、"土地神职能型"和"不怕土地神型"，它们是民众土地神信仰的精神性折射和文艺性象征。研究这些故事，可以增加对北京市民土地神信仰观念和信仰实践的了解，为保护北京寺庙文化精神遗产提供学术参考。

关键词：北京；寺庙研究；土地神；故事类型

土地神是清代至民国时期我国城乡居民普遍信仰的神灵。关于土地神的神位、神格与职能，长期以来，被民俗学、历史学、宗教学等学科的学者所关注和讨论，所涉及的经典问题有土地神与国家地域行政之间的隐喻关系、土地神与其他神灵的位分层级关系、土地神对基层社会的象征性管理职能等等。在研究的过程中，很多学者都不约而同地注意到一种材料，它生动而活泼地传承和记录着民众有关上述问题的认识，这就是土地神故事。

本文主要使用《中国民间故事集成·北京卷》（以下简称"省卷本"）和北京故事区县卷本（以下简称"县卷本"），从中选取以"土地神"为中心角色或辅助角色的民间故事文本，共20则，分别是《中国民间故事集成·北京卷》中收录的《姜太公的传说》、《土地庙》、《高亮赶水（异文一）》、《石鱼的传说》、《妙峰山的葛针》、《嫁嫂子》、《任长和任短》、《土

---

① 本文是作者主持的中国博士后科学基金资助项目"北京清代至民国时期土地庙研究"的阶段性成果，项目编号：2012M520178。本项目与董晓萍教授主持教育部人文社科重点研究基地重大项目"清代民俗文献史"中本人承担的子课题同步进行，项目编号：01JAZJD840002。

② 赵娜，女，北师大文学院比较文学与世界文学研究所博士后。

地爷帮助铁匠刘》,①《西城区民间文学故事集成（第二集）》中收录的《石鱼的传说》,②《顺义县民间文学选编》中收录的《金米的故事》,③《大兴县民间故事集》中收录的《老拧盘三治土地爷》,④《延庆民间故事传说（第一集)》中收录的《魏征怒斩小白龙》、《季多哥与根儿兄弟》、《刘长三》和《文曲星赶考》,⑤《延庆民间故事传说（第二集）》中收录的《姜太公的传说》、《铁匠刘》和《任长和任短》,⑥《中国民间文学集成（门头沟卷）》中收录的《牛为什么没上牙》和《妙峰山的圪针》。⑦本文运用故事类型民俗志分类法，参考国际通行的 AT 类型方法，对北京土地神故事进行主题分类研究，并适当结合田野调查资料，对故事要素及其民俗内涵进行分析。

在德国学者艾伯华（Wolfram Eberhard）于 20 世纪 30 年代末撰著的《中国民间故事类型》中，就已关注和编制了土地神相关故事类型 3 个，

---

① 中国民间故事集成北京卷编辑委员会编《中国民间故事集成·北京卷》，北京：中国 ISBN 中心，1998，第 15—16、372—373、420—421、531—532、628—629、833—836、838—839、843—845 页。

② 故事原文选自西城区文化馆编《西城区民间文学故事集成（第二集）》，1985。本文使用文化部民族民间文艺发展中心与北京师范大学数字民俗学实验室合作项目"中国民间故事集成县卷本数据库"中收录的数字故事文本，故事编号 1001B2008B0019。

③ 故事原文选自顺义县文化馆编《顺义县民间文学选编》。本文使用文化部民族民间文艺发展中心与北京师范大学数字民俗学实验室合作项目"中国民间故事集成县卷本数据库"中收录的数字故事文本，故事编号 1001B10170016。

④ 故事原文选自大兴县文化馆、大兴县志办公室编《大兴县民间故事集》，1986。本文使用文化部民族民间文艺发展中心与北京师范大学数字民俗学实验室合作项目"中国民间故事集成县卷本数据库"中收录的数字故事文本，故事编号 1001B20140085。

⑤ 故事原文选自《延庆民间故事传说（第一集）》，1984。本文使用文化部民族民间文艺发展中心与北京师范大学数字民俗学实验室合作项目"中国民间故事集成县卷本数据库"中收录的数字故事文本，故事编码 1001B2009A0059、1001B2009A0117、1001B2009A0202、1001B2009A0235。

⑥ 故事原文选自《延庆民间故事传说（第二集）》，1984。本文使用文化部民族民间文艺发展中心与北京师范大学数字民俗学实验室合作项目"中国民间故事集成县卷本数据库"中收录的数字故事文本，故事编码 1001B2009B0144、1001B2009B0308、1001B2009B0318。

⑦ 故事原文选自《中国民间文学集成（门头沟卷）》。本文使用文化部民族民间文艺发展中心与北京师范大学数字民俗学实验室合作项目"中国民间故事集成县卷本数据库"中收录的数字故事文本，故事编号 1001B10150096、1001B10150103。

但从它们所依据故事的流传地看,均来自我国南方的广东省和江苏省。①
本文重点是在对北京土地庙调查研究的基础上进行的,实际上,在北京城乡,至今还流传着丰富的土地神故事,传达着北京城乡居民对土地神神位、神格和职能的认识和想象,构成了跨越土地庙物质空间的历史记忆和精神遗产。本文重点讨论北京市民土地神信仰观念和信仰实践,揭示北京市民土地神信仰的精神,以讨论"土地神助人型"、"土地神职能型"和"不怕土地神型"三个类型为主。本文认为,在北京土地庙已拆除无存的当下,了解这些土地神故事,认识北京城乡居民土地神信仰观念,对保护北京寺庙文化遗产是有帮助的。

一、"土地神助人型"故事

"土地神助人型"故事,是以土地神帮助主人公解决难题为主要情节的故事。在北京故事省卷本和县卷本中,共收录此类故事6则。

《季多哥与根儿兄弟》讲述的是土地爷托梦劝导淘气的根儿向善,并向根儿预告洪水将至,赠送宝物助其脱离洪水灾难的故事。②从整体结构上看,这则故事,粘连了"洪水"和"中山狼"两个故事类型,可分为前后两个部分。③在故事的前半部分中,土地爷是预示水灾,赠送宝物助主人公脱险的重要角色,而故事后半部分的发生和展开,也是以根儿和母亲未听土地爷劝诫,从水中救人为重要转折的。从土地爷帮助对象根儿的品格特征看,他起初淘气顽劣,但经过土地爷与母亲的教导,他知

---

① 艾伯华编制的土地神相关故事类型,分别是78鸡和土地神、79牛和土地神、137神的助手,(德)艾伯华(Wolfram Eberhard)《中国民间故事类型》,王燕生等译,北京:商务印书馆,1999,第133、134、222页。

②《季多哥与根儿兄弟》,选自《延庆民间故事传说(第一集)》,故事编码1001B2009A0117。

③ 关于"洪水"故事,见(德)艾伯华(Wolfram Eberhard)《中国民间故事类型》,王燕生等译,北京:商务印书馆,1999,第89—92页,第47号"洪水1";(美)丁乃通(Nai-tung Ting)《中国民间故事类型索引》,郑建成等译,北京:中国民间文艺出版社,1986,第243—247页,第825A*号"怀疑的人促使预言中的洪水到来"。关于"中山狼"故事,见(德)艾伯华(Wolfram Eberhard)《中国民间故事类型》,王燕生等译,北京:商务印书馆,1999,第28—29页,第15号"中山狼";(美)丁乃通(Nai-tung Ting)《中国民间故事类型索引》,郑建成等译,北京:中国民间文艺出版社,1986,第243页,第825号"诺亚方舟中的魔鬼"。

错能改，不但变得尊重和供奉土地爷，而且正直善良，常做善事。而故事中土地爷的助人方式，主要有托梦劝导、预告灾难、赠送宝物等。

《刘长三》讲述了土地神搭救有文曲星下凡之体的凡人刘长三，使之复活并终获财宝的故事。[①] 在这则故事中，刘长三"孝子寻父"是主要情节，但土地神从火中救出遇难去世的刘长三，并使之复活却是整个故事情节的转折点。从土地爷帮助对象刘长三的特征看，他首先是个孝子，故事前半部分"孝子寻父"的情节，正是其优秀品行的体现；其次，刘长三还是文曲星下凡之体，土地神对其的搭救，也体现了土地神与其他神灵之间的位分关系。而土地神通过掐算预知刘长三有难，并从火中救人，使之死而复生，则体现了土地神具有预知灾难和沟通生死的能力。

《嫁嫂子》与《刘长三》的故事结构十分相似。[②] 在故事中，土地爷三番两次托梦给出门在外的老大，告知他家中有难，终使其及时赶回家，救下媳妇的性命，并在路上找到了被狠心的弟弟卖掉的儿子，成为整个故事情节的重要转折。在土地爷的帮助下，忠厚善良的老大一家终获幸福团圆，而害人害己的老二一家则终得报应。

提及土地爷通过托梦方式助人的，还有《土地爷帮助铁匠刘》（《铁匠刘》）。[③] 这是一则直接以"土地神助人"为题的故事，讲述了土地爷和土地奶奶帮助生活清苦的铁匠刘夫妇获得幸福的经过。在这则故事中，铁匠刘夫妇贫穷却勤劳善良、安守本分，土地爷和土地奶奶更是心软面热、主动助人，他们不但托梦向铁匠刘夫妇告知藏宝地点，还三番五次地劝其收下自己送来的财宝，而铁匠刘夫妇则一再拒收来路不明的财宝，只是一心安分过自己的日子。当一切"真相大白"，铁匠刘夫妇也只是向土地夫妇祈求了身体健康、活计顺利和子嗣，体现了民众质朴感人的"幸福观"。

与《土地爷帮助铁匠刘》相类似，《土地庙》中土地爷帮助的对象

[①]《刘长三》，选自《延庆民间故事传说（第一集）》，故事编码 1001B2009A0202。

[②]《嫁嫂子》，中国民间故事集成北京卷编辑委员会编《中国民间故事集成·北京卷》，北京：中国ISBN中心，1998，第833—836页。

[③]《土地爷帮助铁匠刘》，中国民间故事集成北京卷编辑委员会编《中国民间故事集成·北京卷》，北京：中国ISBN中心，1998，第843—845页。《铁匠刘》，选自《延庆民间故事传说（第二集）》，故事编码1001B2009B0308。由于《铁匠刘》和《土地爷帮助铁匠刘》两则故事的文本基本相同，故在分析时合并为一条，特此说明。

巧哥同样贫穷却善良能干,与王员外家的小姐凤花真心相爱,而王员外却嫌贫爱富,阻挠婚事,使得巧哥凤花相思成疾,土地爷念咒语使王员外家的房屋倒塌,巧哥揭榜修房,有情人终成眷属。[①]从这则故事中,我们看到,土地爷不但能预知未来、助人免灾、拯救生死,还能促成姻缘,对婚娶大事发挥功能。当然,此故事中,土地爷助人的方式,是通过念咒使房屋倒塌,可见土地爷对房地家宅等建筑物的兴废具有决定权。实际上,在对北京市民进行的田野调查中,亦有很多市民提及了土地爷对特定区域内家宅和建筑物的安全具有保护作用,因此,凡有动土、修缮、凿井等事情时,都需要到土地庙进行祭祀,事先告知土地爷,求其保佑。

在上述6则故事中,土地神所帮助的对象,除少数供奉土地神或具有文曲星下凡之体之外,更为重要的是他们无一不具有善良、忠厚、勤劳、孝顺等美德,却处于贫困、弱势或者危难之中。因此,这些故事从表面上看,是在讲述土地神帮助主人公解决难题、脱离危难或得到幸福,实际上是在赞颂、宣扬和传承优秀的道德品格,亦是对现实生活中的不公正进行纠正和补偿。从土地爷助人的方式看,主要是利用托梦和预告的方式,土地爷所帮助解决的难题,几乎涉及了民众生活中所有的重大问题,如生死、婚娶、贫富等。可以说,上述"土地神助人型"故事中的土地神形象,不但体现了民众对土地神具有解决市民日常生活中一切难题的权能的认识,更体现了民众对土地神善良、公正、心软面热、乐于助人的神格的认识。而正是基于这些认识,北京市民才在土地庙烧香祈祝,进行各种祭祀仪礼活动,祈求土地神为自己预知未来、禳灾赐福。

二、"土地神职能型"故事

民众心中的土地神,除了乐于助人外,还具有很多职能。"土地神职能型"故事,是体现和讲述土地神职能的故事。在这类故事中,土地神往往并不是中心角色,而只是故事中众多角色中的一个,但是它在故事中的行为和事件,却能够体现民众对其职能的认识。

在北京故事省卷本和县卷本中,共收录此类故事10则,在北京土地

[①]《土地庙》,中国民间故事集成北京卷编辑委员会编《中国民间故事集成·北京卷》,北京:中国ISBN中心,1998,第372—373页。

神主题故事中数量最多。① 根据故事中土地神职能的不同，本文将这10则故事分为"地方官型"、"沟通天地型"和"房地工程型"三个亚类型。

亚类型一：地方官型

在民众的观念中，土地爷最基本的形象就是一位由天庭派遣、常驻人间的小小地方官，他的基本职能就是掌管一方土地，管理和保护土地上的人口和自然资源。"地方官型"故事正是体现土地神这一基本职能的故事，在"土地神职能型"故事中数量最多，包括《金米的故事》、《牛为什么没上牙》、《妙峰山的圪（葛）针》和《任长和任短》等6则。

《金米的故事》讲述了王母娘娘在土地爷举办的宴会上听到婴儿的啼哭，向土地爷询问原因，并在其帮助下赐予人间谷物的故事。② 从整体情节上看，这是一则地方风物传说，讲北京顺义区名产长山小米的起源，但其中却传达了民众对土地神掌管一方人口资源的认识与肯定。而《妙峰山的圪（葛）针》和《任长和任短》两则故事，则体现了土地神具有管理和控制当地自然资源的能力。

在《妙峰山的圪（葛）针》中，正因为土地神有掌管特定地域自然资源的职责，才能将妙峰山圪针上刮破王母娘娘绿纱裙的小钩全部去掉。③ 而《任长和任短》则是一则典型的"偷听话型"故事，主人公任长因无意偷听到当地土地、山神和城隍的对话，而得知了当地水源的秘密，最终得到宝物，获得幸福。④ 而土地之所以能一语道破天机，就是因为其对当地水土资源的掌管和熟知。

当然，故事中出现的土地神，也并非总是正面形象，《牛为什么没上牙》就揭露了土地神因掌管一方而骄傲自大，诬告金牛星使其遭贬人间

---

① 由于《石鱼的传说》、《妙峰山的圪（葛）针》和《任长和任短》三则故事在北京故事省卷本和县卷本中均有收录，且文本基本相同，故在分析中均合并为一条，特此说明。

②《金米的故事》，选自《顺义县民间文学选编》，故事编号1001B10170016。

③《妙峰山的圪针》，选自《中国民间文学集成（门头沟卷）》，故事编号1001B10150103，又见中国民间故事集成北京卷编辑委员会编《中国民间故事集成·北京卷》，北京：中国ISBN中心，1998，第628—629页。

④《任长和任短》选自《延庆民间故事传说（第二集）》，故事编号1001B2009B0318，又见中国民间故事集成北京卷编辑委员会编《中国民间故事集成·北京卷》，北京：中国ISBN中心，1998，第838—839页。

的另一种形象。①

亚类型二：沟通天地型

土地爷并非只在上神下凡视察人间时对答如流，他也常常为了辖下百姓而主动上天奏报，在天地之间架起一座沟通的桥梁。"沟通天地型"故事，指着重强调土地神行走于人神两界，有沟通天庭与人间功能的故事，包括《石鱼的传说》和《魏征怒斩小白龙》2则。

《石鱼的传说》讲述"人间一宝"——潭柘寺龙王殿外的石鱼失而复得的故事。②在这则故事中，土地神并非中心角色，只出现了两次，一次是在"王母娘娘生日，土地和诸路神仙一起奉上贺礼"的情节单元中，体现了其与上神和其他神灵的位分关系；第二次是在"上天奏报，人间因失去石鱼，遭受大旱"的情节中，体现了其"上天奏报、沟通天地"的基本职能。

在《魏征怒斩小白龙》中，土地爷更化身为上天告状的勇士形象。③土地爷作为众神体系中地位较低的小官，不像其他神灵一样居住天庭，而是常驻人间。在很多故事中，他与上神相处时，常常是唯唯诺诺、敢怒不敢言的。但在这则故事中，小白龙为打赌获胜的一时意气，违旨降雨，造成人间大灾，祸及百姓，土地爷不畏上神，仗义执言，上天告状，最终为人间解除疾苦，可谓尽职尽责。

亚类型三：房地工程型

"房地工程型"故事指表现土地神掌管房地工程职能的故事，除上文已经提到的《土地庙》之外，还有《高亮赶水（异文一）》一则，故事中直接提到了"北京城破土动工时，刘伯温带领众工匠，举行盛大的拜神

---

①《牛为什么没上牙》，选自《中国民间文学集成（门头沟卷）》，故事编号1001B10150096。
②《石鱼的传说》，选自《西城区民间文学故事集成（第二集）》，故事编号1001B2008B0019，又见中国民间故事集成北京卷编辑委员会编《中国民间故事集成·北京卷》，北京：中国ISBN中心，1998，第531—532页。
③《魏征怒斩小白龙》，选自《延庆民间故事传说（第一集）》，故事编号1001B2009A0059。

仪式,祭拜火神爷、土地爷和财神爷"的情节。①

通过对上述10则故事的分析,我们看到,土地神首先是一方土地的管理者,对本地的自然资源、人口情况了如指掌,对城池、家宅和建筑物具有保护作用,故在《任长和任短》中,只有他才知道王庄水源的确切位置;在《金米的故事》中,只有他才能答出婴儿因饥饿而啼哭的原因;在《妙峰山的圪(葛)针》中,只有他才能去除妙峰山圪针上刮坏王母衣服的小钩;在《高亮赶水(异文一)》中,刘伯温才会在北京城破土动工时,带领工匠举行盛大的仪式祭祀他。其次,他还是一个职位虽小但职责重要的小官吏,在《石鱼的传说》和《魏征怒斩小白龙》中,他是看到百姓受害,仗义执言、上天告状的勇者,但在很多时候,他也是在上神面前唯唯诺诺、忍气吞声的怯懦者,甚至在《牛为什么没上牙》中,他还成了骄傲自大、为一己私利陷害忠良的坏家伙。可以说,在民众心目中,土地神的形象是鲜活而生动的,而这也构成了民众在现实生活中,对土地神既敬重又揶揄的亲近态度。

三、"不怕土地神型"故事

"不怕土地神型"故事,是以主人公在与土地神的斗争或竞争中获胜为主要情节的故事。在北京故事省卷本和县卷本中,共有此类故事4则,分别讲述了土地神与藐视鬼神的凡人、具有神性的凡人,以及注定要成神却最终未遂的凡人的关系。②

《老拧盘三治土地爷》讲述了藐视鬼神的凡人老拧盘拆毁土地庙建房,三治土地爷的故事。③在这则故事中,土地爷虽管理一方土地,但对藐视鬼神、不怕报应、态度强硬的人却无能为力,只能忍气吞声,他试图联合门神爷、灶王爷、火神爷、水神爷和财神爷等其他神灵复仇不得,最后,他只得求助于上神玉帝之力复仇,但哪知玉帝面对藐视鬼神的人

---

① 《高亮赶水(异文一)》,中国民间故事集成北京卷编辑委员会编《中国民间故事集成·北京卷》,北京:中国ISBN中心,1998,第420—421页。
② 由于《姜太公的传说》在北京故事省卷本和县卷本中均有收录,且文本基本相同,故在分析时合并为一条,特此说明。
③ 《老拧盘三治土地爷》,选自《大兴县民间故事集》,故事编号1001B20140085。

同样无能为力。

《姜太公的传说》则讲述了土地神的神位为姜太公所封，姜太公虽为凡人之体，却具高于土地神的位分，故民间在兴修土木时留下了张贴"姜太公在此，诸神退位"的字条以求平安的习俗。

而在《文曲星赶考》中，土地神起身走下神台，对文曲星转世的读书人礼让、参拜，但在读书人道德败坏被罢星君之后，土地神对他不再客气。① 不但体现出土地神与上神和普通人的位分关系，更说明了土地神对治下子民具有品格监察和公正裁断的职能。而这样的说法，在我们对北京市民的田野调查中也被反复提及。

四、北京土地神故事的民俗内涵

通过对以上20则北京土地神故事情节单元和故事要素的分析，我们总结其民俗内涵如下。

第一，北京土地神主题故事展现了民众对土地神神格的认识。土地神是行走于天庭与人间的使者，具有沟通两界的中介作用，同时也具有二重性。对于人间，他是一方土地的管理者，故而他不但对本地的自然资源情况、人口情况了如指掌，而且具有直接管理权和处置权，因而是一位手握重权的地方官。但对于天界，他只是一个职位极小的底层官吏，故在上神面前，他常常表现得唯唯诺诺，不得不忍气吞声，然而上神的旨意却无一不要经过他才能得以实施，因此他又常常觉得自己与其他神灵是有区别的。故而，这种二重性以及由这种二重性所带来的矛盾和张力，也许正是理解土地神神格的最好入口。

第二，北京土地神主题故事涉及了民众对土地神与人、土地神与上神、土地神与其他神灵间位分关系的认识。在这些关系中，我们看到，土地神的形象是鲜活、丰富、多面向的，他时而是心软面热的助人者，时而是善良正直的管理者，时而是勇闯天庭的反抗者，时而是陷害忠良的告密者。可以说，土地神在民众的心中是一个有血有肉的神灵，是一个最可亲近的神灵，是一个任何人都可以想象、可以评价的神灵。

---

①《文曲星赶考》，选自《延庆民间故事传说（第一集）》，故事编号1001B2009A0235。

第三，北京土地神主题故事体现了民众对土地神职能的认识。土地神掌管一方土地，其管理范围无所不包，从管界内的自然资源到房地建筑，再到人口资源，从品格监察到生死控制，再到婚丧嫁娶，几乎涉及了民众生活中所有的重大问题。其管理原则，主要还是以伦理道德为基本前提制定的。对于其辖内治下具有善良忠厚、勤劳孝顺等美德，却处于贫困、弱势或者危难之中的百姓，土地神总会有求必应、禳灾赐福。而正是基于对土地神的这一认识，北京市民才在土地庙烧香祈祝，进行祭祀仪礼活动。也正是在这些故事的传承和讲述中，有关土地神的态度、观念得以形成、维持和传播，促进和加强了北京市民土地神信仰和仪礼活动的实践。

On the Folktales of Earth God in Beijing

ZHAO Na

Abstract: Folktales of Earth God, as an inflection of public understanding and imagination about godhood and function of the Earth God, have been long circulated among urban and rural area of Beijing. Folktales of Earth God in Beijing are supposed to be divided into three types, that is, those about the assistances of Earth God, those about the functions of the Earth God, and those about fearless to the Earth God, which are considered to be spiritual reflection and literary symbol of local people's Earth God faith. Researches on those folktales, provide us access to gain insight into the Earth God faith and believe in Beijing, as well as offer assistance with academic reference to the protection of Beijing temple heritage.

Key words: Beijing; Temple research; Earth God; Types of story

权力的场域：清初平南王尚可喜在广东的寺庙建设及其权力运作

◇ 王萌筱[①]

摘要：本文以清初平南王尚可喜在广东所建寺庙为例，探讨宗教场所于明清易代之际在政治权力运作中所扮演的角色。尚氏兴建及重修的寺庙体现了几类模式：建于原战场上的庙宇被用于铭记战功而遗忘屠杀，借助其所奉祀的神明将残酷的战斗历程合法化、将获胜方的凯旋神圣化，进而确立新朝的统治根基；名山古刹由于长期以来本身已成为权力的载体与欲望的对象，政客通过介入宗教事务、规训宗教领袖、重置寺庙景观等方式对其进行操纵，强化政治对宗教领域的控制；在边陲之地模仿京师式所建的庙宇演化为一种建筑上的隐喻，一方面向中央政权致效忠之意，另一方面彰显出异族将领模拟皇族风格的野心。这三种经营宗教场所的模式有机地结合在一起，共同支撑着尚可喜在岭南当地的权力及其与清廷之间的微妙关系。

关键词：尚可喜；广东；寺庙；权力；明清易代；佛教；南华寺

宗教与政治之间的关系向来密不可分，宗教圣地在权力运作中所起的作用亦不可忽视。[②] 作为宗教信仰的物质依托，圣殿庙宇等场所不

[①] 王萌筱，北京师范大学文学院古典文献学硕士，耶鲁大学东亚语言文学系在读博士生，研究方向包括明清戏曲文学、表演与理论，明清宗教与社会史。

[②] 如罗伯森在其著作中研究了中古时期围绕着南岳衡山的权力运作，参考：James Robson, Power of Place: The Religious Landscape of the Southern Sacred Peak (Nanyue) in Medieval China (Cambridge: Harvard University Asia Center, 2009); 另如卜正民在其著作中对明清时期士绅阶层的佛教活动及其政治诉求之间的关系进行了梳理，参考：Timothy Brook, Praying for Power: Buddhism and the Formation of Gentry Society in Late-Ming China (Cambridge: Harvard University Press, 1993).

仅承载着神灵的衣钵与朝圣者的憧憬，亦成为不同宗教群体乃至政客们竞相角逐的权力场域。正如印度学研究者 Hans Bakker 在其研究印度教圣地瓦拉纳西一文中指出：宗教圣地最显著亦最悲剧性的特质便是其对其他宗教信仰者的特殊吸引力。① 而在宗教信仰的竞争之外，政治需求也成为神圣场所兴建、易主、重修的重要原因之一。尤其于时局动荡的易代之际，新政权为巩固其自身的统治，往往试图利用既有的宗教信仰收拢人心、规训民众。本文便拟以清初三藩之一平南王尚可喜（1604—1676）在广东修建寺庙的活动为例，管窥宗教场所在权力运作中的不同作用模式。

据《清史稿》、《清史列传》等史料记载，尚可喜原系明将，1634 年因受沈世奎排挤而率部归降后金，皇太极赐名"天助兵"，为清军入关立下汗马功劳。1649 年，尚可喜官拜平南王，与靖南王耿仲明奉诏南下出征广东，攻陷广州城后大肆屠杀城中居民，而后数十年居于治地广州至 1676 年薨逝，其间兴修、重建多所寺庙。（参见表 1）② 从其简略的生平传记可见，尚可喜具备多重身份：本为明朝将领却投降清兵归顺新朝，为清政府册封为亲王却仍是汉人，由屠城的刽子手摇身一变而成为乐善好施、兴修庙宇的佛弟子。本文便以其多重身份及清初政局和宗教环境为观照，检视尚可喜热衷于营建庙宇、干涉佛门事务的动机，并由此案例出发探讨宗教场所在权力运作中的功能。以往的一些研究者认为尚可喜此举乃是为了赎其屠城之罪、向广州民众忏悔前愆，③ 然而基于对其所建寺庙碑记等文书的细读，我们便可发现这些宗教场所实为尚可喜借以确立其在广东地方的绝对统治，并协调其与清朝中央政府之间微妙关系的工具。以下兹以不同庙宇为例分述之。

---

① Hans Bakker, "Construction and Reconstruction of Sacred Space in Varanasi," Numen 43, 1 (1996): 41.
② 赵尔巽：《清史稿》列传第二十一，见天津图书馆历史文献部编：《三十三种清代人物传记资料汇编》第一册，第 186—189 页，济南：齐鲁书社，2009 年；又见《清史列传》卷七十八·贰臣传甲，同上第六册，第 606—608 页。
③ 如梁永康：《广东佛教史·平南王与檀度庵》，第 78—80 页，香港：中华佛教图书馆，1984 年。

表1 平南王尚可喜于广东所修寺庙一览

时间	寺庙	修建概况	方志记录
1652年	东得胜庙	均建于广州小北门外，为1649年尚可喜率军由北而南攻打广州时屯兵之所。	番禺县续志，卷5，1931年版
1652年	太平庵/白云庵		广州府志，卷88，1879年版
1663年	广庆寺/飞来寺	入清后破败无人看管，尚可喜重修，并邀请南华寺僧人入寺住持。	清远县志，卷3，1937年版
1664年	大佛寺	尚可喜按京师佛寺式样重修，其子尚之隆从北京带回喇嘛入寺住持。	番禺县续志，卷36，1931年版
1665年	檀度庵/药师庵	尚可喜之女出家，法号自悟，尚为其所建，位于距小北门不远处。	番禺县志，卷24，1871年版
1667年	南华寺	尚可喜重修，将六祖殿迁至大雄宝殿正后方，迁藏经阁至六祖殿旧址。	曲江县志，卷16，1875年版，曹溪通志，1836年版.
1672年	海幢寺	重修天王殿，覆以绿琉璃瓦。	广东通志，卷229，1822年版
17世纪70年代	观音殿	重修，覆以绿琉璃瓦。	番禺县续志，卷41，1931年版

1. 权力神圣化与历史记忆的操控：旧战场上的新庙宇

尚可喜在广东的庙宇修建活动始于1652年的东得胜庙和太平庵。二庙皆建于广州市小北门外，为1649年尚可喜率军攻打广州时的屯兵之所。番禺县志载："东西得胜庙，在小北门外一里，双峰雄峙，高瞰会城,顺治初平靖两藩前锋设卡处也。事定后东西各建庙,以得胜名。"① 广州府志载:"白云庵在得胜庙后,国朝顺治九年建得胜庙。在小北门外,凡二,昔尚耿二帅入广营此得胜,故名也。亦名太平庵。"②

于前军事驻地或战场上修建庙宇的传统自古有之,尤其在易代之际更为普遍。兴建庙宇往往成为新政权安抚战争中死亡将士、并笼络当地民众的策略。③ 部分学者将尚可喜在原驻军之地建庙的动机亦归结为此,认为他在残暴屠城之后良心发现而兴修庙宇以抚慰民心。④ 然而,检视方志所载的东得胜庙碑记以及太平庵旧址所发现的铁钟铭文中,尚可喜并未表达此意。相反,他声称自己所获得的军事胜利皆源于神灵庇佑,试图通过此举将自己在当地的统治权力合法化乃至神圣化。

东西得胜庙分别由平南王尚可喜与靖南王耿继茂(耿仲明于南征途中畏罪自杀,藩号由其子继承)所建,供奉关帝。番禺县续志中载东得胜庙碑记云:

> 今上七祀庚寅,畅月二日,始恢复粤省,武奋文揆,兆民憬化,暨三稔,乃建得胜庙于旧营白云山之麓,以崇关帝志,不忘宣佑也。缅予与靖藩越在辽海,己丑七月荷朝廷特简征粤,辄携各营眷属万里南行,既而予眷驻临阳,靖藩眷驻吉州,下逮营属,金安贞,秋毫皆帝赉也。比腊月二十七日,师度庾岭,先遣副将粟养志觇探情实,而予统前队,匝围南雄城,观其兵马颇繁,战械甚备,而发踪区分终鲜纪律,是可猝而取也。全师未至,而崇墉辄下,帝授予谋矣。时赝督罗成曜方据韶州,有南雄逃兵幸脱者,先泄其耗。成曜即宵遁,韶之官民,肉袒浆迎,不烦一镞,讵非帝牖其衷耶?斯时而乘胜赴省,势喻摧枯,乃以四营八营十三营翻天营诸寇犹披猖于乐昌仁化间,分兵追剿稍稽,时杜李逆党乘间伺

---

① 《番禺县续志》卷五,第21页下,宣统年间刊本。
② 《广州府志》卷八十八,第17页下—第18页上,光绪五年刊本。
③ 如 Mark Halperin 在其著作中指出,宋代建于战场上的庙宇主要用于安抚战争中死去的亡灵。参考:Mark Halperin, Out of the Cloister: Literati Perspectives on Buddhism in Sung China, 960—1279 (Cambridge: Harvard University Asia Center, 2006), 112—130.
④ 邢照华:《平南王铁钟及铭文考释》,《中国历史文物》,2005年第3期.

备,拥众负嵎,议者谓非急攻不可,予省其城东南滨海,缭以重垣,可图者惟西北二向耳,彼有备而我骤取之,未必可胜,先丧已成,良不忍以生命试也。彼之患我者弓矢,所自为恃者火炮,我无若掩其所患而即用其所恃,会从化令季奕声习火攻之具,因为鸠工,更征办火药,凡既备矣。审劳久之必懈,窥守旷之必疏,密移炮具并力西关,予同靖藩躬抵城下,不避矢石,我师登陴立帜,而逆众不知动天潜地,疑鬼疑神,则又帝之大有造于我师也。因惟予与靖藩,自北而南,常默有契于帝。令者眷属无恙,犹云私德,而幸兹列郡皈诚,民物阜安,以叨承平,爵土之荣,其敢忘冥佑哉![1]

此记全然是尚可喜的口吻,追述他与靖南王1649年自北南下征粤的旧事。由此碑记可见,尚、耿二王建庙动机乃是"以崇关帝志,不忘宣佑"——而关帝之"志"则被定义为二王的军事胜利。尚可喜将其家眷与营属的安贞归结为关帝之福佑,将战斗进程的顺利开展归因于关帝所授之计谋,将以火药等器具攻城之势归功于关帝之协助。尚可喜甚至直称其与靖南王"默有契于帝"。这一方面陈述了他建庙的用心、对关帝的崇敬,另一方面亦是通过将战绩归功于神灵,而实现对其自身通神之力的标榜。

建于得胜庙后的太平庵又名白云庵,供奉佛陀与观音。据《南海百咏续编》记载:"乃即旧营之巅,既建武庙矣,又于山之阴,更建白云庵,以祀大士。"[2]庵中有铁钟一口,于1975年被广州博物馆征集入库。(参见图1)[3]铁钟铭文收入《广州府志》,言:

---

[1]《番禺县续志》卷三十六,第2页上—第3页下。
[2] 樊封:《南海百咏续编》卷二,第15页上—下,见张智主编:《风土志丛刊》第62册,扬州:广陵书社,2003年,第101—102页。
[3] 见邢照华:《平南王铁钟及铭文考释》。邢于文中言道:"根据钟身文字著述,当顺治七年该铁钟铸成之后,最初应保存于太平庵内……考察清以来的史料文献,却无法找到有关太平庵的任何记载。"并得出结论:"大钟悬于白云庵内,一直到文革后期该庵被拆毁为止。钟上原来的题字太平庵只是代表了尚可喜的初衷,实际并未建成,否则不可能所有重要文献同是缺载。"此言是不确的。事实上,《广州府志》、《南海百咏续编》皆明言白云庵又名太平庵,可见二者乃同庵异名。名为"白云"乃因其建于白云山麓,名为"太平"当为尚可喜对其治地之期望。

今上龙飞之七年，平南王奉命恢粤，二月初六师抵五羊城北白云山，结营山阿，凡九阅月。将士奋腾，兵马无恙。其间铸炮制药，随手而应，阴有神助。是年十一月初二日恢省，追溯不忘，乃捐赀建造太平庵，内塑佛像。爰勒之钟鼎，以志佛力于不朽，乃镌以铭。铭曰："鸣镈肃旅，以事南征。缘岩列帐，依岫分营。百举汇应，乃克坚城。爰塑佛力铸钟铭，用以永播其芳声！顺治壬辰岁三月吉日，平南王建。广州府督捕通判周宪章监造。①

图1 平南王太平庵铁钟，现藏于广州市博物馆

铁钟铭文与东得胜庙碑记基本保持相似的叙述，"铸炮制药"作为战争中最重要的一环仍然被浓墨重彩地提出并归结于神助。然而，铭文中亦有两点不同需引起我们的注意：首先，胜利被归功于佛力，而非关帝之力；其次，平南王成为奉命恢粤之唯一将领，靖南王的参与则被略而不提。

第一个不同点不难理解——太平庵所祀本为佛教神祇，自与作为武庙的得胜庙有别，中国的民间信仰向来不具备排他性，佛教徒同时信奉关帝并非异事。值得注意的是，在得胜庙碑记中，战斗的过程被详细描述，自北而南的每一步骤均被归功于关帝，以彰显其作为战神的特性。而在太平庵钟铭中，除提到制造火药外，战斗进程被略去，而"将士奋腾，兵马无恙"则被突出强调，以凸显佛陀之慈悲护佑与好生之德。两座庙宇所祀神祇分别承担不同的功能，体现了民间信仰的实用性取向。

---

①《广州府志》卷八十八，第17页下—18页上。

第二个不同点则颇耐人寻味，靖南王名号在铁钟铭文中的缺席不仅是由于太平庵为平南王尚可喜捐资所建，亦体现了同处广东治所的二王之间的微妙关系。平南、靖南两藩皆为汉人及前明将领，降清后屡立战功而获封亲王，居于高位。满清政府对功高震主的两藩采取的策略乃是令其互相牵制，故而令二王一同南征广东不仅因为广州的前明势力十分顽固，更是为了防止恢粤后一王权势过于膨胀而危及皇权。征服广东后，两藩果然争相经营岭南，建造殿宇、征收赋税，令广州地方官员不堪其扰。几年后，高要知县杨雍建被擢为京官后上书言："一省不堪两藩，请移一藩于他省。"①最终靖南王在竞争中落败，于1660年移藩福建。将太平庵铁钟铭文置于此时局中来看，我们或许可以推测尚可喜在拟定钟铭内容时略去靖南王之功乃有意为之。得胜庙之石碑立于寺外，太平庵之铁钟悬于庵内，而铸于铁器上的铭文往往比刻于石碑上的铭文更易流传久远——基于媒介、环境等诸因素的考虑，铁钟比石碑在记录功勋乃至求神庇佑方面更加功能卓著，或许此亦是尚可喜选择记录与省略的原因之一。

从在旧时战场上兴建东得胜庙、太平庵的举动我们可以看出，尚可喜试图通过对神佛之力的依附与崇敬使自身权力合法化乃至神圣化，并渴望其功勋能够为同时代及后世的人们铭记。然而，在对何者须被铭记而何者须被忘却的选择上，尚可喜却可谓煞费苦心。碑记和铭文俱对历时十个月的残酷战斗进程避而不谈，反将清军的胜利描述成看似轻而易举、不费吹灰之力的结果。另外值得注意的是，同在小北门外白云山麓有一著名佛寺景泰寺，曾在平靖二藩驻军城外时惨遭荼毒，据载清军"乃造攻具于寺前，凡九阅月，沿峰竹木，斩伐殆尽"，以至于"浍水童山，无复杖锡联翩，古道斜阳，当年佳致矣"。②然而，政权确立之后尚

---

① 吴忠匡编：《满汉名臣传·耿继茂列传》，第191页，哈尔滨：黑龙江人民出版社，1991年。

② 樊封：《南海百咏续编》，第103—104页。文中详细记录了尚可喜造具攻城之始末："平南既作长围以困大城，所携攻具未敷应用，乃命总兵许尔显，择九龙坑吉祥处所，启垆鼓铸大炮。八月大成，计得四十六位，合旧有之五十六位，堪以进攻矣。每炮配弹药五百余通。复造火药十三万斤，更命木工，造大挡牌，哈哈木，云梯天桥，狼筅竹，屯诸攻具，行有日矣。匠氏禀称，辇炮须车，粤乏车匠，北军虽能斫轮，轮有铁穿以贯轴，粤土浮松，不能作穿范。佐领金有赏，队内白姓者，于从化东山得紫标土以为模，而车穿始成，于是昼夜挽运，至于西山之下，遂一战成功也。"

可喜并未选择重修景泰寺,却在旧战场新建了两座庙宇,这对于热衷于重修古寺(本文第二部分将重点讨论此举)的尚可喜来说似乎有些蹊跷。事实上,将此举置于尚可喜修建庙宇的整体逻辑之中思考,亦不难解。或许弃置景泰寺有其他实际因素的考虑,但未尝不是尚可喜操控历史记忆的一种策略。他似乎在有意隐瞒惨烈的战斗历程,试图将广州市民对屠城的印象全然抹去,而通过诉诸神祇的意志与佛陀的雄力来净化政权草创期的血腥过往。这些新建的宗教场所在服务于铭记的同时更致力于遗忘,尚可喜正是根据自身的政治诉求塑造着刚刚过去三年的历史事件,试图修改当地民众的历史记忆,并借以确立其在岭南治所的绝对权力。

2. 名山古刹的重新布局:移建南华寺六祖殿

在修建新庙宇之外,尚可喜亦大力投入对名刹古寺的重修。岭南地区自唐代以来便是佛门圣地,尤以禅宗六祖慧能曾住持演教的南华寺为禅林之冠。作为岭南佛寺的领袖,南华寺对于试图通过宗教活动来确立其政治地位的尚可喜有着双重的吸引力:在政治上,自唐宋至元明时期,历代皇帝多予以青目,屡次敕封赐名、捐资整修,南华寺积累了数代皇家政治资本;在佛教社群内部,南华寺亦享有崇高声誉,因奉祀六祖慧能真身舍利而吸引众多信徒与朝圣者。(见图2)[1]

供奉六祖真身的六祖殿乃南华寺的核心建筑,原位于主殿——大雄殿的右后方。(参见图3右半部分"六祖旧殿")尚可喜认为如此布局不合规制,而将六祖殿迁移至大雄殿正后方。(参见图3左半部分"六祖殿")在收于《曲江县志》的《国朝平藩重修南华寺记》中,尚可喜陈述了其对南华寺的景仰及其重新布局的理由:

---

[1]《曲江县志》中详细记载了南华寺兴建及发展的历程,尤其是唐宋明几代的朝廷敕封:"南华寺,在城南六十里。曹溪为岭外禅林之冠,梁天监元年,智药三藏自西竺来,过曹溪口,饮水香美,乃溯流而上,见峰峦奇秀,叹曰:宛如西天宝林山,一百六十年后,当有无上法宝于此演法。时韶州牧侯敬中奏请建寺,赐额宝林。至唐龙朔元年,六祖传黄梅衣钵,南归居此。因寺宇湫隘,谒里人陈亚仙,求地广之。神龙元年,勅改为中兴寺。三年,赐额曰法泉寺。元和七年,赐谥大鉴禅师塔。曰'灵照'。宋开宝元年,赐名南华禅寺。太平兴国元年,重建师塔七层。明成化三年,重修。"见:《曲江县志》卷十六,第2页上—下,光绪元年刊本。

图2 六祖慧能真身舍利，藏于南华寺六祖殿①

自佛教东来，应化震旦，寓以内，宝山巨刹，古德振锡者，更仆不能数也。而选佛名区，辄以南华屈第一指，以其为世尊衣钵，而五宗之派之所由衍耳。余生长三韩，饫闻已久，天南万里，引眺无从。顺治已丑奉简书，同靖藩恢克东粤，过回龙之峡，指象岭之峰，为低徊者久之。至于今，垂二十年。以戎务方殷，未遂瞻礼。康熙丁未春，幸藉国灵境内安堵，烽燧不惊，军府多暇，遂得一展谒焉。自明成化修建以来，岁久不葺，堂殿周廊，半就倾圮，眺览之际，深用怃然。因不揣绵力，僭为倡首。而自靖藩以及宦粤诸君子，皆踊跃奖奋，捐助有差，亦足见瞿昙之默佑，而乐善之有同心矣。但念祖殿居佛殿东，道纡地隘，厥制弗称。又祖之立教，以无念无住，号不二法门。而佛殿祖殿，歧出两途，厥义亦弗称。窃欲移祖殿于佛殿后，移藏经楼于祖殿之址，以见正印真传，顿教直入之意。适青乌家，相度形势，审曲绘图，不谋而符，遂决意更之。庀材鸠工，即卜吉矣。而卓锡泉，枯涸多年，忽尔浚发，万众翕然，以为得未曾有。下至工役，无不生欢喜心，子来恐后焉。启工于丁未之秋，初落成于戊申之春，秒计费银若干两，食米若干石，木石陶瓦，购之本山者，外基石街，石则购自广韶二郡，铁力木则购自粤西。水逆滩高，山深路远，运致艰难，工力繁浩，中

---

① 释传正：《南华史略》，第2页，北京：中国社会科学出版社，2002年。

实阴翊之。今自二殿至诸楼,至前后门庑,规制宏敞,焕然改观矣。一时之盛事,亦千秋之善果也。故余不惭不斐,直述其概,勒之贞珉,以示于后人,且欲举曹溪一滴,沛之大千,为同善者劝焉。时康熙年月日记。①

在这段碑记中,尚可喜首先表达了自己对禅宗祖庭南华寺的尊崇、对明成化以来庙宇倾颓的忧虑,接着陈述了其欲迁六祖殿至佛殿(即大雄殿)正后方的几点考虑。第一,"道纡地隘,厥制弗称",从建制规模上说,狭窄的空间与六祖慧能的崇高地位不相称;第二,更重要的是,六祖殿与大雄殿"歧出两途",因而"厥义亦弗称",认为其建筑精神亦不符合六祖以"无念无住"②立教之本意。"不二法门"③语出《维摩诘经》,原谓超越分别智的平等而无差异之至道,"法门"乃借"门"为譬喻表明通向至道觉悟的道路。而此处尚可喜则十分巧妙地运用"门"之本来意来阐释其建筑理念——既然"不二法门"乃禅门至高准则,那么佛殿与祖殿便不该"歧出两途",位居不同的经度。尚可喜提供的解决办法是将祖殿移之佛殿正后方,如此则可由山门(即图3左半部分"第一山")进入,穿过"敕赐南华禅寺"、"宝林"二牌坊及罗汉楼,直抵大雄殿乃至六祖殿。尚可喜声称其此举目的在于"以见正印真传,顿教直入之意"。"正印真传"旨在从源头上标榜南华寺在佛门的正统地位,云其渊源有自,乃西天佛祖释迦牟尼直接传授,代代相传灯灯相续,直至六祖慧能,乃至清代初期的南华众僧。"顿教直入"则意在凸显南华寺作为南宗禅之渊薮的地位,其以"顿悟"为教旨,与提倡"渐悟"的北宗禅相区格。"直入"本亦为譬喻,指教义直入人心,而此处却被尚可喜援其本意,指直接由佛殿穿过进入祖殿。通过援引佛家理念并以建筑为其譬喻,尚可喜充分展现了他对佛教——尤其是禅宗——的了解及为己所用的能力。接下来,尚可喜顺带提及"适青鸟家,相度形势,审曲绘图",青鸟家即风水先生,其测量审度之结论与尚之意图不谋而合,最终促成了南华寺布局的结构性调整。

---

① 《曲江县志》卷十六,第4页上—下。
② 慧能著,郭朋校释:《坛经校释》,第31—32页,北京:中华书局,1983年。
③ 李翊灼编:《维摩诘经集注》,卷八第1页,台北:新文丰出版公司,1977年。

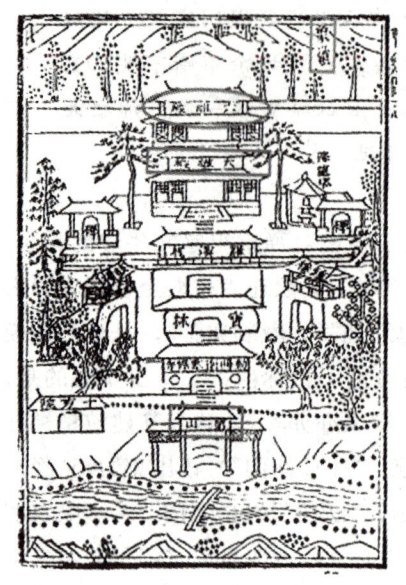

图 3 《曹溪通志》所载 1671 年南华寺图[①]

在此碑记结尾，尚可喜还提到在建筑进程中发生的一桩自然奇迹："而卓锡泉，枯涸多年，忽尔浚发，万众禽然，以为得未曾有。"卓锡泉位处南华寺外东北角（见图 3 右半部分），相传当年六祖慧能继承五祖弘忍衣钵之后南下途中，欲濯其所继之僧袍却未得水源，遂以锡杖点地而此泉涌出，后慧能即以此泉为基于南华寺演教。[②] 可见卓锡泉之涸腴与南华寺之兴废紧密相连。虽则尚可喜此处言卓锡泉乃"忽尔浚发"，但从尚之信（尚可喜之子）1668 年所作的《俺达公卓锡泉碑记》来看，卓锡泉于尚可喜重修南华寺当年重焕生机亦与尚家有关：

> 曹溪寺后里许有井，香润流溢而美者，曰卓锡泉，相传师（按，即六祖慧能）浣所授衣，无美泉，振锡卓地，泉遂溢出，其水喷薄，洋溢甘冽，异他处，有时竭，则随祷而应……今康熙四年，泉又竭，视井若焦，燥不复泡……

[①] 马元、释真朴重修：《曹溪通志·曹溪图志》，见白化文、张智编：《中国佛寺志丛刊》第 111 册，第 49—50 页，扬州：广陵书局，2006 年。
[②] 同上，第 84 页。

丁未（按，1667年）杪春，予随父王瞻礼登陟，遍访诸名迹……不知有所谓卓锡泉也者。余笑谓僧曰："我当为师卓一锡也。"……为是捐资，命僧重镌勒石，且默祷之……顷之盈溢满井，泓流不异他时……因作偈曰："泉之生，谁或激；泉之灭，原不息。不生不灭，真谛谁识。外枯中腴，灵机偶寂。我今从师，为师卓锡。"①

由此篇碑记可知，俺达公尚之信将卓锡泉的重新喷薄归功于其模拟"卓锡"以及捐资祈祷等举。在篇末的偈子中，尚之信亦引用《心经》"不生不灭"之语，而以卓锡泉为实体譬喻，正如其父尚可喜援引《坛经》、《维摩诘经》中概念而以六祖殿之建制为其物质载体一般。值得注意的是，"我今从师，为师卓锡"一句，看似谦逊地声称自己此举乃追随六祖慧能而发，实则蕴涵着更为深厚的野心与自信——通过模拟六祖"卓锡"，尚之信获得了同等的改造山水景观、制造生态奇迹的神力。与本文第一部分所论述的尚可喜与关帝、佛陀结盟而令自身权力合法化乃至神圣化相似，其子尚之信似乎亦试图与六祖并列来标榜其自身超自然的力量。

1667年卓锡泉的重焕生机在当地的佛门社群乃至一般群众中皆成为鼓噪一时的新闻。因此，虽然尚可喜在碑记中并未直接点明其子之功，但提及泉水重生便可为其重新布局南华寺的意图提供正当性理由。然而，南华寺僧众对尚可喜此举则持保留意见。虽然僧人们十分感激尚可喜慈善捐赀，却曾试图阻止尚可喜迁移六祖殿。在收于《曹溪通志》的《启平南王迁移换六祖旧殿基址》一文中，南华寺当时的住持、曹洞正宗三十一世嗣祖沙门僧德融统领阖山僧众请求尚可喜维持六祖殿现状：

> 王恩沾被千秋，祖殿传流百世。恳恳仍旧，神天瞻仰，事曹溪为天下道场，而祖殿先一山之宗主，恭遇王爷殿下发心修建，三宝重光，泽流天壤，跂慕踊跃之私，不止阖山僧众已也。
>
> 兹有启者，本山形如生象，牙角四足，俨然具备。而祖

---

① 马元、释真朴重修：《曹溪通志》卷三，第267页。

师殿正当象鼻之下，居于象之左颔。盖象之性命在鼻，而颔在鼻下，祖殿居之，为一山风脉所聚，历来千余年无异。以故陈亚仙生欢悦心，而施舍于前；四天王显大神通，而护卫于外。梁神僧智药师逆料于百六十年之前，有圣僧说法于此，而若合符契。祖师肉身居此，神所凭依，至灵至异，自唐至今，而不毁也。

今蒙王恩修建，欲将祖师殿移建于藏经阁，僧融等窃念此系界水，非元气所聚，且居象鼻之右偏，其为脱气，若一移建，不便有三。凡寻常土木之形，历年已久，尚有灵验，今以肉身菩萨居址，历千余年，岂无灵应？不便移动一也。祖师香火流传，皆由祖殿踞山形之胜，一旦迁移脱气，恐至山门寥落，不便二也。从来胜地，有废必有兴，今将祖殿移建，则旧址便同瓯脱，将来作何究竟。融等恐此基一空，将来启外人觊觎之心，贻僧众无穷之累，不便三也。

有此三不便者，融等感恩之下，弥切忧惧，上以念祖师神灵之凭借，一旦迁徙，致未妥安；下以虑意外兼并之事端，招致是非，致腾外议。至于山门将来之兴废，僧众之安危，又非所计矣。为此齐心竭诚叩启王爷，乞将祖殿仍旧勿迁。

护佛及僧，其一切修造，乃系王三生种德，万古流芳，即龙象天神，无不敬仰。僧融众等，沐王盛泽，惟有朝夕焚修，祝王万寿，愿王世世子孙，于万斯年，享有天禄，于勿替端，在此一举矣。须至启者。①

在此启文中，南华寺僧众陈述了几点理由，其重点乃出于对风水的考虑。因南华寺所处之山形似大象，故其名为"象岭"（见图3）。六祖殿正居于象鼻之下左颔之上，僧众认为此为大象吸气之处，故而可汇聚风脉，乃一山中之风水宝地。而尚可喜试图迁移之地则位于象鼻之下右侧，乃呼气之处，元气由此泄出，不甚吉利。更何况六祖慧能真身舍利放置于原址已近千载，必有灵应，若一迁移，可能导致真身舍利不再灵验，进而导致山门香火寥落。另外僧众还有更为实际的考虑，若六祖殿移至新址，旧基或许会为寺外人士觊觎，对南华寺造成不利影响。寺院的土

---

① 马元、释真朴重修：《曹溪通志》卷五，第509—512页。

地归属问题向来十分敏感,有清一代也不例外。①此处南华寺僧所谓"外人"具体不知何指,但可推测或许此时已有土地归属问题的争讼,故而僧众担心一旦重新布局将更加激化矛盾。由此种种,南华寺僧集体恳求尚可喜保持南华寺旧址而勿作迁移。

对比尚可喜所作之碑记与南华寺僧所作之启文,便会发现一个十分有趣的现象:尚可喜和南华僧都在用对方所熟稔并惯常使用的一套话语体系来言说、陈述自身观点。尚可喜征引一系列佛教概念为己所用,作为试图迁移六祖殿的主要理由,而南华僧则以风水因素为其阻拦尚可喜的首要原因。这一事件最后的结局也具有双重的讽刺意味。虽然南华寺僧一力劝阻,但如1671年所修的《曹溪通志》中的南华寺地图(见图3)所显示,六祖殿显然已被移动至大雄殿后方。僧众们似乎在这场竞争中落败,输给了尚可喜所代表的政治权势。然而,值得注意的是,僧众的自主性并未全然丧失。几年后,南华寺僧释真朴和马元在编修《曹溪通志》时,虽多处颂扬尚可喜捐资修庙之功德,但在述及六祖殿的迁移之时,措辞却十分微妙:"今平藩用形家言,以旧殿厥制弗称,乃改建大殿后。"②尚可喜在碑记中陈述了"厥制弗称"和"厥义弗称"两点,并运用禅宗"无念无住"、"不二法门"、"正印真传"、"顿教直入"等理念对第二点进行详细阐述,但在通志的叙述中却被全然略去,仅留下第一点"厥制弗称"。相反,风水因素在尚可喜的陈述中仅作为辅助性因素在最末被提及,而通志编修者却将"形家"(即风水先生)的地位置于首要,将尚可喜的举措归因于听信风水先生的言论,事实上即是暗暗抹去了尚可喜在此举中的主体性与能动性。可见南华寺僧虽然在实际的较量中落败,但对尚可喜费尽心机经营的一套禅宗话语体系并不买账。

为何尚可喜不顾全体僧众劝阻而一意孤行移建六祖殿?此举或应放置于明末清初的时局及佛门气候中解读。明清之际,一批明代遗民文人不愿改易清服、就职于新朝,于是避居佛门、剃度出家成为很多人的选择,一时士林之中"逃禅"之风大盛。岭南地区远离京城政治中心,又具备历时千载的佛教传统,遂成为遗民逃禅的几大重镇之一。③南华寺僧

---

① 如《东华录·道光五十六》所载匪徒占寺杀僧事件,见周叔迦编纂:《清初佛教史料辑稿》,第137页,台北:新文丰出版公司,2000年。
② 马元、释真朴重修:《曹溪通志》卷一,第98页。
③ 蔡鸿生:《清初岭南佛门事略》,第17—22页,广州:广东高等教育出版社,1997年。

众中便有不少明遗民，而岭南另一名刹海云禅寺更是当时遗民集中之渊薮，以天然函昰和尚为中心的遗民僧互相唱和吟咏前朝风物，纂为《海云禅藻集》，成为有清一代之禁书。① 在这种政治背景下，尚可喜作为新朝的亲王与新晋的征服者，一面极力拉拢旧朝遗民，一面亦需对这批遗民僧施以规训。通过干涉佛门事务、调整名刹的结构布局、操纵当地的信仰传统，尚可喜十分强势地向僧众乃至其他民众展示了自身在岭南治所内至高无上的权力。不仅如此，尚可喜甚至要亲身进入当地的万神殿，与神佛比肩，受百姓崇拜。在1671年的南华寺地图中，我们可以看到右下角的"平南王生祠"（见图3）。生祠乃是一种民俗信仰，多为当地民众为现任官员所立祠庙，以示感戴和钦敬之意。而至明清此风尤炽，如顾炎武所言："今代无官不建生祠，然有去任未几，而毁其像，易其主者。"② 尚可喜不顾僧众反对而移建六祖殿，很难想象南华寺僧会对其真心感佩而为其立生祠。最有可能的情况便是慑于尚之淫威，而将其生祠建于禅堂之前。而此举更可见出尚可喜之野心：不仅向当地僧众和居民展示其绝对的操纵力，甚至试图进入当地的民间信仰体系，与佛陀、六祖同受奉祀，共臻不朽。

3. 模仿京师制式的多义性：大佛寺与绿琉璃瓦

作为汉人藩王，尚可喜于确立其在当地的权力之外，还需处理与满人统治的中央政府之间的关系。因清政府投入很多精力规范与控制以佛教为首的宗教事务，修建庙宇——尤其是修建京师式样的庙宇——亦成为尚可喜向清廷表示效忠之心的手段。然而，清初汉人藩王与朝廷的关系十分微妙，尚可喜也不例外。除了效忠以外，尚可喜还试图与清廷在敏感的政治身份问题上讨价还价，而佛寺建筑亦成为他与中央政府谈判的棋子。

模仿京师寺庙建制最典型的例子便是尚可喜新建的大佛寺。据《南海县志》载："大佛寺在大南门右寺前街，宋元时为龙藏寺遗址，明改为八府巡按公署，旧志已载。国朝顺治十八年，平藩尚可喜改为大佛寺，

---

① 徐作霖等：《海云禅藻集》，杭州：西泠印社出版社，2000年。
② 顾炎武著，张京华校释：《日知录校释》卷23《生祠》，第894页，长沙：岳麓书社，2011年。

康熙三十年落成。"① 之所以名为大佛，正因寺中所奉主要佛像乃一尊巨大的释迦牟尼像，据载："佛身高一丈六尺，合莲花座共一丈九尺，横阔一丈四尺，亦岭南一大刹也。"② 至今广州人仍戏称："人过大佛寺，寺佛大过人。"③ 值得注意的是，大佛寺的建筑样式以及寺内的主要雕塑大佛像皆模仿自北京的皇家寺庙，如《南海百咏续编》所载："制式悉仿京师官庙，世尊慈范，亦摹之北匠云。"④

尚可喜模仿京师制式营建大佛寺的目的正在于"上为天子祝禧"⑤。如樊封在《南海百咏续编》中吟咏大佛寺道："雌霓翔霄沪曲尘，三城遥降九重春。黄金布地围龙藏，吁首南交祝紫宸。"余维垣《岭南咏古诗集》云："南疆定后念慈悲，梵宇居然一木支。十地布金奚吝啬，痴心万里祝皇禧。"两首诗中"黄金布地"与"十地布金"皆用给孤独长老以金砖布地向祇陀太子购园建精舍献与释迦牟尼佛布道的典故，比喻尚可喜自捐王俸修建庙宇的举动。然而，不难看出，给孤独长老建精舍是为了奉献给佛陀说法，乃为弘扬佛法而发；而尚可喜建大佛寺的政治动机则十分明确，是为了献给远在都城北京的康熙帝，遥祝皇上吉祥所用。

除了在建筑上模仿京师式样以外，尚可喜在选择寺院住持的问题上也颇费心机。据县志载，尚可喜"由京师延请喇嘛僧十人为住持，以东西僧房分为十室居之"。⑥ 樊封在《南海百咏续编》中更为详细地记载了这批喇嘛的来历，但细节处稍有不同："之隆在都亦聘请班禅大喇嘛四十众，同至广东，修四十九日无遮盛会，斋醮之华盛，亦近世之所稀觏。"⑦ 尚之隆乃尚可喜第八子，生于1646年，1657年赴京师入侍，1658年娶和硕和顺公主，封和硕额驸。⑧ 1671年尚之隆获康熙恩准，携公主家眷回广州省亲，大佛寺便成为其省亲之净坛。尚之隆自京城荣归岭南省亲，携喇嘛数众同行南下，在大佛寺修无遮盛会，响应其父"为天子祝禧"之愿，成为清初岭南佛门的一桩盛事。盛会之后，喇嘛们便在大佛寺定

---

①《南海县志》卷五，宣统二年刊本，第15页下—16页上。
② 同上。
③ 麦英豪主编：《广州市文物志》，第188页，广州：岭南美术出版社，1990年。
④ 樊封：《南海百咏续编》卷二，第76—77页。
⑤ 同上。
⑥《南海县志》卷五，第15页下—16页上。
⑦ 樊封：《南海百咏续编》卷二，第76—77页。
⑧ 尚久蕴、尚世海编：《尚氏宗谱》，第393页，上海：尚氏宗谱六修理事会，1994年。

居，担任住持。

为何尚可喜不曾延请广东的当地高僧为住持，而选择喇嘛？这应当放在清廷的佛教政策之下思考。藏传佛教自元代成为国教以来，在汉地势力日益膨胀，至明代虽地位不及元代，但明宫英华殿等处仍供奉西藏佛像，受封的西藏佛教各派首领频频进贡，与明皇室保持密切联系。①满蒙藏历代交好，清廷在入关之前便与藏地往来频繁，而出于政治利益、民族和谐、边疆安全等因素的考虑，"兴黄（指藏传佛教中的黄教格鲁派）安蒙"更成为有清一代的基本国策。虽然藏传佛教也受到政府的种种规范，②但相较于汉传佛教，其在清朝宫廷无疑更受青睐。因而尚可喜延请喇嘛住持大佛寺便不仅仅是一件宗教行为，更是一步政治举措——与模仿京师式样建造庙宇类似，皆是为了迎合清廷的喜好而发。

而广州当地民众对这批外来的喇嘛作何反应？《南海县志》记载："逮尚藩败，喇嘛相继去。雍正十三年广州府刘庶由海幢寺延请戒僧自乐禅师为住持，自乐道行清高，当时禅风为之一振。"③在尚可喜势力衰退之后，这些喇嘛们便纷纷离寺而去，1735年海幢寺戒律僧自乐开始住持大佛寺。虽然县志中的这段文字并未直接评判西藏喇嘛在当地的所作所为，但从其对自乐禅师"道行清高"的嘉奖来看，对喇嘛的针砭之意便不言而喻了。"当时禅风为之一振"必然意味着在此之前佛门风气的倾颓，不难想象这批借助尚可喜政治权势之庇护而住持大佛寺的喇嘛或许给当地民众留下了恶劣的印象。而当政治势力无法继续为其提供保护伞时，他们便不得不离去而让位给当地的禅师了。

按照京师制式修建大佛寺并从都城延请喇嘛住持，体现了尚可喜向清廷宣誓效忠之心。然而，清朝中央政府与汉人藩王之间的关系远非统治与服从这么简单。作为为清军入关立下汗马功劳的前明降将，尚可喜在新朝的地位不可避免地有些尴尬。平南王尚可喜的同仁平西王吴三桂、靖南王耿精忠及其子尚之信均在1670年间举兵反叛，是为"三藩之乱"。④尚可喜本人虽以忠于朝廷而保全性命，然而从他的一些举措中亦可见出他与清廷之间的微妙关系。

---

① 刘若愚：《明宫史》"番经厂"，第53页，北京：北京古籍出版社，1980年。
② 周叔迦：《清代佛教史料辑稿》，第91—104，301—680页。
③ 《南海县志》卷五，第15页下—16页上。
④ 孟森著，吴俊编：《清史讲义》，第143—153页，杭州：浙江人民出版社，1998年。

平定广东之初，平南王与靖南王两藩开始营建府邸，在建筑样式上，二王皆意图"照王贝勒制式，得用琉璃砖瓦，以及台门鹿顶"。然而，在奏请朝廷之后，他们却接到了驳回请求的诏令，言道："民爵与宗藩制异，察平靖两藩，均由民身立爵，所请用绿色砖瓦之处，碍难准行。"据载："时粤东启营，办砖瓦皆成，而未敢擅用，乃尽施诸佛寺，若粤秀山之观音寺、武帝庙，及大佛寺，皆此种砖瓦也。"①从这一条历史记录中我们可以观察到三点：首先，作为汉人藩王，尚可喜希望也能按照满洲贵族的制式建造自己的府邸；其次，在得到朝廷的准许令之前，尚可喜已经开始烧制绿琉璃瓦，以备建筑之用；最后，被中央政府严令禁止模仿贝勒制式后，尚可喜并未弃置这批绿琉璃瓦，而是将它们用于庙宇的建筑。考虑到尚可喜在岭南挥霍无度的营造事业，我们或许可以推测其将绿琉璃瓦用于庙宇建筑之举并非出于节约资源等经济原因。我们亦可更进一步地推测，尚可喜正是利用象征着满洲贵族身份的这批建筑材料与清廷周旋：即使用绿琉璃瓦建造府邸的计划遭到来自中央的禁令而落空，尚可喜依然可以利用自身在广东当地的无上权力使用它们，将其治所内的庙宇建造成"贵族"样式。由此可见，模仿京师样式建造庙宇在尚可喜这里具备了多义性：一来可以用于向清廷效忠，二来亦可作为与北京政府"谈判"以体现其在当地自治权的工具。

结论

在尚可喜的权力运作中，兴修庙宇扮演了不可忽视的角色。根据以上正文部分的论述，我们可以总结出宗教场所在政治生活中发挥作用的几种模式：首先，如东得胜庙与太平庵的案例所示，建于原战场上的新庙宇被用于铭记战功而遗忘屠杀，借助其所奉祀的神明来将残酷的战斗历程合法化，通过赋予神以意志而将获胜方的凯旋神圣化，进而确立新朝的统治根基；其次，对于如南华寺这样享有千百年美誉的名山古刹，由于其本身已成为权力的载体与欲望的对象，政客通过介入宗教事务、规训宗教领袖、重置寺庙景观等方式对其进行操纵，强化政治对宗教领域的控制；最后，在边陲之地模仿京师制式所建的庙宇演化为一种建筑

---

① 樊封：《南海百咏续编》，第106页。

上的隐喻，一方面向中央政权致效忠之意，另一方面彰显出异族将领模拟皇族风格的野心。这三种经营宗教场所的模式有机地结合在一起，同时支撑着尚可喜在岭南当地的权力及其与清廷之间的微妙关系。

Power of Place and Place of Power:
Seignior Shang Kexi's Temple-Building Career in Guangdong in the Early Qing

Wang Mengxiao

Abstract: This paper reflects on sacred places' role in the political world in the late imperial China. Focusing on Shang Kexi's religious activities in his prefecture Guangdong during the Ming-Qing transition, this paper explores Shang's strategies of constructing and reconstructing Buddhist temples, as well as the functions of these temples in his power operation. As a former Ming general who surrendered to the Qing and got conferred as a seignior by the new government, Shang Kexi endeavored to demonstrate his local authority and establish his subtle relations with the central government through (re)building sacred places. On the basis of a close reading on records in many local gazetteers and other historical texts, I find that, using these religious sites as a tool in his political life, Shang allied himself with deities so as to legitimize and even sanctify his military victories, rearranged local Buddhist landscapes in order to discipline the Sangha community, built temples in Beijing style to send greetings to the Emperor in the capital from a remote locality, while at the same time negotiating with the central government to obtain greater autonomy in his own territory.

Key words: Shang Kexi; Guangdong; Temple; Power; Ming-Qing Transition; Buddhism; Nanhua Temple

美国英文期刊《中国文学》目录汉译：1979—1986

◇ 刘洪涛[①] 古婷婷[②] 吴永安[③]

摘要：美国英文学术期刊《中国文学》创刊于1979年，至今已经出版36年。该杂志学风严谨，有很高的学术声望，在提高中国文学的国际影响力，促进中国文学研究国际化方面发挥了无可替代的作用。本文将该刊1979—1986年各期论文目录译出，使读者可以更全面地了解英语世界学者研究中国文学的独特视角、关注的热点话题，以及采用的研究方法，以期对汉语学术界有所启迪。

关键词：《中国文学》杂志；英语世界中国文学研究北美汉学；北美中国学

美国英文学术期刊《中国文学》（CLEAR: Chinese Literature, Essays, Articles, and Reviews）创刊于1979年，先后由亚利桑那大学、印第安纳大学、威斯康星大学、明尼苏达大学、华盛顿大学等多所名校资助出版。2004年至今由威斯康星大学独立资助出版。首任主编为印第安纳大学比较文学系的欧阳桢（Eugene Chen Eoyang）教授和威斯康星大学东亚系的倪豪士（William H., Jr. Nienhauser）教授。其后担任过主编的有余宝琳（Pauline R. Yu）、苏源熙（Haun Saussy）、奚密（Michelle Yeh）、何谷理（Robert E. Hegel）等教授。现任总编为杨百翰大学爱达荷分校外国语言文学学院的司各特·盖勒（Scott W. Galer）教授。《中国文学》1979—1982年为一年两期，1983年起改为一年一期。该杂志以刊发中国古典

---

① 刘洪涛，北京师范大学文学院比较文学与世界文学专业教授，博士生导师，研究领域为中西文学关系、北美汉学、世界文学理论等。

② 古婷婷，北京师范大学文学院比较文学与世界文学专业硕士。

③ 吴永安（Yongan Wu），美国俄克拉荷马大学英语教育博士，现任北佛罗里达大学助理教授，从事对外汉语教学及中国文学研究。

文学研究成果为主，兼顾中国现当代文学研究。每期固定设有"论文"（Essays and Articles）、"书评"（Book Reviews）栏目，不定期设有"评论"（Review Articles）、"学者笺注"（Scholarly Notes）、"短评"（Short/Brief Notices）、"论坛"（Forum）、"消息"（News Notes）等栏目。许多知名的汉学家，如余国藩（Anthony C.Yu）、李达三（John J.Deeney）、刘若愚（James J. Y. Liu）、傅汉思（Hans H.Frankel）、李欧梵（Leo Ou-Fan Lee）、浦安迪（Andrew H.Plaks）、薛爱华（Edward H.Schafer）、何谷理（Robert E.Hegel）、艾朗诺（RonaldEgan）、伊维德（W. L.Idema）、韩南（Patrick Hanan）、宇文所安（Stephen Owen）、梅维恒（Victor H.Mair）、顾彬（Wolfgang Kubin）、王德威（(David Der-wei Wang)）、蔡宗齐（Zong-qi Cai）、顾明栋（Ming Dong Gu）等，都在该刊发文，在海外汉学界享有广泛声誉，被"艺术与人文科学期刊索引"（A&HCI）系统收录。现将该刊 1979—1986 年发表论文的目录译出，以飨中国读者。因篇幅所限，该刊中的"消息"栏目，以及部分"简讯"栏目内容没有收入。

第1卷第1期（1979年1月出版）

周策纵（Tse-TsungChow）：《中国古代的文、道以及文道关系》（"Ancient Chinese Views on Literature, the Tao and Their Relationship"）

薛爱华（Edward H.Schafer）：《中国南方的三位神女》（"Three Divine Women of South China"）

雷威安（AndréLévy）：《初版〈金瓶梅〉的刊行年代》（"About the Date of the First Printed Edition of the Chin P'ing Mei"）

康达维（David R.Knechtges）、宇文所安（Stephen Owen）：《中国文学史的一般规则》（"General Principles for a History of Chinese Literature"）

罗郁正（IrvingLo）：《隆重介绍一套印第安纳大学出版社的新丛书》（"Introducing a New Series from Indiana University Press"）

李欧梵（Leo Ou-Fan Lee）：《"文化大革命"中的异议文学》（"Dissent Literature from the Cultural Revolution"）

蔡涵墨（Charles Hartman）：《中国文学出版近况：台湾》（"Recent Publications on Chinese Literature: I. The Republic of China(Taiwan)"）

倪豪士（William H., Jr.Nienhauser）：《中国文学出版近况：大陆》（"Recent Publications on Chinese Literature: Ⅱ. The People's Republic of China"）

富赛克（Lois M.Fusek）：《评王靖献〈钟与鼓〉》（"The Bell and the Drum by C. H. Wang"）

康达维（David R.Knechtges）：《评〈史记·司马相如列传〉（吴德明译）》（"Le Chapitre 117 du Che-ki (Biographie de Sseu-ma Siang-jou) by Yves Hervouet"）

缪文杰（Ronald C.Miao）：《评侯思孟〈诗与政治：阮籍的一生与创作〉》（"Poetry and Politics: The Life and Works of Juan Chi (210—263) by Donald Holzman; Juan Chi"）

韩禄伯（Robert G.Henricks）：《评侯思孟〈诗与政治：阮籍的一生与创作〉》（"Poetry and Politics: The Life and Works of Juan Chi (210—263) by Donald Holzman; Juan Chi"）

魏玛莎（Marsha L.Wanger）：《评傅汉思〈梅花与宫闱佳丽〉》（"The Flowering Plum and the Palace Lady: Interpretations of Chinese Poetry by Hans H. Frankel"）

柯罗尔（Paul W.Kroll）：《评宇文所安〈初唐诗〉》（"The Poetry of the Early T'ang by Stephen Owen"）

施吉瑞（J. D.Schmidt）：《评刘若愚〈北宋主要词人〉》（"Major Lyricists of the Northern Sung by James J. Y. Liu"）

梁启昌（音译）（Kai-Cheong Leung）：《评乔治·海登〈元明杂剧中之包公案：中国中世纪戏剧中的罪与罚〉》（"Crime and Punishment in Medieval Chinese Drama: Three Judge Pao Plays by George A. Hayden"）

黎天睦（Timothy Light）：《评陈若曦〈尹县长及其他"文革"短篇小说〉（殷张兰熙、葛浩文译）》（"The Execution of Mayor Yin and Other Stories from the Great Proletarian Cultural Revolution by Chen Johsi; Nancy Ing; Howard Goldblatt"）

第1卷第2期（1979年7月出版）

刘若愚（James J. Y. Liu）：《中国诗歌里的时间、空间和自我》（"Time, Space, and Self in Chinese Poetry"）

宇文所安（Stephen Owen）：《枯树：从庾信到韩愈》（"Deadwood: The Barren Tree from Yü Hsin to Han Yü"）

柯罗尔（Paul W.Kroll）：《中世纪时期中国文学中的"白鹭"》（"The Egret in Medieval Chinese Literature"）

严平秋（音译）（Alsace Ping-Chiu Yen）：《中国小说的一种写作技巧：〈西游记〉里的改编——以第九回为重点》（"A Technique of Chinese Fiction: Adaptation in the 'Hsi-yu chi' with Focus on Chapter Nine"）

舒威霖（William Schultz）：《中国文学和"特怀恩世界作家系列"：现状报告》（"Chinese Literature and Twayne's World Authors Series: A Status Report"）

余宝琳（Pauline Yu）：《近期有关王维的研究和翻译》（"Wang Wei: Recent Studies and Translations"）

马幼垣（Y. W. Ma）：《大连南满洲铁道株式会社中国小说藏书今在何处？》（"Where Is the Dairen Collection of Chinese Fiction?"）

康达维（David R. Knechtges）：《"敦煌""屈原"二词发音考》（"Whither the Asper?"）

杜润德（Stephen W. Durrant）：《就中国历史演义译为满族语和蒙古语的一点看法》（"A Note on the Translation of Chinese Historical Romances into Manchu and Mongolian"）

马约翰（John Marney）：《评康达维〈汉赋：扬雄赋研究〉和比肖夫〈释赋：中国文学修辞学研究〉》（"The Han Rhapsody, A Study of the Fu of Yang Hsiung (53 B. C.—A. D. 18) by David R. Knechtges; Interpreting the Fu: A Study in Chinese Literary Rhetoric by Friedrich A. Bischoff"）

杜迈可（Michael S. Duke）：《评宇文所安〈孟郊与韩愈的诗〉》（"The Poetry of Meng Chiao and Han Yü by Stephen Owen"）

黄碧端（Pi-twan Wang）：《评姚爱伟（音译）的〈文学评论〉》（"Wen-hsüeh p'ing-lun by Yao I-wei"）

倪豪士（William H., Jr. Nienhauser）：《评黄继池（音译）、何鹏（音译）〈英译中国诗研究指南：汉朝至唐朝〉（胡朋（音译）、邓仕梁编）》（"A Research Guide to English Translation of Chinese Verse (Han Dynasty to T'ang Dynasty) by Kai-chee Wang; Pung Ho; Shu-leung Dang"）、《评〈东方学生协会出版论文选〉》（"Phi Theta Papers, Publication of the Oriental Students Association. Volume XIV, September 1977"）、《评〈亚洲研究论文选（1976年第一卷）〉》（"Selected Papers in Asian Studies. Volume 1 (1976)"）

第 2 卷第 1 期（1980 年 1 月出版）

浦安迪（Andrew H.Plaks）：《〈水浒传〉和十六世纪的小说类型：解读式地重新评价》（"Shui-hu Chuan and the Sixteenth-Century Novel Form: An Interpretive Reappraisal"）

司徒琳（Lynn A.Struve）：《历史和〈桃花扇〉》（"History and The Peach Blossom Fan"）

许经田（James C. T.Shu）：《台湾文学里的破除旧习："家"的变化》（"Iconoclasm in Taiwan Literature: A Change in the 'Family'"）

费维廉（Craig Fisk）：《中国文学批评中的相异性》（"The Alterity of Chinese Literature in Its Critical Contexts"）

珍妮·凯利（Jeanne Kelly）：《对苏联的中国文学研究的一次调查：介绍和参考书目》（"A Survey of Soviet Studies on Chinese Literature (1961—1978): Introduction and Bibliography"）

冈村繁（Shigeru, Okamura）：《中国文学出版近况：III. 日本》（"Recent Publications on Chinese Literature: III. Japan"）

柯罗尔（Paul W.Kroll）：《评缪文杰〈中国诗歌和诗学研究·第一卷〉》（"Studies in Chinese Poetry and Poetics, Volume 1 by Ronald C. Miao"）

柯罗尔（Paul W.Kroll）：《评刘若愚〈中国文学艺术精华〉》（"Essentials of Chinese Literary Art by James J. Y. Liu"）

马约翰（John Marney）：《评吴承恩〈西游记〉（余国藩译）》（"The Journey to the West by Anthony C. Yu"）

浦安迪（Andrew H.Plaks）：《评〈金瓶梅〉（马努欣（音译）、科克洛瓦（音译）、雅罗斯拉夫尔（音译）译）》（"Cvety slivy v zolotoj vaze, ili, Czin' Pin Mèj (Chin P'ing Mei) byViktor Sergejevi Manukhin; S. Khokhlova; G. Yaroslavcev"）

舒威霖（William Schultz）：《评谷梅〈五四时期的中国现代文学〉》（"Modern Chinese Literature in the May Fourth Era by Merle Goldman"）

虬髯客（Qiu-ran Ke）：《评薛爱华〈马修斯汉英词典补充笔记〉和〈唐代文学速读〉》（"Combined Supplements to Mathewsby Edward H. Schafer; Easy Readings in T'ang Literatureby E. H. Schafer"）

倪豪士（William H., Jr.Nienhauser）：《评何文汇〈陈子昂感遇诗笺〉》（"Ch'en Tzu-ang kan-yü shih-chien by Richard M. W. Ho"）、《评嵇穆、佛尔克〈元代戏剧的十个德译本〉》（"Chinesische Drama der Yüan-Dynastie, zehn nachgelassene Übersetzungen von Alfred Forke by Martin Gimm; Alfred Forke"）、《评〈德译中世纪中国的十二篇小说〉（贝廷（音译）、利伯曼（音译）译）》（"Die Jadegöttin, Zwölf Geschichten aus dem mittelalterlichen China by Liane Bettin; Marianne Liebermann"）、《评施瓦茨〈李太白〉》（"Li Tai-bo by Ernst Schwarz"）、《评汉斯·林克、莱比德、顾彬〈中国的文化、政治和经济〉》（"China-Kultur, Politik und Wirtschaft by Hans Link; Peter Leimbigler; Wolfgang Kubin"）

第 2 卷第 2 期（1980 年 7 月出版）

马幼垣（Y. W.Ma）：《唐代传说里的事实和想象》（"Fact and Fantasy in T'ang Tales"）

克朗·艾伦诺（Elleanor H. Crown）：《元曲里的俳谐体》（"Jeux d'Esprit in Yüan Dynasty Verse"）余国藩（Anthony C.Yu）：《〈红楼梦〉里的自我和家庭：重新查看作为悲剧女主角的林黛玉》（"Self and Family in the Hung-lou Mêng: A New Look at Lin Tai-yü as Tragic Heroine"）

夏济安（T. A. Hsia）著，丹尼斯·胡（音译）（Hu, Dennis T.）译：《小说和罗曼史：夏济安评中国通俗小说》（"Novel and Romance: Hsia Tsi-an on Chinese Popular Literature"）

瓦拉文司（Hartmut Walravens）：《中国文学出版近况：IV. 德国》（"Recent Publications on Chinese Literature: IV. Germany"）

毕少夫（Friedrich A.Bischoff）：《萧红的生死之轮》（"Hsiao Hung's Wheel of Birth and Death"）

薛爱华（Edward H.Schafer）：《〈太平广记〉的章回题目》（"The Table of Contents of the 'T'ai p'ing kuang chi'"）

柯罗尔（Paul W.Kroll）：《论张说逝世年份》（"On the Date of Chang Yüeh's Death"）

柯罗尔（Paul W.Kroll）：《评柯因编〈卜弼得文选〉》（"Selected Works of Peter A. Boodberg by Alvin P. Cohen"）

韩禄伯（Robert G.Henricks）：《评刘义庆〈世说新语〉（马瑞志全译全注本）》（"Shih-shuo Hsin-yü: A New Account of Tales of the World by Liu I-ch'ing; Richard B. Mather"）

彬仕礼（Charles D.Benn）：《评薛爱华〈步虚：唐代对星辰的研究〉》（"Pacing the Void, T'ang Approaches to the Stars by Edward H. Schafer"）

葛浩文（Howard Goldblatt）：《评提摩太·罗斯〈姜贵〉及姜贵著〈旋风〉（提摩太·罗斯译）》（"Chiang Kuei by Timothy A. Ross; The Whirlwind by Chiang Kuei; Timothy A. Ross"）

白珍（Jane Parish Yang）：《评巴金〈寒夜〉（茅国权、柳存仁译）》（"Cold Nights: A Novel by Pa Chin; Nathan K. Mao; Liu Ts'un-yan"）

葛浩文（Howard Goldblatt）：《评卢新华、刘心武等著〈伤痕小说选〉（白杰明、李孟平编译）和杨立宇、茅国权编〈当代中国短篇小说选〉》（"The Wounded: New Stories of the Cultural Revolution, 1977—1978 by Lu Xinhua; Liu Xinwu; Geremie Barmé; Bennett Lee; Stories of Contemporary China by Winston L. Y. Yang; Nathan K. Mao"）

倪豪士（William H., Jr. Nienhauser）：《评〈南北朝研究〉》（"Nan-Pei-Ch'ao Studies (Late Han-Early Tang) 2nd-7th centuries A. D. No. 3 (1979)"）

瓦拉文司（Hartmut Walravens）：《评〈小说里的降妖除魔：带注释的翻译〉》（钟馗小说法译本，译者不详）（"Le roman du pourfendeur de démons. Traduction annotée et commentaires"）、《评〈雅罗斯拉夫·普实克教授提供的有关中国文学的历史研究〉》（"Études d'histoire et de littérature chinoise offertes au Professeur Jaroslav Pr šek"）、《评班巴诺〈歌手、说书、杂耍：中国的口头文学和通俗娱乐〉》（"Chanteurs, conteurs, bateleurs. Littérature orale et spectacles populaires en Chine by Jacques Pimpaneau"）、《评伊维德〈中国白话小说的形成时期〉》（"Chinese Vernacular Fiction: The Formative Period by Wilt Idema"）、《评柳存仁〈和风堂文集〉》（"Selected Papers from the Hall of Harmonious Wind by Liu Ts'un-yan"）

倪豪士（William H., Jr. Nienhauser）：《评鲁迅〈鲁迅文集〉（顾彬译）》（"Lu Xun, Die Methode wilde Tiere abzurichten, Erzählungen, Essays, Gedichte by Wolfgang Kubin"）、《中国宗教研究报，1979年秋第七期》（"Bulletin of the Society for the Study of Chinese Religion. Number 7 (Fall 1979)"）

刘绍铭（Joseph S. M. Lau）：《评曹雪芹〈红楼梦〉第一卷／第二卷（霍克斯译）》（"The Story of the Stone. Volume 1 by Cao Xueqin; David Hawkes; The Story of the Stone. Volume 2 by Cao Xueqin; David Hawkes"）

第3卷第1期（1981年1月出版）

王靖献（C. H. Wang）：《陈寅恪的诗歌之路：一个历史学家的进步》

("Ch'en Yin-k'o's Approaches to Poetry: A Historian's Progress")

周文龙（Joseph RoeAllen, III）：《〈史记〉里的叙事结构研究介绍》（"An Introductory Study of Narrative Structure in the Shi ji"）

吴茂生（Mau SangNg）：《巴金和俄国文学》（"Ba Jin and Russian Literature"）

杜博妮（Bonnie S.McDougall）：《三十年代知识分子的记忆和变形：何其芳〈老人〉研究》（"Memories & Metamorphoses of a Thirties' Intellectual: A Study of He Qifang's 何其芳 'Old Men' (Lao ren 老人)"）

杜润德（Stephen W.Durrant）：《有关〈论语〉的翻译》（"On Translating Lun yü"）

白润德（Daniel Bryant）：《关于中国诗歌索引的笺注》（"A Note on Concordances to Chinese Poetry"）

李达三（John J.Deeney）：《从比较中展望中国文学》（"Chinese Literature from Comparative Perspectives"）

李欧梵（Leo Ou-Fan Lee）：《我对中国大陆作家的采访》（"My Interviews with Writers in the People's Republic of China: A Report"）

赖瑞和（S. F.Lai）：《赵弼：生平记录与研究书目》（"Chao Pi: A Bio-Bibliographical Note"）

雷威安（André Lévy）：《有关〈金瓶梅〉的近著》（"Recent Publications on the Chin P'ing Mei"）

孔宝荣（Alvin P.Cohen）：《陈世骧研究文献目录（第一部分：英文写作）》（"Bibliography of Chen Shih-hsiang, 1912—1971. Part I: Writings in English"）

王靖献（C. H. Wang）、周文龙（Allen, III, Joseph Roe）：《陈世骧研究文献目录（第二部分：中文写作）》（"Bibliography of Chen Shih-hsiang, 1912—1971. Part II: Writings in Chinese"）

鲍则岳（William G.Boltz）：《评吉德炜〈商代史资料：中国青铜时代的甲骨文〉》（"Sources of Shang History: The Oracle Bone Inscriptions of Bronze Age China by David N. Keightley"）

柯罗尔（Paul W.Kroll）：《评波克特〈紫阳真人内传研究〉》（"Biographie d'un taoïste légendaire: Tcheou Tseu-yang by Manfred Porkert"）

废林（Michael B.Fish）：《评杜国清〈李贺〉》（"Li Ho by Kuo-ch'ing Tu"）

萨进德（Stuart Sargent）：《评施密特〈杨万里〉》（"Yang Wan-li by J. D. Schmidt"）

雷威安（André Lévy）：《评孙述宇〈金瓶梅的艺术〉》（"Chin P'ing Mei te i-shuby Sun Shu-yü"）

寇志明（Jon Kowallis）：《评鲁迅〈鲁迅诗歌〉（黄新渠译）》（"Poems of Lu Hsun by Huang Hsin-chyu"）

胡志德（Theodore Huters）：《评萧红〈生死场〉和〈呼兰河传〉（葛浩文、杨爱伦译）》（"The Field of Life and Death and Tales of Hulan River by Hsiao Hung; Howard Goldblatt; Ellen Yeung"）

柯罗尔（Paul W. Kroll）：《评芮效卫、钱存训合编〈古代中国：早期文明研究〉》（"Ancient China: Studies in Early Civilization by David T. Roy; Tsuen-hsuin Tsien"）、《评魏世德〈韦庄的词〉》（"The Song-Poetry of Wei Chuang (836—910 A. D.) by John Timothy Wixted"）、《评鲁迅〈鲁迅小说集：词汇〉（刘殿爵译）》（"Lu Xun Xiao Shuo ji: Vocabulary (Selected Stories of Lu Xun) by Lu Xun; D. C. Lau"）

何谷理（Robert E. Hegel）：《评译李渔〈十二楼〉（茅国权译）》（"Twelve Towers: Short Stories by Li Yü; Nathan Mao"）、《评刘向〈战国策〉（柯迁儒译）》（"Chan-kuo ts'e by James I. Crump"）、《评詹纳尔〈孙悟空大闹天宫〉》（"Havoc in Heaven: Adventures of the Monkey King by W. J. F. Jenner"）

许经田（James C. T. Shu）：《评郑根森〈奥菲尔斯的变奏〉》（"Ao-fei-erh-szu te pien-tsou by Cheng Shu-sen (William Tay)"）

鲍格洛（Timoteus Pokora）：《评吴敬梓〈儒林外史〉（史罗甫译）》（"Ju-lin wai-shih by Zbigniew Supski"）

倪豪士（William H., Jr. Nienhauser）：《评罗联添〈唐代文学论著集目〉》（"Tangdai wenxue lunzhu jimu by Luo Liantian"）、《评张燕堃〈唐诗选析〉》（"Tangshi xuanxi by Zhang Yen-jin"）、《评瓦拉文司编〈劳弗尔文集〉》（"Kleinere Schriften von Berthold Laufer by Hartmut Walravens"）、《评〈春—秋季论文选，第 2.1 卷（1980 年春）〉》（"Spring-Autumn Papers. Volume 2.1 (Spring 1980)"）

第 3 卷第 2 期（1981 年 7 月出版）

余宝琳（Pauline Yu）：《隐喻和中国诗歌》（"Metaphor and Chinese

Poetry")

大卫·约翰逊（音译）（David Johnson）：《中国通俗文学及其背景》("Chinese Popular Literature and Its Contexts")

黄宗泰（Timothy C.Wong）：《娱乐作为一种艺术：〈古今小说〉》("Entertainment as Art: An Approach to the Ku-Chin Hsiao-Shuo")

倪豪士（William H., Jr.Nienhauser）：《柳宗元：最新翻译》("Liu Tsung-yüan: Recent Translations")

顾传习（Chauncey S.Goodrich）：《蒙求：中国历史和传说中的著名故事》("Meng Ch'iu; Famous Episodes from Chinese History and Legend by Li Han; Hsü Tzu-kuang; Burton Watson")

包瑞车（Richard W.Bodman）：《评王润华〈司空图研究专书〉》("Ssu-k'ung T'u: A Poet-Critic of the T'ang by Wong Yoon-wah")

荣之颖（Angela JungPalandri）：《评王红公、钟玲编译〈李清照全集〉》("Li Ch'ing-chao; Complete Poems by Kenneth Rexroth; Ling Chung")

白润德（Daniel Bryant）：《评林顺夫〈中国抒情传统的转变：姜夔与南宋词〉》("The Transformation of the Chinese Lyrical Tradition: Chiang K'uei and Southern Sung Tz'u Poetry by Shuen-fu Lin")

寇志铭（Jon Kowallis）：《评谢曼诺夫、查尔斯·艾伯（音译）编译〈鲁迅及其前辈作品选〉》("Lu Hsün and His Predecessors by V. I. Semanov; Charles J. Alber")

许经田（James C. T.Shu）：《评黄维梁〈中国诗学纵横论〉》("Chung-kuo shih-hsüeh tsung-heng lun by Huang Wei-liang")

克里斯丁·陈（音译）（Christine Chan）：《评毛泽东〈毛泽东在延安文艺座谈会上的讲话〉（杜博妮译）》("Mao Zedong's 'Talks At The Yan'an Conference on Literature and Art': A Translation of the 1943 Text with Commentary by Bonnie S. McDougall; Mao Zedong")

斯特凡妮·苏乔卡（Stephanie Sugioka）：《评廖仲恺、何香凝〈翱翔：廖仲恺和何香凝诗集〉（马文义（音译）译）》("Soaring: Poems of Liao Chung-k'ai and Ho Hsiang-ning by Ma Wen-yee; Liao Chung-k'ai; Ho Hsiang-ning")

罗郁正（Irving YuchengLo）：《评周恩来〈周恩来诗选〉（林同端译）》("In Quest: Poems of Chou En-lai by Nancy T. Lin; Chou En-lai")

泰来（Rodney Leon Taylor）：《评葛瑞汉〈后期墨家的逻辑、伦理和科学〉》（"Later Mohist Logic, Ethics and Science by A. C. Graham"）

瓦拉文司（HartmutWalravens）：《评文康〈儿女英雄传〉（弗兰兹·库恩译）》（"Die Schwarze Reiterin by Wen Kang; Franz Kuhn"）

柯罗尔（Paul W.Kroll）：《评吴承恩〈西游记·第三卷〉（余国藩译）》（"The Journey to the West, Vol. III by Anthony C. Yu"）、《评苏远鸣主编〈敦煌学论文集〉》（"Contributions aux études sur Touen-houang by Michel Soymié"）

倪豪士（William H., Jr.Nienhauser）：《评李白〈李白诗歌两百首〉（路易·艾黎译）》（"Li Pai: 200 Selected Poems by Rewi Alley"）、《评〈中国音乐：带注释的参考书目〉》（"Chinese Music, An Annotated Bibliography. In Garland Reference Library of the Humanities. V. 75 by Fredrich Lieberman"）

葛蓝（William T.Graham）：《评约翰·马尼（音译）〈梁简文帝〉》（"Liang Chien-wen Ti by John Marney"）

瓦拉文司（HartmutWalravens）：《评恩格勒（音译）〈明代的历史情色小说〉》（"Der Goldherr besteigt den weiβen Tiger. Ein historisch-erotischer Roman aus der Ming-Zeit. Mit 22 Holzschnitten aus der Erstausgabe von 1621 byF. K. Engler"）

第4卷第1期（1982年1月出版）

欧阳桢（Eugene Eoyang）：《王昭君传奇：在历史记载，诗歌和通俗小说中的多种形态》（"The Wang Chao-chün Legend: Configurations of the Classic"）

蔡涵墨（Charles Hartman）：《寓言：柳宗元的另一种声音》（"Alieniloquium: Liu Tsung-yüan's Other Voice"）

陈永明（Wing-Ming Chan）：《郭沫若〈李白与杜甫〉之再审视》（"Li Po and Tu Fu by Kuo Mo-jo——A Reexamination"）

邓为宁（Victoria B.Cass）：《评尉迟酣、石秀娜编〈道教面面观——中国宗教论文集〉》（"Facets of Taoism: Essays in Chinese Religion by Holmes Welch; Anna K. Seidel"）

刘若愚（James J. Y.Liu）：《评宇文所安〈中国诗歌的黄金时期：盛唐诗〉》（"The Great Age of Chinese Poetry: The High T'ang by Stephen Owen"）

沙迪克（Harold Shadick）：《评李福清、珍妮·凯利〈元戏入门研究〉和彭镜禧〈双重危险：评七部元代公案剧〉》（"A Basic Study of Yüan

Drama by Boris L. Riftin; Jeanne Kelly; Double Jeopardy: A Critique of Seven Yüan Courtroom Dramas by Ching-hsi Perng")

彭镜禧（Ching-Hsi Perng）：《评高明〈琵琶记〉（莫利根译）》（"The Lute, Kao Ming's P'i-p'a chi by Jean Mulligan"）

芮效卫（David Roy）：《评何谷理〈十七世纪的中国小说〉》（"The Novel in Seventeenth Century China by Robert E. Hegel"）

董保中（ConstantineTung）：《评曹禺〈原野〉（兰德、刘绍铭译）》（"The Wilderness (Yuan-yeh) by Ts'ao Yü; Christopher C. Rand; Joseph S. M. Lau"）

丹尼斯·胡（音译）（Dennis T Hu）：《评钱钟书〈围城〉（珍妮·凯利、茅国权译）》（"Fortress Besieged by Ch'ien Chung-shu; Jeanne Kelly; Nathan K. Mao"）

林慧燕（Beverly Lum）：《评林曼叔、海枫、程海〈中国当代文学史稿（1949—1965大陆部分）〉》（"Zhongguo dangdai wenxue shi gao (1949—1965 dalu bufen) by Lin Manshu; Hai Feng; Cheng Hai"）

柯罗尔（Paul W.Kroll）：《评嵇含〈南方草木状：四世纪东南亚植物群〉（李慧林（音译）译）》、《评胡秀英〈中药举例〉》（"Nan-fang ts'ao-mu chuang, A Fourth Century Flora of Southeast Asia: Introduction, Translation, Commentaries by Hui-Lin Li; An Enumeration of Chinese Materia Medica by Shiu-ying Hu"）、《评杰伊·塞雷（音译）〈抱朴子：哲学家葛洪研究〉》（"The Master Who Embraces Simplicity: A Study of the Philosopher Ko Hung, A. D. 283—343 by Jay Sailey"）

何谷理（Robert E. Hegel）：《评董说〈万镜楼：西游补〉（林顺夫、舒尔茨（音译）译）》（"The Tower of Myriad Mirrors: A Supplement to Journey to the West by Tung Yüeh; Shuen-fu Lin; Larry J. Schulz"）、《评白保罗〈董说〉》（"Tung Yüeh by Frederick P. Brandauer"）

黄金铭（Kam-mingWong）：《评黄宗泰〈吴敬梓〉》（"Wu Ching-tzu by Timothy C. Wong"）

米列娜（MilenaDoleželová-Velingerová）：《评谢曼诺夫、查尔斯·艾伯（音译）编译〈鲁迅及其前辈作品选〉》（"Lu Hsün and His Predecessors by V. I. Semanov; Charles J. Alber"）

何谷理（Robert E. Hegel）：《评伊爱莲〈远方之声：中国现代作家有关被压迫人民和他们的文学〉》（"Voices from Afar: Modern Chinese Writers on Oppressed Peoples and Their Literature by Irene Eber")

卜立德（D. E.Pollard）：《评许芥昱、丁望〈中华人民共和国文学〉》("Literature of the People's Republic of China by Kai-yu Hsu; Ting Wang")

倪豪士（William H., Jr.Nienhauser）：《评马汉茂、普夫卢格（音译）〈德国远东参考书目 1979〉》("Deutsche Fernostbibliographie 1979/German Far East Bibliography 1979 by Helmut Martin; Günther Pflug")

卞之琳（Zhilin Bian）：《中国新诗的发展及其受到的西方影响》("The Development of China's 'New Poetry' and the Influence from the West")

杜国清（Kuo-ch'ingTu）：《驳废林对〈李贺〉一书之书评》("Rejoinder")

废林（Michael B.Fish）：《再驳杜国清》("Surrejoinder")

严平秋（音译）（Alsace Yen）：《藏语版中国古典小说》("Classical Chinese Fiction in Tibetan")

第4卷第2期（1982年7月出版）

萨进德（Stuart H.Sargent）：《后来者可以居上吗？宋代诗人和唐诗》("Can Latecomers Get There First? Sung Poets and T'ang Poetry")

齐皎瀚（Jonathan Chaves）：《"非诗歌之路"：宋代的诗学经验》("'Not the Way of Poetry': The Poetics of Experience in the Sung Dynasty")

邓为宁（Victoria B.Cass）：《艳俗之夜的狂欢》("Revels of a Gaudy Night")

柯迁儒（柯润璞）（J. I. Jr.Crump）：《一份有待完善的元曲研究》("The Study of Yüan Song-Poetry Comes of Age")

刘若愚（James J. Y. Liu）：《关于白居易〈读老子〉的一则笺注》("A Note on Po Chü-yi's 'Tu Lao Tzu' (On Reading the Lao Tzu)")

霍克斯（David Hawkes）：《评施耐德〈楚国狂人：忠诚与异议的中国神话〉》("A Madman of Ch'u: The Chinese Myth of Loyalty and Dissent by Laurence A. Schneider")

倪豪士（William H., Jr.Nienhauser）：《评马迪厄〈穆天子传：译注与考证〉》("Le Mu tianzi zhuan, Traduction annotée, étude critique by Rémi Mathieu")

齐皎瀚（Jonathan Chaves）：《评杜志豪〈知音：中国早期的音乐和

艺术概念〉》("A Song for One or Two: Music and the Concept of Art in Early China by Kenneth J. DeWoskin")

侯思孟（Donald Holzman）：《评葛瑞汉〈南方的哀歌：庾信的哀江南赋〉》("'The Lament for the South': Yü Hsin's 'Ai Chiang-nan fu' by William T. Graham")

林理彰（Richard John Lynn）：《评王维〈王维诗译注〉（余宝琳译）》("The Poetry of Wang Wei: New Translations and Commentary by Wang Wei; Pauline Yu")

鲍菊隐（Judith Magee Boltz）：《评白居易〈白居易作品选〉（威尔斯在（音译）、雷斐（音译）译》("Translations from Po Chü-i's Collected Works, Volume IV: The Later Years (833—846) by Po Chü-i; Howard S. Levy; Henry W. Wells")

梁启昌（音译）（K. C. Leung）：《评张庚、郭汉城〈中国戏曲通史〉》("Zhongguo xiqu tongshi [A General History of Chinese Drama] Vols. shang and zhong by Zhang Geng; Guo Hancheng")

宣立敦（Richard Strassberg）：《评汤显祖〈牡丹亭〉（白之译）和无名氏〈拾玉镯及其他中国戏剧〉（卢燕译）》("The Peony Pavilion (Mudan Ting) by Tang Xianzu; Cyril Birch; The Romance of the Jade Bracelet and Other Chinese Operas by Lisa Lu")

柯丽德（Katherine Carlitz）：《评韩南〈中国白话小说〉》("The Chinese Vernacular Story by Patrick Hanan")

孙述宇（Phillip S. Y. Sun）：《评李海观著，栾星编〈歧路灯〉》("Ch'i-lu teng by Li Lü-yüan; Luan Hsing")

何谷理（Robert E. Hegel）：《评杨立宇、茅国权〈中国现代小说研究与鉴赏指南，文章和参考书目〉》("Modern Chinese Fiction: A Guide to Its Study and Appreciation, Essays and Bibliographies by Winston L. Y. Yang; Nathan K. Mao")

贺大卫（David Holm）：《评耿德华〈不受欢迎的缪斯：1937—1945上海与北京的中国文学〉》("Unwelcome Muse: Chinese Literature in Shanghai and Peking 1937—1945 by Edward M. Gunn")

黄钟（音译）（Jong Wong）：《评黄春明〈溺死一只猫〉（葛浩文译）》("The Drowning of an Old Cat and Other Stories by Hwang Chun-ming; Howard Goldblatt")

柳存仁(Ts'un-yan Liu):评《杨立宇、皮特·李(音译)、茅国权〈中国古典小说研究与鉴赏指南,文章和参考书目〉》("Classical Chinese Fiction: A Guide to Its Study and Appreciation-Essays and Bibliographies by Winston L. Y. Yang; Peter Li; Nathan K. Mao")

刘绍铭(Joseph S. M. Lau):《评〈明代短篇小说选〉(杨宪益、戴乃迭、白杰明译)》("Lazy Dragon: Chinese Stories from the Ming Dynasty by Yang Xianyi; Gladys Yang; Geremie Barmé")

西顿(Jerome P. Seaton):《评柯迂儒〈忽必烈汗时期的中国戏曲〉》("Chinese Theater in the Days of Kublai Khan by J. I. Crump")

何谷理(Robert E. Hegel):《评老舍〈二马〉(让·詹姆斯译)》("Ma and Son, A Novel by Lao She; Jean M. James")

瓦拉文司(Hartmut Walravens):《评巴金〈家〉(佛罗里安·瑞尼斯特译)》("Ba Jin: Die Familie by Florian Reissinger")、《评〈中国鬼故事〉(巴尔(音译)译)、〈中国儿童故事〉(巴尔(音译)译)》("Chinesische Gespenstergeschichten by Adrian Baar; Kindergeschichten aus China by Adrian Baar")

林顺夫(Shuen-Fu Lin):《语境的重要性》("The Importance of Context")

第5卷(1983年7月出版)

梅维恒(Victor H. Mair):《中国文学的叙事革命:本体论的预想》("The Narrative Revolution in Chinese Literature: Ontological Presuppositions")

杜志豪(Kenneth J. Dewoskin):《有关叙事革命》("On Narrative Revolutions")

伊维德(W. L. Idema):《小说里的幻觉》("The Illusion of Fiction")

马瑞志(Richard B. Mather):《沈约的隐逸诗:从完全归隐山林到居住于郊外》("Shen Yüeh's Poems of Reclusion: From Total Withdrawal to Living in the Suburbs")

杜迈可(Michael S. Duke):《一滴春雨:白桦〈苦恋〉里的人性意识》("A Drop of Spring Rain: The Sense of Humanity in Pai Hua's Bitter Love (K'u-lien)")

贝尔科维奇(Alan Berkowitz):《论邵雍生卒年月》["On Shao Yong's Dates (21 January 1012—27 July 1077)"]

顾传习（Chauncey S.Goodrich）：《评萧统〈文选·第一章〉（康达维译）》（"Wen xuan or Selections of Refined Literature. Volume One: Rhapsodies on Metropolises and Capitals by Xiao Tong; David R. Knechtges"）

康达维（David R.Knechtges）：《评马约翰〈江淹〉》（"Chiang Yen by John Marney"）

柯罗尔（Paul W.Kroll）：《评詹纳尔〈记忆中的洛阳：杨衒之与沦陷的京城，493—534〉》["Memories of Loyang: Yang Hsüan-chih and the Lost Capital (493—534) by W. J. F. Jenner"]

邓为宁（Victoria B.Cass）：《评柯罗尔〈孟浩然〉》（"Meng Hao-jan by Paul W. Kroll"）

何瞻（Hargett, James M.）：《评孙康宜〈从晚唐到北宋词体演进与词人风格〉》（"The Evolution of Chinese Tz'u Poetry: From Late T'ang to Northern Sung by Kang-i Sun Chang"）

马泰来（Tai-loi Ma）：《评沃尔夫〈中国研究参考书目〉》（"Chinese Studies: A Bibliographical Manual by Ernst Wolff"）

耿德华（Edward M.Gunn）：《评胡志德〈钱钟书〉》（"Qian Zhongshu by Theodore Huters"）

白露（Tani E.Barlow）：《评费梅慈〈丁玲小说：中国现代文学中的意识形态和叙述〉》（"Ding Ling's Fiction: Ideology and Narrative in Modern Chinese Literature by Yi-tsi Mei Feuerwerker"）

周文龙（Joseph Roe Allen, III）：《评艾青〈艾青诗选〉（欧阳桢、彭文兰、玛丽莱·金译》（"Selected Poems of Ai Qing by Ai Qing; Eugene Chen Eoyang; Peng Wenlan; Marilyn Chin"）

傅汉思（Hans H.Frankel）：《蔡琰和归于她名下的诗歌》（"Cai Yan and the Poems Attributed to Her"）

林理彰（Richard John Lynn）：《中国诗学"材"与"书"的两极：严羽和后期传统》（"The Talent Learning Polarity in Chinese Poetics: Yan Yu and the Later Tradition"）

周文龙（Joseph Roe Allen, III）：《评李珍华〈王昌龄研究〉》（"Wang Ch'ang-ling by Joseph J. Lee"）

何谷理（Robert E.Hegel）：《评米列娜〈世纪之交的中国小说〉》（"The Chinese Novel at the Turn of the Century by Milena Doleželová-Velingerová"）

杜迈可（Michael S.Duke）：《评刘绍铭、夏志清、李欧梵编〈1919—1949 中国小说选〉》（"Modern Chinese Stories and Novellas, 1919—1949 by Joseph S. M. Lau; C. T. Hsia; Leo Ou-fan Lee"）

白露（Tani E.Barlow）：《评徐玲（音译）编〈同根生：中国现代新女性的故事〉》（"Born of the Same Roots: Stories of Modern Chinese Women by Vivian Ling Hsu"）

西顿（Jerome P.Seaton）：《评林理彰〈贯云石〉》（"Kuan Yün-shih by Richard John Lynn"）

何瞻（James M.Hargett）：《评范成大〈四时田园杂兴〉（杰拉尔德·布赖特译）》（"Four Seasons of a Golden Year, A Chinese Pastoral by Fan Ch'eng-ta; Gerald Bullett"）

柯罗尔（Paul W.Kroll）：《评鲁惟一〈中国人的生死观：汉代的信仰、神话与理性〉》["Chinese Ideas of Life and Death: Faith, Myth and Reason in the Han Period (202 B. C.—A. D. 220) by Michael Loewe"]

康达维（David R.Knechtges）：《评李直方〈古诗索引：古诗源和古诗选〉》（"Index to Pre-T'ang Poetry. A Combined Index to Ku shih yuan and Ku shih hsuan by Chik-fong Lee"）

第6卷（1984年7月出版）

高德耀（Robert Joe Cutter）：《曹植的宴饮诗》["Cao Zhi's (192—232) Symposium Poems"]

韩业布（William O.Hennessey）：《〈宣和遗事〉里的古典起源和白话资源：优先的存在和存在的优先》（"Classical Sources and Vernacular Resources in 'Xuanhe Yishi': The Presence of Priority and the Priority of Presence"）

伊维德（W. L.Idema）：《作为十五、十六世纪的次要戏曲文学形式的院本》（"Yüan-pen as a Minor Form of Dramatic Literature in the Fifteenth and Sixteenth Centuries"）

廖朝阳（Chaoyang Liao）：《对〈金瓶梅词话〉的三种阅读》（"Three Readings in the 'Jinpingmei cihua'"）

卡洛琳·布朗（Carolyn T. Brown）：《铁屋子的范例：鲁迅短篇小说里的呐喊和沉默》（"The Paradigm of the Iron House: Shouting and Silence in Lu Hsün's Short Stories"）

马克·本德尔（Mark Bender）：《弹词，文辞，唱词》（"Tan-ci, Wen-ci, Chang-ci"）

胡志德（Theodore Huters）：《评普实克著，李欧梵编〈抒情与史诗——中国现代文学论集〉和毕克伟〈马克思主义文学在中国：瞿秋白的影响〉》（"The Lyrical and the Epic: Studies of Modern Chinese Literature by Jaroslav Prusek; Leo Ou-fan Lee; Marxist Literary Thought in China: The Influence of Ch'ü Ch'iu-pai by Paul G. Pickowicz"）

马汉茂（Helmut Martin）：《苏联有关明清文学的学术研究》（"Soviet Scholarship on Chinese Literature of the Ming and Qing Dynasties"）

何谷理（Robert E.Hegel）：《"熊猫丛书"翻译系列》（"The Panda Books Translation Series"）

高德耀（Robert Joe Cutter）：《评刘若愚〈语际批评家〉》（"The Interlingual Critic: Interpretations of Chinese Poetry by James J. Y. Liu"）

林培瑞（Perry Link）：《评〈百花文学〉（聂华苓编译）》（"Literature of the Hundred Flowers by Hualing Nieh"）

史恺悌（Catherine Swatek）：《评李华元〈冯梦龙"情史"中的爱情故事〉》（"Chinese Love Stories from 'Ch'ing-shih' by Hua-yuan Li Mowry"）

傅静宜（Jeannette L.Faurot）：《评刘绍铭编〈香火相传：1926年以后的台湾小说〉》（"The Unbroken Chain: An Anthology of Taiwan Fiction Since 1926 by Joseph S. M. Lau"）

理查德·海诗纳（Richard Hessney）：《评杨立宇、阿德金斯（音译）〈中国小说批评集〉》（"Critical Essays on Chinese Fiction by Winston L. Y. Yang; Curtis P. Adkins"）

路易斯·罗宾逊（Lewis S. Robinson）：《评白先勇〈游园惊梦〉（叶佩霞、高克毅译）》（"Wandering in the Garden, Waking from a Dream (Tales of Taipei Characters) by Pai Hsien-yung; Patia Yasin; George Kao"）

柯罗尔（Paul W.Kroll）：《评苏远鸣〈敦煌研究的新贡献〉》（"Nouvelles contributions aux études de Touen-houang by Michel Soymié"）

何谷理（Robert E.Hegel）：《评孔子〈论语〉（刘殿爵译）》（"Confucius, The Analects by D. C Lau"）

倪豪士（William H., Jr.Nienhauser）：《评霍福民〈李煜的词〉》（"Die Lieder des Li Yü by Alfred Hoffman"）、评《瓦拉文司〈最近发现的两部中国小说〈三国志演义〉和〈水浒传〉的片段〉》（"Two Recently

Discovered Fragments of the Chinese Novels San-kuo-chih yen-i and Shui-hu-chuan by Harmut Walravens")、评《孙景尧、马克·本德尔〈文贝：中国比较文学期刊，第一卷第一册〉》("Cowrie, A Chinese Journal of Comparative Literature. Volume 1, Issue 1 by Sun Jingyao; Mark Bender")、《评〈俯瞰大海：来自中国台湾的故事〉（马汉茂、邓城、包慧夫编译）》("Blick übers Meer, Chinesische Erzählungen aus Taiwan by Helmut Martin; Charlotte Dunsing; Wolf Baus")、《评〈希望在春天：中国现代小说选〉（吕福克、顾彬编译）》("Hoffnung auf Frühling, Moderne chinesische Erzählungen by Volker Klöpsch; Roderich Ptak; Wolfgang Kubin")、《评马汉茂、普夫卢格（音译）〈德国远东参考书目1981〉》("Deutsche Fernostbibliographie 1981. German Far East Bibliography 1981 by Helmut Martin; Günther Pflug")、《评林理彰〈中国文学：西欧语言参考书目稿〉》("Chinese Literature, A Draft Bibliography in Western European Languages by Richard John Lynn")、评温广仪《唐宋词常用语释例》("Tang Song ci changyong yushi lieby Wen Guangyi)、《评吕福克〈中国文学批评经典之作中的诗歌〉》("Die Jadesplitter der Dichter, Die Welt der Dichtung in der Sicht eines Klassikers der chinesischen Literaturkritik by Volker Klöpsch")、《评艾博华〈中国人的符号象征：秘密符号、艺术、文学、生活和思想的百科全书〉》("Lexikon chinesischer Symbole, Geheime Sinnbilder in Kunst und Literatur, Leben und Denken der Chinesen by Wolfram Eberhard")

第7卷（1985年7月出版）

高辛勇（Karl S. Y. Kao）：《中国叙事借鉴改编之种种》("Aspects of Derivation in Chinese Narrative")

白润德（Daniel Bryant）：《李煜〈谢新恩〉片段和曲词〈临江仙〉》("The 'Hsieh hsin en'谢新恩 Fragments by Li Yü 李煜 and His Lyric to the Melody 'Lin chiang hsien'临江仙")

何瞻（James M. Hargett）：《宋朝游记文学初探》["Some Preliminary Remarks on the Travel Records of the Song Dynasty (960—1279)"]

康儒博（Rob Campany）：《妖魔，神仙，取经者：〈西游记〉里的妖魔研究》("Demons, Gods, and Pilgrims: The Demonology of the Hsi-yu Chi")

普塔克（Roderich Ptak）：《有关〈西洋记〉的阐释和与〈西游记〉的比较》（"Hsi-Yang Chi- An Interpretation and Some Comparisons with Hsi-Yu Chi"）

周文龙（Joseph Roe Allen, III）：《呀呀之外的呀呀——评宇文所安〈中国古典诗歌与诗学：世界的征兆〉》（"Babble beyond Babble——Traditional Chinese Poetry and Poetics: Omen of the World by Stephen Owen"）

西顿（Jerome P.Seaton）：《评华兹生编〈哥伦比亚中国诗集〉》（"The Columbia Book of Chinese Poetry by Burton Watson"）

利特·斯蒂芬（Stephen Little）：《评卜寿珊、时学颜〈中国早期绘画理论著作〉》（"Early Chinese Texts on Painting by Susan Bush; Hsio-yen Shih"）

高德耀（Robert Joe Cutter）：《评缪文杰〈中世纪早期的中国诗：王粲生平和诗歌〉》["Early Medieval Chinese Poetry: The Life and Verse of Wang Ts'an (A. D. 177—217) by Ronald C. Miao"]

周文龙（Joseph Roe Allen, III）：《评魏玛莎〈莲舟：唐代俗文化中词的起源〉》（"The Lotus Boat: The Origins of Chinese Tz'u Poetry in Tang Popular Culture by Marsha Wagner"）

何瞻（James M.Hargett）：《评〈花间集〉（傅恩译）》（"Among the Flowers: The Hua-chien chi by Lois Fusek"）

希诺瓦考（Conrad Schirokauer）：《评伊沛霞〈中国宋代的家庭和财产：袁采对社会生活的训诫〉》（"Family and Property in Sung China: Yüan Ts'ai's Precepts for Social Life by Patricia Buckley Ebrey"）

萨进德（Stuart Sargent）：《评欧阳修〈欧阳修文选〉（艾朗诺译）》["The Literary Works of Ou-yang Hsiu (1007—1072) by Ronald C. Egan; Ou-yang Hsiu"]

约翰·布伦南（音译）（John Brien Brennan）：《评程毅中〈古小说简目〉和袁行霈、侯忠义〈中国文言小说书目〉》["Gu xiaoshuo jianmu (A Brief Catalogue of Ancient Xiaoshuo) by Cheng Yizhong; Zhongguo wenyan xiaoshuo shumu (A Bibliography of Chinese Classical Language Xiaoshuo) by Yuan Xingpei; Hou Zhongyi"]

克莱尔（James Cryer）：《评李清照〈梅花：李清照词选〉（詹姆斯·克莱尔译）》（"Plum Blossom: Poems of Li Ch'ing-chao by James Cryer; Li Ch'ing-chao"）

周质平（Chih-p'ing Chou）：《评赫美丽〈袁宏道（1568—1610）的文学理论与实践〉》["Yuan Hongdao (1568—1610). Théorie et pratique littéraires by Martine Vallette-Hémery"]

刘易斯·罗滨逊（音译）（Lewis S. Robinson）：《评刘宾雁等〈人妖之间及毛泽东之后其他小说和报告文学〉（林培瑞编译）》("People or Monsters? And Other Stories and Reportage from China after Mao by Liu Binyan; Perry Link")

白露（Tani E.Barlow）：《评徐玲编〈中国现代女性小说〉》("Stories of Modern Chinese Women by Vivian Ling Hsu")

西顿（Jerome P.Seaton）：《评齐皎瀚编〈哥伦比亚元明清诗歌选〉》("The Columbia Book of Later Chinese Poetry by Jonathan Chaves")

罗伯特·伯根（Robert Borgen）：《评史群〈日本姓名词典：假名序〉、〈拉丁序〉、〈汉字序〉和吴佳倩〈日本姓氏人名大辞典〉》("Riben xingming cidian: jiamingxu (A Dictionary of Japanese Names: Arranged by Japanese Phonetic Script [Kana]) by Shi Qun; Riben xingming cidian: ladingxu (A Dictionary of Japanese Names: Arranged by Romanization) by Shi Qun; Riben xingming cidian: hanzixu (A Dictionary of Japanese Names: Arranged by Characters) by Shi Qun; Riben xingshi renming dacidian (A Dictionary of Japanese Surnames and Given Names) by Wu Jiaqian")

侯师娟（Sharon S. J.Hou）：《评黄维樑〈火浴的凤凰——余光中作品评论集〉》("Huo-yü te feng-hung: Yü Kuang-chung tso-p'in p'ing-lun chi by Huang Wei-liang")

苏其康（Francis K. H.So）：《评王梦鸥〈唐人小说校释〉、谢海平〈唐代诗人与在华外国人之文字交〉、黄美铃〈唐代诗评中风格论之研究〉》("T'ang-jen hsiao-shuo chiao-shih by Wang Meng-ou; T'ang-tai shih-jen yü tsai-hua wai-kuo-jen chih wen-tzu-chiao by Hsieh Hai-p'ing; T'ang-tai shih-p'ing-chung feng-ke-lun chih yen-chiu by Huang Mei-ling")

何谷理（Robert E.Hegel）：《评吴承恩〈西游记·第四卷〉（余国藩译）》("The Journey to the West. Volume Four by Anthony C. Yu")

鲍则岳（William G.Boltz）：《评杨福绵〈中国方言研究：分类参考书目选录〉》("Chinese Dialectology: A Selected and Classified Bibliography by Paul Fu-mien Yang")

夏志清著作简介 [Chih-Tsing Hsia (C. T. Hsia) Publications]

第8卷（1986年7月出版）

雷威安（André Lévy）：《有关〈金瓶梅〉：金瓶梅会议一位参会者的评论和回忆》（"Perspectives on the Jin Ping Mei Comments and Reminiscences of a Participant in the Jin Ping Mei Conference"）

柯丽德（Katherine N.Carlitz）：《〈金瓶梅〉里的隐语和对应》（"Codes and Correspondences in Jin Ping Mei"）

浦安迪（Andrew H.Plaks）：《崇祯本〈金瓶梅〉：渣滓里的珍品》（"The Chongzhen Commentary on the Jin Ping Mei: Gems Amidst the Dross"）

芮效卫（David T.Roy）：《汤显祖著作金瓶梅考》（"The Case for T'ang Hsien-Tsu's Authorship of the Jin Ping Mei"）

罗士敦（Peter Rushton）：《道家的镜子：新儒学读者的反思和〈金瓶梅〉里的修辞》（"The Daoist's Mirror: Reflections on the Neo-Confucian Reader and the Rhetoric of Jin Ping Mei"）

玛丽·司各特（Mary Scott）：《〈金瓶梅〉和〈红楼梦〉里的花园意象》（"The Image of the Garden in Jin Ping Mei and Hongloumeng"）

华兹生（Burton Watson）：《评倪豪士主编〈印第安纳中国古典文学指南〉》（"The Indiana Companion to Traditional Chinese Literature by William H. Nienhauser"）

田笠（Stephen L.Field）：《评王健、李盈〈中国古代神话〉》（"Classical Chinese Myths by Jan Walls; Yvonne Walls"）

梅维恒（Victor H.Mair）：《评高辛勇编〈中国古代传说里的超自然现象和神奇叙事：三到十世纪的选本〉》（"Chinese Classical Tales of the Supernatural and the Fantastic: Selections from the Third to the Tenth Century by Karl S. Y. Kao"）

陈美丽（Cynthia L.Chennault）：《评孙康宜〈六朝诗歌〉》（"Six Dynasties Poetry by Kang-i Sun Chang"）

麦大伟（David R.McCraw）：《评罗郁正、舒威霖编译〈待麟集：清代诗词选〉》（"Waiting for the Unicorn, Poems and Lyrics of China's Last Dynasty, 1644—1911 by Irving Yucheng Lo; William Schultz"）

伊维德（W. L.Idema）：《评柳存仁编〈中国中产阶级小说译丛：从清朝至民国初年〉》（"Chinese Middlebrow Fiction, from the Ch'ing and Early

Republican Eras, a Renditions by Liu Ts'un-yan"）

费梅慈（Yi-tsi Mei Feuerwerker）：《评丁玲〈莎菲女士的日记及其他丁玲短篇小说〉（詹纳尔译）》（"Miss Sophie's Diary and Other Stories by Ding Ling; W. J. F. Jenner"）

杜国清（Kuo-ch'ing Tu）：《评朱莉娅·林（音译）〈中国当代诗歌论文集〉》（"Essays on Contemporary Chinese Poetry by Julia C. Lin"）

何谷理（Robert E.Hegel）：《评张贤亮〈绿化树及其他小说〉（戴乃迭译）》（"Mimosa and Other Stories by Zhang Xianliang"）

论《中国古籍总目》对古籍种类和版本的统计失误

◇ 张宪荣[①]

摘要：《中国古籍总目》作为近年来编纂规模最大，收录古籍最多的全国古籍书目，本应该准确全面地反映全国古籍的收录状况，但是其在统计古籍书种和版本时却时有失误。本文拟在参考诸家目录及自己的目验的基础上，对其常见的失误进行研究，并对古籍统计提出一点自己的看法。

关键词：《中国古籍总目》；书种；版本；统计

一、《中国古籍总目》"编纂说明"辨

中国的古籍有多少种呢？《中国古籍总目》（以下简称《总目》）给出了答案。据其《前言》所称，"完成了迄今最大规模的调查与著录，第一次将中国古籍书目著录为约二十万种"。那么，这就意味着我们现存古籍已经有了一个初步的统计，虽然还不是完全准确。那么这个数字是怎么得出来的呢？其统计到底有没有失误呢？

为了更清楚地说明问题，我们首先看看《总目》的体例。据《中国古籍总目编纂说明》云："《中国古籍总目》是由各馆藏书目录汇编而成，部分条目曾核对馆藏并修定原有著录讹误。"可见其著录的时候大多是依据各馆目录所著录的。但是其中的问题是，其所依据的是各馆的普通古籍书目还是善本古籍书目？对于有多家馆藏的同一古籍的同一版本，各馆著录有详有略，有的据序跋题，有的据刊刻地题，有的据刊刻人题，《总目》又是依哪个馆藏目录的著录为标准呢，换句话说，《总目》是如何确立每种书的版本著录标准呢？今检其《著录规则》，对版本的要

[①] 张宪荣（1984—），男，北京师范大学文学院汉语言文字学博士，主要研究小学文献学。

求约有六条，其中有一条与本文有关者，云"刻本有资料可据者，著录刻年、刻地及刻者姓名，如无可考则统称为某朝刻本"，以此推测，它可能是在参考各馆著录的基础上有所修订的，且一般著录均有"刻年、刻地、刻者姓名"三者，无考者则笼统称之。但今检其经21214238《切韵指掌图》一卷，有"宋绍定三年（1230年）越州读书堂刻本"，乃国图收藏，而《北京图书馆古籍善本书目》正如此著录，可见其著录源于此。但是此书于1986年由中华书局影印过，视其版式，八行字不等，白口，四周双边。是书前《切韵指掌图序》书眉处有"天禄继鑑"、"乾隆御览之宝"等印，可见传自内府。书后有跋云"右先文正公《切韵指掌图》，近印本于婺之丽泽书院，深有补学者，谨重刊于越之读书堂子孙绍定庚寅三月朔四世孙敬书于卷末"，隔四行小字题"程景恩刊"。此跋简洁明了，底本、刊刻者、刊刻地及刊刻年月一应俱全，据此可知此书至少应该著录为"宋绍定三年（1230年）司马光四世孙越州读书堂据婺州丽泽书院本重刊本"。因为刊者为"程景恩"，故而又可以著录为"宋绍定三年（1230年）程景恩据婺州丽泽书院本重刊本"。而刘明先生云"此本翻刻嘉泰间婺州刻本，而梧州刻本又是翻刻南宋初绍兴间刻本，属于二次翻雕之本"，① 这使得此书的版本著录更加明确了。此等著录并不需太多考证，而且又有学者研究成果，所以完全可以据之录入。倘若翻检《总目》，可以发现此种情况实不在少数。可见，在实际的版本著录方面，《总目》并没有遵循其原则。换句话说，其编纂原则和实际著录是脱节的，其在著录质量上并不比各馆藏目录高明多少。再者，如果我们拿某馆的馆藏目录与《总目》所录该馆的书种相比较，可以发现其并没有著录全部，而是有选择的著录。更奇怪的是，某书或某版本在某馆并没有收藏，《总目》却云其有藏，不知其所据为何？所以，我们对《总目》所统计的书种和版本状况是有疑问的。

其次，《总目》是以书种为单位进行著录的，其"编纂说明"有"立目原则"五条，明确其确定书种的原则：

1. 一书虽经传抄刊刻，其内容仍沿袭不变，即作为相同品种，依次著录其不同版本。

---

① 刘明：《宋刊〈切韵指掌图〉底本考辨》，载《中国典籍与文化》，2010年第2期。

2. 一书经重编后传抄刊刻，内容有所增损，卷数随之变化，即不再作相同品种立目。

3. 一书正文及其传笺、注释、音义、考订等以不同形式合编，即作为不同品种立目。

4. 志书经赓续修纂，不论其新增内容多寡、新修后增刻或重刻，均视为新品种立目。

5. 一书曾经名家递藏，或有历代学者批校题跋，不单独立目而于版本等项加注说明。

从这五条标准中，可以发现，《总目》是以某书内容之增损与否来确立书种的。即经传抄刊刻而内容不变者为同种书，不管其是否有批校题跋，这是与《中国古籍善本书目》最大的不同处。这个"内容"，应该是指正文而言（包括某书正文和其附刻内容）。因为每一次传抄刊刻必然会在内容上有或多或少的增删。即便正文不变，但总不免会加点序跋，除非是照原本翻刻或影抄或影印。所以，倘若依照上面标准来看，同一种书之不同版本之间的关系应该有不少是关系很密切的。但实际情况又是如何呢？我们试举经21212387《说文解字篆韵谱》五卷附录一卷为例说明。此书据《总目》云有两个版本，一为清冯桂芬校刻底稿本，一为《古今解汇函》本。依照《总目》说明，这两个版本应该是"内容仍沿袭不变"的，而且之间也是有一定渊源关系的。可是我们查《古今解汇函》之《小学汇函》第八中的此书，其内封题"用吴县冯氏本校绵州李氏函海本"，在这里，函海本为底本，冯氏本为参校本，所以《说文解字篆韵谱》之《古今解汇函》本也不是和冯桂芬本完全一致的。而且，我们也可以看到，经21212383《说文解字韵谱》正好有函海本。《总目》虽因拘于体例将实际上的同一种书一分为二，但其版本之间却有无可辩驳的密切关系。这也告诉我们，以内容划分书种是很有困难的。

以上，我们仅就其"编纂说明"而言对其书籍总类及版本数目的统计提出一点看法。但是其具体的著录还有哪些值得探讨的呢？下面我们拟分书种和版本两部分来具体谈一下《总目》存在的统计失误。

二、书种统计失误举例

1. 以别裁互见法拆分失误

以"别裁互见"之法著录古籍,古来已有论述。"别裁"即区别裁定之意,最初用于选编优质诗文,所谓"别裁伪体"是也。用在目录学上,则指为了统计书种或版本,将古籍中合刻、附刻之书及丛书子目单独裁出作为一种书而采取的一种方法。明代祁承《庚寅整书略例》曰:"一曰通。通者,流通于四部之内也。……故一《史记》也,在太史公之撰著与裴骃之注,司马贞之索隐,张守节之正义,皆各为一书者也。今正史则兼收之……凡若此类,今皆悉为分载,特明注原在某集之内,以便简阅。"①其说的虽然是别裁之法,但重点是针对那些曾经单行后来合刻为一书者。章学诚《校雠通义》卷一《别裁第四》云:"盖古人著书,……或所著之篇,于全书之内,自为一类者,并得裁其篇章,补苴部次,别出门类,以辨著述源流,至其全书,篇次具存,无所更易,隶于本类,亦自两不相妨。"②说的也是别裁之法,但是针对的是一本书中有可以独立为类之篇目。虽然如此,祁章二人的观点却为我们的目录编纂提供了很好的启发。

"互见"即互相照应之意。最初当为一种文学创作手法。其可追溯至先秦。《墨子·经下》篇,每云"说在某";《韩非子·储说》之《经》篇,多云"其说在某"。倘按图索骥,便可于《墨子·经说》中寻见具体的解释,于《储说·说》中找到相应的故事。后太史公述《史记》亦承用之。每于本传中详叙人物主要事迹,而其次要事迹则在他传中互见。后世史志递相祖述之,遂成修史之惯例。其用在目录学上,则指在那些别裁而出的合刻、附刻之书及丛书子目的附注中,分别标明"与某某合刻或合函"、"某某之附"及"某某丛书本",以见古籍之间的关系和方便检索。这种方法,《庚寅整书略例》称之为"互",其云"互者,互见于四部之中也。作者既非一途,立言亦多旁及。有以一时之著述,而倏尔

---

① (明)祁承等:《澹生堂藏书目》,载袁咏秋、曾季光主编《中国历代图书著录文选》,第320页,北京大学出版社,1997年。
② (清)章学诚:《文史通义附校雠通义》,第60页,上海书店,1988年。

谈经，倏尔论政。有以一人之成书，而或以摭古，或以徵今，将安所取衷？故同一书也，而于此则为本类，于彼亦为应收。同一类也，收其前半于前，有不得不归其半于后。……故往往有一书而彼此互见者，同集而名类各分者。①章学诚则称之为"互著"，《校雠通义》云："至理有互通、书有两用者，未尝不兼收并载，初不以重复为嫌；其于甲乙部次之下，但加互注，以便稽检而已。"②可见，祁、章二人是从书籍之内容和功用上谈"互注"的，是裁篇之后的互注，跟我们说的裁书之互注有异。

从整体上看，《总目》所采取的便是这种"别裁互见"之法来处理那些合刻、附刻之书及丛书子目的。《总目》"著录规则"第13条云："丛书子目合并著录于丛书部，又各依其类著录于四部，其版本即称某某丛书本。"又第14条云："丛书有多种版本而子目不同，某书为某版本所独有者，即于该子目后附注版本。"又"经部编纂说明"第2条云："合刻之书除整体著录外，各子目又据其内容分别著录，归入各类相应款目。为免繁复，其版本则以简略形式著录。"第10条云："经部著述附刻之书，除合并著录外，其附刻内容可单独成书者，酌情分别著录。如各书校勘记，与原书合刊者多随原书著录，曾单独刊行者则另行著录。"

前两条原则是针对那些丛书子目而言的，采用的是别裁互见之法著录，当然很可行。但是再看看合刻、附刻之书，则仅采用"别裁"之法，而并不"互见"，这应该说是一种失误。

"互见"之法是用来显示古籍之间的关系或便于查找的，自然不会影响书种或版本的统计，关键是如何"别裁"，也就是说如何根据情况来独立出一本书，或者说具备什么条件才算一种书呢？《总目》云"附刻内容可单独成书"，那么什么样的"附刻内容"才算有资格"单独成书"呢？《总目》又举了校勘记为例，云"曾单独刊行者则另行著录"。这下我们明白了，只有曾经单独刊行过的附刻书才独自著录。可是，具体的情况却不是如此。如经21214304《直指玉钥匙门法》，原为附于《经史正音切韵指南》或《新编篇韵贯珠集》后的，并无单行本。《总目》所录的三个版本均为附刻本，只不过其无"互注"原则，故而看起来似乎是单行本。所以此书依其原则来看，并不能另行著录。

---

① （明）祁承等：《澹生堂藏书目》，载袁咏秋、曾季光主编《中国历代图书著录文选》，第321页，北京大学出版社，1997年。

② （清）章学诚：《文史通义附校雠通义》，第57页，上海书店，1988年。

还有，《总目》别裁之书，有很多其实并不能算作一种书，因为至少在页数和字数（每行每页字数和总字数）上是值得讨论的。对于此，《总目》并没有给出我们具体的答案。实际的情况是，在很多古籍中，就页数而言，附刻之资料（这里我们暂且用"资料"代替"书"，因为笔者认为很多情况是不能称其为书的。）少至几页或十几页，多至上百页。同时，丛书子目中，尤其是辑佚类丛书子目，亦有少至不足一页者，这种情况下应不应该将之独立出来算作一本书呢？我们还是从《总目》的具体著录上找答案吧。

比如前面引用的《直指玉钥匙门法》，其实仅有 15 页（按，本文所谓几页相当于古书之半叶）。能不能称为一本书呢？

再如辑佚类丛书中，《黄氏逸书考》中经 21011155《尔雅注》樊光撰，共 22 页；《玉函山房辑佚书》有经 21021151《尔雅刘氏注》一卷，共 4 页，经 21011192《尔雅裴氏注》一卷，仅 3 页。《玉函山房辑佚书续编》有经 21011159《尔雅郑君注》一卷，仅有 4 条资料；经 21011153《尔雅许君义》一卷，仅 1 条资料，还不足一行；经 21011167《尔雅孙氏注》一卷，仅 2 条资料，经 21010091《尔雅麻氏注》一卷，仅 1 条资料。对于这些虽然题为"一卷"，但其实仅几行的辑佚资料，如果算作一本书单独著录的话实在是说不过去。而《总目》在别裁之时却将之均单独编号了，这就是说在《总目》看来，无论页数多少，这已经算作是一本书了。所以，我们认为，《总目》对于书种的概念还是比较模糊的。辑佚书是一个庞大的数目，光由国家图书馆出版社于 2010 年出版的《经学辑佚文献汇编》便有 22 册，而其中仅有几行或数页的资料便占有了很大比例。可想而知，如果将这些资料均单独编号著录的话，那统计出来的书种将会大大不符合实际。所以，笔者认为对于这些书我们最好慎重处理。

2. 同一种书因题名不同或附录多寡不同而分列

上引《总目》之"立目原则"区别了"同种书"和"不同种书"，具体是以内容的增损与否而定的。但怎么样才算"内容增损"呢？从其著录上看，主要有三种情况：（1）正题名不同者分为两书；（2）题名同而卷数不同者分为两书；（3）题名卷数均同而合刻或附刻内容多寡不同者分为两书。我们认为，这些著录法均不利于正确统计书种。

先看第一种情况。在古籍中，有的时候正题名不同，意味着版本有异，也意味着内容有所增加，如冠有"重刊""重修""重订"之类。《广韵》之于《重编广韵》，《玉篇》之于《大广益会玉篇》，《说文解字韵谱》与《重修说文解字五音韵谱》等均是其例。故而对于这一部分书，确实可以"循名"而著录为不同种书。但是还有另一种情况，即异名同实。一书经过不同刻者刊刻，可能会将原书改头换面（具体原因可能是书估以此作伪来牟利，也有可能是其他原因），但实际内容却没有变。对于这一类书来说，只是题名和版本有异罢了，所以录为不同的书有点勉强。如《总目》经21214322韵法横图一卷，附刻于《字汇》后便成此名，而其原名则为之《切韵射标》。试以《续说郛》本收录的《切韵射标》与前者相比，其内容完全一致。可见，二者不过异名同实之书。故而在著录时应该选其中一个题名著录，而于附注中著录其别名便可。其他如《逸雅》之于《释名》，仅换题名而已，不必因此另定为一种书。

第二种情况中，卷数不同当然有可能意味着书的内容有所改变。上引《释名》有八卷本，有一卷本，故而肯定内容有所增减，视为不同种书亦无不可。但是有很多书，卷数虽不同，内容亦略有出入，但被分为不同的书实在很勉强。如《切韵指掌图》之经21214238一卷（按，此书的某些版本实际也有《检图之例》一卷，《总目》已漏）和经21214238三卷检图之例一卷（按，实际为二卷，此误）。据学者研究，"在现存的版本中，宋本最古，其他的版本都有所篡改与增补"，[①]所以倘若以传抄刊刻时内容多寡来定书种的话，此书应该被分为数十种书了。一卷本中有现存最早的宋刻本，而二卷本中之渭南严氏本之指掌图部分正是以石印宋本的同文书局本（按，此本《总目》已漏，吉大、北大等馆均有藏）为主的。所以二本相校，差异颇小。从这点看来，《总目》所列的这两种书归为一种也无不可。

第三种情况是《总目》中比较常见的。它可以分两类：一类是的确是合刻或附刻内容有多有少，所以《总目》遵照其"立目规则"将之分列为几种书。一类是因为校勘不精，将本来相同的附刻内容遗失或错录了，所以也因此分列成了几种书。前者如《说文解字注》一书，分别有合刻或附刻二种、三种、四种、五种、七种者，《总目》便据此给予了其不同的编号。我们认为，倘若将《说文解字注》和其不同的合刻或附刻内容都算在一起作为一种书的话，那《总目》所谓的某书的"内容"

[①] 李红：《〈切韵指掌图〉研究》，第24页，吉林大学2006年博士论文。

的确是多寡不一，应该算作不同书种。但是单就《说文解字注》一书而言，无论其合刻或附刻内容有多少，其本身的十五卷正文内容是基本相同的。如果是第一种假设，那么就没有《说文解字注》这本书了。或者应该如其所合刻的《说文解字匡谬》《说文通检》那样，别裁著录。但是从整体上看，《总目》应该是以第二种假设为主的，即主要针对《说文解字注》一书而言，所以上面所说的不同编号的《说文解字注》均不应单列。而且，我们知道，《说文解字注》均是以经韵楼刻本为底本而翻刻的。所以就此书本身内容而言，经21212136之"清光绪十四年上海蜚英馆石印本"和经21212137之"清宣统二年上海蜚英馆石印本"没有任何实质性的区别。退一步来讲，倘若依《总目》要求来看，经21212136所附书其实和经21212137是一样的，都是四种。检《北京图书馆普通古籍总录》[①]便可明白，所以从这一点也可以证明这两个版本是一致的。《总目》将之分为两种书分别著录，是因为误录而导致的。

因误录而导致的失误，再如，将本属于《说文解字注》的版本误录于《说文解字》下。《说文解字注》的某些版本有三十二卷、三十卷本，《总目》则仅录十五卷本。这种情况在其他书尤其是那些版本、复杂多次重刊的书籍中，是屡见不鲜的。所以这样不仅不利于更准确地统计书种和版本，更是显出其编纂体例的不严谨，最差者是误导了自己，也误导了读者。

3. 各馆缺失书种过多

《总目》由于所录馆藏有限或校勘不精，所以缺失书种很多，其所缺之书甚至有不少精品。我们以《北京师范大学图书馆古籍善本书目》第40页为例，《总目》除了著录了《古篆韵谱》《翻切简可篇》《音韵纂组》三书外，其中的《韵徵》八卷，清道光六年天全堂抄本；《诗声类》十二卷《诗声分列》一卷，清㪍均居抄本，罗振玉跋；歌麻古韵考四卷，清抄本；音韵字辨十二卷，誊清本；《韵书正宗》不分卷，清抄本，佚名墨笔批校；御定奎章全韵二卷，清光绪间朝鲜刻本等均没有著录。再检其参编各馆目录，遗失书种也数量可观。进而查其所录的台湾地区和日本

[①] 北京图书馆普通古籍组：《北京图书馆普通古籍总目·文字学门》，第35页，北京图书馆出版社，1995年。

诸馆藏目录，可以发现其遗失更多。所以，《总目》所统计的书种数目，我们是很怀疑的。

4. 同一种版本在不同的位置时其藏地有缺

一般来说，一本书有几个馆藏地，其附刻或合刻之资料也应该有相应的几个馆藏地才对。可是奇怪的是，《总目》此书之某一版本下著录了若干馆藏地后，倘若检其合刻或附刻书之相应的版本时，却发现缺少或增出若干馆来。我们试举一例说明。

如经21212135《说文解字注》和经21214120《六书音均表》，它们都有"清同治十一年湖北崇文书局刻本"和"清光绪三年成都尊经书院刻本"两个版本，后者应该是以别裁之法从前者独立出来的。可是，我们发现，第一个版本中，前者的馆藏地有国图和北大两个，而到了后者则成了中科院和南京。同样，第二个版本中，前者有北师大和国图，后者则又增出了复旦这个馆。第一个版本的两个馆去哪里了呢？第二个版本的复旦又是从哪里来的呢？倘若是第一个版本的《说文解字注》的两个馆藏无《六书音均表》，而第二版本的复旦仅有《六书音均表》的话，那倒是可以解释经21214120《六书音均表》出现的问题，可是这时又与经21212135《说文解字注》的其他版本产生了矛盾。因为我们知道，《总目》著录原则就是同一书种下的诸多版本其合刻或附刻的资料是完全一样的，所以第一个假设是不成立的。因此，我们认为肯定是《总目》录错了。诸如此类问题在《总目》中也是屡见不鲜的。倘若据此统计某个馆藏书种的话，势必有所失误。

以上我们分了四点来探讨《总目》在统计书种时的诸多失误。其中的原因很明显，一为校勘或考证不精，二为参考资料有限。最根本的还是其编纂原则并不精审，所以在统计时会犯各种错误。

三、版本统计失误举例

一般来讲，版本的失误多数由书种统计失误引起的。由于书种在统计时有无意中增多或减少的情况（见上文），所以版本统计也自然出现问题。还有就是由于校勘不精，出现诸多情况。

1. 本为同一版本，因考证或校勘不精而列为两条

如《总目》经 21212391《重刊说文解字五音韵谱》、经 21212392《重刊许氏说文解字五音韵谱》和经 21212393《许氏说文解字五音韵谱》，题名虽然略有差异，但内容实际并没有增损，符合《总目》"立名原则"第 1 条，故而不能视为不同种书。再者，此书之第二种和第三种均有"明天启七年世裕堂刻本"，馆藏地均有北大、国图，今核查原书及两馆书目，均题作"重刊许氏说文解字五音韵谱"，故而可以断定是同一种书。《许氏说文解字五音韵谱》盖缺少"重刊"两字，故而著录者便视为两种书著录了。

2. 在书种拆分过程中，由于校勘不精而缺失版本过多

如《总目》经 21215094《玉篇广韵指南》一卷，下列 16 个版本。而我们知道，虽然《总目》未用互见之法注明，但是此书实乃《大广益会玉篇》之附，故继检经 21212768《大广益会玉篇》三十卷。两相比较，才发现后者之台北故博所藏的"明永乐十四年朱氏刻本"在前者不见了。而前者却多出了一个北大藏的元刻本。这到底是怎么回事呢？难道台湾故博之藏本无此《指南》？还是北大藏本仅有此《指南》？今检《国立故宫博物院善本旧籍总目》的确有此本，题作"明永乐十四年朱氏与堂刊本"，附广韵指南一卷。此书有牌记题"永乐丙申刊行"。继检《北京大学图书馆古籍善本书目》第 47 页，有《玉篇广韵指南》"元至正刻本"，无卷数说明。由此可知，《总目》是漏掉了台北故博的藏本，且对其所藏和北大所藏本之版本状况著录亦有所省略。

还有，《总目》经 21212771《大广益会玉篇》三十卷有"元至正十八年翠岩精舍刻本"，今查《国立故宫博物院善本旧籍总目》有"清光绪辛巳年杨守敬手书题记"的说明。由此可知，此书乃杨守敬旧藏。按，此书著录于《日本访书志》卷三，云此书：

> 每半叶十三行，每行大字十九字，左右双边。首有大中祥符六年《牒文》，次野王《序》，次《进玉篇启》。目录后有"至正丙申孟夏翠严精舍新刊"木记，又后有《新编正误足注玉篇广韵指南》，盖据释神珙《反纽图》而增益僧守温等

之《字母》为之。第一卷后又有木记,与前同。此本以张士俊所刻宋本校之,此多大中祥符一牒,而每部文字次第不与张本同,殆坊贾欲均其注文字数,以便排写,唯图易于检寻,不知依类相从之义。考《玉篇》原本次第皆本《说文》,(以《古逸丛书》残卷照之可证。)张刻宋本已有移易,然不甚悬绝,此则任意排置,全无义例,但所据原本,当是祥符官刊,故仍存祥府一牒。张刊本无牒文,故朱竹垞认为上元孙强之本。然"大广益会"之题未改,则亦从祥符本出也。二本同源异流,当有互相订正处。此本卷首有"狩谷望之"印,又有"掖斋"印,即望之之字也。望之博极群书,其求古楼所藏秘本,为日本之冠,珍惜此册,洵可贵也。[1]

而观其版式,首卷前正有《新编正误足注玉篇广韵指南》一卷,确是杨氏所藏。这么一来,此本便与经21212769相同了。

不只如此,上引经21212771《大广益会玉篇》三十卷中有"明初刻黑口本"和"明司礼监刻本"(此书亦藏于台湾"国图"、台大、美国国会,见其馆藏目录),其实均附《玉篇广韵指南》一卷。所以它们与经21212768相同。相应地,《玉篇广韵指南》应该多加这几个版本。

另外,《国立故宫博物院善本旧籍总目》还录有此书的"日本宽永年间覆刊庆长本",而台湾大学图书馆却藏有"日本庆长九年(1604年)覆元刊本",亦附玉篇广韵指南一卷,见《国立台湾大学图书馆增订善本书目》,可惜《总目》均已漏了。

其实,对于无论《大广益会玉篇》附与不附《玉篇广韵指南》,无论其附《新编正误足注玉篇广韵指南》还是《玉篇广韵指南》,均不足以增损其本身的内容。《总目》盖循名而不质实(其实,台北故宫所藏的《大广益会玉篇》的一些版本,另有原题名。如翠岩精舍本和建安郑氏宗文堂刊原题均为"元本玉篇",司礼监本则题"明本大廣益會玉篇",倘若依原题名题,《总目》想必早将之单列了),故而有此诸多错误。

---

[1] 杨守敬:《日本访书志》,第35页,辽宁教育出版社,2003年。

3. 因误录或简省某馆藏目录书信息而导致著录失误

一般而言，各馆的馆藏目录要比联合书目和全国书目更符合自己的馆藏实际，所以其相对来说比较可信。可是，有时候由于馆员长期懒于更新目录，只用旧版，或由于编纂时过于仓促，往往草率成书，使得其目录书并不能真实反映其古籍收藏状况。当读者使用之时，便会往往被误导。这种情况在《总目》里也有所反映。比如经21212135《说文解字注》十五卷有北师大藏的"清光绪三年成都尊经书院刻本"。今检《北京师范大学图书馆中文古籍书目》，作"说文解字十五卷，光绪三年成都筹经学院刻本"。[①] 可见，《总目》的记录是在参考北师大馆藏书目的基础上稍加修改而成的。今视其原书，才发现此书共三十二卷，非十五卷。所以，如果按照《总目》要求的话，此本应该单独拿出来作为一种书一个版本来统计。

此种情况出现的次数相对较少，大量的问题是《总目》的著录与各馆馆藏著录不一致。或版本简略，或缺少或增多附刻信息，或省去了批校题跋信息，这都使得版本统计存在很多不确定性。

按照其"立目原则"："一书曾经名家递藏，或有历代学者批校题跋，不单独立目而于版本等项加注说明。"一般地，这些信息便会相应地附注于该馆之后。而今核查《总目》，却并非如是。大多数情况是，很多这些信息都被省略掉了。

如《总目》经21212445《六书本义》，著录了国图的三个版本。可是查《北京图书馆古籍善本书目》[②]，其中的"明万历三十八年杨君貺刻本"仅存六卷，即卷一至卷五，还有图一卷，这是和中科院本不同的，应该著清楚。再如经21212463《六书述部叙考》六卷，有两个版本，一为国图藏，一为北师大藏。今查《北京图书馆普通古籍总目·文字学门》[③]，此书有"延古堂李氏珍藏印""南陵徐乃昌校勘记籍印"等。而

[①] 北京师范大学图书馆编：《北京师范大学图书馆中文古籍书目》，第40页，北京师范大学图书馆，1983年。

[②] 北京图书馆：《北京图书馆古籍善本书目》，北京图书馆出版社，第108页，1988年。

[③] 北京图书馆普通古籍组：《北京图书馆普通古籍总目·文字学门》，第54页，北京图书馆出版社，1995年。

《北京师范大学图书馆古籍善本书目》①于此版本下则有"清段朝端跋"的记录。上所举《六书本义》，有北大所藏"明正德十五年胡东皋刻本"，今查《北京大学图书馆古籍善本书目》②，云此本有"南丰刘孚周朱笔校勘"。《总目》经21011178《尔雅》三卷，有北大藏"明刻本"，今检《北京大学图书馆古籍善本书目》，云此本有"批注李木斋跋"③；经21011202《尔雅新义》二十卷，有北大藏"清抄本"，今检《北京大学图书馆古籍善本书目》④，云有两抄本，一本六册，另一本四册，有朱校。如此等等，不胜枚举。《总目》有意为此等信息做出说明，也就意味着认同了同一版本之下的不同名家题跋具有区别版本特征的功能。但在实际著录的时候，此等信息却缺失了很多，这确实是一大遗憾。

4. 有因校勘不精而窜行误录者

如，经21214300《经史正音切韵指南》一卷，明崇祯二年金陵圆觉菴释新仁刻本，著录馆藏地有北师大、中科院、故宫三馆。同页经21214302《新编篇韵贯珠集》八卷亦然。今检北师大馆藏目录均无著录。

按，此两种为经21213738《大明万历己丑重刊改併五音类聚四声篇》之附刻书，今检《总目》中著录的此书，此版本馆藏地有首都师大、陕西师大、浙江三馆。而有上面三馆的版本是"明万历十七至二十三年晋安芝山开元寺刻本"，可见，这是因为校勘不精而窜行了。

5. 由于种种原因导致版本缺失过多

书种的缺失自然会导致版本的缺失，可是还有一些情况是，《总目》在参考各馆书目时，往往只选用某书的某几个版本进行著录，其他版本

---

① 北京师范大学古籍部：《北京师范大学图书馆古籍善本书目》，第35页，北京图书馆出版社，2002年。
② 北京大学图书馆编：《北京大学图书馆藏古籍善本书目》，第43页，北京大学出版社，1999年。
③ 北京大学图书馆编：《北京大学图书馆藏古籍善本书目》，第38页，北京大学出版社，1999年。
④ 北京大学图书馆编：《北京大学图书馆藏古籍善本书目》，第39页，北京大学出版社，1999年。。

则阙如。以其所录的北师大所藏的小学类书与该馆的馆藏目录相比较，可以发现其所录还不足三分之一。甚至某些善本书目之版本也有所缺失。

如经21213745《古今韵会举要小补》，著录了北师大馆藏的"明万历三十四年周士显刻重修本"，可是《北京师范大学图书馆古籍善本书目》还著录了"明万历三十四年周士显刻本"。①

又，《尔雅》三卷，著录了三个版本，可是《北京师范大学图书馆古籍善本书目》还有"明嘉靖十七年吴元恭刻本，有抄配"和"清嘉庆二十五年长洲程氏瀞意轩依宋本重校刻本，清江枫校注"等两个版本。②

如果说北师大馆藏书和版本未及著录是因为其不是参编《总目》的单位而有所遗失，那么我们看看北大对其自家书目的著录情况。

如经21213743《古今韵会举要》三十卷，《总目》共录了四种北大藏本。而今检《北京大学图书馆古籍善本书目》，还有"明覆元刻本，有抄配"、"日本覆刻元陈宷本，杨守敬跋"、"日本活字本"等多个版本。③

《广韵》五卷，《总目》共录了13种国图藏本，可是检《北京图书馆古籍善本书目》④和《北京图书馆普通古籍总录》，⑤又有"明宣德清江书院刻本""天保二年日本刻本"等多个版本。

可见，《总目》版本的遗失不仅仅体现在其他非参编各馆，还体现在参编各馆中。

四、小结

总之，《总目》在统计书种和版本时出现的问题非常多。其中的主要原因，除了校勘或考证不精外，更在于其编纂体例之"立目原则"之不

---

① 北京师范大学古籍部：《北京师范大学图书馆古籍善本书目》，第37页，北京图书馆出版社，2002年。
② 北京师范大学古籍部：《北京师范大学图书馆古籍善本书目》，第37页，北京图书馆出版社，2002年。
③ 北京大学图书馆编：《北京大学图书馆藏古籍善本书目》，第47—48页，北京大学出版社，1999年。
④ 北京图书馆：《北京图书馆古籍善本书目》，第185—187页，北京图书馆出版社，1988年。
⑤ 北京图书馆普通古籍组：《北京图书馆普通古籍总目·文字学门》，第89—90页，北京图书馆出版社，1995年。

严谨。以内容为标准进行古籍统计是可行的,关键是应该如何准确界定"内容"的内涵。而且我们也看到,《总目》所谓的"内容",虽然在"立目原则"说得很明白了,但是还是不够准确。所以在具体的实施过程中,便表现为书名不同,卷数不同,还有附刻书数目不同等情况。而这些本身涉及的问题就很多。

而且,什么算一本书?只要能独立成书,曾经单行过就算一本书了吗?那么判断一本书"独立"的标准又是什么呢?是内容完整,还是页数够一定标准,或者是其他的呢?几百字可以算一本书,几十字也算一本书,几行字更被当作一本书,这样,能统计清楚书种吗?正因为这些问题还没经过严肃讨论,所以尤其涉及辑佚类书籍的时候,就有可能将不足一行的资料当成了一本书著录了,虽然此书著录为一卷。

还有一个问题是,《总目》还忽略了古籍的册数函数等外在形式的说明。试问,卷数不同可以立目,那么册数函数不同为什么不能呢?对于一些古籍,有时候册数改变了,也意味着重刊。

判断和统计一种书,我们觉得应该同时顾及内容和形式两方面。也就是先以其内容(仅指其正文,不涉及卷数,题跋之类)为基本判断标准,正文主体内容有变(不是个别字词的增损讹阙)便不是一本书,否则便是。而所谓卷数、附刻等之变化均无法影响一本书内容(即正文)的改变;继而详细调查此书之版本情况,认真梳理版本源流,研究清楚每个刊刻者或刊刻地对此书的刊刻次数及所据底本。这样认真排比后,便可弄清楚其版本之间的关系了,而某一版本之名家批校题跋均可附于相应版本之后。还有,对于辑佚书子目或不足几页之附刻内容,一定要确立相应的标准来判断。这样的话我们认为便基本可以统计清楚现存古籍了。

毋庸置疑,《总目》的编纂初衷是好的,但是因为其一以所定的"内容"为准,且在著录过程中也缺乏精细校勘,所以很多时候会将同一书分类为多种书,将一个系统的版本分别归属到其所定的两种书内,所以在统计起来会无形中增加很多书种和版本,这是不足取的。

最后说一句,《总目》的编纂是一个严肃的学术工程,而不是一个国家的政治工程。其质量的保证需要更多馆的共同参与才能够胜利实现。在未达到此共识之前,《总目》是永远也无法代替《中国古籍善本书目》的。

参考文献

[1] 刘明. 宋刊《切韵指掌图》底本考辨 [J]. 中国典籍与文化, 2010, (2).

[2]（明）祁承等.澹生堂藏书目，载袁咏秋、曾季光主编《中国历代图书著录文选》[M].北京：北京大学出版社，1997.

[3]（清）章学诚.文史通义附校雠通义[M].上海：上海书店出版社，1988.

[4]李红.《切韵指掌图》研究[J].吉林大学2006年博士论文.

[5]北京图书馆普通古籍组.北京图书馆普通古籍总目·文字学门[M].北京：北京图书馆出版社，1995.

[6]杨守敬.日本访书志[M].沈阳：辽宁教育出版社，2003.

[7]北京师范大学图书馆编.北京师范大学图书馆中文古籍书目[M].北京：北京师范大学图书馆，1983.

[8]北京图书馆.北京图书馆古籍善本书目[M].北京：北京图书馆出版社，1988.

[9]北京师范大学古籍部.北京师范大学图书馆古籍善本书目[M].北京：北京图书馆出版社，2002.

On the " Statistics failure" of type and version of ancient books of Chinese ancient books catalogue

Zhang Xianrong

Abstract: As the largest collection of ancient books compiling, most national bibliography in recent years,the book of Chinese ancient booksshould accurately have reflected the status of the national ancient books collected, but its statistics of ancient books and version often has lots of errors. on the basis of various directories and own eye inspection ,This paper plans to researchits common faults, and advanceown point of view on the ancient statistics.

Key Word: Chinese ancient books catalogue；Books；Edition；Statistics

宋代唐集序跋的版本学意义

◇ 刘冰欣[①]

摘要：对书籍版本的研究和应用，到了宋代有了很大发展，宋人评估各种不同版本价值、考订版本源流、比较版本优劣，初步形成了版本之学。其中宋人撰写的大量唐人别集序跋，为研究唐代诗文集的版本提供了详尽可靠的资料，成为宋代版本之学的重要成果。

关键词：宋代；唐集；序跋；版本；价值

目前学术界对古籍序跋重要性的认识越来越清晰，出现了大量有关序跋的专书。其中对唐人别集序跋进行汇编的有：台北中央图书馆《"中央图书馆"善本序跋集录》，其中唐代别集部分收录较丰富，但只限于该馆所藏善本，数量有限；钱仲联主编的《历代别集序跋综录》，每集所录不过一二篇。对唐集序跋进行专门研究的有：廖梦云硕士论文专门论述《唐人所撰诗集序跋研究》。但对于宋人所撰的唐集序跋，还没有研究。由于宋代刻书业的繁荣，许多唐集得以刊刻印行，大多数唐集都附有序跋，具有版本学的价值，很有必要尽可能全面搜集宋人撰写的唐集序跋。本文从宋人所写的唐集序跋入手，论述三个问题：一是序跋所见唐集在宋代的编刻及其原因；二是从序跋来考订唐集的版本源流；三是从序跋来考订唐集的版本优劣。旨在说明宋代唐集序跋对研究唐代诗文别集版本的意义。

一、序跋所见唐集在宋代的编刻及其原因

在唐集流传与发展史上，宋代是非常重要的一个时期。宋人对唐代诗文别集做了大量的搜辑、编纂与刊刻工作。笔者据《全宋文》统计，

[①] 刘冰欣（1987—），女，陕西渭南人，北京师范大学文学院中国古典文献学专业2013级博士研究生。

宋人撰写的唐集序跋凡386篇,据此统计制作出了《宋代编辑刊刻唐集书目表》,试图展示唐人诗文别集在宋代编辑刊刻的基本情况。

表1 宋代编辑刊刻唐集书目表[①]

编刻年代	唐集的著者、名称	编刻信息	资料来源
乾德二年（964年）	张籍《张司业诗集》	张洎辑四百余篇	张洎《张司业诗集序》
咸平元年（998年）	李白《李翰林集》、《李翰林别集》	乐史编成《李翰林集》20卷、《李翰林别集》10卷	乐史《李翰林别集序》
咸平三年（1000年）	柳宗元《河东先生集》	张景辑其遗文96首,编成15卷	张景《河东先生集序》
咸平六年（1003年）	薛能《许昌诗集》	张咏编成10卷,授鬻书者雕印	张咏《许昌诗集序》
天圣元年（1023年）	柳宗元《唐柳先生集》	穆修得45卷的旧抄本,校后录为别本	穆修《唐柳先生集后序》
景祐三年（1036年）	杜甫《老杜别集》	苏舜钦辑380余首,杂录成一策	苏舜钦《题杜子美别集后》
宝元二年（1039年）	杜甫《杜工部集》	王洙编成20卷	王洙《杜工部诗集序》
庆历八年（1048年）	卢仝《玉川子诗外集》	韩盈得集外15首,编附旧本	韩盈《玉川子诗外集序》
（约1037—1060年）	颜真卿《颜鲁公文集》	刘敞编成15卷	刘敞《颜鲁公文集序》
嘉祐六年（1061年）	韩愈《昌黎先生文集》	苏溥获集外38篇,募工镂板	苏溥《昌黎先生文集后序》
（约1058—1063年）	韩愈《昌黎先生文集》	欧阳修得旧本韩集6卷	欧阳修《记旧本韩文后》
熙宁元年（1068年）	李白《李太白文集》	宋敏求沿旧目厘正汇次编成30卷	宋敏求《李太白文集后序》

① 表1所涉及的序跋来自于曾枣庄、刘琳主编：《全宋文》,上海辞书出版社、安徽教育出版社,2006年。

续表

编刻年代	唐集的著者、名称	编刻信息	资料来源
（约1070—1073年）	孟郊《孟东野诗集》	宋敏求辑511篇，分类编次为10卷	宋敏求《题孟东野诗集》
（约1054—1073年）	鲍溶《鲍溶诗集》	曾巩辑33篇别为1卷，附于5卷后	曾巩《鲍溶诗集目录序》
（约1054—1073年）	李白《李白诗集》	曾巩在宋敏求基础上考其先后而次第之	曾巩《李白诗集后序》
熙宁六年（1073年）	杜牧《樊川别集》	田概从魏野家搜得牧诗九首，庐讷处搜得五十首，共五十九首，编为一卷	田概《樊川别集序》
熙宁九年（1076年）	杜甫《杜子美白水诗》	吕昌彦辑子美昔游白水诗，刻石以传	吕昌彦《杜子美白水诗后记》
熙宁十年（1077年）	韦应物《唐苏州韦刺史集》	葛繁校雠韦集共10卷，559篇	葛繁《校刻韦应物集后序》
元丰三年（1080年）	李白《李太白文集》	临川晏知止镂板以传	毛渐《李太白文集跋》
（约1058—1081年）	杜甫《唐杜工部夔州诗》	夔州太守取杜甫夔州诗361首，立八石以次刻	蒲宗孟《唐杜工部夔州诗序》
元丰五年（1082年）	杜甫《杜工部诗》	宋谊从陈浩然处得子美诗一编	宋谊《杜工部诗序》
（约1069—1084年）	卢仝《卢仝集》	仝之文章，犹在者40余篇	吕南公《书卢仝集后》
（约1069—1084年）	贾岛《长江集》	吕南公辑380篇	吕南公《书长江集后》
元符三年（1100年）	陆龟蒙《甫里先生文集》	郫人樊开刻于蜀	樊开《甫里先生文集序》
约元符三年（1100年）	杜甫《杜子美巴蜀诗》	黄庭坚请杨素翁攻坚石，摹善工，尽刻杜子美东西川及夔州诗	黄庭坚《刻杜子美巴蜀诗序》
崇宁五年（1106年）	孟郊《东野集》	寺僧智迪钮完刊	李亘《石刻孟郊诗跋》
政和元年（1111年）	李贺《昌谷别集》	黄伯思辑李贺逸诗52首	黄伯思《跋昌谷别集后》

续表

编刻年代	唐集的著者、名称	编刻信息	资料来源
政和二年（1112年）	杜甫《杜少陵诗》	黄伯思于法堂壁间弊篋中得此帙。所录杜子美诗，颇与今行椠本小异	黄伯思《跋洛阳所得杜少陵诗后》
政和三年（1113年）	杜甫《杜工部诗集》	王得臣所注以苏本（苏州进士何琢丁修）为正	王得臣《增注杜工部诗集序》
政和四年（1114年）	柳宗元《四明新本河东先生集》	沈晦以穆修本为底本，重新校正编成四十五卷	沈晦《四明新本河东先生集后序》
政和七年（1117年）	施肩吾《施肩吾集》	黄伯思将收诗500篇且有肩吾自序的《施肩吾集》，与陈倩所序62篇，合为一集	黄伯思《跋施真人集后》
靖康元年（1126年）	高适《高常侍文集》	太守赵公裒其诗文240篇，厘为10卷，刻之板	王赏《高常侍文集序》
建炎三年（1129年）	徐寅《徐钓矶文集》	徐师仁家故有赋5卷、《探龙集》5卷，又得《惟道机要》1卷、五言诗并绝句合250余首，以类相从，为八卷，并藏焉	徐师仁《唐秘书省正字先辈徐公钓矶文集序》
绍兴二年（1132年）	贾岛《贾长江集》	前主簿北豳游君虞臣采他山之石为十五碑，尽书其379篇，未讫工而去。后通县尹嘉祥卫君京督成其事	王远《贾长江集后序》
绍兴三年（1133年）	杜甫《杜工部集》	建康府学刻板	吴若《杜工部集后记》
绍兴四年（1134年）	杜甫《杜子美集》	秘书郎黄长睿没后十七年，李纲于黄家始见其校定的杜集22卷	李纲《重校正杜子美集序》
绍兴四年（1134年）	柳宗元《柳州旧本河东先生集》	李褫出旧所藏及旁搜善本，手自校正，俾鸠良工，刱刊此集	李褫《柳州旧本河东先生集后序》
绍兴二十三年（1153年）	杜甫《杜工部诗集》	鲁訔因旧集略加编次，对之进行考证并加注	鲁訔《编次杜工部诗序》
（约1167—1170年）	杜甫《杜甫集》	何南仲取子美之诗句分为十体，体以类聚	李石《何南仲分类杜诗叙》

续表

编刻年代	唐集的著者、名称	编刻信息	资料来源
(约1167—1170年)	柳宗元《河东先生集》	李石得柳文四本：京氏阁氏本、晏元献家本、连州本、范才叔之家传旧本	李石《河东先生集题后》
乾道九年(1173年)	岑参《岑嘉州诗集》	陆游杂取世所传公遗诗80余篇刻之	陆游《跋岑嘉州诗集》
淳熙三年(1176年)	温庭筠《温庭筠诗集》	陆游于蜀中得此集	陆游《跋温庭筠诗集》
(约1162—1176年)	杜甫《少陵诗集正异》	洪州州学所刻	汪应辰《书少陵诗集正异》
(约1147—1177年)	李翱《李文公集》	《李文公集》18卷，校《唐艺文志》多8卷，盖常山宋次道所定也	洪适《跋李文公集》
(约1147—1177年)	元稹《元微之集》	《唐志》著录《长庆集》100卷，《小集》10卷，传于今者惟闽、蜀刻本，为六十卷	洪适《跋元微之集》
淳熙四年(1177年)	黄滔《黄御史集》	考功之子永丰公裒集御史诗文，力加是正，广而传之。后永丰二士曾时杰汉臣、晞说少张因此镂版	谢谔《黄御史集序》
淳熙八年(1181年)	《九家集注杜诗》	(郭知达)因辑善本，得王文公、宋景文公、豫章先生、王源叔、薛梦符、杜时可、鲍文虎、师民瞻、赵彦材凡九家	郭知达《九家集注杜诗序》
庆元二年(1196年)	黄滔《黄御史集》	邵州将镂板于郡斋	洪迈《黄御史集序》
(约1202—1209年)	李白《李太白诗》	此本颇精。今当涂本虽字大可喜，然极谬误	陆游《跋李太白诗》
(约1133—1203年)	白居易《长庆集》	此板在平江公库，岁久漫灭，陈造以意补葺之，遂为嘉本	陈造《题长庆集》
约乾道二年(1166年)	李贺《李长吉诗集》	共4卷，蜀本、会稽姚氏本皆219篇，宣城本242篇。蜀本不知所从来，姚氏本出秘阁，宣城本出贺铸(方回年)家	薛季宣《李长吉诗集序》

续表

编刻年代	唐集的著者、名称	编刻信息	资料来源
约淳熙八年（1181年）	韩愈《韩子》	唐仲友掇取愈之古文34篇为4卷，题曰《韩子》	唐仲友《韩子后序》
（约1180—1189年）	韦应物《韦苏州集》	《韦苏州诗集》10卷并续添7篇，大丞相观文魏公守平江，命教官所校也	崔敦礼《韦苏州集序》
（约1193—1199年）	方崧卿《韩集举正》	南安军所刊方氏校定为10卷颇为精善，以祥符杭本、嘉祐蜀本及李谢所据馆阁本为定	朱熹《书韩文考异前》
嘉泰四年（1204年）	蔡梦弼《草堂诗笺》	梦弼因博求唐宋诸本杜诗十门，三复参校，以为定本，厘为50卷	蔡梦弼《草堂诗笺序》
嘉定元年（1208年）	柳宗元《柳先生文集》	汪槩因委新春陵理掾朱君敏集诸家善本校雠之，更易朽腐五百余版，厘革讹舛几数百字	汪槩《唐柳先生文集跋》
宝庆三年（1227年）	韩愈《昌黎先生集》	郡斋近刊《朱文公校定昌黎集》，附以考异，而音辩则旧所刊也	王伯大《朱文公校昌黎先生集序》
嘉熙二年（1238年）	贯休《禅月集》	法嗣县域编萃成集，雕刻以广其传	周伯奋《禅月集后序》
嘉熙中	贯休《禅月集》	释师保因其字小而册狭刺眼为碍，膺奋志募众，大书特书，以广其传	释师保《禅月集后序》
嘉熙三年（1239年）	贯休《禅月集》	松庵禅师慨旧板之弗存，捐众资以重刻	释祖闻《禅月集跋》
宝祐五年（1257年）	陆龟蒙《甫里先生文集》	叶茵衷其绝句80余首，文集171篇，合《丛书》、《松陵集》计652篇，总为20卷，刊置义庄，以广观览	叶茵《甫里陆先生文集序》
约景定四年（1263年）	白居易《白氏长庆集》	诗凡三千余篇，高斯得因老不能悉记，撮其尤者日讽咏之，凡595篇，为十卷	高斯得《白氏长庆集序》

"华夏民族之文化，历数千年之演进，造极于赵宋之世。"① 与宋之前的诸多王朝相比较，宋代的散文、诗歌、曲子词等文学创作和学术研究都呈现出繁荣活跃的局面。具有集前代之大成的特征。我们现在所看到的唐代的诗文集作品，实际上是经过宋人搜集整理刊刻而成的。造成这种情形的原因，大概有以下几点：

首先，宋代重书崇文风气的形成。

后周显德六年（959年），周世宗柴荣病死，幼主恭帝继位。次年，殿前都点检赵匡胤利用手中兵权乘机发动"陈桥兵变"，②建立了宋王朝。之后的二十年间，"宋王朝先后平定了南方的后蜀、南唐和北方的北汉等割据政权，结束了唐末以来的分裂局面，基本上实现了中国的统一"。③《宋史·太祖本纪》赞："三代而降，考论声明文物之治，道德仁义之风，宋于汉唐，盖无让焉。"④比较而言，在中国古代封建王朝中，宋代的文治是非常突出的。鉴于中唐以来藩镇强盛、尾大不掉的历史教训，宋王朝实行了崇文抑武的政策。宋太祖即位后次年，便以"杯酒释兵权"⑤的手段，解除了禁兵统帅石守信等人的兵权，根除了将领拥兵自重乃至割据叛乱的可能性。与之同时，宋代统治者重用文臣，文人通过科举考试而进入仕途，成了宋代官僚阶层的主要成分。这些措施不但有力地加强了君权，使社会秩序趋于安定，同时也使士大夫的社会责任感空前的高涨。《宋史·文苑传序》载：

> 艺祖（宋太祖）革命，首用文吏而夺武臣之权，宋之尚文，端本乎此。太宗、真宗其在藩邸，已有好学之名，及其即位，弥文日增。自时厥后，子孙相承，上之为人君者，无不典学；下之为人臣者，自宰相以至令录，无不擢科，海内文士彬彬出焉。⑥

---

① 陈寅恪：《邓广铭宋史职官志考证序》，《金明馆丛稿二编》，第277页，三联书店出版社，2001年。
② （宋）李焘撰：《续资治通鉴长编》卷一，第1页，中华书局，1979年。
③ 袁行霈主编：《中国文学史》卷三，第4页，高等教育出版社，2002年。
④ （元）脱脱等撰：《宋史》卷三，第34页，中华书局，1999年。
⑤ 《续资治通鉴长编》卷二，第37页，1979年。
⑥ 《宋史》卷四三九，第10129页。

可见，宋代统治者提倡的"文治"，使读书尚文在社会上形成了一种普遍的风气。无论是太祖、太宗还是真宗，都对书籍的搜罗与收藏有着浓厚的兴趣。宋太宗即位初，便修建史馆、昭文馆、集贤馆三馆，广开献书政策，据《续资治通鉴长编》卷十九："其栋宇之制，皆亲所规画，自经始至毕功，临幸者再，轮奂壮丽，甲于内庭。二月丙辰朔，诏赐名为崇文院。西序启便门，以备临幸，尽迁旧馆之书以实之。院之东廊为昭文书，南廊为集贤书，西廊有四库，分经史子集四部，为史馆书。六库书籍正副本凡八万卷，策府之文焕乎一变矣。"① 这些举措都在很大程度上刺激了图书典籍的整理编纂，书籍的印刷、刊刻也走向了繁荣发展的道路。

此外，宋代的统治者还优待文人士大夫，正如清人赵翼所说："其待士大夫可谓厚矣。惟其给赐优裕，故入仕者不复以身家为虑，各自勉其治行，观于真、仁、英诸朝，名臣辈出，吏治循良。"② 所谓"夫风化者，自上而行于下者，自先而施于后者也。"③ 上所好，下必效。宋代统治者重视书籍推崇文治，可以说率先垂范，表率天下，这些对文人士大夫都有着很深刻的影响。因此，在宋代上至皇帝，下至大臣乃至一般的文人，都热衷于搜集、收藏书籍。这样一来，便推动了整个社会热爱书籍、阅读书籍以及典藏书籍的风气。

宋代浓郁的读书、藏书风气，还造成了文人名士在某一地区聚集的现象。潘永因《宋稗类钞》卷四载："宋次道家书，皆校雠三五遍。世之藏书，以次道家为善本。住在春明坊。昭陵时，士大夫喜读书，多僦居其侧，以便于借置故也。当时春明宅子，僦直比他处常高一倍。"④ 宋敏求父子世袭掌史，家中藏书很多，且多是善本，因此士大夫们都争着在宋家附近购房居住，以方便在宋家借书，这也导致了宋敏求家附近的房价比旁处高出了一倍。可见当时社会上读书、藏书风气之盛。

其次，宋代印刷术的兴盛与繁荣。

宋代统治者对文治教化十分重视，印刷业有了空前的发展。"印刷术

---

① (宋) 李焘撰：《续资治通鉴长编》卷十九，第422页，中华书局，1985年。
② (清) 赵翼著、王树民校证：《廿二史札记校证》卷二十五，第534页，中华书局，1984年。
③ 王利器撰：《颜氏家训集解》卷一，第41页，中华书局，2002年。
④ (清) 潘永因编、刘卓英点校：《宋稗类钞》卷四，第282页，书目文献出版社，1985年。

虽然在唐代已经发明,但印刷业的繁盛却始于宋代。宋代公私刻书业的兴盛使书籍得以大量流通,不但皇家秘阁和州县学校藏书丰富,就是私人的藏书也动辄上万卷。《郡斋读书志》、《直斋书录解题》等以私人藏书为对象的目录学专书到宋代才首次出现,就是一个标志。"①

印刷术在宋代的成熟与普及使书籍的刊印有了技术和质量上的保证。大量的唐代诗文集,正是由于印刷术的发达而得以广泛地传播。如李致忠所说:"南北两宋三百余年间刻书之多,地域之广,规模之大,版印之精,流通之宽,都堪称前所未有,后世楷模。"②与前人相比,宋人有着更加迫切的印制、传播书籍的意识和行动。在宋代的诏书中,我们很容易发现诸如"令雕刻印版,遍施华夷。凡尔生灵,宜知圣意";③"宣付史馆,令刊版流布天下"④,"圣制广大,宜有宣布,请镂板以传不朽";⑤"宜令崇文院雕印,送国子监依九经书例施行"⑥等此类的内容。可见皇帝、大臣都迫切地希望通过雕版印刷广泛地传播以使民众得到更好的教化。北宋熙宁年间之后,私刻与坊刻蔚然成风,有些刻书铺的刻工已达到几十人之多,宋代的雕版印刷也因此进入了兴盛期。

再次,宋代文人学者对唐代诗文的重视。

唐代诗文集在宋代的编辑刊刻,起初并未受到官方的重视,据《宋史》卷七,大中祥符二年春正月庚午,有诏曰:"读非圣之书及属辞浮靡者,皆严遣之。已镂板文集,令转运司择官看详,可者录奏。"⑦然而在民间,许多文人、学者往往或出于喜爱某部作品中的词翰,或因为肯定某个作家的人品、文品,或是感动于某部作品的内容而去编辑刊刻相关的唐集。例如,吕昌彦因欣赏杜甫诗歌的壮美而刊刻杜诗,他在熙宁九年(1076年)作《杜子美白水诗后记》,云:"唐之诗,世以子美专雄,未有及之者。是其气语豪迈壮浪,渊浩闳达,句成笔墨之外而不可追也。近世学诗者莫不视杜以为法,多得佳句。且余材非师杜者,以子美昔游白

---

①《中国文学史》卷三,第5页。
②李致忠:《古书版本学概论》,第55—56页,北京图书馆出版社,1990年。
③《太平圣惠方序》,《全宋文》卷七八,第406页。
④《贾黄中等纂神医普救方令付史馆刊版并赐器币诏》,《全宋文》卷七十,第212页。
⑤《续资治通鉴长编》卷九十六,1985年,第2204页。
⑥《宋大诏令集》卷一百五十,第556页,中华书局,1997年。
⑦《宋史》卷七,第81页。

水,有诗,嗜其壮,敢刻石以传。"① 又如熙宁十年(1077年),葛蘩作《校刻韦应物集后序》,称:"其为文峻洁幽深,词意简远,指事言情,格力闲暇,下可以凌颜、谢而上可以薄风、骚。摆去陈言,纤浓合度,而自成一家,想似其为人也。"② 葛蘩认为韦应物的文章幽深简远,自成一家,文如其人,其为人亦高远,于是校勘韦应物的集子,始命镂板,以传之于后世;韩驹《题韦苏州诗》中亦称赞说:"余观其人,为性高洁,鲜食寡欲,所居扫地焚香而坐,与豪纵者不类。其诗清深妙丽,虽唐诗人之盛,亦少其比。"③ 再如,蒲宗孟《唐杜工部夔州诗序》载:"呜呼!天不爱惜此老,乃令流落来此,兵乱之际,浮游飘泊,转徙不一,故其诗多忧伤悲愤之词,然未尝不主于忠义也。淳深缓切,哀抑道壮,《骚》《雅》以后,无此诗矣,其三百篇之苗裔欤。"④ 于是夔州太守取杜甫夔州诗,在刺史厅之北园为堂三楹,立八石以次刻之。

二、从序跋来考订唐集的版本源流

版本源流是版本研究的一项非常重要的内容,而古书序跋则是记载版本源流最重要最可靠的文献资料。祝尚书在《宋集序跋汇编》中说:"读者欲了解某集的版本源流,就非读该书历代序跋不可,它们所提供的版本信息,往往更具有权威性和唯一性。每部集子的历代刊序跋,以及版本鉴定、考证、收藏题跋,构成了别集最可靠的版本编纂史、刊刻史、流传史和收藏史。"⑤ 宋代最靠近唐代,因此宋人所写的唐集序跋为我们提供的有关唐集的版本信息,则更为可信,意义也更加重大。

首先,单篇序跋对考订唐集版本源流的价值。

例如,张洎《张司业诗集序》云:

> 自皇朝多故,荐经离乱,公之遗集,十不存一。予自丙午岁迨至乙丑岁,相次缉缀,仅得四百余篇,藏诸箧笥。余

---

① 《全宋文》卷一六六三,第177页。
② 《全宋文》卷一七六二,第39页。
③ 《全宋文》卷三五一一,第21页。
④ 《全宋文》卷一六三〇,第17页。
⑤ 尚书编:《宋集序跋汇编》,第6页,中华书局,2010年。

则更俟博访,以广其遗阙云耳。①

张籍才高志壮,性格朴直,与韩愈、王建交情深厚,韩愈曾称誉说:"学有师法,文多古风;沉默静退,介然自守;声华行实,光映儒林"。②张洎在序文中亦赞曰:"公为古风最善。自李杜之后风雅道丧,继其美者惟公一人。"③张籍诗集流传到宋代,已是十不存一。张洎自丙午岁至乙丑岁,相次缉缀,最后搜得张籍的诗文四百余篇,丙午是南唐李昪升元元年(937年),乙丑是宋太祖乾德二年(964年),可知张洎搜集整理张籍诗集前后长达二十七年之久方成定本,用力之勤可见一斑。由此我们也可以了解到,张籍诗集在宋代最初的编辑整理情况,为我们现在理清该集的版本源流提供了重要的参考价值。

再如,薛季宣《李长吉诗集序》,云:

> 右,《李长吉诗集》四卷,蜀本、会稽姚氏本皆二百十九篇,宣城本二百四十二篇。蜀本不知所从来,姚氏本出秘阁,宣城本出贺铸方回家。凡集三家以雠比,正舛讹,概之杜牧之叙,宣城本多美诗十九,蜀、姚氏本少亡诗四。今定诗从宣城本、从蜀,疏其异同于下,著姚氏本于上。大校宣城本不远蜀,姚氏本最为审订,皆已刊正可传。④

李贺的诗集是由李贺自己选编,之后杜牧为之作序。杜牧《李长吉歌诗叙》曰:"大和五年(831年)十月中,半夜时,舍外有疾呼传缄书者,牧曰:'必有异,亟取火来!'及发之,果集贤学士沈公子明书一通,曰:'我亡友李贺,元和中,义爱深厚,日夕相与起居饮食。贺且死,尝授我平生所著歌诗,厘为四编,凡二百三十三首。'"⑤这个四卷本的李贺诗集一直流传下来,《新唐书·艺文志》和《通志·艺文略》都著录了这

---

① (唐)张籍著:《张籍诗集》附录二,第110页,中华书局,1960年。
② (唐)韩愈撰、马其昶校注、马茂元整理:《韩昌黎文集校注》卷八,第629页,上海古籍出版社,1986年。
③ 《张籍诗集》附录二,第110页。
④ 《全宋文》卷五七八八,第314页。
⑤ (唐)李贺著、(清)王琦等注:《李贺诗歌集注》,第3页,上海古籍出版社,1978年。

个本子。由薛季宣的序文可知，到了宋代，李贺诗集已出现多个版本，有蜀本、会稽姚氏本、宣城本三种。序文对这几种版本进行了对比，现本乃"集三家以雠比，正舛讹"，且姚氏本最为善。蜀本、会稽姚氏本都是四卷，共收 219 首诗，而宣城本则收录诗歌 242 篇，多出了 23 首诗。金开诚、葛兆光《古诗文要籍叙录》说："据吴正子《笺注李长吉歌诗》和鲍钦止跋说，宣城本、鲍本都出自北宋末贺铸之手，而贺铸又得自梁铎，这与《郡斋读书志》著录的那一卷来自梁子美的外集正好是同一来源。"① 而这个外集一卷本所收的 23 首诗很可能是由北宋人搜辑编缀，之后的贺铸本、宣城本都采用了他。

其次，参照多篇序跋考订唐集版本源流。

唐代诗文集的编辑刊刻，大多经过了艰苦费日的过程。余嘉锡《四库提要辨证》卷二十一称："凡宋人文集，往往有前后数本，多寡互异，大抵编辑愈后，卷数愈多。"② 唐集亦是如此，因此一篇版本的序跋对版本源流的叙述有时是不够清晰不够完整的，这时则需要参考相关版本的其他序跋。

例如，田概《樊川文集序》云：

> 集贤校理裴延翰编次牧之文，号《樊川集》者二十卷，中有古律诗二百四十九首。且言牧始少得恙，尽搜文章阅千百纸，掷焚之，才属留者十二三，疑其散落于世者多矣。旧传集外诗者又九十五首，家家有之。予往年于棠郊魏处士野家得牧诗九首，近坟上庐讷处又得五十篇，皆二集所逸者。其《后池泛舟宴送王十秀才》诗，乃知外集所亡，取别句以补题。今编次作一卷，俟有所得更益之。③

杜牧《樊川文集》二十卷本，是由其外甥裴延翰整理编辑的，据裴延翰《樊川文集序》："自撮发读书学文，率承导诱，伏念始初出仕入朝，三直太史笔，比四出守，其间余二十年，凡有撰制，大手短章，涂稿醉墨，硕伙纤屑，虽适僻阻，不远数千里，必获写示。以是在延翰久藏蓄

---

① 金开诚、葛兆光著：《古诗文要籍叙录》，第 323 页，中华书局，2005 年。
② 余嘉锡著：《四库提要辨证》，第 1338 页，中华书局，1980 年。
③ 《全宋文》卷一七五九，第 377 页。

者，甲乙签目，比较焚外，十多七八。得诗、赋、传、录、论、辨、碑、志、序、记、书、启、表、制，厘为二十编，合为四百五十首。题曰《樊川文集》。"①由田概序文可知，到了宋神宗熙宁六年（1073年），除了二十卷本的《樊川文集》，还存在一个"家家有之"的集外诗本，共95首。大概这就是如今附在今本二十卷《樊川文集》之后的一卷外集，然今本外集存诗共127首，可见后人还有搜集整理。除此之外，田概于熙宁六年从魏野家搜得牧诗9首，庐讷处搜得50首，共59首，是二十卷文集和一卷外集均未收的逸诗，这就是现在一卷本的《樊川别集》，而今本收诗共60首。我们今天所看到的《樊川文集》二十卷、《外集》一卷、《别集》一卷就是这样流传下来的，而这篇序文为我们提供的杜牧文集在宋代的流传情况，便显得极为重要。

不过，这儿有个小问题需要指出，宋人搜辑外集、别集等一些杜牧的逸诗，功不可没，但是却也误收了一些他人的作品。这在南宋时期就已经被注意到了，我们可以通过其他的序跋进一步的认识和研究，绍熙元年（1190年），洪迈作《万首唐人绝句诗序》，说"唐去今四百岁，考《艺文志》所载，以集著录者几五百家，今仅及半而或失真。……金华所刊杜牧之续别集皆许浑诗也。"②陆游更是认为在唐人诗文集中，杜牧的集子讹谬最为严重，他在《跋樊川集》中称："唐人诗文，近多刻本，亦多经校雠，惟牧之集误谬特甚。"③据今人金开诚、葛兆光考定，在杜牧外集、别集二集中，羼入他人的作品有数十首之多，其中包括李白、李商隐、赵嘏、许浑等十多人的诗。④此外，洪迈序文中提到的"续别集"，刘克庄《后村诗话》亦说："樊川有续别集三卷，十八九是许浑诗，牧之仕官不至南海，而别集乃有《南海府罢》之作。"⑤可见，参照洪迈、陆游等所写的序跋，我们又可以获得其他的版本信息，即：在南宋时期还存在这样一个由金华所刊，且混入大量许浑诗的《续别集》三卷本。足以见得，宋人所写的有关《樊川文集》的序跋，为我们提供

---

①（唐）杜牧著、（清）冯集梧注：《樊川诗集注》，第5页，上海古籍出版社，1978年。
②（明）赵宦光、黄习远编定，刘卓英校点：《万首唐人绝句》，第10页，书目文献出版社，1983年。
③（宋）陆游著：《陆游集·渭南文集》卷三十，第2281页，中华书局，1976年。
④金开诚、葛兆光著：《古诗文要籍叙录》，第339页，中华书局，2005年。
⑤（宋）刘克庄撰、王秀梅点校：《后村诗话》，第199页，中华书局，1983年。

了重要可信的文献资料,尤其是将这些序跋对比、综合的利用,更有利于深入研究其版本源流。

再如,宋敏求《刘宾客外集后序》云:

> 世有《梦得集》四十卷,中逸其十,凡诗三百九十二篇,所遗盖称是,然未尝纂著。今裒之,得《刘白唱和集》一百七、联句八,《杭越寄和集》二,《彭阳唱和集》五十二,《汝洛集》二十七、联句三,《洛中集》三十、联句五,《名公唱和集》八十六,《吴蜀集》十七,《柳柳州集》六,《道途杂咏》一,《南楚新闻》四,《九江新旧录》一,《登科文选》一,《送毛仙翁集》一。自《寄杨毗陵》而下五十五,皆沿袭《会粹》,莫详其出。或见自石本者,无虑四百七篇。又得杂文二十二。合为十卷,曰《刘宾客外集》,庶永其传云。①

刘禹锡《刘氏集略说》记载:"前年,蒙恩泽,授以郡符。居海壖,多雨霢作。适晴,喜,躬晒书于庭,得己书四十通。乃尔自哂曰:道不加益,焉用是空文为?真可供酱蒙药褚耳!它日,子婿博陵崔生关言曰:'某也向游京师,伟人多问丈人新书几何,且欲取去。而某应曰无有,辄愧起于颜间。今当复西,期有以弥愧者。'由是删取四之一,为《集略》,以贻此郎。"②可见,刘禹锡的诗文最初是由自己编辑的,而且还编了《刘氏集略》这样一个选集。《新唐书·艺文志》中著录了这个四十卷的本子。然而到了宋敏求,这个四十卷的本子已经逸去了十卷,只剩下三十卷。于是宋敏求从刘禹锡编的其他集子以及《柳柳州集》等书中搜辑了407首诗,22篇文,编成了一个十卷本的《刘宾客外集》。这便形成了后世所流传的《正集》三十卷、《外集》十卷的本子。晁公武《郡斋读书志》、陈振孙《直斋书录解题》都著录了这个三十卷《正集》、十卷《外集》的《刘宾客集》。南宋绍兴八年(1138年),董棻刊刻了这个本子,这是我们现在可以看到的最早的本子。结合董棻所写的《后序》:"是书旧传于世者,率皆脱略谬误,殆无全篇,余家所藏,固非尽善,既为刻

---

① (唐)刘禹锡著,陶敏、陶红雨校注:《刘禹锡全集编年校注》附录,第1508页,岳麓书社,2004年。
② (唐)刘禹锡撰、卞孝萱校订:《刘禹锡集》卷二十,第250页,中华书局,1990年。

印，因访于郡居士大夫家，复远假于亲旧，凡得十余本，躬为校雠使正确可读，而外集独余家有之，更无他本可校。"①可知董弅在刊刻时校过三十卷的《正集》，《外集》则因没有他本而未校。

总之，宋人撰写的唐集序跋，对考订宋代唐集的版本源流有着极高的学术价值。我们除了重视宋代单篇序跋所提供的唐集版本信息外，还应该尽可能收集宋人所写的有关唐集各种版本的序跋。这样才能全面准确地了解唐集在宋代的版本情况，以便更进一步研究唐集的版本发展源流。

三、从序跋来考订唐集的版本优劣

发掘、整理出优质的善本，提供给读者，并服务于学术研究，这是古籍版本研究的目的和价值所在。所以在整个版本研究的工作当中，版本优劣的考订意义重大，而对版本优劣进行评判的标准，即是否为善本。宋人在对唐集搜集整理的过程中，对其版本优劣的品评考证极为重视。他们通过网罗众本，鉴定品评，找出善本，从而为文献研究提供了真实可靠的版本依据。现从宋人所写的唐集序跋着手，讨论宋人比较唐集版本优劣的标准，即善本观。

在这些序跋中，论及版本，提到"善本"之处甚多。现列举如下：

欧阳修《记旧本韩文后》："集本出于蜀，文字刻画颇精于今世俗本，而脱缪尤多。凡三十年间，闻人有善本者，必求而改正之。"②

苏轼《书诸集改字》："自余少时，见前辈皆不敢轻易改书，故蜀本大字书皆善本。"③

李褆《柳州旧本河东先生集后序》："因喟叹久之，出旧所藏及旁搜善本，手自校正，俾鸠良工，创刊此集。"④

叶程《重刊柳文后叙》："郡庠旧有《文集》，岁久颇剥落，因衷集

---

①《刘禹锡全集编年校注》附录，第1509页。
②（宋）朱熹撰、曾抗美校点：《昌黎先生集考异》，上海古籍出版社、安徽教育出版社，2001年，第266页。
③（宋）苏轼撰、孔凡礼点校：《苏轼文集》卷六十七，第2099页，中华书局，1986年。
④（唐）柳宗元著：《柳宗元集》附录，第1446页，中华书局，1979年。

善本，会同僚参校，凡编次之殽乱、字画之讹误，悉厘正之。"①

朱熹《韩文考异序》："观其自言，为儿童时得蜀本韩文于随州李氏。计其岁月当在天禧中年，且其书已故弊脱略，则其摹印之日，与祥符杭本盖未知其孰先孰后，而嘉祐蜀本又其子孙明矣。然而犹曰'三十年间，闻人有善本者，必求而改正之'，则固本未尝必以旧本为是而悉从之也。"②

朱熹《跋方季申所校韩文》："余自少喜读韩文，常病世无善本，每欲精校一通，以广流布，而未暇也。"③

郭知达《校定集注杜诗序》："因辑善本，得王文公、宋景文公、豫章黄先生、王源叔、薛梦符、杜时可、鲍文虎、师民瞻、赵彦材，凡九家。属二三士友各随是非而去取之。"④

赵善悈《柳文后跋》："因委广文钱君多求善本订正，且并易其灭者，视旧善矣。"⑤

钱重《柳文后跋》："重读柳文至《吏商篇》，首句曰：'吏而商也，污吏之为商，不如廉吏之商，其为利也博。'常疑其造端无含蓄，必有脱句。后得善本，乃云：'吏非商也，吏而商，污吏之为商，不如廉吏之商，其为利也博。'"⑥

俞成《校正草堂诗笺跋》："诚知草堂先生练句下字，往往超诣，续之则不似，增之则不然，赓之和之，果何为哉？使其得善本而证之，不啻夏五之知其月。"⑦

汪楫《唐柳先生文集跋》："旧集日累月益，墨版蠹蚀，字体漫灭，至读者有以'悴'为'倅'、以'迈'为'遇'者。因委新春陵理掾朱君敏集诸家善本校雠之，更易朽腐五百余版，厘革讹舛几数百字，半期而工役成，庶可以传远。"⑧

---

① 《柳宗元集》附录，第1450页。
② 《昌黎先生集考异》，第1页。
③ 《全宋文》卷五六二九，第64页。
④ （唐）杜甫著、（清）仇兆鳌注：《杜诗详注》附编，第2248页，中华书局，1979年。
⑤ 《柳宗元集》附录，第1455页。
⑥ 《柳宗元集》附录，第1453页。
⑦ 《全宋文》卷六七四四，第117页。
⑧ 《全宋文》卷六九一一，第415页。

由此可见，在宋代，"善本"一词使用的频率是很高的。从现存的文献资料来看，"善本"（专指书籍）一词，尚未见于宋代之前，可以理解为"善本"这一术语在宋代才开始使用。从宋人所写的唐集序跋中，我们可以发现宋人对于善本的标准有以下几类：

第一，以旧本、写本为善本。如欧阳修《记旧本韩文后》云：

> 集本出于蜀，文字刻画颇精于今世俗本，而脱缪尤多。凡三十年间，闻人有善本者，必求而改正之。其最后卷帙不足，今不复补者，重增其故也。予家藏书万卷，独《昌黎先生集》为旧物也。呜呼！韩氏之文之道，万世所共尊、天下所共传而有也。予于此本，特以其旧物而尤惜之。①

欧阳修因家中所藏《昌黎先生集》为旧本而倍加珍视，更视之为善本。叶梦得《石林燕语》卷八记载："唐以前，凡书籍皆写本，未有模印之法，人以藏书为贵。人不多有，而藏者精于雠对，故往往皆有善本。"②这里叶氏所谓的善本便指旧本、写本。

第二，以精校本为善本。如张敦颐《韩柳音释序》云：

> 唐初文章，尚有江左余习。至元和间，始粹然返于正者，韩、柳之力也。两家之文，所传浸久，舛剥殆甚。韩文屡经校正，往往凿以私意，多失其真。余前任邵武教官日，会为雠勘颇备，悉并考正音释，刻于正文之下。惟柳文简古不易校，其用字奥僻或难晓。给事沈公晦尝用穆伯长、刘梦得、曾丞相、晏元献四家本参考互证，凡漫乙是正二千余处，往往所至称善，今四明所刊四十五卷者是也。③

又朱熹《跋方季申所校韩文》：

> 余自少喜读韩文，常病世无善本，每欲精校一通，以广

---

① 《昌黎先生集考异》，第266页。
② （宋）叶梦得撰、宇文绍奕考异，侯忠义点校：《石林燕语》，第116页，中华书局，1984年。
③ 《柳宗元集》附录，第1447页。

流布，而未暇也。今观方季申此本，雠正精密，辨订详博，其用力勤矣。①

陈振孙《直斋书录解题》亦云："此书（按：《元和姓纂》）绝无善本，顷在莆田以数本参校，仅得七八，后又得蜀本校之，互有得失，然粗完整矣。"②朱弁《曲洧旧闻》卷四载："其（按：宋次道）家藏书，皆校三五遍者，世之蓄书以次道家为善本。"③可见，但凡经名家精校过的本子宋人便视之为善本。

第三，以完本、足本为善本。如陆游《跋温庭筠诗集》：

先君旧藏此集，以《华清宫》诗冠篇首，其中有《早行》诗，所谓"鸡声茅店月，人迹板桥霜"者，久已坠失。得此集于蜀中，则不复见《早行》诗矣。感叹不能自已。④

陆游因所得集子未收《早行》诗篇而感慨不已，正如楼钥《攻媿集·春秋繁露跋》中说："余老矣，犹欲得一善本，闻婺州潘同年叔度景宪多收异书，属其子弟访之，始得此本，果得八十二篇，前所未见。"⑤可见宋人对完本、足本的重视。

第四，以官本为善本。如朱熹《韩文考异序》云：

南安韩文出莆田方氏，近世号为佳本，予读之信然。然尤恨其不尽载诸本同异，而多折衷于三本也。原三本之见信，杭、蜀以旧，阁以官，其信之也则宜。⑥

在其序文《书韩文考异前》亦云：

---

① 《全宋文》卷五六二九，第64页。
② （宋）陈振孙著，徐小蛮、顾美华点校：《直斋书录解题》，第228页，上海古籍出版社，1987年。
③ （宋）朱弁撰：《曲洧旧闻》，第32页，王云五主编《丛书集成初编》本，商务印书馆，中华民国二十五年版。
④ 《陆游集·渭南文集》卷二十六，第2232页。
⑤ 李明杰：《宋代版本学研究——中国版本学的发源及形成》，第406页，齐鲁书社，2006年。
⑥ 《昌黎先生集考异》，第1页。

此集今世本多不同，惟近岁南安军所刊方氏校定本号为精善。别有《举正》十卷，论其所以去取之意，又他本之所无也。然其去取，以祥符杭本、嘉祐蜀本及李谢所据馆阁本写定。而尤尊馆阁本，虽有谬误，往往曲从。他本虽善，亦弃不录。①

在宋人意识中，馆阁官本一般都精校精刻，可视为正本。朱熹在作《韩文考异》时，以方崧卿《韩集举正》为例，虽提出对馆阁本应该客观对待，不可曲从，但也肯定了出自馆阁的官本宜信。而宋代的不少藏书家好收藏国子监刻本，并倍加珍视。

当然，宋人的善本标准不仅仅是这些，还要具体问题具体分析。以上四点讲的都是内容，除此之外，宋人的善本标准也讲求形式，如陈造《题陆宣公集》："予前后访求公书，皆不得善本。淳熙己酉，考嘉禾试竣事，郡侯以是贶行，纸薄厚得中，而细紧洁白，字端谨遒楷，遂三读而藏。"② 王洙、王钦臣父子更是如此，"每得一书，必以废纸草传之，又求别本参校。至无差误，乃缮写之。必以鄂州蒲圻县纸为册，以其紧慢厚薄得中也。每册不过三四十页，恐其厚而易坏也。此本传以借人及子弟观之。又别写一本，尤精好，以绢素背之，号'镇库书'，非己不得见也。"③ 此处的"镇库书"便指善本，可见王洙、王钦臣父子对于善本的标准是内容与形式并重：在内容上讲求"无差误"；在形式上要求用当时最好的"鄂州蒲圻县纸"抄写，并"以绢素背之"。

以上论述我们可以知道，宋人所说的"善本"，主要是指那些经过精心校勘、舛误较少的版本（包括抄本和刻本）。而"在明代文献中，'善本'的概念与宋人基本一致。"④ 到了清代，版本的研究得到了更深入的发展，清人开始对"善本"有了具体的规范以及明确的阐述。据张之洞《輶轩语·语学》："善本非纸白板新之谓，谓其为前辈通人，用古刻版本精校细勘付刊，不讹不阙之本也。"并进一步说："善本之义有三：一足本（无阙卷，未删削），二精本（一精校，一精注），三旧本（一旧刻，

---

① 《昌黎先生集考异》，第3页。
② 《全宋文》卷五七五九，第257页。
③ （清）叶昌炽著、王欣夫补正、徐鹏辑：《藏书纪事诗》附补正，第18页，上海古籍出版社，1989年。
④ 严佐之著：《古籍版本学概论》，第180页，华东师范大学出版社，2008年。

一旧钞)。"① 清末大藏书家丁丙在《善本书室藏书志》中,更是对善本区分收藏的范围做出了详细的说明。② 显然,后世的善本概念在宋代的基础上有所扩大和发展,主要是增加了一条判断标准,即是否为时代久远、版刻较早的本子。虽然,对于善本的概念宋人未曾做出明确的规定和解释,但是宋人的善本意识,却为后世善本标准的发展与成熟奠定了基础。而宋人所写的唐集序跋,对我们研究宋人的善本观和考订唐集的版本优劣提供了丰富可靠的素材,在版本学研究上有着重要的价值。

结语

钱仲联在《历代别集序跋综录》序中说:"昔无锡钱基博先生示人读古书之方,应先读其书之序跋(含作者自序及他人所作序跋),如此则可在通读全书之前,洞悉其书之内涵,作者为书之宗旨,当时及后代对其书之评鉴。因古书序跋之作者,往往为至高成就之人,具深邃之学识,文坛有一定之声誉,尤其是别集类之序跋,用途更大,持校读一般文学史,其弋猎所获,何啻倍蓰!"可见,序跋对于读书和治学作用之重大。本文以宋人所写的唐集序跋为资料范围,从版本方面展开研究,对唐集在宋代的编刻及其原因、版本源流以及版本优劣三个问题进行了论述。显然,宋人撰写的唐集序跋,作为古典文献重要的组成部分,为我们研究唐集在宋代的版本情况提供了丰富可靠的文献资料,具有很高的版本学价值。宋代唐集序跋在版本学史上的地位应该得到充分的重视。

The value of the version about the preface and postscript for the poems of Tang which are written by Song people

Liu Bingxin

Abstract: the Song dynasty is the major development period of the study of version, in which the version research and application have been initially

---

① 司马朝军撰:《辀轩语详注》,第 134 页,华东师范大学出版社,2010 年。
② (清)丁丙撰:《善本书室藏书志》,第 175 页,上海古籍出版社,1995 年。

formed version of learning.The Song people have a clear understanding about the academic meaning of the assessment value of different version,textual research of the origin,comparative its advantages and disadvantages.Especially in the Song dynasty,literary scholars wrote a lot of preface and postscript,which provide the detailed and reliable data for our research,it has the great significance on the version of the study.

Key words: Song Dynasty; Poetry anthology in Tang Dynasty; Preface and postscript; Version; The value

从内野本隶古定字形看《尚书》版本流变

◇ 章宁[①]

摘要：此文从内野本《尚书》商书部分的隶古定字形出发，结合《尚书》的版本源流，对隶古定这一概念进行了重新定义。同时，对《商书》中出现的隶古定字形采取列表分析的办法，分辨隶古定字形的隶定来源，发现在内野本乃至唐抄本中，今文部分的隶古定字形多来源于出土古文字系列，而古文部分则多来源于《说文》古文以及三体石经等传抄古文字系列这一现象。得出今文《尚书》与古文《尚书》文本来源不同，古文《尚书》所起应当较晚，而今文《尚书》的版本源头和版本系统，应当归为真古文《尚书》中与今文重合的部分，而非今文本系统这一结论。并据此对刘起釪先生关于今文《尚书》以及真古文《尚书》流传问题的论述，提出了一些修正和商榷。

关键词：内野本；《尚书》；隶古定字形；版本系统

引论

传统对于隶古定字形的研究，大多如徐在国先生《隶定古义疏证》《传抄古文字编》，注重文字形体的悉心梳理与精审考证，但仅停留于考据字形，并不能对解决实际问题有什么帮助。但如换一个角度，从在文献学上看，隶古定字形在《尚书》的诸多抄本中的存在，甚至能够起到区别版本系统的作用。[②] 同时，隶古定字形经过今文字笔画的转写，与广义传抄古文尚有区别，本质上是古文字形体在今文字阶段的遗存。这一转写的发生时间和最初源头，也为我们标示出了《尚书》在版本流传过程中的某些重要时间节点。因此，通过研究隶古定字形

---

① 章宁，男，北京师范大学历史学院2013级硕士。
② 通过对于版本的比较，可发现内野本——《上八本》一系保留了较多的隶古定字形，而《足利本》——《上图本》则今字较多。关于日本《尚书》版本系统问题，可参看刘起釪《日本的尚书学与其文献》一书，此不赘述。

转写发生时间和最初源头，可以为我们研究《尚书》的版本流传系统提供有力的佐证。

本文试图从《尚书》的日本抄本内野本出发，以其商书部分中隶古定字形的最初来源为线索，通过整理字形，找出其中的隶古定字形，分为仅见于今文、仅见于古文、今古文共有三部分加以分析。并结合出土古文字材料比较，希望能够找出这三部分字形各自的特点及其差异，从而揭示《尚书》的今、古文在版本流变中产生的一些问题，并对刘起釪先生《尚书》版本流传系统的一些观点提出商榷。

(一)

本文所选择的研究对象内野本，指的是日本元亨壬戌（1322年）年间，沙门素庆刻本之抄本，沙门素庆刻本今不传，京都东方文化研究所取写真本校对《尚书正义》，《校勘记》称为内野本，故因之而称。这里之所以选择日本抄本内野本进行研究，其原因有以下几点：

其一，内野本是出自日本人之手，以臆测改字的情况较之中国应小得多，同时在流传系统上，日本所传《尚书》抄本始终较为封闭，受到后来版本的干扰较小。

其二，内野本基本保留了唐抄用字原貌。从抄写时间上看，天理馆《善本丛书·解说》定为镰仓后期（1300年左右），此说当无疑议。据岛田翰《古文旧书考》称，此刻本（岛田称为青山相公藏本）据一唐写本（称为沙门素庆祖本）刊刻成书。将之于敦煌文书S799隶古定《尚书》对勘，基本可以确认内野本整体在用字上保留了唐写本的原貌。刘起釪言："当承隶古定之宋齐旧本传至唐代之抄本。"[①]此说当是。[②]

其三，在内野本之前的日本诸抄本皆为残本，而内野本为全本，在样本系统上较为封闭可控。同时，由于内野本没有受到"卫苞改字"的影响，保留了大量的直承宋齐旧本且属于单一版本系统的隶古定字形，

[①] 刘起釪：《日本的尚书学与其文献》，第94页，北京：商务印书馆，1997年。
[②] 从具体的版本时代上来看，《内野》本中，"民"字有缺笔，"治"字不缺笔，而P3015本"民"缺笔作"𤱳"，与P3015同时期的P3615"治"缺笔作"治"。故如大致从缺笔避讳的角度推断，内野本应当是太宗时期或稍晚的抄本，而P3015本系列应当更晚，但亦属早于"卫苞改字"的版本。

受到后来版本的干扰较小，不似薛季宣本《书文古训》一般字形混乱庞杂，便于进行梳理。

从古本《尚书》的整体版本流传上看，今文本系统在先秦秦汉时代的传承大致是这一路线：

  战国籀文本、古文本→伏生学三家今文本→汉碑、汉文、《史记》《汉书》所引今文本→熹平石经本①

与此同时，真古文本系统在相应的时间内流传的路线如下：

  孔安国家传本、中密本、河间献王本→刘歆今文读孔壁本→杜林漆书本→《说文》所引古文本→马郑王隶书古文本→邯郸淳古文本→正始石经本②

上述两者在魏晋之际的流传线索，均出现中断。而隶古定传本系统在出现的时间上整体晚了一个时期，则表现为以下两条线索并行的状况：

梅赜传宋齐旧本→唐隶古定写本→敦煌本、沙门素庆祖本→内野本
  陆德明引多奇字本→唐隶古定奇字本→五代郭忠恕本→宋吕大防本→南宋晁公武本→薛季宣本《书文古训》③

通过古本《尚书》版本系统之间的流传关系，可以发现在古文字字形演化为今文字形体的时间点上，今文与古文是不一致的。今文本系统大致发生于汉初，真古文本系统大致发生在西汉末年刘歆以古文本校今文本，并在东汉被统一转写为漆书形体。而隶古定本系统则大致发生在东晋及稍晚的时期。

---

  ① 刘起釪：《〈尚书〉源流及传本考》，第129—130页，沈阳：辽宁大学出版社，1997年。
  ② 参见刘起釪：《〈尚书〉源流及传本考》，第130页，沈阳：辽宁大学出版社，1997年。
  ③ 参见刘起釪：《〈尚书〉源流及传本考》，第130页，沈阳：辽宁大学出版社，1997年。

从文字系统的演变情况来看，理论上今文本系统所见字形当纯出于汉代字形，真古文本系统的隶古定字形在系统上更加接近战国文字，尤其是非秦系文字。而隶古定本由于版本的断裂，不可能见到前两个版本系统的字形，故来源应是正始石经与《说文》古文等流传于魏晋时期的文字形体。从隶古定字形的来源上看，隶古定本系统中的隶古定字形受到小篆字形的影响同时，来源远比今文本系统和真古文本系统驳杂，本质上是文字的一手材料与二手材料之别。所以，若将楚简、齐文字等文字材料，与较好地保存了宋齐旧本原貌的内野本进行对勘，找出隶古定字形的形体来源，应可实现判断古本《尚书》的不同部分分别所属版本系统的目的。至于清华简所出书类文献，从思路上讲，也可以与内野本对勘，但因本文篇幅有限，故不赘述。

（二）

在确定内野本为研究对象之后，则必须明确字形问题。在内野本的所有异文当中，不可避免地存在"构字"和"用字"两个层面混杂的现象。表现在版本异文当中，也就分成了用字层面的通假字以及构字层面的"隶古定"字形和俗体字这两途。所以，在字形统计工作中，对于内野本中的字形必须有所甄别，区别出通假字、俗体字形，从而使研究重点可以集中于"隶古定"字形。通过甄别，唐写本系统中出现的异文，主要有以下几种情况：

其一，是俗体字。在唐代的"正字运动"之前，楷体字的写法尚未固定，所以常常出现一字多形、各形通用的现象。这一点，在敦煌写本当中有所反映，例如S388《正名要录》、S799隶古定《尚书》等。这一现象，也同时存在于日本所各写本中，尤其在直承唐写本系统的抄本，如内野本系列或足利本系列中更为多见。这一现象是共时平面的，于本文着重研究的历时现象并非同一层面的问题，所以对俗体字这里不加考虑。认定俗体字的标准主要有以下几点：第一，写本字形在古文字材料中找不到明确的形体演进线索的。第二，与历代俗字典所收字形重合的。第三，因为书写问题造成的连笔、简写或者笔画位移的。第四，由于当时音声相近造成声符替换的。其中，第一点必须具备，而后三点只需具备其一，就可以认定此字为俗体字。

其二，是通假。例如内野本中有"义"书为"谊"、"越"书为

"粤"、"无"书为"亡"等例,这属于用字范畴,且非古本《尚书》特有,与本文不相关联,故亦不多加解释。对于通假字,认定标准主要有以下几条:第一,在古注中被明确标注为通假者。第二,在不同的版本中存在异文,而其他版本的形体被认为是本字者。第三,其字在古文字形体的隶定过程中,被隶定为相通或相近的字,且古文献中存在通用之例者。

其三,是讹误。由于版本的传抄、转写、刊刻等原因,同一部文献在不同版本系统,往往会出现文字上的差异,或声讹,或形讹。这通常是传抄造成的,属于文本的传播范畴,不在本文讨论范畴之列。同时,讹误这一情况通过版本校勘就可以排除。这里只是为了使思维结构的完整,才指出这一种可能性,在选取异文的操作过程中,已将讹误排除在外,故对此本文不再赘述。

其四,则是本文着重讨论的隶古定字形。首先,我们必须先明确"隶古定"的定义。《书序》言:"以所闻伏生之书考论文义,定其可知者为隶古定,更以竹简写之。"这是对隶古定的较早描述。这种说法有其创见,提出隶古定是经过写定的字形。但对隶古定的性质,并没有明确界定,没有指出隶古定字形属于今文字范畴还是古文字范畴,其次,没有体现文字是否经过改易,即所写的字形是否保留了古文字的构形。所以,这个定义不确切。

在《书序》此说的基础上,颜师古《匡谬正俗》进一步发挥道:

以孔氏壁中科斗文字,依傍伏生口传授者,考校改定之。易科斗以隶古字定讫,更别以竹简写之,非复本文也。近代浅学乃改隶古定为隶古字,非也。直云隶古,即是隶古字,于理可知,无所阙少。定者,为定讫耳。今先代旧本皆为隶古定,不为古字也。

颜师古在《书序》的基础上前进了一大步,明确了隶古定字形形体上属于今文字,是按照今文字的笔画来写定古文字的字形结构,也明确了"隶古定"字形虽不能作为古文字的直接模板,与古文字形体之间存在较为密切的渊源关系。颜师古的说法,解决了定性的问题。然而,此说定性则定性矣,还存在一个问题,即"今文字的笔画"究竟以什么形态出现,是楷还是隶?颜师古并未详细的说明,所以,我们认为,颜师古的定义尚不能称完善。

至于今人的说法,顾廷龙在《尚书文字合编》的序言中说:

一是说明了隶古字是用隶书按照古字的笔画写的,不是把古字改为隶书,在道理上可知笔画不能缺少;二是说明"定"是最终写定的意思;三是说明先代传下来的旧本都是用隶古字写定的,不是用古字写的本子。①

顾先生认为"隶"应指正书,②即隶古定字形使用的今文字笔画应是楷书。而顾颉刚先生认为隶古定字形应该在宋齐旧本的基础上,存在从隶书写定逐渐演化为楷书写定的过程。③对于顾颉刚先生此论,从三体石经残石与日传抄本的字形对比来看,确实可以见到从隶书转化为楷书的痕迹,毕竟隶古定的历史比楷书早,所以,本文倾向于赞同顾颉刚先生的说法。

与顾颉刚先生此论相似的主要有徐在国《隶定古文疏证》:

> 隶定"古文"是相对篆体"古文"而言,指用隶书或者楷书的笔法来写"古文"的字形,大体包括隶定籀文,隶定古文等。④

徐先生所说的前者,即是本文所说的隶古定字形,而后者,指的是张政烺先生意义上狭义的"古文",即《说文》古文。⑤

裘锡圭《文字学概要》:

> (隶古定)指用隶书的笔法来写"古文"的字形。后人把用楷书的笔法来写古文字的字形称为隶定。⑥

以上几位先生的说法,虽然在细微之处有所出入,但总体对隶古定

---

① 参见顾廷龙、顾颉刚:《尚书文字合编》,前言第9—13页上海:上海古籍出版社,1995年。
② 参见顾廷龙、顾颉刚:《尚书文字合编》,前言第11页,上海:上海古籍出版社,1995年。
③ 参见顾廷龙、顾颉刚:《尚书文字合编》,代序第4页,上海:上海古籍出版社,1995年。
④ 徐在国:《隶定古文疏证》,第1页,合肥,安徽大学出版社2002年。
⑤ 参见《中国大百科全书·语言文字》,第102页,北京:中国大百科全书出版社,1988年。
⑥ 裘锡圭:《文字学概要》,第83页,北京:商务印书馆1988年。

字形的性质特点已有共识。故综合以上看法，可以给隶古定下一个比较明确的定义，即隶古定是指用今文字的笔画按照古文字的笔势和结构所写定，属于今文字范畴的文字。今文字笔画存在一个逐渐从隶书形态演化为楷书形态的过程。

结合以上定义和几条标准，本文对内野本《商书》部分的文字进行统计，从原有除讹误外的172处异文中，筛选出88个隶古定字形，其中，仅见于今文者15例，仅见于古文者23例，今古文共有者50例。

基于以上的定义和标准，可以得出确定隶古定字形最初来源的几条原则，按照优先程度排列如下：

第一，形似原则。即所寻找的古文字字形，在形体上须符合隶古定字形的笔画。这一原则是研究隶古定字形最初来源问题的基础，以下三条原则，无不建立在此基础之上。

第二，出土字形优于传世字形。即在对证古文字材料的过程中，一部分材料是出土简帛文字或器物铭文，而另一部分材料是传世字书流传的古文字形，在形似原则基础上，应优先使用出土字形作为最初来源，因为出土文献很好地保存了所处时代字形原貌，而传世字形可能有所讹误。故应使用出土字形作为第一参照，传世字形作为第二参照。

第三，成字字形优于偏旁。在符合以上两条的前提下，一个字形可能单独成字，也可能以偏旁的形态出现。由于隶古定字形的使用存在一定的整体性，在作为偏旁出现的时候，有可能与原本字形存在一些出入，因此，在研究过程中，应优先使用成字字形，作为"隶古定"字形隶定源头，而偏旁形态存在的相似字形，只能够作为旁证。

第四，从早不从晚。由于需要寻找字形最早出现隶定可能的时间点，所以在字形的选取上，与一般共时层面的字形传抄相比，应发掘符合隶古定字形的最早形态，因为较晚字形存在由较早字形发展而来的可能，在寻找最初来源的时候，必然要找转化过程中的最原始形态，故在符合以上三条原则的基础上，应认为较早字形为隶古定字形的最初来源。

以上四条，便是在研究隶古定字形的隶定源头方面所应当遵循的四条原则。

根据上述原则，通过字形整理可得下表：

内野本形	今/古	来源	结论	备注
琂（《合》P613）	今		晋系文字	其余字形皆不省贝
孴（《合》P880）	今		西周金文	古文字攴、手多相通
遟（《合》P884）	今		西周金文	
憙（《合编》P1256）	今		西周金文	古文字言、心多相通
剑（《合编》P611）	今		楚系文字	
恚（《合编》P882）	今		晋系文字	
彭（《合编》P884）	今		三体石经	出土文献"静"、多从争
豳（《合编》P968）	今		楚系文字	
陞（《合编》P1255）	今		齐系文字	
志（《合编》P964）	今		楚系文字	
𠚑（《合编》P886）	今		齐系文字	
慕（《合编》P880）	今		晋系文字	
寒（《合编》P884）	今		楚系文字	
邮（《合编》P968）	今		齐系文字	
弌（《合编》P1256）	今		楚系文字	
𢼶（《合编》P1066）	古		说文古文	出土字形、多从百
道（《合编》P670）	古		秦系文字	
改（《合编》P731）	古		说文小篆	
嵞（《合编》P765）	古		说文籀文	
𣅲（《合编》P698）	古		古本尚书	战国海字左右结构，仿古改写

续表

内野本形	今/古	来源	结论	备注
槀（《合编》P731）	古	槀	说文古文	
翯（《合编》P612）	古	翯	说文小篆	
臂（《合编》P766）	古	臂	说文小篆	
从（《合编》P767）	古	从	汉代故训	秦系文字作
䃣（《合编》P1067）	古	䃣	说文小篆	
𣆪（《合编》P1151）	古	𣆪	古本尚书	战国以后的仿古改写，同海
𤔲（《合编》P696）	古	𤔲	说文古文	金文嗣多从冊，楚系文字有司，所从非司字
晉（《合编》P766）	古	晉	秦系文字	
宋（《合编》P1066）	古	宋	说文小篆	
㠯（《合编》P699）	古	㠯	说文古文	
𣊫（《合编》P1154）	古	𣊫	说文小篆	
䛐（《合编》P638）	古	䛐	说文古文	
尼（《合编》P639）	古	尼	说文古文	楚系作𡰣，秦系作𡰪，晋系作𡰫
轟（《合编》P755）	古	轟	说文古文	
敫（《合编》P1155）	古	敫	说文古文	
臭（《合编》P819）	古	臭	说文小篆	楚系作臭
喆（《合编》P698）	古	喆	说文古文	省变
㣧（《合编》P793）	古	㣧	古本尚书	战国文字皆无彡
彭（《合编》P880）	共	彭	古本尚书	

237

续表

内野本形	今/古	来源	结论	备注
㑴（《合编》P731）	共		楚系文字	
𢗅（《合编》P612）	共		西周金文	
𡟰（《合编》P698）	共		楚系文字	
威（《合编》P696）	共		六国文字	齐系、楚系与中山王器皆通
敕（《合编》P816）	共		楚系文字	
鷗（《合编》P1068）	共		楚系文字	
惪（《合编》P816）	共		楚系文字	
歱（《合编》P883）	共		楚系文字	传抄中，止、山二部互讹常见
敦（《合编》P610）	共		楚系文字	
兵（《合编》P793）	共		说文小篆	
屋（《合编》P673）	共		说文古文	
訊（《合编》P766）	共		三体石经	
鼎（《合编》P817）	共		说文小篆	
渔（《合编》P964）	共		齐系文字	
宣（《合编》P732）	共		楚系文字	
悉（《合编》P636）	共		战国文字	
柴（《合编》P964）	共		说文古文	
樂（《合编》P1109）	共		三体石经	
乳（《合编》P699）	共		秦系文字	

续表

内野本形	今/古	来源	结论	备注
霧(《合编》P1027)	共		古本尚书	
善(《合编》P700)	共		说文古文	
逦(《合编》P886)	共		西周金文	
六(《合编》P1066)	共		楚系文字	
宜(《合编》P1025)	共		西周金文	
著(《合编》P611)	共		战国文字	中山王器作"㠯"
参(《合编》P1065)	共		楚系文字	
食(《合编》P1154)	共		楚系文字	
击(《合编》P819)	共		说文小篆	金文一作"㠯"，点有无不定
衍(《合编》P962)	共		西周金文	
际(《合编》P963)	共		西周金文	
上(《合编》P818)	共		说文小篆	
三(《合编》P765)	共		甲骨文字	
春(《合编》P819)	共		战国文字	
断(《合编》P610)	共		齐系文字	
乱(《合编》P792)	共		西周金文	
圀(《合编》P766)	共		古本尚书	
无(《合编》P1253)	共		楚系文字	
宜(《合编》P612)	共		说文古文	

续表

内野本形	今/古	来源	结论	备注
篆(《合编》P820)	共	篆	说文小篆	
籥(《合编》P637)	共	籥、籥	战国文字	楚系、齐系皆通
誉(《合编》P766)	共	誉	三体石经	
仙(《合编》P880)	共	仙	齐系文字	
叶(《合编》P819)	共	叶	说文古文	
丁(《合编》P818)	共	丁	说文小篆	
迫(《合编》P612)	共	迫	说文小篆	
吕(《合编》P819)	共	吕	西周金文	
皱(《合编》P734)	共	皱	说文小篆	
庀(《合编》P877)	共	庀	楚系文字	
炭(《合编》P640)	共	炭	楚系文字	

(三)

从上表分析可见，不论是在数量上还是演变的源头上，内野本的今文部分与古文部分，都体现出了较为明显的特征和差异，总结起来有以下几点：

其一，从异文的结构上看，今文主要为通假字和隶古定字，古文主要为俗体字和隶古定字。除去比例相去不大的隶古定字形，可以发现在异文的产生原因上，两者存在着明显的不同，古文的通假字比率远较今文为低。这种不同来源，参照其他唐抄本版本，可确认应当是唐抄本系统的共性。进而则有这样一个推论，唐抄本系统的今文与古文，在文字形体方面受到了不同版本系统的影响。结合之前关于版本源流的阐述，唐隶古定写本系统的来源大体是梅赜传宋齐旧本，因此不同的字形源，应是从宋齐旧本承袭而来的。因此可以推断，梅传宋齐旧本的今文和古文，在字形系统的来源上，存在着较为明显的区别。

其二，从隶古定字形的来源上，今文与古文在字形来源上不同。今文部分隶古定字形除个别字形起源较晚之外，绝大多数仅见于今文的字形最初来源应是战国文字，乃至西周金文，多能与出土文献字形对证。而绝大多数仅见于古文者的最初来源，却多是《说文》古文、小篆、三体石经、古本《尚书》等传抄古文，与出土文字反而有所凿枘。两个系统的字形来源存在着较为明显的先后之别，古文部隶古定字形比之今文，在最初来源上明显晚了一个时期。

一部完整的书在传承过程中，如果没有发生佚散，由于写作时间较为一致，且在传播源流上没有差异，则书中的文字、体例、辞气乃至义理都会体现得较为统一。相对应的是，如果在传承中发生了分化，以至于散失，后人或存完璧之心，或挟私念，将之补全，则难免在文字和辞气上与原书文字有所龃龉。例如，将今本《孔子家语》和定县八角廊汉墓出土的《儒家者言》汉简进行对比，可以发现，虽然两者存在一定的相似之处，然作为传世本的《孔子家语》在用字等方面，经过加工和造伪的过程后，已经与出土版本《儒家者言》不甚相同。传世本的状况已然如此，更何况是竭力希望保留古本原貌的唐抄本系统呢？

其三，在隶古定字形的笔法上方面，隶古定字形在笔画的转写上，多是按照整体结构和部件为单位来进行，而非一笔一画的原样照录，所以在转写上，常见一些整体的讹误。例如，表中说到的在隶古定字形中常见的"止、山互讹"现象，以及"彩""鼠"等字的相似部件的隶定，皆体现了这一特征。

同时，隶古定字形在受到今文字结构影响的同时，在字形上也保留了一些古文字书写习惯的残留印记，这点对隶古定字形的结构产生了一定的影响。前者"受今文字结构影响"的情况，例如出现了"避重捺"，而后者"保留古文字书写习惯"的情况，例如保留了楚文字书写时习惯在首笔横划上添加短横的习惯。这也是内野本隶古定字形所体现出来的总体特征。

通过上义的概括，大致可以总结出这样一条规律：今文与古文的隶古定比例大致相似。在今古文共有的部分当中，隶古定字形的最初来源体现得较为混乱。这很可能是因为好事者在宋齐旧本基础上，对今、古文之间有出入的字形进行了统一改写，从而导致了这一部分中，隶古定字形的最初来源存在着两系交错的状况。

然统一改写，对仅见于今文或古文当中的隶古定字形，是没有影响的。今文的隶古定字形保留了大量以战国文字为最初来源的字形，而古文的隶古定字形则能找出明显传抄古文与秦系文字的痕迹。这说明在传抄的过程当中，今文部分、古文部分的字形应分属两个版本系统。而通过对古文部分的隶古定字形特征进行分析，可以知古文部分《尚书》的起源，应当晚于《说文》古文，即便是古文《尚书》记载的史事有所本，其写定也应是两汉之后。故今传古文《尚书》应是后人伪造。

但是，仅得出这一尽人皆知的推论是不够的。传统上，能确认起源较晚的伪古文写定于两汉之后，而对今传本中今文部分的由来，始终缺乏详细的认定。传统的说法对这个问题的议论也相当有限，始终存在着某些空白区域。由于伪古文版本系统的争论及其影响实在太大，导致研究者对于现存今文的版本系统来源并没有太多关注。这显然是传统研究的欠缺。对今文部分来源，传统通常一概而论其属于今文本系统。而根据前文的分析研究，这种说法存在问题，在字形的角度上是站不住的。

基于前面的表格，今文当中存在比例不小的隶古定字形。这直接说明了现存唐写本中的今文部分与两汉流传的今文本系统，存在着一些出入。今文部分在传承的过程当中，应始终以今文字字形写成。即便经过杜林漆书、邯郸淳古文等字形的改写，由于没有直接的改写依据，其独有的字形大部分必不以隶古定字形的形式存在，只有部分字形可以根据流传的其他古文形体类推其规律。即便是极少根据规律类推的字形以隶古定字形的形式存在，也应与真正的战国文字有所区别。

内野本中仅见于今文部分的隶古定字形，大致来源主要由楚系文字与晋系文字两个方向组成。从文字形态追究其版本的话，似乎是作为源头的战国籀文、古文本，经过了某种综合的版本。这显然不是汉代流传的今文本系统的字形特征，甚至假设得大胆一些，可以猜测，以内野本为代表的唐写本系统中，《尚书》今文部分的来源，并不是汉初所流传的今文本系统。

前文中说到，真古文的流传起点是孔安国家传本、中密本、河间献王本等几个版本。这几个版本，都是汉初流传的存在古文字字形的版本。而这些真古文《尚书》版本得以流传，孔安国和刘歆在其中起到了很大的作用。《汉书·艺文志》：

孔安国者，孔子后也，悉得其书，以考二十九篇，得多十六篇。安国献之。遭巫蛊事，未列于学官。刘向以中古文校欧阳、大小夏侯三家经文,酒诰脱简一,召诰脱简二,率简二十五字者,脱亦二十五字,简二十二字者,脱亦二十二字,文字异者七百有余,脱字数十。

以及刘歆《移让太常博士书》:

及鲁恭王坏孔子宅,欲以为宫,而得古文于坏壁之中,逸礼有三十九,书十六篇。天汉之后,孔安国献之,遭巫蛊仓卒之难,未及施行。及春秋左氏丘明所修,皆古文旧书,多者二十余通,臧于秘府,伏而未发。孝成皇帝闵学残文缺,稍离其真,乃陈发秘臧,校理旧文,得此三事,以考学官所传,经或脱简,传或间编……

根据以上材料,今文本系统和古文本系统曾有过一个校对的过程。可以推断,在这一校对过程当中,今文本系统和古文本系统在字形、增删、错简等问题上,出现了很多交错。随着真古文《尚书》的逐渐失传,导致这种交错只保留在经过真古文本校对的今文《尚书》当中,进入杜林漆书本系统流传。而后通过宋齐旧本的途径,将这一痕迹保留在隶古定字形之中。这也解释了为什么今文《尚书》当中存在为数不少的隶古定字形,且这些隶古定字形与战国文字具有相似之处,但不出于一端的特点。可以说,这是从字形流变的角度,所能做出的最合理的解释。

所以,对于唐写本所传今文《尚书》部分,不能草率地将它与旧传今文本系统相混淆,而应根据前文对于隶古定字形由来的分析,认为唐写本系统的今文《尚书》是真古文《尚书》和原今文《尚书》相重合并经过校对的部分,本质上属于真古文《尚书》的版本系统。根据这一说法,本文对刘起釪先生关于《尚书》版本源流的观点做出如下修正:《尚书》的版本流传,从刘歆今文读孔壁本出发,发生曾经位移,分为两支,一支如刘先生所列发展,直至熹平石经散佚,而另一支则是今文本在汉末散佚之后,今文《尚书》的内容主要在真古文尚书中与今文重合的部分流传,入杜林漆书本系统。在西晋时期真古文散佚之后,梅本以只鳞片羽伪造了失传的真古文部分,并与所得重合部分合编,统一改写字形之后,成为了宋齐旧本的主要由来。而陆德明所引多奇字本系统隶古定写本,则以是后人根据流传古文的臆补,与前文所说的版本系统不可相混。本质上是一个真古文填今文,伪古文填真古文的过程。

关于今本今文《尚书》当出于汉真古文本系统这一观点,赵光贤先

243

生在《读〈尚书〉札记》①一文中，列举了二十二条今古文版本的对勘证据，从另一个侧面也说明了这个观点。因赵光贤先生之文论说角度不出于隶古定，故不多加引述，然亦可参照。

A studyof the transformation about the shu khin's version system according to the liguding from the uchino version

Zhang Ning

Abstract：This essay focuses on the transformation from ancient Chinese character to modern character in The ShuKhin's part IV the book of Shang. According to the version system of The ShuKhin, this essay redefined the concept about Liguding（隶古定）.Besides ,we analyze the ancient character of the Uchino Version one by one.As a result, we discover that the Jinwen（今 文）part and the Guwen（古 文）part of The ShuKhin come from different source, and then we can infer that Guwen（古 文）part of The ShuKhinis forged. At the same time, the Jinwen（今 文）part of The ShuKhin may attribute to the True Guwen（真 古 文）version system. Based on this inference, we discussed the view of Mr.LiuQiyuon the version system of The ShuKhin.

Key words： The uchino version; The ShuKhin;Liguding;The version system

---

① 赵光贤：《读〈尚书〉札记》，见《亡尤室文存》，第136页，北京师范大学出版社，2001年。

诗性正义：周作人诗歌精神的一种追求

◇李俊杰[①]

摘要：周作人的新诗创作与新诗理论不仅关系了白话诗初期的形式论争，更值得关注的是，他指出了新诗初创时期的诗歌精神建构。本文认为，可以用诗性正义来概括这一精神追求。

关键词：周作人；新诗；诗歌精神；诗性正义

在白话诗起步阶段，从审美角度确立合法性是诗体建设者们付出最大努力的方向。自白话诗诞生，讨论重点多是围绕诗歌语言、格律等形式层面的建设。诗歌内容、精神方面的问题在其发展伊始的讨论中处于边缘位置。其中包含着一个深刻的原因：在早期白话新诗建设过程中，"文白之争"中夹杂着复杂的价值取向的辨析，形式的努力挣扎出的意义，不亚于诗歌内容中包裹的诉求。在这个层面上，包括语言、格律、修辞等在内的形式层面的追求，探索着"怎么写"的本身体现价值的追求，超越了诗歌内容、诗歌精神层面的"写什么"的追求。1919年以后，随着胡适等理论建设者不断的努力，在五四新文化运动带来的一系列创造、交锋、延宕中，白话诗被"新诗"这一称谓替代，逐渐地成了"兴旺"且"时髦"[②]的诗体，在这种情形之下，诗人没有间断形式的努力，更重要的是，在诗歌精神追求方面，有了显著的发展。周作人作为这一时期重要的诗人，创作与理论并重，展现了一种独特的诗学路径。

[①]李俊杰，北京师范大学文学院2013级博士生。
[②]朱自清：《新诗（1927）》，见《朱自清全集》第四卷，第210页，江苏教育出版社，1990年版。

一

　　周作人是非典型的诗人，他的诗歌活动在他整个文学生涯中所占的比例不大，但意义不同寻常。新诗集《过去的生命》加未收入的十数首，即便再加上"打油诗集"《苦雨庵打油诗》和《老虎桥杂诗》，从创作数量上看很难算得上高产甚至"典型"的诗人，就连他自己，说起新诗创作，认为那不是诗而是散文，说起旧体诗创作，说那是打油诗不是旧诗，但从创作、翻译、理论建设等各个方面的具体实绩和影响与反馈来看，周作人带给现代新诗发展的丰富动力和产生的影响力是不可小觑的。本文认为，周作人在诗歌精神层面的、构建层面的，为新诗发展带来的丰富可能性是值得被展示与分析的。

　　对于周作人而言，他新诗创作中形式的建构仿佛是无意而为之的，在发表《小河》时，他特意作序，曰"有人问：我这诗是什么体，连自己也回答不出。法国波德莱尔（Baudelaire）提倡起来的散文诗，略略相像，不过他是用散文格式，现在却一行一行的分写了。内容大致模仿那欧洲的俗歌；俗歌本来最要叶韵，现在却无韵。或者算不得诗，也未可知；但这是没有什么关系。"① 这段自我的解释看似透露着茫然，事实上可供解读的空间中蕴涵了三重含义：首先这首诗歌的诗体是前所未有的、崭新的，连诗人自己都"不知道"这算什么，其次，这种前所未有的创作"像"波德莱尔的散文诗，是一种契合而不是模仿，更何况有明显的韵律的差异；最后，在经过形式探讨之后，这算不算形式意义上的"诗"，并不重要。这段序言，既有周作人犹疑的部分，更能够看到某种自我确证。在创作实践初期，周作人从本质上来说，看似并未刻意经营诗体，对诗歌天然的音韵追求似乎也漠不关心，这也是他认为"算不得诗"的主要原因。从这首诗歌文本的读解看来，也是缺乏诗歌所本应保有的音乐性的。

　　《小河》的出现一方面惊世骇俗，诸多诗人、批评家都以为这是一首"杰作"，但在那样一个话语场域下解释这首诗带来的格律困扰，是颇费心力的。尽管茅盾为其做出了判断，初期白话诗"注意句中字的音节的和谐。这在有韵诗是如此，在无韵诗也是如此。后者最好的例子是周

---

① 周作人：《小河》序，载《新青年》第6卷第2号，1919年2月15日。

作人的《小河》。这是白话诗史上第一首长诗"。①但就阅读体验和形式分析来看，这首诗是没有太强的音乐性，如何阐释这方面的特点颇费心力，茅盾对《小河》判断的立足点是"和谐"，从一定程度上也看得出来这是一种策略性的阐释，追加的那一句立足新诗史的判断，也是一定程度上弥补策略化阐释的不足。朱自清认为："自然音节和诗可无韵的说法，似乎也是外国'自由诗'的影响"，"周启明氏简直不太用韵。他们另走上欧化一路"，"这说的欧化，是在文法上"，②他"似乎"是"欧化"的判断也一定程度上阻塞了我们对这首诗形式探索更深层次意义的追问。诚然从周作人20年代前后的翻译实绩来看，他对波德莱尔等的散文诗的确有较为充分的领略，但究竟他从中汲取的诗歌创作、诗歌理念的资源是什么，是不是"欧化"这一判断就能概括呢，上文提到周作人自己认为是"略略相像"，这相像背后，是不是还有某些"独创"在里面呢？

  从一般性的角度来看，胡适的"诗体大解放"汲取的主要是晚清以来以黄遵宪等为代表的"诗界革命"和美国意象派的资源，周作人则是汲取了唐、宋诗歌散文化、晚明诗论以及法国象征主义尤其是波德莱尔的某些主张。但在具体层面则有更为复杂的表征。在物象的安排、修辞的策略和诗歌营造的总体氛围层面，有更为深刻的方面。就《小河》一诗而言，用周作人自己的语言来说，"用了譬喻"这种"外国民歌"和"《中山狼传》"运用的"并不是什么新的"手法。③诚然每个文化创造的主体都无法回避传统与经典的影响，以韩愈、欧阳修乃至黄遵宪等人的文学观念来固然对胡适、周作人们的诗歌形式实践有深刻影响，更值得注意的是，在亟待以一种崭新诗体昭告世人新的文学时代的降临之际，诗人们如何调整深刻的传统、多重的资源和复杂的现实与自身创作的关系。他认为，"做诗的人要做那样的诗，什么形式，什么内容，什么方法，只能听他自己完全的自由，但有一个限制的条件，便是须用自己的话来写自己的情思"。④周作人在这方面做出了自己的努力，他以一种看似回避的姿态面对形式层面的探索，"或者算不得诗，也未可知；但这是

---

  ① 茅盾：《论初期白话诗》，载《文学》，第8卷第1号，1937年1月1日。
  ② 朱自清：《中国新文学大系·诗集·导言》，见《中国新文学大系·诗集》，上海良友图书印刷公司，1935年10月出版。
  ③ 周作人：《苦茶庵打油诗》，载《杂志》（上海），第14卷第1期，1944年10月10日。
  ④ 周作人：《论小诗》，载《晨报副刊》，1922年6月22—22日。

没有什么关系",以一种看似"非诗"的"散文化"方式进入了诗的内部,点出了以"蕴藉"、"譬喻"、"兴"等概念包装下的含蓄之美的重要性。这种含蓄,为包裹诗歌的思想,提供了空间。也正是这种努力,拓宽了新诗的美学范式,为所谓的自由体的诗歌的逐步建设提供了范本。

当然形式的粗疏必然破坏诗这种最为精美的文体,但周作人的诗歌观念却提供给新诗表达自由思想、诗歌精神的空间与可能性,这不能不说是一种贡献。随着新诗发展进程的推进,诗歌对个人情感的秉笔直书,对生活片段的描摹刻画,对具体事件的感受评判渐次展开,除却倚重语言、格律、修辞等问题在白话新诗发展中的技术设计,也启动了诗歌精神的构建。这两种不同层面的逻辑展开的方式与尝试营造的影响力固然是不一样的,以白话入诗,从文学措施方面看,是"文字改革"的一部分,而新诗诞生以来创造的诗歌精神带来的影响力隶属于"思想改革",周作人以为,"文学革命上,文字改革是第一步,思想改革是第二步,却比第一步更为重要"。单单论及文字的改革而不涉及"思想的改革",不能"算是文学革命的完全胜利"。① 有学者认为,从新文化倡导者那里可以读出这样一个观念,"文学革命不过是更广泛的伦理道德革命的第一步"。② 这个判断是可以说得通的,由此,单纯地从诗体建设观照新诗的发展就显得明显不足,围绕新诗精神层面构建与发展的考察显得尤为重要。

二

从创作时间上来看,在《小河》(1919 年 1 月 24 日)写作之前周作人还写过一首《两个扫雪的人》(1919 年 1 月 13 日),但后者发表时间却晚了一个月(前者刊 1919 年 2 月 15 日《新青年》,后者刊 3 月 15 日《新青年》)。这首诗写了两个扫雪的人,在大雪纷飞之时如同"白浪中漂着"的"两只蚂蚁"一样,做着看似徒劳的工作,"扫雪",扫完了旋即又被填平,这两个人"扫个不歇",诗人最后说道:"祝福你扫雪的人!/我从清早起,在雪地里行走,不得不谢谢你。"这首在形式层面的分析可以一言蔽之,"散文化",但这首诗的重点显然不在这里,周作人描绘了这样一种

---

① 周作人:《谈虎集》上,第 5—8 页,北新书局,1928 年版。
② 罗志田:《走向"政治解决"的"中国文艺复兴"——五四前后思想文化运动与政治运动的关系》,载《近代史研究》,1996 年第 4 期。

以渺小对抗强大的不断"劳作"的形象,他们的工作或许看似徒劳,却总有人铭记与感激。相较《小河》中更为"深刻"的思想命题,这一首显得浅显了一些,可以想见,在《小河》发表后再推出这首诗,有周作人推出自己诗作的整体性考虑,这其中包含着周作人对于自己诗歌价值性和影响力的预判。在1919年3月15日与《两个扫雪的人》一同推出的还有周作人的《微明》、《路上所见》、《北风》。这三首诗分别描绘了一觉醒来不辨黄昏黎明,只隔着一层窗户纸的混沌之感,速写了路上瞥见卖豆汁的老人与孙女,仿佛拉斐尔画像中的天使与圣徒,感叹了凌厉的北风过后,春天不远。从这三首诗的表义层面来看,是不同凡响的,一纸窗口堵住了对时间的感知、平凡人身上闪耀的神性光辉,大风成了赏玩的风景孕育春天的信息,都是极具"个人化"诗意的对"个人"生活的理解,然而这三首诗在周作人编《过去的生命》时被舍弃了。可能在周作人眼里,它们还是略显"平常"了一些。当然,这里面有随着时间变迁文学眼界的拓宽审美情趣的发展变革,还有的是诗歌"思想"的追求。

也正是这五首刊载在《新青年》上的新诗,提供了可供思考的空间,俞平伯在1919年3月15日《新青年》上刊登了和胡适的诗歌通信,除了对字词、音节的追求以外,他花了很大的篇幅,论证了一个观点,那就是"说理要深透,表情要切至,叙事要灵活",他认为时下的毛病是,"一天尽可以"作出"几十首"缺乏个人"口气"的"美感"的诗,但那时是毫无价值的,他强调"与开口直说不同","诗必当曲绘","诗只可简括","诗的说理表情叙事,均比较散文深一层"。① 尽管胡适宣称这封信已经到了几个月了,但叫以看出这封信和周作人诗歌的推出是有关联性的。他提出的,正是在修辞策略层面和诗歌精神层面周作人提出的主张,如周作人自己认为的那样,首先"本来诗是'言志'的东西,虽然也可用以叙事或说理,但其本质以抒情为主。情之热烈深切者,如恋爱的苦甜,离合生死的悲喜,自然可以造成种种的长篇巨制,但是我们日常的生活里,充满着没有这样迫切而也一样的真实的感情;他们忽然而起,忽然而灭,不能长久持续,结成一块文艺的精华,然而足以代表我们这刹那内生活的变迁,在或一意义上这倒是我们的真的生活"。② 他强

---

① 俞平伯:《白话诗的三大条件》,载《新青年》第6卷第3号,1919年3月15日。
② 周作人:《论小诗》,载《晨报副刊》,1922年6月21—22日。

调的是忠于内心情感的真实性，跳脱开"想象性"情感的泛滥，这种批评是有明确的指向的。尽管他自己用一种叙事性明显的创作手法来进行写作，但周作人表达得很清楚，他是强调抒情性的，在之后的《扬鞭集·序》中，他提出了更为重要的几个概念，如象征、含蓄等表达手法，这些都是对周作人早期新诗观念的具体化阐释。

不好的诗是什么样的呢？用周作人自己的话来说，那就是"倘若是很平凡浮浅的思想，外面披上诗歌形式的衣裳，那是没有实质的东西，别无足取"。① 恰巧这和胡先骕批评沈尹默"毫无诗意存于其间"、批评胡适"其形式精神、皆无可取"② 构成一内一外两种批评的声音，共同揭示出了早期新诗的某些弱点。正是这些尖锐的意见和声音，催促着诗人的调整，诗歌创作的变革与发展。周作人的努力是其中一种，他强调的是，诗歌是需要"思想"的！不仅需要，还需要有不平凡的、不肤浅的思想。这个观点的生发，与当时诗坛"平凡肤浅"的现实境况有直接的联系，另外，原本可以装下复杂思想的古典诗歌传统相较于没法装下复杂思想的现代新诗现实更显著的构成了横亘在新诗人面前的问题。

诗歌的思想怎么呈现呢？周作人认为，"无论任何形式的真的诗人，到底是少数精神上的贤人"，③ 这与他提倡的"贵族化"是一致的。少数相对于多数，贤人相对庸人，"少数"与"贤人"在精神层面的努力是周作人对于新诗发展的要求，这一要求还可以得到确认，周作人认为，"古代的个人消纳在族类的里面，个人的简单的欲求都是同类所共具的，所以便将族类代表了个人。现在的个人虽然原也是族类的一个，但他的进步的欲求，常常超越族类之先，所以便由他代表了族类了。譬如怕死这一种心理，本是人类共通的本性：写这种心情的歌诗，无论出于群众，出于个人，都可互相了解，互相代表，可以称为人类的文学了。但如爱自由，求幸福，这虽然也是人类所共具的，但因为没有十分迫切，在群众每每忍耐过去了；先觉的人却叫了出来，在他自己虽然是发表个人的感情，个人的欲求，但他实在也替代了他以外的人类发表了他们自己暂时

---

① 周作人：《论小诗》，载《晨报副刊》，1922年6月21—22日。
② 胡先骕：《中国文学改良论》，载《南京高等师范日刊》，转引自《中国新文学大系·文学争论集》，上海良友图书公司，1935年版；《评〈尝试集〉》，载《学衡》创刊号，1922年1月1日。
③ 周作人：《日本的小诗》，在《诗》，1923年第1卷第2期。

还未觉到，或没有才力能够明白说出的感情与欲求了。"① 在这意义上，可以看到他是将诗人、文学家的意义放置到社会体系的价值坐标中进行评判的，在这个体系中呼唤的是具有超越性的人，昭彰的是"先觉"的意义。换言之，衡量诗人的标准被放置在了更广阔的坐标系中，公共性的价值得以凸显。为了公共性的价值和意义，周作人做出了抉择，以突出思想性为主，忽略形式层面的建构，不刻意的经营形式，却也收获了形式层面的意义，同时也为"自由"、"格律"的进一步辨析，提供了一种有效的参照模式。对于新诗发展的理想，周作人认为"任各人自由去做他们自己的诗，做的好了，由个人的诗人而成为国民的诗人，由一时的诗而成为永久的诗"，② 这一期盼中追求的"国民的诗人"、"永久的诗"也正是周作人诗歌精神的追求。

三

"国民的诗人"、"永久的诗"在社会价值和艺术价值上提出了多重标准。从前者看来，"'社会性价值标准'当然也是双向的。一是说应以社会上普遍的价值标准为准则，一是强调诗中应沉淀更加广泛的社会性内涵"，③ 周作人在这二者间如何做出自己的选择呢？从他的创作中能找到答案。

"民国八年"这个时间坐标对于现代文学而言，是极不平常的，被胡适誉为"新诗中的第一首杰作"的《小河》刊载在 1919 年 2 月 15 日第 6 卷第 2 号的《新青年》杂志上，新诗的发展，在胡适看来是"八年来的一件大事"；④ 二十五年后，周作人在告别"五四"导师身份的复杂心境中创作《苦茶庵打油诗》时，依旧认为"忧惧的分子"荡漾在这首

---

① 周作人：《新文学的要求》，载《中国新文学的源流》，北平人文书店，1934年版。
② 周作人：《论小诗》，载《晨报副刊》，1922 年 6 月 22—22 日。
③ 李怡：《漫话中国现代新诗的价值取向》，《中国现代文学研究丛刊》，1991年第 1 期。
④ 胡适：《谈新诗——八年来一件大事》，《星期评论》纪念号，1919 年 10 月10 日。

《小河》中，他形容这首"民国八年所作的新诗"中洋溢着"中国旧诗人""传统"中的"古老的忧惧"，在切身体验里反复感受"水的利害"。①在这首不太注重形式层面的音韵运作而注重修辞经营的诗歌中，茅盾看到了"对于压迫自由思想和解放运动者的警告"，②朱自清分析，周作人提倡的"个人主义的人间本位主义"反映了"时代的声音，至今还未新诗特色之一"。③从周氏自况的"忧惧"和茅盾体察到的"警告"中，可以看到这首"杰作"真正吸引人之处，不仅包含了形式层面"摆脱了旧镣铐"④的努力，还有意义层面展现的"细密的观察"和"曲折的理想"。⑤这首叙事性极强的诗以寓言式的笔触展现了周作人在群众运动面前表现的"忧惧"，但不久之后的6月8日，《每周评论》第25号刊出周作人的《偶成》中，他又记录了"'五四运动'中'六三运动'的一段写实"，⑥茅盾认为："这诗在艺术上也许比不上《小河》，然而在中国的自由解放斗争史中，这诗将被记录"。⑦从《小河》中记叙想象性感受的"我喜欢水来润泽我。/却怕他在我身上流过。"来表达的忧虑与恐惧，到《偶成》中带有现实性叙说的"不相识的小兄弟，/请你受我的敬意/我愿你出了这门时，/不再受这样的待遇！/我不忍再见你那勇敢的样子，/但我终不能忘记。/我只愿你立志反对军国主义，/将来自有光明，/与我们同做平和的人民，/过自由的日子。"对学生运动的理解与支持，周作人对待相近事物的态度似乎发生了转变。周作人在1929年编辑校订《过去的生命》时，没有收录《偶成》，可见对这首诗并不十分满意。这两首在情感上似乎矛盾的诗是否如茅盾所谓《偶成》"在艺术上也许比不上《小河》"，所以在周氏苛刻的文学选择中被自然摒弃了呢？我以为答案不

---

① 周作人：《苦茶庵打油诗》，载《杂志》（上海），第14卷第1期，1944年10月10日。

② 茅盾：《论初期白话诗》，载《文学》，第8卷第1号，1937年1月1日。

③ 朱自清：《中国新文学大系·诗集·导言》，见《中国新文学大系·诗集》，上海良友图书印刷公司，1935年10月出版。

④ 朱自清：《中国新文学大系·诗集·导言》，见《中国新文学大系·诗集》，上海良友图书印刷公司，1935年10月出版。

⑤ 胡适：《谈新诗——八年来一件大事》，1919年10月10日，《星期评论》纪念号。

⑥ 参看《新年诗选》（1919年），北社编，第40页，上海亚东图书馆，1922年8月出版。

⑦ 茅盾：《论初期白话诗》，《论初期白话诗》，载《文学》，第8卷第1号，1937年1月1日。

止于此。

从《小河》到《偶成》展现的是从"忧惧"到"敬意"的心态转换，前者包含知识分子对于政治运动、社会运动的担忧和思忖，是想象性的情态与理想追求的冲突；后者是当具体的政治事件降临之际，周氏对"正义"的一般性理解，是现实性的情态与价值判断的合拍。这里就能看出在"以社会上普遍的价值标准为准则"和"强调诗中应沉淀更加广泛的社会性内涵"二者之间，在对这两首诗的态度上，周作人选择了后者。这也是在"诗性正义"①和"现实正义"选择了前者。诚然二者不是对立的关系而是相互补充的关系，在这里"诗性正义"提供的思考空间恰能印证周作人"人的文学"的视角。有人认为，《小河》中体现了周作人复杂的"政治性"写作，②有其合理性，但周作人强调的，还有判断能力的塑造，除却理性和逻辑等为代表的政治性，还有一种判断，就是人的感受和体验，总的来讲，是合一般意义上的政治性有区别的。

从词源意义上考察，"诗性正义"指涉的是古希腊悲剧中因果报应、善恶相报，到努斯鲍姆那里，这个词意味着对功利主义的流弊进行批判的概念，更偏向法哲学范畴。在20世纪中国文学的角度来看，诗性正义恰为我们提供了审视现代文学的一个视角，在现代文学与社会历史尤其是政治之间有复杂纠缠的时候，诗性正义恰能解释诸多关系。"诗性正义"提供的是另一种对公共生活判断的视角，强调的是文学家在"理性"、"效能"、"科学"、"政治"等带有现实功利色彩的主流话语社会中，文学还能提供何种思想的方式与资源，能否为个体感受介入公共生活提供一种有效的途径。在《背枪的人》中，周作人希望这个"背枪的人"如他对兵器厌恶那般"卖剑买牛卖刀买犊"，但他发现"他长站在守望面前，指点道路，维持秩序，／只做大家公共的事，／那背枪的人，／也是我们的朋友，我们的兄弟。"在这样的叙述中，周作人强调通过观察做出判断，而非是武断。在《中国人的悲哀》中，他批判的语言指向了"冷漠"，在《歧路》中，他呼唤耶稣的爱，摩西的恨，批评的是懦弱。在《梦想者的悲哀》和《过去的生命在》中长久的感慨人的弱小，敌不过外部世界的强大。这些感受性的文字编织而成的诗，的确在召唤理想人性

---

① 这一概念可参看《诗性正义：文学想象与公共生活》，[美]玛莎·努斯鲍姆著，丁晓东译，北京大学出版社，2010年版。
② 姜涛：《从周作人的〈小河〉看早期新诗的政治性》，载《海南师范大学学报》，2012年第8期。

的出现，无论是判断、情感还是自我的认知，这些诗作都做出了相当的努力，从一定意义上讲，周作人的诗歌沉淀的是他对社会变革提供思想资源的建设性意义，这其中既包含他真切的个人经验，也包含他近乎以"非个人化"的方式提供的观点和启迪。究其内里，周作人的这种对"国民的诗人"、"永久的诗"还是在强调诗歌不仅要提供一种公共生活的可能，还要有其恒久性的价值光芒。

这些提供给青年们的思想资源，最终收获到的是他的预期么？周作人自己的答案，偏向否定，当他回溯"五四"时说，这"从头至尾，是一个政治运动，而前头的一段文学革命，后头的一段新文化运动，乃是焊接上去的。若是没有这回政治性的学生对政府之抗争，只是由《新青年》等二三刊物去无论如何大吹大擂的提倡，也不见得会有什么大结果……"，①周作人失落于思想革命敌不过强大的社会革命，同样也对自己的主张提出了怀疑，他自况是"别人离了象牙塔走往十字街头，我确实在十字街头造起塔来住"，②个人的济世理想由于种种原因未能实现，但在践行过程中必然有其积极的价值，包括周作人的诗歌传递出的思想资源或是知行合一的"新村"理想。周作人曾说，"我们生在这好而又坏的时代，得以自由的创作，却又因为传统的压力太重，以至有非连着小孩儿一起便不能把盆水倒掉的情形"，"所以我们向来的诗只在表示反抗而非建立"。③在这种"反抗"过程中，推动新诗人对社会问题进行思考，对催促诗人思考更为深层次的生命、本体的问题有了推动，对现代诗歌的精神构建有积极的意义，在这种影响或者说这种文学观念下，我们能看到更多熟悉的身影，如艾青、穆旦等，他们显然走得更远。

从五四时期自由写作自由体诗，到下狱时期身陷囹圄写作旧体诗，形式的抉择和周作人的个人境遇形成了一种互涉，"诗性正义"提供的那种从个人出发又不止于个体感受的力量，填充了我们对历史与文学的判断。

---

① 周作人：《知堂集外文·四九年以后》，第27页，岳麓书社，1998年版。
② 周作人：《雨天的书·十字街头的塔》，第270—272页，河北教育出版社，2002年版。
③ 周作人：《自己的园地·〈旧梦〉序》，第105页，人民文学出版社，1988年版。

Poetic Justice: The pursue of Zhou Zuoren's Poem-Spiritual

Li Junjie

Abstract: Poetry Writing and Poetry theory of Zhou Zuoren not only points to the Form Controversy of Early Vernacular Poetry. More noteworthy is that he pointed out the construction of New Poetry Poem-Spiritual start-up. This paper argues that poetry can be used to summarize the spirit of the Poetic justice.

Key words: Zhou Zuoren; New Poetry; Poem-Spiritual; Poetic justice

"感觉"与"感觉"的张力
——徐訏晚期诗作解读

◇ 高博涵[①]

摘要：一直以小说家身份闻名的徐訏，其实也创作有大量诗歌，这些诗歌更直接地体现出徐訏的创作心态，在文本层面展现出真实而复杂的主题与思域，晚期诗作更因诗人人生经历的变迁而更具沉淀感与复杂性。徐訏晚期诗作主题多元、精神向度多样，体现出诗人对"感觉"真实性的自觉追求。"感觉"生发于常态的现实生活，有别于任何功利性的政治及文艺主张，"感觉"的驳杂也形成了"表达"与"潜表达"之间的张力，体现出诗人复杂而幽深的"内心生活"。

关键词：徐訏；晚期诗作；感觉；张力

徐訏与文学史的关系向来微妙。无论是长期占统领地位的"政治革命历史研究框架"，还是日后注重"现代性"价值的"社会文化史研究框架"，非主导文化倡导者的徐訏都必然是"主流"映照下的"边缘"。但"边缘"却不一定无价值，挖掘它，所得的甚至不仅是"丰富"，更有可能是崭新的视野与视角。一些学者已开始为此努力，既有的徐訏研究多集中于流派归类、小说创作分析、作家思想探讨等方面，亦有学者呼吁关注徐訏的文学史"座次"问题，在一定程度上实现"去蔽"并推介了徐訏的作品。[②] 当然，有关徐訏（以及同类型长期被湮没的作家）的研究仍存在大量的缺口：我们长期将徐訏认作是小说家，却较为轻视他其他体裁的作品，如诗歌、散文、戏剧、文学理论、时政评论等。徐訏结

[①] 作者单位：四川大学文学与新闻学院。
[②] 有关徐訏的现有研究，可参考吴义勤、陈旋波、耿传明、孔范今、朱德发、许道明、孔庆东、阎海田等论者的观点，在此不一一赘述。

集出版的诗歌共九部,①数量上足以令人提起关注,而质量上更有可言说之处。徐訏曾在《四十诗综》的后记中说:"我对这些诗篇有比对一切我其他的作品有特别的情感。它忠实地记录我整整二十年颠簸的生命,坦白地揭露我前后二十年演变的胸怀,没有剪断,没有隐藏。"②诗歌最真实地呈现出徐訏的心路历程,可成为探究作家创作心态、精神向度的最佳文本,而创作心态等问题本是作家研究乃至文学研究的基点。与此同时,循着"特别的情感"创作而出的诗歌,亦在文本的层面上展现出真实而复杂的主题与思域,其隐含的诸多内蕴,正有待逐步被挖掘。关注徐訏诗歌,已不仅是研究范围的拓展,而更多试图挖掘原始时空下作家的感觉与体验,走入作家的原质精神世界。

徐訏的九部诗集,前五部(《灯笼集》、《借火集》、《幻裘集》、《进香集》、《未了集》)出版于大陆,可算作诗人前期的作品,后四部(《轮回》、《时间的去处》、《原野的呼声》、《无题的问句》)则是诗人被迫南下香港后写成的,可算作诗人后期及晚期的作品。无论人生经历、心境变迁,还是文本特征、精神蕴涵,后期及晚期的作品都更具沉淀感与复杂性,"徐訏最后期的诗,是艺术的、人间的、时代的,亦开始是多元的变化的",③故而,本文将探讨重心放于徐訏最后的两部诗集《原野的呼声》、《无题的问句》,并从"感觉"的复杂与主题的悖逆等角度切入,挖掘徐訏诗歌的内蕴之意。

---

① 这九部诗集分别为:《灯笼集》、《借火集》、《幻裘集》、《进香集》、《未了集》(以上五部集结为《四十诗综》,1948 年由上海夜窗书屋出版,同年上海怀正出版社又再版这五部诗集,《幻裘集》更名《待绿集》,《未了集》更名《鞭痕集》)、《轮回》(香港大公书局,1953 年)、《时间的去处》(香港亚洲,1958 年)、《原野的呼声》(台北黎明文化事业,1977 年),最后一部诗集《无题的问句——徐訏先生新诗·歌剧补遗》(香港夜窗出版社,1993 年)则由廖文杰整理徐訏遗作编辑而成。(注:《轮回》、《时间的去处》的初版本信息依据《徐訏纪念文集》中的《徐訏著作出版纪录》所提供的资料,香港浸会学院中国语文学会,1981 年。)

② 徐訏:《四十诗综·后记》,上海夜窗书屋,1948 年版。

③ 黄康显:《〈无题的问句〉,有韵的诗篇——评徐訏最后期的诗作》,《徐訏作品评论集》,香港文学研究出版社有限公司,2009 年版,第 231 页。

一

　　通常情况下，在历经了多年的沧桑与磨砺后，一个作家晚期的作品往往具备清晰的主题与艺术归旨，至少在精神向度上，可抵达某种统一。徐訏晚期的诗歌也具备这样的走向，在某些论者看来："前期诗中时隐时现的孤独和寂寞情调大大加重了。""晚年的作品则是淡漠的、旁观式的，并无强烈的主观情绪的溢泄，而选择了讽刺的笔调。"[①]孤独、寂寞、淡漠、旁观，这或许的确是徐訏后期诗作整体上的情绪特征，但细读《原野的呼声》、《无题的问句》会发现，以这些空泛的形容词为这些诗盖棺定论，似有不够深入之嫌。实际上，徐訏晚期的诗歌根本不像标准意义上的"晚期"，若除去覆于整体诗作之上的哀伤淡漠之感，反倒更像是初出茅庐的青年之作。这里的"初出茅庐"所指当然并非心境，而是作品尚融动着较为丰富的主题，诗人的精神向度亦处于转换不定中，这种"不定"的阅读感，竟能给人一种错觉：仿佛一切才刚刚开始，正展现着难以厘定的诸多走向，等待进一步的发展。

　　在主题上，徐訏诗歌的触角可谓无所不及。它愿追寻迷离遥远却充满性灵的审美世界，在这里获取人间没有的爱与美，如《痴情》一诗："没有人能了解，／没有人能相信，／我在寂寞的岛上，／痴恋一颗紫星。……幻想着浅笑，／幻想着微颦，／我在昏迷的相思中，／已无法清醒。"诗人自甘坠落于幻想的世界，不愿离开，只为贪求片刻精神的愉悦。《呼唤》也是这样的诗："我多年来在这里期待，／期待一种熟识的声音，／因为它在凄凉的夜里，／曾带我进温暖的梦境。……如今我还在这里期待，／就在期待这呼唤的声音，／它会在我动乱的生活中，／带我一种宗教的宁静。"诗人期待的是一种改变人间境遇的神性的声音，这种声音虽美好却缥缈，难以实现，故而诗人也会将这样的美好寄寓在稍具现实感的人物身上，如《买花归来》中塑造的女子："正是你买花归来／幽香笼满了衣袖，／问我为何远去／不愿在此多留。……如今我乡居归来，／再无你幽香盈袖，／满街只见红绿塑胶，／点缀那都市繁华依旧。"这里所描写的女子已是现实中可能出现的人，但她仍然具备凡俗人世没有的性灵之美，因而仍属于诗人审美世界中的人物。同类型的诗作还有《昼寝》、

[①]潘亚暾、汪义先：《香港文学概观》，第214页，鹭江出版社，1993年版。

《求睡曲》、《修炼》等诗作,很显然,这种诗风带有唯美色彩,与徐訏的大多数小说风格相似。

但徐訏这一时期的诗作绝非只有唯美型,而同时存在大量涉及现实生活的诗作。这首先体现于徐訏对人事现实的愤懑与无奈,《悼晋三》悼人亦悼己,字里行间怀着压抑的哀伤与哀伤后的冷寂,"我惊骇,我叹息,我怀疑,/我知道你缄默着;你将永远缄默,/而我只剩冷涩的苦笑,/我想重新吸支纸烟"。缄默的背后蕴藉着无声的控诉,而最终也仍然只能是缄默。《小岛》一诗用平淡的语调诉说着生活的麻木与颓丧,"因为那小岛是寂寞的",寂寞如人,寂寞如己。《他们的家》中,诗人几次造访某户人家,并记录下他们生活处境的变化,"我第六次到他们的家,/女佣敬了我一杯茶,/说先生外面有相好,/太太负气不回家"。表现出饮食男女生活渐趋庸俗的无望感。与此同时,徐訏也在诗作中抒发自己对社会时政的不满情绪,《来信》、《你从北国回来》、《无题的问句》、《有赠》等诗歌是直接抨击、讽刺大陆政权与思想的诗作,而《烟云》、《天堂何处》、《静待》、《投胎》等诗,则是以抒情诗的方式将这一情绪传达而出,在徐訏众多的诗歌中,这一类诗作由于情感的喷薄与思想的冲击力,尤其可引起读者的注意。

感时伤怀之作也在徐訏晚期的作品中占有较大比重。《感逝》一诗以整齐的格律表达着人事难以挽回的叹息之感:"后浪推前浪,/来者正如去者,/显现过,隐没了。"《死去》一诗中,诗人想象着自己的死亡,发现并不会给这世界带来多少影响,而作为个体的生命始终是渺小的:"假如我今夜安详地死去,/舟车间仍寄着我的书信,/远地的朋友接到我的信息,/仍会信我在期待他们回音。"《偶感》一诗则抒发着诗人看破人生的宿命感:"前代的泪,/今世的笑,/因果中无不清楚。//上升如斯,/下沉如彼,/人间向无干净的去处。"类似这样的诗歌还有很多,如《在夜里》、《过客》、《海浮孤山》、《默坐》、《虚无》、《观望中的迷失》、《本题(高楼低厦)》、《新年偶感》、《消逝》等等,或表达岁月倥偬的空寂,或遁入宿命之论、齐一生死。徐訏学生回忆徐訏时,曾提起师生间有过一次人生之苦的讨论:"像平时一样,老师默默地听着,待我们说够了,他简单地说:'我才是世界上最苦的人。'"[①] 徐訏一生颠沛流离,其诗作充

[①] 寒山碧编:《徐訏作品评论集》,第375页,香港文学研究出版社有限公司,2009年版。

满感时伤怀的气息,也是必然。

在精神向度上,徐訏的诗歌也处于波动不定的状态。徐訏晚期的诗歌虽然在整体上笼罩着一层淡漠哀伤之感,却也时不时跳跃起明丽的音符,叛离整体的灰暗基调。"当我坐在无声无光的斗室中,/什么事情都不能做,/什么事情都不能想,/我竟想问'招宝山'的小寺里,/可是需要一个敲钟手呀?"(《什么事情》)这忽而的发问仿若童稚之声,虽产生于冷寂的现实,却仍能使人感到一颗赤子之心的跳荡,即便整首诗读下来仍终究沉于衰败,但仅此一句还是让人的心头忍不住波动起来。《白色的墙上》一诗在哀叹"发霉了的青春/与化石般的童年"之后,诗人望着墙上自己的影子,忽然惊叹:"它同我年轻时一样年轻。/那么我为什么不让/我影子去流浪,而要它/挂在墙上伴我等天光?"在诗人心头,始终存有未熄的火焰,扑朔着渴望新生,虽然这也许只能是残念,却也始终顽固地残存,乐观地生长。"那么我何必怀疑,/我枯寂的心灵重生……如今你让我知道/我心中正有可/燃烧的情热,/把枯萎了的歌曲,/重新高唱。"(《未题(我知道流水)》)类似这样的诗句虽不多,但也绝非凤毛麟角,在诗集《原野的呼声》的后记中,诗人自叙:"诗作似乎更直接流露了我脆弱的心灵在艰难的人生中的叹息呻吟与呼唤。其中自然也记录着我在挣扎中理智与感情的冲突,得与失的递迭,希望与失望的变幻以及追求与幻灭的交替。"[1]可见,徐訏有意将转换不定的心绪状态印刻于诗歌中,表达着他多重的精神指向。

从艺术角度上讲,徐訏晚期的诗歌创作很难说臻于定型的成熟,也并没有找到最佳的抒情方式,很多诗歌尚处于宣泄情感的状态,相对于新诗史上某些"精致"的艺术化诗歌,的确显得较为粗疏,且主题与心绪状态的飘忽波动,又使得他的诗歌很难形成集中的向度,初读过后确有形散之嫌。但是,恰是徐訏诗歌的"形散"、"飘忽"、"粗疏",却形成了研究徐訏诗歌的重要关注点。司马长风在评论徐訏前五部诗集时,曾有这样的评价:"徐訏是忠于感受的作家。综观五部诗集,绝无附随潮流,阿谀流俗的作品,"并指出徐訏也有悼念鲁迅、抗日爱国、讽刺官僚等倾向现实的诗作,但绝非虚空的口号,或为配合某种政治策略而作,只是因为"有了感受,才鸣而为诗"。[2]吴义勤也指出:"对于徐訏来说,

---

[1] 徐訏:《原野的呼声·后记》,台北黎明文化事业,1977年版。
[2] 司马长风:《中国新文学史》(下卷),第218页,昭明出版社,1978年版。

诗歌不仅是他喜爱的一种文学样式，而且更是他的一种生命方式。"① 如果说小说创作更能体现徐訏在艺术上的追求，那么诗歌创作则显然是更为纯粹的生命状态记录，在这里，徐訏放任自己沉浸在内心的情感世界里，放下"作家"意识，更多将真实心绪新鲜完整地呈现。徐訏在一些理论文章中谈道："文学是用文字表达内心的'感'的一种艺术，"②"凡是不真的文学，也就不可能成为好的文学。"③ 可以看出，他对"感"与"真"，本来就有着自觉的追求，而诗歌"感"与"真"的天然流露，本来就会造成主题的多样、精神向度的多元，而这种多样与多元，实际上是为徐訏所首肯的："我以为艺术究竟还是属于感情或感觉的东西，它不是哲学或政治经济，一个哲学家或经济学家，他的主张应该是统一的一贯的。艺术家似不必如此，他在一篇作品中可以是出世的，另一篇可以是入世的，"④ 以"感情"、"感觉"为起点的东西，势必是混沌的，不可能统一，但这确是一切文学发生的基本前提。然而，不可思议的是，文学在不断的发展中竟可能会忽略这一"基本前提"。不论是当时还是现下，文学主题先行化、意识形态化，或是雕琢化、学院化的态势始终存在，在这一背景下去看徐訏的诗歌，其意义也便不言自明。徐訏的诗歌虽然"形散"、"飘忽"、"粗疏"，在诗艺上尚有大量提升空间，但他的诗歌毕竟具备最难能可贵的"感觉"，而"感觉"乃是一切诗歌与文学的起点。

二

诗集《原野的呼声》中，一首《传记》引人注目，其第一段是这样的：

他活了八十岁逝世，
在七十年生命中，
他写了五十卷诗，

---

① 吴义勤：《漂泊的都市之魂——徐訏论》，苏州大学出版社，第155页，1993年版。
② 徐訏：《牢骚文学与宣传文学》，《门边文学》，第78页，南天书业公司，1972年版。
③ 徐訏：《中国的社会与文学》，《怀璧集》，第171页，大林出版社，1980年版。
④ 徐訏：《五四以来文艺运动中的道学头巾气》，《场边文学》，第33页，香港上海印书馆，1971年版。

> 但是他满意的只有一首:
> 那是七十年前,
> 偶写在作文簿里,
> 并没有赢得分数。

一个人活了八十年,七十年在写诗,共写了五十卷,不可谓不厚重,然而令他满意的竟然只有一首,这一首还是初学写诗时写在作文簿里的,且连分数都没有赢得。可以说,这首最满意的诗并没有带给"他"丝毫的功名与成就,一切外界的附加值均被剔除,那么,可想而知,使他满意的原因大抵只有"真实",并将初写诗歌的体验与纯粹情感的流露视作最为珍贵的东西。这其实也透露出徐訏的诗观:对真情实感,以及生活体验的重视。徐訏的确认为"生活"对创作具有决定性的作用:"天才这东西是生活决定的。"[①]"'才华''潜能'只有在'生活'的提炼与升华中才成为'才华'与'潜能'。否则只是一个神经系统中的一个'疙瘩'而已。"[②]"没有生活就无所谓'生命'。生命的表现,就是生活;证明生命的存在,就是生活。"[③] 表面上看,这样的观点同现实主义创作方法无异,都否认"才华"的自我生成,都认为唯有回归现实生活才能产生真正的创作。但我们都很清楚,徐訏绝不是一个"现实主义"作家,研究者赋予其"新浪漫派"、"后期现代派"等称谓,亦可见其作品与"现实主义"并没有直接的关系。实际上,徐訏所指的"生活",有内心生活和外在生活之分:"一个人外表的生活:旅行、游猎、革命、参加战争,别人可以了解,但一个人内心的生活是外人无从知道。"[④] 在徐訏看来,文学作品有的记录外在生活,有的记录内心生活,"最终的源泉则还是外在生活",但又必须经过"内心生活的提炼才能成为作品"。[⑤] 这就使我们不禁联想到英伽登关于"观相"

---

① 徐訏:《作家的生活与"潜能"》,《场边文学》,第79页,香港上海印书馆,1971年版。
② 徐訏:《作家的生活与"潜能"》,《场边文学》,第84页,香港上海印书馆,1971年版。
③ 徐訏:《作家的生活与"潜能"》,《场边文学》,第85页,香港上海印书馆,1971年版。
④ 徐訏:《作家的生活与"潜能"》,《场边文学》第75页,香港上海印书馆,1971年版。
⑤ 徐訏:《作家的生活与"潜能"》,《场边文学》,第86—87页,香港上海印书馆,1971年版。

的讨论，在英伽登看来，用文字描述事物，会带有讲述者的"观相"角度，一个被描述的事物，在不同作者的笔下可能会千差万别。[①]这种差别便是"内心生活的提炼"造就的主观视角的不同，而这又终于归结到不同人"感觉"的千差万别——徐訏始终将"感觉"放于诗歌乃至文学创作的第一位。

徐訏追求的"现实生活"实际上是一种真实的常态，而非一种现实模式，或是理想化的现实追求。这种真实的常态完全靠第一时间产生的"感觉"来生发酝酿，并最终形成作品，同意识形态化的现实主义，以及为倡导某一政治主张刻意关注具体现实的作品大有不同。很多美其名曰的现实主义作品，因受某一思想教条的牵引控制，笔下的世界反而不再是现实的，而是模式化的、自我预设的、功利的。徐訏的创作却至少是自然流动的状态，其生成的文本也跳动着原始的脉搏。在涉及战争的诗歌中，徐訏并没有简单性地高唱赞歌，他的思考是真实的、原发的，同样也是深刻的、生命的，请看《未题（像一只失群的小鸟）》中的三段：

> 我在孤独的斗室中，
> 读无人注意的残卷，
> 寻古代无名的诗人
> 可曾抒写过一种情感，
> 正是我现在所感受的哀伤。
>
> 时代无数的变迁，
> 多少英豪、战士与兵丁
> 挥着旗帜，喊着口号，
> 梦想着把人间变成天堂，
> 徒记录着数十年的空忙。
>
> 那么，我为何要相信历史，
> 不相信目前人间的苦难，
> 多少辉煌的生命，
> 为英雄们美丽的宣传，

[①] 可参考英伽登：《论文学作品》，张振辉（译），河南大学出版社，2008年版。

前仆后继的死亡。

暮年的徐訏一个人寂寞地坐于孤灯残卷之旁,回想着一生所经的战乱,他并没有呼号民族的大义,也没有赞美斗争的英雄,而是回归到人类的角度,冷静地看待战争的意义。在他看来,时代永远在不停地变迁,当年为了旗帜与口号献出宝贵生命的英豪与战士,如今已落回一个"人"的位子,而生命的丧失则永久性地成了"人"的丧失。而所谓的历史,所谓"美丽的宣传",实际也不过始终是一个空洞的概念,为了这个概念丧失了"人",则是悲痛的。我们当然不能否认民族大义或是为争取个人权利所进行的抗争,只是,如果这些只是一个噱头,或是历史的骗局,个体为此付出的牺牲就纯粹是一种牺牲了。并且,跨越过战争本体的价值,跨越过某些道德律令与意识形态,徐訏可以看到个体本身、生命本身的价值,并为它们的沦丧而感到"哀伤",这不得不说是真实且深刻的。这种真实与深刻往往被历史的硝烟遮掩,难以现出其应有的尊严与价值。"我在孤独的斗室中,/读无人注意的残卷。"徐訏的诗歌在表达上是真实的、感觉的,在思想上是冷静的、深刻的,但这也同样造就了他的孤独。大时代的浪潮席卷而去,人们奔向一个笃定的主义或价值观,没有随从的徐訏选择面对真实的感受,直面复杂的人生。这必然将导致他处境的驳杂、状态的不稳定,乃至诗歌向度的淆乱,但恰是这些,证明了徐訏的忠实与勇敢:忠实于真实的现实,勇敢地面对人生。

这种"感觉"状态使得徐訏对五四之后文学的功利性深表不满。在《五四以来文艺运动中的道学头巾气》一文中,徐訏谈道:"新文艺运动,实际上是道德的要求大于文学的要求。"①新文学自生发之日起便带有必然的启蒙色彩,而启蒙之所以为启蒙,本身便难逃功利的窠臼。故而即便是追求现代性的启蒙文学,同政治色彩浓厚的左翼文学一样都是一种功利文学。徐訏甚至发现了这种功利化追求与独裁者追求的同构性:"文学艺术与教育是两件事,文学艺术与政治是两件事,文学艺术与**警察**也是两件事……但是新文艺运动的文艺,无形之中套上教育民众,宣扬政治,揭发社会黑暗……一类奇奇怪怪的使命。""奇怪的是这些使命正是

---

① 徐訏:《五四以来文艺运动中的道学头巾气》,《场边文学》,第34页,香港上海印书馆,1971年版。

现在独裁者所加文协作协的使命!"① 文学功利性的价值如何暂且不讨论,仅就这种同构性的发现,便足以使人深思。与此同时,徐訏倚重"感觉"的诗观也同样使其对雕琢的艺术化诗作深表不满,如他曾十分反感台湾现代主义的晦暗诗风:"何以多数的年轻的诗人,都喜欢用歪曲的感觉与想象捉摸晦暗的意象去抒写朦胧的情感呢?"② 在徐訏看来,"感觉"若不真实,诗歌也就不再具备基本的价值,而在晦暗意象的描摹下,文本更是扑朔迷离难以把握,无任何阅读意义。现代主义诗歌自身的艺术特征暂且不论,仅就脱离真实"感觉"这一点来讲,徐訏的意见还是十分中肯的。实际上,学院派诗歌最为缺乏的恰恰是真实的"体验"与鲜活的"感觉",日益学术化、艺术化的诗歌将愈发走向象牙塔,成为缺乏现实触感的雕琢之物,这不得不引起我们足够的警示,而徐訏的诗歌,恰是在这一点上有着真实可感的价值。

　　实际上,在新诗的发展历程中,并不曾完全忽略掉"感觉"的意义,如穆木天等初期象征主义诗人在一些诗论中早就强调过"感觉"的重大作用。然而,随着历史浪潮的推演,即便呼吁过"感觉"的诗人,也步入了左翼创作的阵营,很难将这一理论付诸实践。受于现实环境及种种因素的影响,中国新诗不是陷入某种主义的呼号,就是落入艺术的"精致",没有了"活"的感觉。徐訏的诗歌却是完全不同的路数,他的诗歌几乎难以进入任何诗歌流派,左翼诗人觉得徐訏不够"革命",学院派诗人觉得徐訏不够"艺术",启蒙诗人觉得徐訏不够"现代"……徐訏的诗歌也便只能成为自我吟哦的游离之物。一个注重"感觉"的诗人,一个至少拥有写诗起点的诗人,竟然成了游离诗人。

　　这是极其吊诡却又意味深长的。

三

　　"感觉"漫过一切,成为生发一首诗的起点。"感觉"是人的触觉及精神性"体验",既是"体验",其最显著的特点便是"主观",且是由现

---

① 徐訏:《五四以来文艺运动中的道学头巾气》,《场边文学》,第36页,香港上海印书馆,1971年版。
② 徐訏:《台湾诗坛的气候与反写实主义》,《怀璧集》,第141页,台北大林出版社,1980年版。

实观感刺激而成的主观体验，徐訏所谓"内心生活的提炼"，也便是此意。基于此，来自现实的个体主观感受成了一首诗歌的"感觉"核心。徐訏的"感觉"核心是什么？他的晚期诗歌表达着怎样的"内心生活"？实际上，每个大致浏览过徐訏晚期诗歌的读者，都能感受到弥漫在诗句间的浓浓的时光哀叹。一个饱经沧桑的中老年人，一个颠沛流离一生，最终被迫旅居香港的人，一个抛妻别女孤身南下又不得不重新开始人生的人，其内心必然隐藏着深重的哀怨与愤懑，以及难以厘清的追忆感。"徐訏受制于一种可称之为'时空困顿'的情况——时间而言，属于回怀之过去；空间而言，又好比五千年前巴比伦人所造的'空中花园'，于是徐訏无论在地球上那个区域写诗（例如说：中国大陆、香港、印度、美国……），诗中的时空依旧不变，可以说他是非常固执的。"[①] 诚然，徐訏的诗歌，尤其是晚期的诗歌，有很大一部分很难使读者发觉"当下"感，总是遁入过去乃至更空无的场景中，即便时而出现一些现代场景的描写（如城市描写、舞窟描写等），实际也仅起到对照、衬托作用，没有太多本体性意义。于是我们感受到的徐訏，是一个飘忽于无时空中的"无物"："忘忽了空间，／忘忽了时间，／忘忽了我在尘世流落，／堆积着人间的年龄。"（《痴情》）"在无限起伏的时间中，／且求有限空间的宁静。"（《送别》）或是逆时空回转，去到原始的某情境中："我在广大的原野中生长，／日夜在无垠大地中驰骋，／开阔的天空紧贴我面庞，／柔软的草原偎依我梦魂。"（《原野的呼声》）然而，前文已述，徐訏诗歌的主题亦有一部分涉及现实，现实之作与非现实之作之间到底是什么关系？是彼此对立，还是毫不相关，或者于分野中现出统一？

  我说我们这一代不会再有春天，

  你说我忘去了现实就会有春意，

  我说你始终没有看到世界，

  你说我不会在心中创造天地。

  （《新春》）

  你说世事如梦，

  尘世终究虚妄，

[①] 康夫：《徐訏抒情诗一百首·后记》，廖文杰出版，1999年版。

> 繁华过眼云烟,
> 富贵难留健康。
>
> 我说我虽非凤凰,
> 我愿为你歌唱,
> 劝你舍弃珠宝,
> 洗净红粉白霜。
> (《人老珠黄》)

读过这样的诗句会发现,徐訏的诗歌中存在两个抒情主人公,各持己见,无法取替:一个看清现实,一个沉于梦境。这也的确符合徐訏的文学观:艺术家可以时而出世,时而入世,不必同一的思想,同时也符合"感觉"的善变与多样化特征。然而,"出世"与"入世"并不仅仅是"感觉"的多样,而实际上已成为"感觉"的对立与辩驳,这种对立与辩驳体现于向度相异的主题、思想、态度,充斥于徐訏晚期整体的诗作之中。于是,读者会发现诗人忽而感叹时光的流逝,忽而泯灭时空的意义,忽而抨击极端的政权,忽而悲叹现实的无奈,忽而像个目空一切的道人,忽而又是期待人世的赤子……这种跳荡与对立仅仅意味着诗人"感觉"的真实与驳杂吗?或是仅仅说明诗人不受某一政治主张或文艺理论的牵扯和束缚吗?

徐訏曾有过这样的观点:"艺术上文学上流派很多,如意象派、达达主义、恶魔派、未来派、现代派,在小说上有意识流,有反小说的小说,在戏剧上有荒谬剧,有迷幻药文学艺术……趋势所及,似乎都是远离生活的姿态。可是按之实际,正是反映真实人生的另一面。"[①] 在徐訏看来,许多看似脱离实际的浪漫唯美类创作,不过只是面对现实刺激所做出的或变形或对立的反应而已,其"感觉"的生发源头,仍然是现实:"最想逃避现实的思想与情感,正是对现实最有反应的思想与情感。"[②] 这种主张其实也在徐訏的诗作中有着鲜明的体现。诗人唯美类的诗歌虽也确实在向往一种美好,但在某种程度上说仅是治疗人生空虚的手段而非真正的

---

① 徐訏:《三边文学序》,《场边文学》,第Ⅱ—Ⅲ页,香港上海印书馆,1971年版。

② 徐訏:《三边文学序》,《场边文学》,第Ⅲ页,香港上海印书馆,1971年版。

目的,"于是我祈祷我可以重新恋爱,/只有在爱时我心清如镜,/没有任何欲念可侵占我思想,/我唯一想念的我所爱的情人"(《不宁》)。恋爱本身的确是美好的,但此时的徐訏已绝非憧憬青春恋情的毛头小子,而更多把恋爱当作镇定剂、麻醉品,希望可以通过类似的感情使自己不宁的人生得到寄托,使得"心清如镜"、"没有任何欲念可侵占我思想"。晚年的徐訏已并非因梦美而去寻梦,而是醒时无路可走才去寻梦罢了。从这个角度看过去,徐訏所写的目空一切的宇宙观、时空观,其实也同样是一剂苦涩的镇定剂:"看游魂漂泊,/一切死也只是/生的轮回。"(《海浮孤山》)"雄壮的,悲哀的,/寂寞的,任何的/呼声,永恒的/都变成了一瞬。"(《千万种云》)诗中所写的道理虽真,但在情绪上,乃是唯有靠目空一切,才能得片刻的安慰,或通过天地齐一、生灵渺小的感悟,对人类乃至自己的生命追寻进行无情的讽刺与消磨。这些"目空一切"的感触,在徐訏这里并不代表阅尽沧桑后的超越,也不同于老庄哲学的澄净,而其实是对现实的无力。诗人的心境在面对现实时始终处于理不清的混沌状态,为破解种种烦忧,只得超越其上,在更高层级上泯灭现世的悲喜。诗人看似拒绝了时间与空间,但拒绝恰恰是时空胁迫的结果,越是拒绝,越体现了时空对其影响的焦虑。诗人甚至还会幻想一些颠覆性力量,将这个世界重新来过,"我说,那么也何妨暂缓叫我投胎,/我一定谨慎地等他们的电话铃声,/待他们的核子战毁灭了世界,/我一定投胎来整顿那破烂的江山"(《投胎》)。诗中幻想着颠覆性的力量,看似玄妙,实际不过是对现世不满的愤懑、嘲讽与深深的无奈。

  留恋过去生活的诗歌就更是逃避现实的表现了。"我在回忆中摸索/哪些染色的时间:/发霉了的青春/与化石般的童年。//而那长长的回忆,/路上都是碎石与泞泥,/月光照着此情此景,/不如说是彼时彼地。"(《白色的墙上》)正是此情此景的不可获得,以及真实意义的缺位,才使得诗人只好投入彼时彼地,去幻想一些不存在的美好。"梦回旧日的幻想,/寂寞的心灵迄无依归。/爱情如秋花春雪,/富贵如浮云流水。"(《梦回》)这样的诗作就将"过去"与"当下"的关系展示得一清二楚了:在徐訏的诗作中,"过去"仅是一个象征性能指,一个情感的寄托,并没有任何实际性意义,而"当下"虽实际性存在,又必然是诗人真正的心之所向,但却无法安放真实的心灵,彼此间的错位使得徐訏将永远是个漂泊无依的孤魂。这种灵魂的游离使得诗人往往"口是心非",从心境的游离演变为言语的游离:"在如此生涯中我如何不怀疑,/上苍何曾顾到人间的祸福,/但我知道即使我相信什么教义,/我也还是一个可怜的过客。"(《过客》)不相信教义并非徐訏心中无执念,而恰恰是对所执期望过高,导致失望后的绝望,既是"过客"本无所谓悲喜,然而诗人心底却是心心系念着人间的祸福,故而名曰"过客",却实际上最迫切于现世的生活。晚年居港三十年,徐訏虽自命为客居者,却大抵从来没忘却对这座城市的期待,他诗歌的种种游离感,其实必然是因香港这个中心的存在才产生的,诚如吴福辉指出的:"我觉得这符合徐訏香港时期的总体心态,是想由上海进入香港不可得才返回慈溪的一种深沉叹息。"[1]这造成了徐訏诗歌文本的悖谬:一个拥抱现实、清醒地感受着现实的抒情主人公,却在诗句的文字层面上缺省了现实感的流露,使得部分文本变成非现实之作,与其他现实之作形成主题与情感的悖谬。同一"外在生活"经由"内心生活"的提炼,使"感觉"形成了多方位的触角,由此生发的诗作在文本层面上形成了很大的张力,构成了徐訏诗歌独特而多样的主题与精神向度。可以说,徐訏诗歌并不胜于艺术的精致与高深,而胜于"表达"与"潜表达"之间存在的张力,正是这一张力的存在,我们才会更深刻地感知属于诗人徐訏的复杂而幽深的"内心生活"。

当然,当我们了解了徐訏诗歌主题多样驳杂背后的因缘时,我们仍能清晰地看到属于诗人的唯一不变的诗脉——生活,以及来自生活的"感觉"。徐訏的诗歌,发源于生活,经由内心世界的刻画,最终也仍将归于生活,《有叶的地方》一诗写道:"我是一个无家可归的孩子,/久不见温暖的炉灶与发香的菜锅,/黑暗中依靠着星光与月光,/我已记不起暗淡的人间曾有灯火。……那么请你借我你手上的灯笼,/带我到我应去的坟墓,/我不想到有花的地方采蜜,/我只想在有叶的地方做窠。"徐訏一生并非得志,安定居家的美好生活对他来讲仍算得上奢望,相比"到有花的地方采蜜",现实中的徐訏其实更想"在有叶的地方做窠"。通过这一首诗我们也能感到:徐訏诗歌最重要的"感觉",从来发源于这片"有叶的地方",而所有"有花的地方",更多只是它的对照性表达。徐訏一生追寻普通的美好生活,徐訏的诗歌亦追寻真实的由生活而内心的"感觉"。我们时常觉得生活与感觉平淡无奇,但也许恰是平淡无奇,反倒最易被轻视或错失,也就变得最不可得。

---

[1] 吴福辉:《城乡、沪港夹缝间的生命回应——从徐訏后期小说看一类中国现代作家》,《文艺理论研究》,1995年,第4期。

The Tension of "Sensibility" and "Sensibility": an Interpretation of Hsu Yu's Late Poems

Gao Bohan

Abstract: Hsu Yu, though long been famous for his title as a novelist, has actually written quite a number of poems, which more directly reveal Hsu Yu's state of mind, and presents real and profound themes and thoughts. His late poems are even more filled with a sense of aged wisdom and sophistication after the poet has experienced the vicissitudes of life. The late poems of Hsu Yu deal with a wide range of themes, and contain a variety of spiritual dimensions, demonstrating the poet's self-conscious pursuit of the reality of "sensibility". "Sensibility" springs from real life in its normal state, and is different from any utilitarian political and literary claims. The mixture of "sensibilities" also forms the tension between "expression" and "latent expression", and manifests the sophisticated and profound "spiritual life" of the poet.

Key words: Hsu Yu; Late poems; Sensibility; Tension

北京传统油漆作故事类型

◇ 王文超[①]

摘要：手工行业内部有其特有的口头传统，故事是口头传统的内容之一。对手工行业故事进行研究，可促进了解其行业文化。其中，传统油漆作故事，包括手艺来源故事和技艺类故事等，可以成为我们了解油漆行业传统文化的途径。

关键词：北京；传统手工行业；油漆作；行业故事

以往民间文艺学对手工行业故事的研究，主要从体裁学角度切入，并有两个比较突出的特点：第一，围绕某一人物或某种工艺及产品而形成的传说，最典型的有鲁班传说，以鲁班这个箭垛式的人物为中心，将各地方著名建筑、不同工艺与相关工种都集中在这一人物身上，使其成为能工巧匠的化身和百作供奉的祖师保护神，如许钰编《鲁班的传说》就是这方面的代表；[②]第二，在生活故事中提出"工匠故事"的概念，专门搜集反映工匠生活事件的故事，赞美工匠的机智聪慧、手艺高超与一定的社会作用。钟敬文主编《民间文学概论》就专门讨论分析了这一类故事。[③]这种分类方法对于中国海量的故事搜集与研究具有非常重要的价值和意义。

手工行业本身具有一定的特殊性，行业工匠与一般民众的口头传统存在一定程度的差异，有必要对行业本身进行故事专题研究，本文选取传统油漆作进行主题故事研究就是这样一个个案。本文使用的资料来源有：许钰编《鲁班的传说》，北京师范大学数字民俗学实验室"中国民间故事集成县卷本数据库"和部分田野调查采录的工匠故事，共计19个。

[①] 王文超，男，北京师范大学民俗典籍文字研究中心2013级博士生。
[②] 许钰编：《鲁班的传说》，钟敬文主编《中国历代名人传说丛书》，兰州：甘肃人民出版社，1988。
[③] 钟敬文主编、许钰、董晓萍副主编：《民间文学概论》（第二版），第159—169页依据上海文艺出版社1980年版修订，北京：高等教育出版社，2010。

以下着重分析油漆作的创艺类型故事和技艺类故事。

本文的研究从民俗志角度对故事进行分类，讨论范围涉及行业组织、行业信仰、行业技术和行业秘密语等。这种分类研究的目的，不单纯局限于民间文艺学范畴，去归纳和分析故事类型，而是要将故事文本与故事讲述主体、故事讲述情境结合起来，探究传统手工行业的深层文化内涵。

一、手艺来源故事类型

大部分手工行业都有手艺来源故事，说明本行业的由来，相伴随的有许多关于祖师信仰的仪式和故事，具体包含行业祖师创立本行业、学习手艺与传承手艺的故事。油漆作手艺来源型故事在保留这些内容的同时，有着自己的一些特点，主要是反映了油漆作祖师与木作祖师的关系，涉及的是作别协作对工匠精神文化的影响。具体有两类：跟随学艺与实干获艺。

（一）跟随学艺

跟随学艺型是指油漆作祖师本身没有任何手艺，他的手艺源于与木作协作，在跟随木作祖师的过程中逐渐形成了自己独立的技术。下面是该类型故事的两个情节单元。

其一：

1. 他是普安老祖侍人，专门负责扫地抹桌。
2. 他见普安老祖走了，张班和鲁班两位师兄学了手艺要下山去创世界。
3. 他自己什么不会，向两位师兄求助。
4. 他被师兄们告知抹抹扫扫也是一行手艺。
5. 他跟着张班和鲁班两位师兄下山，等他们干完活就擦擦刷刷。

6. 他后来练成一门手艺，成了漆匠。①

其二：

1. 状元中举后请鲁班和张班造桥还愿；
2. 鲁班和张班路遇一个叫花子；
3. 他们给叫花子刷子、颜料和沙皮，跟着他们去造桥；
4. 后来叫花子就成了漆匠。②

　　这两则故事都将油漆作祖师与鲁班、张班联系起来。在人物角色上，油漆作祖师在第一个故事中是作为一个普通的侍人角色出现，他跟随着鲁班、张班闯世界，第二个故事中是一个叫花子，受到鲁班和张班的帮助；在工艺传授上，二则故事中都没有出现正规拜师学艺的情节，前者是在"擦擦刷刷"中练就了手艺，后者得到一些工具和原料后练就了手艺。我们将此类故事归为"跟随学艺型"，以说明油漆作祖师的学艺经历是在跟随木作进行工作时练就的。

（二）实干获艺

　　实干获艺型是指油漆作祖师拜师学艺，经过自己在实干中摸索，终于学成一门手艺。以下是一则该类型故事的情节单元。

1. 鲁班收了一个徒弟很聪明。
2. 鲁班做了一个会走动的小木人。
3. 徒弟晚上登门拜访，鲁班不愿意告知。
4. 徒弟离开，发誓日后要盖过师傅。
5. 徒弟后来发明了油漆绘画技艺，专给木器家具油饰，终于盖住了师傅鲁班。

---

① 钟敬文主编：《中国历代名人传说丛书》，许钰编《鲁班的传说》，第8—10页，兰州：甘肃人民出版社，1988。
②《漆匠的来历》，讲述者：王国良；记录者：吴根元；记录时间：1984年7曰10日。数据提供：北京师范大学数字民俗学实验室"中国民间故事县卷本数据库"。

6. 后来就有了油匠技艺，但没有人知道他的姓名。①

在这则故事中，油漆作祖师是通过正规拜师学艺成为鲁班徒弟的，而且十分聪明，在拜师学艺的过程中因为受到阻碍，转为自己在实践中探索，有的徒弟还发誓要超过师傅。在与鲁班木作相关的工艺中，徒弟选择了油漆彩画作，专门给木作进行油饰，后来"盖住"了师傅的手艺。本文将这类故事归为"实干获艺"，以说明油漆作祖师手艺发明的独立性。

上述"跟随学艺"与"实干获艺"都明显地体现了油漆作祖师信仰与鲁班木作信仰有着极为密切的关系。这种关系可以运用田野调查的民俗志资料从两方面进行解读。

第一，从行业信仰来看，以北京油漆作为例，清末至民国时期，北京地区一直传承着一个民间组织——北京五城油画行，该行会的祖师殿供奉在北京珠市口大街精忠庙内，在祭祖空间上与鲁班木作在一起。油画行由油漆作和彩画作组成，祖师信仰有吴道子、普安和鲁班，行业内部的解释是将普安作为油漆作祖师，吴道子作为彩画作祖师，而将鲁班作为整个建筑行业的祖师。

第二，从行业组织来看，油漆作工艺离不开木作，他们总是跟随在木作后为木作进行油饰。民国时期，北京的油漆工匠不仅仅局限在专门的油漆局或油漆铺，在一些木厂子也会雇养一批油漆匠，从这种组合关系中能看出木作与油漆作之间不可分离的关系。但是，油漆局还是主要培养油漆工匠的机构，他们期望自己培养出的优秀工匠为本行业承接更多工程，为大部分油漆局获利、谋生，却不希望他们背离油漆局本身，而成为木厂的"下属"。对木厂而言，他们为了整体性地承包工程，兼顾木作构架与油饰彩画两大部分，获取更多利益，也不惜花重金聘请优秀油漆工匠。在这种既有联系又相互博弈的过程中，也出现了一些民间故事，比如，"一个油漆工匠出师后受到师傅赏识，得到了字辈'林'字；他在获得行业内部威望同时，受到木作关注；他经不住木作多次的重金诱惑；他进入木作后被逐出师门"。②

---

① 《油匠的由来》，《中国民间故事集成·山西省·长治县》。数据提供：北京师范大学数字民俗学实验室"中国民间故事县卷本数据库"。
② 被访谈人：刘玉明，油漆匠；访谈人：董晓萍、王文超；访谈时间：2012年1月20日；访谈地点：北京市西城区马甸南村刘玉明家中。谨此致谢！

从民俗志角度来看油漆作创艺类型故事，能够反映出油漆作与木作之间的关系，即油漆作在一定程度上依赖于木作，会跟随其后寻找相应工程，在行业信仰中注意与木作建立共同性认同；同时，又注意保持本行业的独立性，他们的手艺本身是相对独立的，行业组织上也保证自己有相对独立的工匠群体。

二、技艺类的故事类型

油漆作技艺类型故事不是指故事本身记录了工艺技术流程本身，而指的是故事能反映出工匠对技艺的观念。民俗学研究行业技术比较关注技术传承的师徒谱系、技术传授的隐秘性与生产活动的神秘性特征。在行业故事中，这里关注两类——技术隐秘型与身份权威型。

（一）技术隐秘

技术隐秘型指故事能够反映手工行业技术内部传授的特点。这方面较有代表性的故事是"老虎学艺"。故事用猫向虎授艺时留一手的做法，暗喻师徒之间存在的这层封闭关系。当然，这种关系可能不仅仅存在于师徒之间，对外也可能是一样的。下面是田野调查中搜集到的一则该类型故事的情节单元。

> 1. 他是一个和尚。
> 2. 他给皇帝修家庙时，用粗布遮挡起来防止皇帝偷看。
> 3. 他见粗布有缝隙，就在粗布上刷颜料。
> 4. 他见颜料被雨水冲刷了，就在粗布上涂猪血。
> 5. 他后来发明了血料。[①]

该故事中，中心角色是一个和尚，他奉命给皇帝修庙，但是在整个修缮过程中，工匠一直在遮挡工程不让皇帝偷看，从最初用粗布、刷颜

[①] 被访谈人：刘玉明，油漆匠；访谈人：董晓萍、王文超；访谈时间：2012年1月20日；访谈地点：北京市西城区马甸南村刘玉明家中。谨此致谢！

料、刷猪血，到最后发明了血料，故事运用"出现问题——解决问题"这样循环往复式的叙述，非常形象地表现出了工匠不愿意"露艺"的心理状态。当然，该故事还阐述了另一个主题，即血料的发明和应用过程。

（二）身份权威

在本文中，身份权威型的行业工匠故事，是指某一故事的讲述能够表明讲述者的行业权威与身份，这一类型的故事内容能够反映行业核心技术或不常见的技术，而传承人对这种故事的讲述就能体现讲述者技术知识的丰富，从而为其树立行业威望与身份权威奠定基础。

董晓萍曾指出："在有些传承人手里，如艺人师傅、寺庙住持，故事资料还具有专业性、秘传性，是显示传承人身份和权威的证明。在农业社会文化中，是很重视传承人的身份地位的，我们现在要通过考察这些传承人如何取得现在的身份和地位，来建立活的传承史；还要通过考察传承人与村落、社区、地方社会、本地和外地寺庙的关系，补充人民的生活史和精神史。"[①] 本文在田野调查中搜集到一个故事，恰好能说明这种类型故事的特点。以下是该故事的情节单元。

1. 他是一个皇帝。
2. 他让油漆匠用骨灰干活。
3. 他派人漫山遍野找尸骨，磨成骨灰给油漆匠用。[②]

该故事讲述了油漆工程的原料问题，需要运用骨灰。"灰"是油漆工程中应用的主要原料之一，用它的目的主要是做地仗，在油饰工艺中称为油灰，漆饰工艺中称为漆灰，一般用的是砖灰、土子灰。而油漆作运用骨灰的现象确实存在，主要运用在乐器方面，由于骨灰要比砖灰、土子细腻，在精致的乐器方面使用，可以使乐器声音脆、亮，在一般的工程中几乎很少会运用到骨灰。

该故事的讲述人在讲述这则故事时是带有神秘感的，主要原因有两

[①] 董晓萍：《故事遗产学的分类理论——兼评普罗普的〈故事形态学〉和〈神奇故事的历史根源〉》，《民族文学研究》，2007年第2期，第174页。
[②] 被访谈人：刘玉明，油漆匠；访谈人：董晓萍、王文超；访谈时间：2012年1月20日；访谈地点：北京市西城区马甸南村刘玉明家中。谨此致谢！

方面：第一，古代皇家工程是无所不用其极的，用的原料都是最好的，不用计较成本；第二，该故事在师徒谱系中传承下来，故事本身并不是行业内所有人都知道，能讲述此类故事一定程度上能反映讲述者的从业资历和行业权威。

上述"技术隐秘"与"身份权威"故事，能反映出油漆作的技术观念。技术是手工行业的核心，工匠谋生靠的是"秘不外传"的技术，这种技术知识很大程度上就决定了工匠的行业地位、声望与社会影响力。这种民俗文化很容易地反映在工匠的口述传统中，在代代传承的故事讲述中被记载与深化。

小 结

本文尝试将传统油漆作故事概述为手艺来源故事和技艺类故事两个类型来研究，与以往的祖师类型故事和工匠生活故事研究有所区别。在手艺来源故事中，将故事中体现的行业关系与田野调查的民俗志资料结合，指出油漆作手艺来源故事是在一个作别协作的行业网络中传承的；在技艺类故事中，通过对技术隐秘型和身份权威型两类故事的民俗分析，认为故事蕴涵着工匠的技术观念，并且在讲述过程中反映工匠的行业身份。这些都是从民俗志角度进行故事研究的一点发现。

参考文献

[1] 钟敬文主编，许钰，董晓萍副主编.民间文学概论[M].第2版.北京：高等教育出版社，2010.

[2] 许钰编.鲁班的传说[A].中国历代名人传说丛书[M].钟敬文主编.兰州：甘肃人民出版社，1988.

[3] 董晓萍.故事遗产学的分类理论——兼评普罗普的《故事形态学》和《神奇故事的历史根源》[J].民族文学研究，2007，(2).

On the Types of Folktales in Beijing traditional Painting Workshop

Wang Wenchao

Abstract: Folktales of handicrafts industry are a part of oral tradition. Researches on those folktales would be beneficial to bring a better understanding of traditional culture. Folktales of traditional painting workshop in Beijing, including origins and characters of their skills, provide us access to gain insight into the traditional culture of painting workshops.

Keywords: Beijing; Traditional handicrafts industry; Painting Workshop; Folktales of handicrafts industry

博赡而通贯 求劬而获创
——张俊教授访谈录

◇ 曹立波[①]

编者按 张俊先生，1935年8月生，山西祁县人。1960年毕业于北京师范大学中文系，毕业后留校任教，曾任北京师范大学中文系主任等职。现为北京师范大学文学院教授、古代文学专业博士生导师、中国《红楼梦》学会常务理事。所著《清代小说史》是一部首次对明清之际和清代小说由点到线进行系统论述的断代小说史；主持《程甲本红楼梦校注》和《新批校注红楼梦》（程乙本）工作，倾三十年之功，对两部《红楼梦》早期刊本予以精审的校注和学者型的评批。本刊特委托中央民族大学教授曹立波博士就相关问题采访张俊先生，并整理出这篇访谈录，以飨读者。

曹立波：张老师，您好！您在中国古代小说史和《红楼梦》等世情小说方面有着广博而精深的研究。我受《文艺研究》编辑部的委托，想就《清代小说史》的编写、世情小说的研究，以及《红楼梦》的评注等有关学术问题对您做一次访谈。

张 俊：感谢《文艺研究》编辑部的诚挚邀请。研究领域之"广"、程度之"深"似乎谈不上，我只是觉得，在古代小说史研究、世情小说研究，以及《红楼梦》等小说的校注、评批等方面的确有些问题值得探讨，借此机会漫谈一下吧。

一、《清代小说史》的特色与贡献

曹立波：编写中国古代小说的断代史，一般来讲，都是以一个历史朝代或几个朝代的组合为时代断限的。而在小说史的开篇，大都直接步

---

① 曹立波，中央民族大学教授。

入相应的历史阶段,比如《汉魏六朝小说史》开篇是"汉代小说",《隋唐五代小说史》开篇是"隋代小说",这应是常态的考虑。您在写《清代小说史》时,为什么没有从清代初期开始,而是在开篇设置了"明清之际小说"这一章节呢?

张　俊:这出于对朝代鼎革时期,也就是"夹缝"时期文学现象的关注。我先由十几年前的一道试题说起吧。一次,为招考明清小说方向博士生,我出了这样一道试题:"论述明清之际(明崇祯至清顺治)小说在中国小说史上的地位",题意是想考查学生对历史分际之点文学的认识和掌握情况。考试结果,不尽如人意。有的答案,割裂历史,只知明而不知清,或者相反;有的混淆时代,作品错位,张冠李戴。究其原因,这与我们过去一些文学史著作习惯以历史朝代断限,而不大重视所谓"夹缝"时期文学的研究不无关系。

我对这一现象的关注,源于教学实践,也与当时学术研究的趋向有关。在我撰写《清代小说史》的同一时期,一些学者开始强调对明清之际学术文化的研究。如刘梦溪先生在《中国现代学术经典》总序《中国现代学术要略》中说:"中国两千多年学术流变,有三个历史分际之点最值得注意:一是晚周,二是晚明,三是晚清。"并特别强调:"明清易代既是我国社会历史的转捩点,也是理解华夏学术思想嬗变的一个枢纽。"具体到文学史,陈伯海先生《中国文学史之宏观》提出:"中国文学史上先后出现三次高潮,一为周秦之交,一为唐宋之交,一为明清之交,它们都发生在历史的转折关头"。邬国平、王镇远先生《清代文学批评史》尤醒目地将"明清之际"(由明入清和顺治年间)列为清代文学批评的一个阶段,予以论述。

我过去曾与沈治钧合著过一本小书《清代小说简史》,按照丛书的编写要求,依历史朝代,习惯地将其上限定位顺治元年,当时亦甚感太拘泥于朝代纪年,而割裂了小说之发展,一些作家作品,人为分为两截,不易描述,颇为疑虑。有鉴于此,我们曾合写过一篇《古代小说研究的新收获和新问题》的文章,其中对明清小说史的断限问题谈了我们的一些想法。后来我重写《清代小说史》乃另列一章,题为"明清之际小说——明崇祯至清顺治"。理由有二:一方面,这一时期作家,大都生活于明末,入清以后,仍从事创作,有些作家,如《西游补》作者董说、《水浒后传》作者陈忱等把自己的沧桑之感、亡国之痛凝注于创作之中,取得更大成就。另一方面,这一时期的小说创作,既有因袭,也有革新，正处于因革之际。一些传统的小说流派在发展变化，如历史演义小说，有近三十种，其中有十多种为当时新出现的演述当代历史的时事小说，崇祯顺治两朝，各有七八种，其中有代表性的作品，如《警世阴阳梦》，刊刻于崇祯元年；《梼杌闲评》开始写作，当在明亡之前，成书则不会早于崇祯十七年，而《樵史通俗演义》，则写成于顺治年间。这十多种作品所反映的社会矛盾和作家心态，有其连续性，不应强为分割。神怪小说，约计六种，多为传统题材，但《西游补》则显示出由佛道类向寓意类作品嬗变的倾向。同时，尚兴起一新的小说流派，即才子佳人小说，作品约六七种，此后风行一时，绵延至清末。其他如话本小说，约有三十余种，崇祯十二种，顺治二十多种，其题材与叙事体制，均有突破，继"三言""二拍"之后，又掀起一创作热潮。从中国小说史发展看，如《文心雕龙》所云："古来辞人，异代接武，莫不参伍以相变，因革以为功。"明清易代之际文学，正当沧海桑田的时代，亦处于"参伍因革"之中。

曹立波：您的科学研究，教师的职业特色十分明显。您关注明清之际"夹缝"时期文学的理念，源于教学实践，通过理论提升，对学生又产生了影响力。《清代小说史》1997年浙江古籍出版社刊行，之后，您所指导的几届学生的博士论文总有与明清之际的小说、小说作家，乃至诗文有关的选题，如《明清之际章回小说研究》（1999年）、《明清之际小说作家研究》（2001年）、《卓尔堪的移民诗》（2002年）等。当然，这部小说史本身的社会影响也比较大。

以《清代小说史》等为话题，郭英德先生曾撰写一篇题为《悬置名著——明清小说史思辨录》的论文，发表在《文学评论》1999年第2期上。郭先生从数字统计入手，指出以往的小说史类似"名著赏析的集成"，而《清代小说史》中名著所占的比例比其他小说史明显减少，进而分析道："数十年来，名著的赏析所形成的文学史写作模式，还在深层次上制约着明清小说史写作者对其他小说史现象的关注。……然而，明清小说史绝不仅仅是作家作品史，还是作家创作史、作家文学活动史、作品流传史、读者接受史。因此，悬置名著，便有助于研究者抛弃静态的小说史关照方式，而关注小说生成、展开、转换的动态历史，考察并描述小说生产、传播、消费的复杂过程，接续种种缺失的小说史环节。"您能具体说说在《清代小说史》撰写过程中对于名著与文学史的关系，对于"一流"与"二流"、"三流"的小说的关系，所采取的关照方式吗？

张　俊：我遵循的原则是，实事求是，论从史出。注意处理好这样两个关系：一是作家、作品与史的关系。作家、作品的研究，实际是文学史编写的起点和基础。应注意在作家、作品的归类、比较中，别抉异同，显现因革，揭示其继承和发展的关系，进行综合分析，从而使作家、作品的研究上升为"史"的高度，总结出规律性的东西。尤其是应注意对大批中小作家及所谓二、三流作品的梳理、考察，以凸显他们对一些大作家和一类作品的烘托和铺垫作用，从而梳理清楚众多小说流派的形成、特征、发展、影响和地位。比如清代的世情小说，除其典范之作《红楼梦》及二流作品《醒世姻缘传》、《林兰香》外（姑且如此定位），其他作品，尚有三十余种，如众星拱月，恰形成明清之际《醒世姻缘传》和世情小说的演变、清前期《林兰香》和世情小说的发展、清中叶《红楼梦》和世情小说的高峰及清末世情小说的衰落这样的演变轨迹。

二是视角与构架的关系。视角可以有主有从，可以多元，但作为小说史，理当遵循时间线索，注意历史的序列性。当然，具体操作时，应结合小说创作实际，注意灵活掌握，不可能强求整齐划一。

曹立波：作为富有时代标志性的文体，从唐诗、宋词、元曲，到明清小说，皆可谓"一代之文学"。小说文体可以说是明清两代共同的文学成就，尤其是一些重要的题材、流派，比如贯穿明清两代的世情小说。您在撰写清代的小说史时，是否要考虑这种接续关系？

张　俊：考虑过，因为明清小说联系密切，而要写清代小说的断代史，我们不能不强行切断许多小说流派的发展脉络，致使历史线索缺少了整体的连续性。在上面提到的那篇《古代小说研究的新收获与新问题》小文中，就列举了一些作品来说明这样一个问题："如世情小说，自《金瓶梅》产生，至明末清初《醒世姻缘传》和《续金瓶梅》的沿袭，再至清初《林兰香》的中转，最后发展至清中叶以《歧路灯》、《蜃楼志》特别是《红楼梦》为代表的世情小说高峰，其线索是连续的，不宜割断；《金瓶梅》与《红楼梦》两部巨著的'链环'也是环环相扣的，不宜拆散。近年，又有学者发现明末世情小说《玉闺红》并未失传，认为该书内容丰富深刻，艺术精湛，'就其反映市井生活的广阔深刻而言，堪称《金瓶梅》的姊妹篇'（刘辉、薛亮《明清稀见小说经眼录》）。如此，则世情小说在明末的发展线索就更为明晰了。现在，我们将这一完整的线索从《醒世姻缘传》处切断，就不能不说是相当遗憾的。"刚才我们谈"夹缝"文学是从小说史的时代断限角度讲的，而进入了某一限定的文学史阶段的话,我们则应考虑作品之间的"链环"关系。

二、《程甲本红楼梦校注》:精审翔实的注释

曹立波:从您为博士生开设的《红楼梦》专题课上,收获的不仅仅是作者、版本等方面的知识,更重要的是研究方法。每一个问题,您都鼓励我们将论据资料还原到第一手文献上去,回归到原始古籍上去。我的博士论文《红楼梦东观阁本研究》的撰写,涉及版本和评点研究,您在文献的处理和文论的把握上分别给予了具体的指导。我以为,这应该源于您三十年来对《红楼梦》详注、精评的学术积淀。

据我所知,《程甲本红楼梦校注》,1987年北京师范大学出版社印行,是新中国成立以来首次以程甲本为底本校注的。启功先生任顾问,您负责注释和全书的统稿工作。这部书刚一问世,香港大公报、文汇报、美国华侨日报等近10家报纸都作了报道和评价,并获1989年第三届全国图书"金钥匙"一等奖。书中校注共4165条,约65万字,占全书字数近一半。我曾给一些学生推荐此书,他们的读后感是,有的章回注释比正文都多,便于导读。吕启祥先生在《填空补阙,厚积薄发——读北京师大红楼梦校注本》一文中对校勘、注释做了全面评价,认为此书"广参博览,锐意穷搜,成为当今《红楼梦》注释中最详备丰富的一种"。您当年是怎样想到要从事这项工作的?

张 俊:这部书的校勘和注释整理工作,开始于1982年,当时北京师范大学出版社计划出版"古籍整理丛书",约请我们重新校注一部《红楼梦》。应出版社之约,我们在启功先生主持下,拟定了校注这部书的工作计划,确定了校注细则和编排体例。到1987年出版,历经五年的时间。其实,此书注释部分的工作,是从1974年开始的。当时我们曾经编印过两册《红楼梦注释》(前八十回)油印稿,作为教学辅助材料。那个本子,是在启功先生撰写的人民文学版《红楼梦》所附注释的基础上增补扩充而成的。当时参加过部分注释初稿工作的还有李长之、王汝弼、韩兆琦等先生。在征求意见时,一些专家和读者,曾给予我们热情支持。嗣后,经初步修改,并补注了后四十回,于1975年排印出版,分装两册,内部发行。"文革"之后,我们进一步查阅了一些资料,于1979年,又对注释原稿作了一次较大的修改,删汰了一些评语,订正了一些错讹,

增注了一些词条，并请启功先生写了序言，准备正式出版。参加这次注释修改的是我和聂石樵、周纪彬先生。后迁延三年，书稿未出，1982年纳入北师大出版社的出版计划。

当时我们决定以解放后未曾整理出版过的程伟元乾隆辛亥活字本（简称"程甲本"）作底本，进行校勘，排印出版。意图为红学研究者、爱好者多提供一种可取资的版本，为大专院校《红楼梦》的教学提供一种参考读物。同时决定改写注释，除订正旧稿中的一些讹误外，重点是扩充条目，重新加注，增补资料，丰富注释内容，以增强注释的知识性和趣味性。尤其是对与小说内容有关的一些朝章典制和风俗习尚等词语，也注意结合文意，征引史料，加以阐释，以有利于读者更深入认识《红楼梦》的思想价值和艺术特色，增加阅读兴趣。

曹立波：这项校注工作，尤其是注释，前后经过了十几年的积累。吕启祥先生总结得好，她说："这里所说的积累，包含两方面的意思：一是指时间上的，这项工作始于1974年，而且经过了不止一代人的努力，当年参加此项工作并为之付出了辛劳的李长之、王汝弼先生已经故去，而工作不仅继续，还结出了丰硕的成果。另一方面是指锲而不舍、集腋成裘的精神。注释工作最需要'有心人'，许多材料往往是'可遇而不可求'的，只有时时在心、处处留心，才可能将零散的不为人注目而又恰恰为注释所需的材料收集起来。"吕先生曾在北师大工作过，了解此版本校注的辛苦历程。在书评中，她特别肯定了您的贡献："张俊同志自始自终负责注释编写和定稿工作，用力最多，在长期的教学和研究过程中，广泛涉猎、随时留意，对注释的不断充实和最后定稿，做出了贡献。"您能具体谈谈当年在注释这部长篇小说、这部中国封建社会的"百科全书"的过程中，所遇到的困难和相应的对策吗？

张　俊：注释基本完稿后，我曾写过一篇《红注刍议》的文章，结合实例，比较全面谈了我对《红楼梦》注释的一些体会和想法。大家知道，解放后，到20世纪80年代，《红楼梦》的注释已出过多种，这不仅为广大读者阅读这部古典名著提供了许多方便，而且也开拓了红楼研究的一个新领域。我当时的想法是，红楼注释工作也同评论工作一样，如何在已有的基础上有所深入，有所提高，有所突破，仍然是值得探讨的问题，也是我们的校注本所面临的最大难题，应该在实践中去探索，去总结。

我们注意到《红楼梦》是一部古代白话长篇小说，小说的特点是"因文生事"、"虚实相半"。那么，它的注释，比起经史典籍的注释来，也就有很大的灵活性。如关于历史人物的注释，倘是注史籍，就必须严守史实，对人物做全面评价；但如是注释小说，则可结合故事情节，有虚有实，酌情而定，灵活掌握。如第二回，贾雨村把人分为大仁、大恶和善恶相兼者三类，其中包括作家在内的历史人物共有45人。对这些人物，既不必全面评价，也不应笼统说明，而应结合小说的描写，或钩稽史实，或依据传说，重点突出他们生平事迹和思想性格的某一方面，加以注疏。如"始皇"，小说把他归之为"应劫而生"的恶人，若全面介绍，难免全而无当；如只注"始皇即秦始皇"，又嫌泛泛，注了等于不注。应该是依据一些旧史记载，说明他的秉性刚戾，为政以刑杀为威，所以世有"暴秦"之称。又如"阮籍"，如果只说他是"魏晋之际的诗人"，也是远远不够的，而应依据其本传及有关杂著，注明他嗜酒荒放、不拘礼俗、不乐仕宦、时人多谓之"痴"的性格特点。又如第三十回宝玉拿宝钗比杨妃，宝钗大为不快。小说在此借杨妃肌肤丰腴，比喻宝钗的体态。这一比喻，语出有据，见明人陈耀文《天中记》卷二十一引《杨妃外传》。第三十七回宝玉《咏白海棠诗》有句云"出浴太真冰作影"，以杨妃出浴比喻白海棠的洁净。这一比喻，也见于前人诗文。《类说》卷四十八引《墨客挥犀》云："彭渊材作《海棠诗》曰：'雨过温泉浴妃子，露浓汤饼试何郎。'意尤工也。"总之，"杨妃"的用典，或由附会而来，或出自古诗，或化用戏文，灵活多样，与小说所写"事体情理"无不相合。关于词语的注解，也应注意它的灵活性。如第二十四回有"帮衬"一词，当帮助讲。《醒世恒言》做了这样的解释："帮者，如鞋之有帮；衬者，如衣之有衬。但凡做小娘的，有一分所长，得人帮衬，就当十分。若有短处，曲意替他遮护，更兼低声下气，送暖偷寒，逢其所喜，避其所讳，以情度情，岂有不爱之理？这叫作帮衬。"这是否就是"帮衬"一词的语源？恐怕难说，这里没有必要去追诘。作为小说，《醒世恒言》不妨姑妄言之，读者也就不妨姑妄听之了。

我以为给一部小说做注，目的不应限于为读者阅读这部作品提供便利，减少障碍，更重要的还应尽可能对读者了解作家意图、认识作品的思想价值、欣赏作品的艺术特色，有所帮助，有所启迪。为此，在选择注释词目和拟写注文内容时，除顾及小说的一般"共性"外，还需要考虑它的"个性"，即充分注意这部小说所独具的特点和性质，以确定注释的重点和难点。如《西游记》为神魔小说，则宗教释道的注释，应是重点；《金瓶梅》为人情小说，则社会情状的考释，应是其重点；《儒林外史》为指摘"士林"的讽刺小说,则科举典章的疏解,应是其重点,等等。至于《红楼梦》,论者都称举它为中国封建社会的"百科全书",鲁迅先生把它归于"人情派",称之为"世情书"。这是有道理的。当然,同为人情小说,比之《金瓶梅》,《红楼梦》的内容更为细致精微,宏富深沉。这就使读者阅读和理解这部作品时的障碍更多,也给注释带来更大困难。但是,如果能在力所能及的情况下,对有关的典章制度、社会风俗、名物故实以及难解之语,尽可能做些阐释,却是对读者大有裨益的。

曹立波:说到典章制度,记得启功先生在此校注本的《序》中针对"官制问题"曾加以强调说:"作者所避忌露出的清代的特点中,官制方面尤为严格。凡是清代以前有过而清代也沿用的,便不属清代特有,才出本名称;凡清代特有的,一律避开。像'龙禁尉'、'京营节度使'等等,不但清代没有,即查遍《九通》、《二十四史》,也仍然无迹可寻。"那么,由官制推演开去,其他的与清代有关的朝章典制,在曹雪芹的笔下,是否也有所避忌,进而给注释带来障碍呢?

张 俊:关于国体制度,曹雪芹在创作《红楼梦》时,虽然使用了"狡猾之笔",故意隐去故事发生的"朝代年纪",但只要我们掌握了作者特殊的艺术笔法,按迹寻踪,不被他隐蔽了去,便可发现,小说所写的仍是清代的社会现实、世态人情。这在一些"朝章国典"的描写上,也可以看出其迹象。可惜,这方面的词语,似乎因为顾名可以思义,所以过去的注本,或略而不注,或语焉不详,而被忽略了。如第六十八回"酸凤姐大闹宁国府",说到贾琏偷娶尤二姐是"违旨背亲",犯"国孝"、"家孝"、"背亲私娶"、"停妻再娶"四层罪。这是于史有证的,而非夸大其词,虚张声势。《大清通礼》、《清稗类钞》都有记载。如《大清通礼》卷四十八说:"列后丧礼,京师及直省军民,男去冠饰,女去首饰,素服二十七日,不剃发,遏音乐百日,止婚嫁一月。"又《清稗类钞》"丧祭类"说:"皇太后、皇后之宾天,曰国丧,臣民亦皆百日不剃发,服缟素,禁止音乐婚嫁。"这在小说第五十八回也有记载。贾琏恰于老太妃丧礼中娶了尤二姐,所以说"国孝一层罪"。又《大清律例·户律》卷十载:"若居祖父母、伯叔父母、姑兄姊丧而嫁娶者,杖八十。"贾琏娶尤二姐又恰在其"亲大爷"贾敬孝中,所以说"家孝一层罪"。又《大清律·男女婚姻律》记载:"嫁娶皆由祖父母、父母主婚,祖父母、父母俱无者,从馀亲主婚。"贾琏则背亲偷娶,所以说"背父母私娶一层罪"。《大清律·妻妾失序律》又规定:"若有妻更娶者,杖九十;后娶之妻,离异归宗。"贾琏瞒着凤姐，娶尤二姐"做二房"，所以说"停妻再娶一层罪"。正因为贾琏违背了这些有关法律的规定，让凤姐拿着了"满理"，抓住了把柄，因而她才敢那样气势汹汹，理直气壮，撒泼大闹。这类关于典章故实的词语，书中出现很多，似乎应当仔细梳理，结合史实，适当做注，以利今天的读者。

曹立波：《红楼梦》以写世情为主，社会风俗在书中占的比重较大，作者着墨最多的是对贾府这个贵族世家日常的衣食住行的描写。初学者阅读至此的时候，往往感到腻烦乏味，或跳过不读，结果会影响对小说思想性的理解和艺术性的欣赏。如果对这些日常生活中琐细的词语详加注释，又缺乏相对集中的历史典籍供查阅，您是怎样注意去解决这些难点的呢？

张　俊：这类词语的注释的确是比较繁难的。我们的办法大致可以概括为两点，即广泛涉猎、随时留意。这都是些基础工作。三十年前，我在越南任教，授课之余，无书可读，就不断翻看随身带的一套人文版《红楼梦》（程乙本）。随看随把每回的词语摘记下来，学习日本学者方法，编成两册"红楼梦词语索引"。后来为搞《红楼》注释，我又做过"红楼梦注释资料"的笔记，有十三册，包括中华书局出版的"清代史料笔记丛刊"、上海古籍出版社出版的"明清笔记丛书"、相关清人诗文总集别集、历史典籍、诗话记事、明清戏曲小说等书中有关资料，其中涉及日常词语1700余条，在注释中大多已采用。

说到"随时留意"，我想起这样一件事，与一个词条的注释有关。《红楼梦》第五十二回写宝玉清晨起来，"小丫头便用小茶盘端了一盖碗建莲红枣汤来，宝玉喝了两口"。这里宝玉喝的莲子红枣汤似乎不必注释，但"建莲"是否具体有所指呢？刚巧，有一天，我有事去西单，因避雨躲进桂香村食品店，不经意间看到柜台中陈列的一种莲子，标注的是"建莲"，并附有产品说明，强调这是产自福建建宁的莲子，循此线索，我查阅了有关资料，于是给"建莲红枣汤"加了这样一条注释："建莲：即穿心白莲，因产于福建建宁县，故称'建莲'。据《建宁县志》载，其种植始于五代梁龙德年间，历代作为贡品，俗称'贡莲'。"这一饮食细节的描写，反映了主人公贾宝玉锦衣玉食的贵族生活。

曹立波：是啊，在学术探索中，有些"可遇而不可求"的境界，其实包含着"孜孜以求"与"不期而遇"之间的因果联系。正因为这个校注本中的注释，蕴蓄了丰厚的历史文化知识，所以我觉得，这部书具备两方面的主要功能：一是通过校勘和排印对程甲本正文的普及，中华书局1998年不仅重新出版了师大的校注本，后来该书局出版的"中华古典小说名著普及文库"中的白文本《红楼梦》也是以此书为底本的；另一方面书中详细的注释可以作为《红楼梦》的一种随文注解的词典。

三、《新批校注红楼梦》：追求学者导读型的评批

曹立波：您对《红楼梦》的版本研究，无论是八十回本，还是一百二十回本，都投入了很大的精力。对于八十回本，十年前在您的主持下，我和北师大古籍室的杨健老师一道参与，对北师大馆藏的《脂砚斋重评石头记》做了细致的查访和考证工作，我们借助内查和外调迅速查清版本来源。段启明先生对此项工作给予了高度评价，他说："《概述》、《查访录》、《考论》等文，写得朴朴实实、清清楚楚，忠实记录了事实的经过，为后世读者留下了'真相'与'信史'，为红学史写下了值得关注的特殊章节。"对一百二十回本的研究，您将三十多年的精力倾注在程甲本和程乙本上。从70年代中叶到80年代末，您致力于程甲本的校注。从90年代中叶至今，您潜心于程乙本的评批。明年这部十几年来的辛苦结晶《新批校注红楼梦》将要出版，您能谈谈这部书的新评点与清代传统的旧评点有怎样的不同吗？

张俊：十年前，我在2000年香港明清文学国际研讨会上有个发言，题目为《红楼梦评点断想》，这是我和沈治钧合写的，其中谈了如何运用新观点、采用传统方法对《红楼梦》重新加以评点的问题。红楼评点，是有其历史渊源的。自乾隆中期至民国230余年间，代表者有脂砚斋、畸笏叟、东观主人、王希廉、张新之、姚燮、王伯沆等。他们对红楼评点的产生和发展，都做出了各自的贡献。从某种意义上说，这些评点，是现代红学发展的一个基础。

评点的学术价值，取决于评点者的个人修养，也取决于评点的动机和策略。有学者将明清小说评点分为"书商型"、"文人型"、"综合型"三种基本类型。今天，我们面对《红楼梦》这样一部容量浩大、辞旨隐微的经典之作，如何在"细读文本"的基础之上，采用传统方法，借鉴新的理论，重新诠释其原旨，认识其笔法，以形成一种具有现代学术品格的"学者型"评点，是值得探索的问题，也是我们追求的目标。

我们对红楼新评点的实践原则有三条：第一，克服旧评点的"零碎性"，注意体例的完备，探求新评点的系统性。评点派过去之所以为世所诟病，反映在体例上就是因为其评点零碎，章法淆乱，各行其是。为之，我们采取了夹批和回评两种形式，批语内容注意前后贯通，以保持评点的系统完整。如小说关于"大观园女儿国"的描述，我们从第十六回筹划建园、十七回工程告竣、十八回元妃省亲到第二十三回宝玉与众姊妹搬入大观园，从第二十七、三十七、三十八、四十九、五十回诸钗"芒种饯花神"、"偶结海棠社"、"魁夺菊花诗"、"割腥啖膻"、"争联即景诗"，而至第六十三回"群芳开夜宴"，渐次欢乐高潮；从第七十回"重建桃花社"由欢转悲，而至第七十四回"抄检大观园"诸钗遭劫，再到第七十五回至九十五回宝钗、迎春、宝玉相继搬出园中；直至第一百零一、一百零二回"月夜惊幽魂"、"符水驱妖孽"大观园被封锢，逐一加批，随文点明，揭示出"大观园女儿国"之形成、发展、兴盛、遭劫、毁灭的全过程，前后关联，一气贯之。

第二，克服旧评点的"随意性"、"印象式"，注意细读文本，深入体味小说原旨。小说开端即说："看官，你道此书从何而起？——说来虽近荒唐，细玩颇有趣味。"此乃提醒读者，读此书当深切玩味，方能知其旨趣。明人袁无涯《水浒传》刻本卷首"发凡"云："书尚评点，以能通作者之意，开览者之心也。"有论者以为，这两句话，实为小说评点的纲领性文字，是小说评点的一个主要目的。这在评点内涵上，提出两方面要求，一是如何整体把握作品思想主旨，二是如何深入解析作品形式特征。尤其像《红楼梦》这样的小说，由于其作者身世、作品版本、小说主旨，以及评点者的立场角度、感情内涵等原因，自然会出现诸多歧义，产生不少纷争。我们比较同意鲁迅先生所说，认为《红楼梦》是一部世情书，是一部反映18世纪人情世态的小说。这是我们评点《红楼梦》的认识基点、策略原则。

第三，妥善处理继承与借鉴的关系，注意吸取红学研究成果，提高新评点的学术素质。二百余年来，《红楼梦》评点虽有缺陷，但也做出了重要贡献，今天再做评点，不应割断历史，理当发扬其优长，克服其缺陷，扬弃其糟粕，总结旧评点成果。因此，除脂批外，我们在评批中还直接引录了王希廉、张新之、姚燮等人的一些评语，供读者参考。80年代以来，一些研究者运用国外文学理论，研究红学，取得可喜成绩。新的评点，也应利用这些成果，努力沟通古今文心，以增加评点的现代气息。

曹立波：是啊，这样将有助于引导阅读，增加兴趣，解析难点。《红楼梦》的评点与其他章回小说相比，评点家当是最多的。谭帆在《中国小说评点研究》中将古代小说评点的基本类型归纳为"文人型"、"书商型"和"综合型"。学生以为清人对《红楼梦》的评点大体有文人自娱型和书商导读型之别。脂砚斋评、王希廉评文人自娱的特点较突出，而东观阁评则明显带有书商导读的目的。近年，先后又有多家评点本问世，春兰秋菊，各具特色。您主持的评点应该不属于文人自娱型，更不可能是书商导读型。该怎样描述或概括新评本的特色呢？

张　俊：学者导读型的评点风格，是我和全体参与者共同的追求、努力的方向。因此，我们在评批时，不仅针对有关词句段加批，点明其旨意，尤其注意阐释一些重点句段的深刻内涵，帮助读者品味作品原意。如第十七回"试才题对额"，宝玉提到古人云"天然图画"四字，一般不会做注，更不加批。我们则在此句下加一批说："此一词语，清初人习用之。以为物效其灵，随目成趣，时时变幻，一派天工，乃生活之别样境界也。"并引清人李渔《闲情偶寄》卷四论"取景在借"、郑板桥《板桥题画·竹》、圆明园"天然图画"之景，及乾隆九年题诗三则材料加以证之，批曰："宝玉借此四字评说园中景观，说理通达，思路敏捷，政老不解，动辄诃斥，迂之极矣。"

曹立波：通过这条批语，是否也可看出这部《红楼梦》新评本的特色，我觉得用"学者导读型"来概括比较恰当。与以往的评批不同的是，时代性、文学性的加强。将《红楼梦》置于明清大的文学艺术背景之下，自然凸显出这部小说的时代风貌。

张　俊：为了有助于文本内容的解读，我们同时也努力注重学术性，针对一些分歧较多的学术点，试图在批语中尽量有所体现。例如，第二十二回写贾母捐资为宝钗过生日，点戏时，凤姐点了一出《刘二当衣》。庚辰本于此句上有两条眉批，一条说："凤姐点戏，脂砚执笔事。今知者寥寥矣，不怨夫！"在此批语之后，还有一条署年"丁亥夏"的批语，学界多认为是畸笏叟所批。对这两条批语，大家看法不一。或以为，凤姐点戏，乃实有其事，并断定脂砚是女子，就是小说中人物史湘云。我们不同意这一看法。梅节先生有一篇专文，他认为，畸笏所批，实际是"指文中凤姐点戏这段情节，为脂砚执笔所增入"。我们仔细比对各本"点戏"一段文字，平心而论，程乙本文气较为充足，情理较为完满，而脂评本确有"破绽"。梅先生所说是比较有道理的。我们把这一认识写入批语，或有助于读者理解这段文字。

　　同时，除所谓学术着眼点外，书中尚有很多疑难点，也颇费斟酌，值得注意。比如，宝玉在秦氏屋里午睡，秦氏嘱咐小丫头们在檐下好生看着猫儿狗儿打架，有何寓意？宁国府有一轩馆，为什么取名逗蜂轩？贾府中的炕，究竟有几种形制？茅厮是否茅厕的形讹？邢夫人明明住在荣府的东院，为什么称她"北院大太太"？梦稿本与程乙本究竟有何关系？宝钗会不会说"诗从胡说来"这样的"粗话"？诸如此类，我们都试图征引材料，钩玄提要，做一些评点，提供读者思考。

　　曹立波：是啊，导读性与学术性的兼顾，参与评点工作的沈治钧师兄也是这样说的。胡文彬先生曾在评议意见中说："这是程乙本诞生以来第一次出现的'批点'形式，凸显出评者学术功力和学术眼光。……表现了评点者对读者的阅读关怀，必将起到一种有益的'导读'作用，这种新的尝试应该得到鼓励。"的确，这部兼顾"学术眼光"与"阅读关怀"的学者导读型《新批校注红楼梦》，值得期待。除了评批，还有正文的校注问题。您以程乙本为底本，据说程乙本上的一些异文，甚至异体字大都予以保留。您觉得这一版本有什么特殊的意义呢？

　　张　俊：有的，我们校订的原则，就是"慎重对待，不轻改底本，保持原貌，以存其真"。我始终认为，对那些体现了版本文字特色的词语，不要轻易作改。保留这些异文，还可以为研究者多提供些语言史料。在校注、评批过程中，我写了几篇《程本红楼语词校读札记》随笔短文，比如第二十回，写黛玉与宝玉斗嘴和好后，黛玉说："回来伤了风，又该讹着吵吃的了。"程乙本中"讹着"二字，各本歧出。现行脂评排印本，多作"饿着"，人文版校订程乙本保持旧貌，作"讹着"。《汉语大字典》和《汉语大词典》收录有"讹"字多个义项，而"讹着"一词，不见于这两种通行辞书。唯20世纪30年代编纂的《国语辞典》采收此词，举例即为黛玉所说的那句话。用一"讹"字，写宝玉性格的娇宠、行为的憨顽，或更贴合一些。至于说"饿着"是贾府"秋季养生经"，那是就医学而言，另当别论。其实，第五十三回写晴雯染病、第一百九回写贾母不适，都以"净饿"秘法治疗，程乙本与诸本同。可见在乙本修订者看来，"讹着"与"饿着"两者的语义是不同的。

　　再者，程乙本上有一些刻意增饰的语句，也有其理路。如第六回贾蓉向凤姐借炕屏的情节中，程乙本有贾蓉"满脸笑容的瞅着凤姐"一语，及凤姐"忽然把脸一红"六个字，为其独有文字。对这种改动，评者见仁见智，各有不同。其实，通观全书可知，程乙本对凤姐和贾蓉之间暧昧关系的渲染，并非突发奇想。程甲本第六十八回凤姐大闹宁国府一些细节的描写，当是乙本写两人暧昧关系的主要依借。

  曹立波：从您所列举的程乙本上特殊的字、词、句可知，对版本异文的研究，并不仅仅是勘对文字，从中也能考察出历史信息、异文的来由以及语言史料等方面的问题。这是富有启发意义的。

四、京师文科学风的承传

  曹立波：我曾看到您的一篇文章，题为《治学严谨——我校文科学风的显著特点》，发表在1997年《师大周报》上。已占用了您太多的时间，但我还是希望您能简单谈一下北师大文科学风的特点，这是师大学子都关注的。

  张　俊：在一次关于"启功先生语言学著作学术研讨会"上，有位校外专家发言时说：师大的学风，与北京某大学不同，有自己的特点，值得好好总结。对此，我也有同感，会后我便写了那篇短文。就文史而言，治学严谨，注重实证，确实是我校文科学风的特点之一。翻开北师大的"校史"，可以看到，几十年来，曾在国文系任教的高步瀛、吴承仕、朱希祖、马裕藻、杨树达等专家教授，他们的著作，他们的教学，多体现出这种精神。如高步瀛先生，他编选的《唐宋诗举要》、《唐宋文举要》两书，资料丰富，考订详赡，引用材料着重第一手，对旧注的讹误，时有订正，据说他讲课，也很重事实、重证据，考证翔实精确，为同侪所敬服。学生对他所注释的诗文，极为珍视，得其一篇，出校教学，可免去翻检参考资料之劳。有人认为，对历史的描述，"更需要理解和判断，实证解决不了所有问题，甚至解决不了主要问题。"这样讲，也有一定道理。但是，大量资料的掌握和考辨，毕竟是研究的基础。

  曹立波：您读大学的时候，对授课的老师的言传身教一定有更为具体的感受吧？

  张　俊：是的。20世纪50年代我在中文系读书时，当时授课的老师，如讲"中国古代文学作品选"课的刘盼遂、王汝弼、启功先生，讲"古代汉语"专题课的陆宗达、萧璋先生等，他们的教学和著述，朴实、严谨，无不体现出北师大的传统学风。比如刘盼遂先生曾受业于国学大师王国维先生，王汝弼先生则是高步瀛先生的学生，他们对文字、音韵、训诂都很有研究，做学问重事实，重证据。刘先生给我们讲过《古诗十九首》、王先生讲过《离骚》，对作品中的词语、典故，总是能考稽史料，列举例证，旁征博引，以释其义。还有，刘先生读书，很喜欢把自己考释、订讹、辑佚的点滴心得，批注于书眉或行测。往往三言两语，独具卓见。一次，我翻阅"文革"时被抄、后归藏古籍组的刘先生的部分藏书，记得在枝巢子《旧京琐记》上有刘先生的几十条批注。其中有这样一条，原文说"按行裳即今之马褂也"，刘先生于书的上端批云："行裳非马褂，盖俗所称战裙也。马褂不得为之裳。"后来，看到新排印本《旧京琐记》，我便想，如果整理者有机会看到刘先生的这些批注，或可改正书中的一些错讹，当是有益于读者的。

曹立波：您在北师大留校工作之后，曾与启功先生同在一个教研室，并一起校注过程甲本《红楼梦》，能谈谈对他的印象吗？

张　俊：启功先生曾受教于史学大家陈垣先生。据介绍，陈垣先生做历史考证，最重视占有材料，倡导材料准备要"竭泽而渔"。启先生继承了老师的这种治学精神。他的授课和著述，也很重视实证，这从中华书局出版的《启功丛稿》"论文卷"、"题跋卷"和香港商务印书馆出版的《汉语现象论丛》等著作中便可看出来。我们在校注程甲本《红楼梦》时，他虽然未能参加初稿注释词条的编写，但选择底本、拟定体例，是由他主持的。他并为校注本写了"序言"，结合实例，对书中涉及的俗语、服装、器物、官职、习俗、社会关系、虚实辨别等诸多问题做了具体的阐释和考辨。因为启先生对满族的历史文化、风俗掌故非常熟悉，所以他的这篇序言，对引导读者认真阅读《红楼》文本很有帮助。同时，他对我写的"校注说明"，从版本角度做了认真修改。比如，在介绍程刻本的流传时，他亲笔加了这样一段话："程氏修改程甲本时，可能是随改随刻的，所以现在所传的程刻本中，改刻的页子多寡不等。所以现在找一个没掺改刻页子的纯甲本固然不易，或想找一个改刻全了的纯乙本也是不易的。"在师大校注本出版前，启先生还写过一篇《读红楼梦札记》的红学论文，得到学界的赞赏，启先生也比较看重这篇文章。1998年中华书局重印师大本时，我们便将其附于书后。这样，前有先生的"序言"，后附"札记"，实实为师大本增色不少。

曹立波：您在给我们讲授"中国古代小说史研究"课程时，强调史料等实证材料的重要性。引言中讲到对20世纪中国小说史回顾时，肯定鲁迅《中国小说史略》实为中国小说史的奠基之作。这部书是1920至1924年间，鲁迅先生在北大、北师大授课的讲稿，从讲义的角度说，鲁迅治小说的方法，也是京师学风的体现。我们爱读这部书，既源于其翔实的考证，也因其敏锐的评论。那么您推重这部书，是倾向"史"，还是侧重于"论"呢？

张　俊：阿英先生称赞鲁迅的《中国小说史略》"实际不只是一部'史'，也是一部非常精确的'考证'书"。鲁迅书中这28个篇章，按时代顺序对小说流派加以描述，奠定了今天小说史编写的基本格局。当然也有其局限性，他当年所见到的小说较为有限，只占今天所知的五分之一。然而，他看到的小说虽有限，但小说史家的眼光是敏锐的。书中大多数评价直到今天还是可以借鉴的。因而，治小说史，除了动手搜集梳理资料，史家的眼光也是必要的。清初学者顾炎武的《日知录》，有两个特点，一是历史的，二是博证的，两者互为补充，构成这部书的鲜明特色。正如《四库全书总目》所说："炎武学有本原，博赡而能通贯，每一事必详其始末。参以佐证而后笔之于书，故引据浩繁，而抵牾者少。"19世纪的龚自珍、魏源等学者也用实证的方法研究学问。龚自珍在《抱小》中说："学文之事，求之也必劬，获之也必创。证之也必广，说之也必涩。"这里，"劬"是辛勤，孜孜以求；"涩"是立住脚、不动摇。希望在研究学问时，一定要掌握大量的资料，像郑振铎先生所说的那样，研究者一定在心里千百次地喊"拿证据来"。当然，在研究方法不断更新和发展的今天，也必须加强文学理论的学习，如果没有一种理论思想的统帅，大量的资料也会变得支离破碎，不得要领。

曹立波：顾炎武的"博赡而能通贯"，龚自珍的"求劬"和"获创"，我从您的课上和书中都有所体悟。您的言传身教也让学生们感受到京师学风的薪火相传。您所谈的问题，从小说史到世情书，再到《红楼梦》的注释、评批与论述，对于红学，对于中国古代小说的研究都十分重要。

张　俊：谢谢！我略谈了一些治学的经历和体会，也期待能有机会与同行们交流探讨。为了写好这篇访谈稿，你也花费了不少时间和精力，谢谢你，也感谢《文艺研究》编辑部给予的关心和鼓励。

此文原载《文艺研究》2011年第4期，有删节

文献资料的艰辛汇集　别开生面的学术视野
——读赵义山等著《明代小说寄生词曲研究》

◇ 董乃斌[①]

在近代学人的文学批评中，梁启超、王国维等人的影响无疑是巨大的。王国维"凡一代有一代之文学"的论断，其影响便延续了多年。近年来，随着学术思想的解放和研究的深入，人们不再囿于"一代有一代之文学"的思维定式，开始重视唐以后之诗、宋以后之词及元以后之曲，各个时代的各种文体都受到研究者的关注。因此，在元明清文学的研究中，便给人"乱花渐欲迷人眼"的可喜景象。非但如此，更有学者试图突破文体壁垒，从多种文体交叉与融合的角度展开研究，成为古代文学研究中之别开生面者。近日，赵义山教授等所著的《明代小说寄生词曲研究》出版，我有幸先读为快，就在这方面留下十分深刻的印象。

该著从中国古代小说散韵结合的现象入手考察。这一问题，从前虽也引起过不少学人的注意，但立足小说者多，立足诗词者少；关注诗歌者多，留意词曲者少；论及文体结构者多，着眼文体流变者少；至于汇集有明一代小说中之全部词曲作品，并从文体交汇与融合的角度切入而做纵横阐论者，无疑自《明代小说寄生词曲研究》始。故其开疆拓宇的学术价值与重要意义，便格外引人注目。窃以为有以下几个方面最值得重视。

一、"寄生词曲"这一崭新概念的提出。对于小说中出现的词曲作品，究竟如何定位？怎样认识小说中寄生词曲与小说母体的关系？著者认为：对于小说中出现的韵文，"如果站在小说本位立场来看，它们自然是小说文体的构成部分，已经与小说文体中以散体叙述的文字融为一体，……血肉相连，密不可分了。然而，如站在诗词曲赋等韵文本位立场来看，作为传统的各体韵文，在融会进小说之后，其原本所具有的独立性和完整性，虽然被程度不同的削弱，甚而发生了某些变异，但作为

---

① 董乃斌，曾任中国社会科学院文学所副所长，现为上海大学终身教授、《上海大学学报（社会科学版）》主编。

诗词曲赋所具有的一些最基本的文体特征，如讲究声韵、平仄、句式等，却始终被保存下来"。"散体之文始终是小说文体结构的基本骨架和血肉主体，而诗词曲赋等韵文，不过是依附于基本骨架和主体血肉的某些局部，其主从关系是客观存在着的"。并进一步分析说："如果从文体传播的角度看，被融会进小说的诗词曲赋作品，相当一部分不能独立流传于世，它们大多是依附于小说文体才获得了广泛的传播，因此，其依附性和寄生性特征尤其突出。正因为融会进小说文体之中的诗赋词曲始终保持着它们固有的文体特性，具有一定的独立性，因此，我们便可以将其从小说文体中分离出来，而作为古代诗赋词曲的一个组成部分去进行观照与研究。"（该书《绪论》）著者的这种认识是辩证的，实事求是的，也是科学的。当然，这种科学的分析与认知，是建立在既以小说为主体，又以词曲为主体，以及小说与词曲之文体交汇融合的通观视野之上的，作为这一课题研究的逻辑起点，确是令人眼前一亮的出彩之处。循"寄生词曲"这一新的概念推而广之，如继续研治古代小说中融汇的其他文体，则可以有"寄生诗歌"、"寄生辞赋"、"寄生骈文"等研究方向，其影响所及，意义重大。

二、有明一代小说中词曲作品的全面辑录。看一部专著的学术贡献与学术价值，新的视野、新的角度、新的观点固然非常重要，而其作为立论基础的资料爬梳与文献汇集，也是一个考量的关键。《明代小说寄生词曲研究》的著者，耗时七载，历经艰辛，广搜博览，将约700种明代小说翻检一过，共辑录寄生词曲约4000首，然后在此基础上展开研讨，这种在文献搜集方面不畏劳苦、竭泽而渔的苦功，是难能可贵的。它不仅为著者全方位探讨明代寄生词曲的价值与意义奠定了坚实的文献基础，而且，这种大规模的资料辑录所取得的成绩，本身也具有文献学的意义与价值。它可以弥补《全明词》、《全明散曲》等总集的遗缺，从基础文献上丰富明代词曲发展史研究的完整性，"将进一步拓展明代词曲文学和词曲发展史研究的视野和空间"，也将大大减少同行学人搜检爬梳之劳，其惠及来者，功德无量。据悉，汇总这4000首词曲的资料集正在加紧核校，不久将出版问世。我们热切地期盼着。

三、着眼于文体流变、文体融合互动的崭新视野和研究方法。当中国古代文学发展到明清时期，文体大备，为各体文学的交叉与融合提供了条件，而成为时尚的戏剧、小说，因其强大的综合性特征，则成为文体融合的最佳载体。小说中寄生诗词，几成通例。尤其明代白话小说，则更为突出。对此,著者首先结合明代社会文化背景,从文士的接受态度、市民的阅读好尚、书商逐利的干预等多方面揭示其原因,为全面研究明代小说寄生词曲展开了广阔的学术背景。其后,著者既着眼于词曲本身的流变去探讨其寄生于小说后的新特征与新风貌,又着眼于词曲寄生之后所引起的小说体式的变迁,从而全方位阐论寄生词曲的体式特征、文学特性、文化内涵及文学功能等等,故能阐幽发微,言人所未言。因其崭新而宽阔的学术视野与研究方法,遂"为中国古代文学史研究另辟新途,别开生面,具有重要的学术意义"(郭英德教授语,见该书封底)。

四、诸多新颖而深刻的学术见解。因为著者对文献资料的全面搜集,又从文体流变与融合互动的崭新角度切入,且从文体学、文化学、传播学等方面做纵横阐论,故多有创获,表现出了一系列新颖而深刻的学术见解。比如,著者提炼和概括出寄生词曲传播方面的寄生性、共存性、教化性,题材内容方面的广泛性、世俗性、琐屑性,语言方面的口头性、通俗性、时尚性,表达方面的直白性、灵活性、恣纵性等等,皆既新颖而又精当。又如,著者认为"明词曲化"与白话小说寄生词曲的传播有一定关系,晚明小说中诗词减少并不意味着"小说文体观念的进步与成熟";就《金瓶梅》寄生散曲的艺术成就看,其作者并非王世贞等等,均是深刻而新颖的见解。另如,著者对寄生词曲之民族特色与文化内涵的论述,对寄生词曲与小说叙事方式、叙述节奏、文体变迁等诸多关系的探讨,亦多精辟独到之见。

五、尊重前贤,在广搜博采、认真继承的基础上开拓创新。学术需要开拓创新,但绝不能置前人的学术贡献于不顾。本书著者论述问题,总是先述前贤之见,然后再申以己说,以使读者明前人之贡献,知新说之由来。该著参考书籍的开列,也可说明一些问题。著者分六大类(小说及词曲文献;小说及词曲研究资料;笔记杂著;历史、文学史、文化及文论著作;其他有关文集与论著;域外学者有关论著)列出主要参考文献近200种,其涉猎范围之广泛、学术视野之开阔,尊重前贤学术贡献的态度,于此也可见一斑。

总之,《明代小说寄生词曲研究》一书,资料丰富翔实,涉及面广,视野开阔,方法新颖,识见深刻,多有创获。诚如沈伯俊先生所言:本书"拓展了明代词曲史和明代小说史研究的视野和空间,丰富了明代文学史的研究内涵,堪称一部高质量的、具有开拓性和创造性的学术专著"(见该书封底)。

《明代小说寄生词曲研究》,赵义山等著,国家社科基金优秀成果,商务印书馆2013年12月出版,定价30元。

《励耘学刊》（文学卷）征稿启事

北京师范大学文学院从 2005 年起创办学术性集刊《励耘学刊》，分《文学卷》和《语言卷》同时出版。该刊暂定每年每卷两集，每集 25 万字左右。现将《励耘学刊》（文学卷）的征稿要求公告如下：

一、《励耘学刊》（文学卷）刊发国内外具有原创性的汉语言文学论著，旨在交流学术信息，展示学术精品，维护学术规范，推动汉语言文学健康发展。

二、《学刊》关注学术前沿的精品成果，只要是有价值的原创性理论或原始性资料，不限内容，字数也尽量放宽，并尽可能整体刊发。

三、《学刊》实行匿名审稿制。每篇文稿由 2 名以上专家审读，最后由主编根据专家审读意见决定刊用与否。审读者和作者双向匿名，审读意见保密，但修改意见可由编辑部转达作者。稿件审理时间一般为 3 个月，审理期内请勿将稿件另投。审理结果编辑部会及时通知作者，原稿不退，请作者自留底稿；3 个月后如果没有接到编辑部通知，作者可自行处理。

四、来稿请严格遵守学术规范，杜绝抄袭和变相抄袭，受益于人者应该鸣谢，引用或参考者必须注明。文稿应该字迹清楚，校对无误。行文格式和注释体例遵从学术刊物公认的一般规范。

五、决定刊用的稿件需要提供按上述撰稿格式要求排版的 Word 电子文档。电子文档请发送到编辑部专用电子信箱：liyunxuekan@163.com。如有库外字符、音符、图片等，请作者尽可能用图片插入方式处理，以免在别的系统中无法显示，造成错乱。如果作者不能处理，则请将需要造字或扫描的符号在打印原稿上用红笔填写或另纸开列。

六、为适应我国信息化建设，扩大本《学刊》及作者知识信息交流渠道，本刊已被《中国学术期刊网络出版总库》及 CNKI 系列数据库收录，其作者文章著作权使用费与本刊稿酬一次性给付。免费提供作者文章引用统计分析资料。如作者不同意文章被收录，请在来稿时向本刊声明，本刊将做适当处理。

七、来稿一经刊用，将赠送作者样书2册，并致薄酬。

八、本编辑部通信地址：100875　北京师范大学文学院《励耘学刊》（文学卷）编辑部。联系电话：010-58807751。

北京师范大学文学院《励耘学刊》（文学卷）编辑部